L'OMBRE

Franck Ollivier est scénariste, adaptateur, producteur et auteur. Après avoir créé de nombreuses séries à succès, il se tourne vers l'écriture de roman et publie en 2023 *L'Ombre*, son premier thriller, aux éditions Albin Michel.

FRANCK OLLIVIER

L'Ombre

ROMAN

ALBIN MICHEL

© Éditions Albin Michel, 2023.
ISBN : 978-2-253-19605-1 – 1re publication LGF

Première partie

VICTIME NUMÉRO UN

Patrick Hollmann ressentait avec une égale puissance la présence de Dieu et le besoin de tuer.

La prise de conscience de cette dualité avait été un moment de sa vie perturbant, oppressant puis, pour finir, bouleversant. Résoudre cette contradiction avait été long, complexe et douloureux. Il avait réussi à comprendre que ce qui pouvait sembler une faille morale ou logique, selon qu'on l'appréhendait par le sentiment ou par la raison, portait en réalité la marque supérieure du divin. Cette conclusion était l'aboutissement d'une intense quête intérieure, fruit de longues heures de prière, de patientes lectures et d'une réflexion rigoureuse de plusieurs années constellée de nombreux crimes féroces.

Du plus loin qu'il pouvait se souvenir, il n'avait trouvé aucune cause à ses pulsions, aucun traumatisme originel. Dieu sait pourtant qu'il avait cherché. Et cherché honnêtement, car il n'aspirait à rien tant qu'à pénétrer les arcanes de son être.

Il n'avait subi aucune violence traumatique, de mémoire bien sûr, mais il avait longuement et méthodiquement exploré le dédale de ses souvenirs. Il n'avait jamais été touché par le mal tel que la société ou la religion le définissaient. Il avait eu une enfance heureuse dans un foyer équilibré, entre un père forestier et une mère professeure de musique, auprès d'une sœur de deux ans plus jeune qu'il adorait avec d'autant plus de ferveur qu'une malformation congénitale du bassin l'avait affectée d'une claudication irrémédiable.

Leur famille était croyante mais sans que cette foi constitue une chape étouffante. Au contraire, elle fut un guide qui l'aida à accepter, à pardonner, et à avancer dans la vie jusqu'à l'âge adulte où sa vocation, grâce à la découverte de la puissance infinie de la prière, s'affirma de façon certaine et définitive comme un contre-feu à sa profonde solitude.

Sans toutefois parvenir à éteindre ses envies de meurtre.

Qu'était-ce donc que ce désir tenace qui lui coulait dans les veines et alimentait son cerveau de visages déformés par la souffrance, de convulsions lancinantes, de cris, de râles, de supplications, d'entrailles révélées au grand jour, ouvertes, déchirées, offertes, poisseuses, puantes et sanguinolentes ?

Il ne pouvait pas se dire qu'il était une erreur de la nature.

Un avatar.

Il fallait trouver une logique. Un chemin.

Ce furent quinze longues années d'une exploration parfois erratique, mais qui aboutirent à une certitude désormais ancrée au corps qu'il porterait jusque dans la tombe : c'était l'amour de Dieu qui l'avait conduit au crime.

1

Le visage, creusé, décharné, rappelait ces masques antiques utilisés dans les rituels funéraires, privés de toute expression hormis la douleur. Le corps, maigre, presque osseux, était recroquevillé au milieu de la caillasse, se confondant avec le relief accidenté dont il paraissait épouser les formes.

Dans une attitude spastique, comme si tous ses muscles s'étaient contractés et tiraient simultanément ses membres dans des directions opposées, suscitant une étrange impression de paroxysme figé, il avait été transmué en un objet de torture.

L'artifice, le vernis sur les ongles, une boucle d'oreille, semblait paradoxalement le seul élément visuel duquel émanait encore une touche d'humanité.

Ce corps avait été une femme.

Il n'était plus qu'un cri.

San Bernardino, Californie. 21 juin 2014

— Le fils de pute… murmura le sergent Munoz.

Ortega pivota lentement pour voir un sourire se dessiner sur les lèvres de son chef, le patron de la section criminelle de San Bernardino.

Comment pouvait-il sourire, se demandait Ortega. Son esprit à lui était encore sous le choc. Il était trop jeune. Ou trop tendre. Ou, alors, la chaleur accentuait la nausée qui l'avait saisi à la découverte du corps.

Enfin, le corps…

Plutôt ce qu'il en restait.

Comment un être humain pouvait-il faire subir un tel châtiment à un autre être humain ?

Au premier regard, Ortega avait instantanément imaginé avec effroi les heures, les jours, peut-être même les semaines d'un méticuleux supplice et depuis, il ne pouvait se défaire de cette pensée morbide.

Munoz, lui, souriait. Le fils de pute, c'était lui, se dit Ortega.

Côte à côte, les deux hommes regardaient au loin. Devant eux, au pied des montagnes de San Bernardino, des amas de maisons s'étendaient à perte de vue sur des dizaines de kilomètres, séparés par des sillons parallèles et perpendiculaires qui paraissaient vouloir dessiner des figures géométriques aussi parfaites qu'absurdes. Les hélicoptères des chaînes d'information locales s'étaient immobilisés au-dessus d'eux, comme des vautours marqués d'un numéro, NBC4, KCAL9, FOX11, attirés par l'odeur de la mort dans le ciel immaculé de la Californie du Sud.

La chaleur séchant leur sueur à mesure que l'angoisse la sécrétait, Ortega et Munoz observaient nerveusement le semi-remorque blanc qui semblait immobile à travers le voile nébuleux et ondulant de l'air dans la touffeur écrasante de ce milieu d'après-midi. Son mouvement était enfin devenu perceptible pour les officiers de la police de San Bernardino quand, précédé par deux vans noirs, le camion avait quitté la route principale rectiligne pour s'engager sur une voie secondaire plus sinueuse, accompagné par des myriades de particules rocheuses soulevées par les pneus. Comme le devinrent bientôt les trois lettres inscrites sur son front au-dessus du pare-brise : FBI.

D'ordinaire, ce sigle rendait Munoz maussade. Il signifiait que l'affaire était finie pour eux. Terminée. *Adios* et merci d'être venus.

Mais là, au contraire, il souriait.

Ortega réalisa que, dans l'esprit de son chef, les quatre mots qu'il venait d'articuler formaient un compliment.

— Le fils de pute, répétait-il, sans quitter des yeux la silhouette descendue d'un des vans, s'efforçant mentalement de trouver les mots qu'il prononcerait au moment où il lui tendrait la main.

Il l'essuya sur son pantalon pour être certain qu'aucune moiteur ne viendrait trahir sa fébrilité, même s'il se disait qu'il pourrait toujours l'attribuer à la chaleur suffocante. Munoz aurait voulu éviter les banalités d'usage. Pas facile pour quelqu'un qui avait pour habitude d'écrire et de relire méticuleusement ses communications des heures à l'avance. Il allait devoir improviser.

Le cortège s'était immobilisé le long de la route, à la jonction du chemin de terre.

Les vans noirs aux vitres fumées encadraient le camion, long d'une douzaine de mètres, dont le flanc portait l'inscription *Los Angeles Field Office Evidence Mobile Response Team*[1]. Outre les techniciens de scène de crime, il abritait un véritable laboratoire capable d'opérer sur place les premiers examens, ce qui en faisait un des outils de pointe du FBI.

Le premier geste de l'agent spécial Michelle Ventura, une fois descendue du premier van, fut de se protéger du soleil. La chaleur semblable à un étau exerçait une pression physique sur son crâne. Derrière ses verres teintés qu'elle n'avait pas quittés de tout le trajet depuis Los Angeles, elle fixait les deux flics de San Bernardino. Ils ne bougeaient pas, comme figés par l'arrivée du convoi. Elle était trop loin pour se rendre compte que Munoz souriait mais elle percevait la tension qui les habitait. À les voir ainsi pétrifiés, elle eut une brève envie de se marrer, qui lui passa très vite en se souvenant de la raison de leur présence.

— Bonjour, dit-elle en ôtant ses lunettes. Je suis l'agent spécial Ventura, du bureau de Los Angeles.

---

1. Équipe d'intervention itinérante d'urgence du bureau de Los Angeles.

Ortega hocha la tête. Munoz opina et lui serra mollement la main.

Depuis son entrée au Bureau, Ventura portait les cheveux courts, ce qui n'enlevait rien à sa séduction, bien au contraire, et rajoutait une touche de masculin à une sensualité naturelle que la coupe intentionnellement asexuée du costume officiel atténuait déjà. Elle était plutôt grande, l'allure sportive, et ses traits harmonieux donnaient, dans la vie courante, l'impression d'une personnalité avenante. Abordable. L'ensemble déclenchait presque inévitablement une montée de désir chez les flics, qu'elle douchait par une attitude glaciale. Ils étaient tout de suite calmés.

« *The fucking bitch*[1] », c'était ce qu'elle aimait qu'ils se disent.

Mais, elle s'en doutait, ce n'était pas vers elle que convergeaient les regards des deux flics de San Bernardino. Au moins, depuis qu'ils faisaient équipe, on ne la faisait pas chier avec des remarques sexistes ou des regards déplacés. Elle était devenue transparente et ça lui allait bien. À peine avait-il relâché la main de l'agent spécial Ventura que Munoz avançait de quelques pas vers l'homme qui la suivait.

— Merci d'être venu, monsieur Foster, dit Munoz. C'est un honneur de vous rencontrer.

C'est ce qu'il avait trouvé de mieux à dire. Pas brillant, mais sans risque. En fait, complètement naze, se dit-il au moment où les mots sortaient de sa bouche.

---

1. La salope.

Dès qu'il était descendu du van, Nicholas Foster avait senti le souffle caniculaire lui brûler la peau.

Quelle putain d'idée saugrenue de vivre dans ce coin…

Il avait sommeillé durant l'essentiel du trajet depuis Westwood et n'avait pas perçu la transition entre la température modérée par l'océan des quartiers ouest de Los Angeles et la fournaise intense qui enflammait l'air dès lors qu'on s'éloignait de quelques dizaines de kilomètres de la côte.

À deux heures de route à l'intérieur des terres, cette étendue urbaine qu'on appelait « *Inland Empire*[1] » s'étalait sur une centaine de kilomètres, longée au nord par les montagnes de San Gabriel, jusqu'au massif dominé par Big Bear après lequel commençait le désert de Mojave.

Foster avait toujours été fasciné par la capacité de l'individu à s'imposer des épreuves. Il en était arrivé à la conclusion qu'elle relevait soit d'un besoin inconscient de payer pour une quelconque faute originelle, soit celui d'assumer une inégalité de fait entre les hommes pour, éventuellement, essayer de s'en affranchir.

Ce qui arrivait très rarement d'ailleurs…

La preuve, le comté de San Bernardino qui comptait plus de deux millions d'habitants, en plus de son aridité et de son air irrespirable, avait le taux d'homicide le plus élevé de toute la Californie. Comme souvent, les lieux les plus naturellement invivables

---

1. L'empire intérieur.

étaient les plus dangereux, pourris par l'être humain lui-même qui, s'il ne l'était pas au départ, s'était laissé contaminer par des conditions de vie absurdes.

Les montagnes de San Bernardino, poussiéreuses et écrasées par le soleil, lui semblèrent être, à cet instant, l'endroit le plus proche de l'enfer.

Foster rejoignit Ventura tandis qu'à l'arrière les huit membres de l'équipe du laboratoire itinérant descendaient du camion et s'équipaient. Ils étaient accompagnés de deux agents superviseurs du Bureau qui, chargés de veiller à la procédure, étaient de potentiels témoins assermentés pour certifier la méthode si elle était contestée lors du procès. L'un filmait, l'autre prenait des notes. Les chauffeurs restaient au frais à l'intérieur des vans et du semi-remorque. Non seulement ils étaient les mieux payés, mais aussi les plus peinards !

Bien qu'il ne fasse pas partie du FBI, Nicholas Foster avait consenti à en porter le costume officiel. Sauf que le sien, coupé sur mesure par un tailleur hors de prix, était, comme ses lunettes de soleil et ses chaussures, vingt fois plus coûteux que la panoplie d'usage et lui donnait une allure qui soulignait sa différence d'une façon à peine perceptible.

Avant même qu'on l'ait reconnu, Nicholas Foster attirait déjà l'attention sans qu'on sache pourquoi. Lui le savait. C'était voulu. Calculé. Tout dans son attitude était, comme chaque chose de sa vie, millimétré.

— Je suis le sergent Munoz, SBPD[1], Division Homicide, continua Munoz en se disant que, finalement, rien ne valait la sobriété.

Intimidé par la prestance de Foster et l'aura qui se dégageait de sa personne, Munoz tentait de discerner ses yeux derrière les lunettes de soleil qui lui barraient le visage. Comme tous les flics, il voyait Nicholas Foster comme une star de cinéma. C'était ce qu'on appelait, pour un acteur, la présence, cet indicible sentiment de supériorité qu'on vous accordait d'emblée. Munoz se demanda si les types de son envergure avaient réellement quelque chose en plus ou si c'était une projection de notre imaginaire qui leur octroyait cette prééminence immédiate.

— Et voici mon adjoint, le détective Daniel Ortega, ajouta le chef de la Division Homicide en jetant un œil à celui qui, ayant enfin compris la raison du contentement de son supérieur, se fendait à son tour d'un large sourire franc et intimidé, estompant pour un instant la nausée qui l'habitait depuis la découverte du corps.

— Bonjour, monsieur Foster, se contenta de dire Ortega en retirant ses lunettes de soleil comme l'avait fait auparavant Munoz pour bien montrer à Foster qu'ils étaient de son côté et ne lui cacheraient rien.

Ils espéraient qu'il en ferait de même.

Ce qu'il fit, comme attendu, révélant un regard bleu sombre, enfoncé dans les orbites, qui se posa sur Munoz.

---

1. San Bernardino Police Department.

— J'ai l'impression qu'on se connaît, dit Foster en scrutant le visage de Munoz. On ne se serait pas déjà croisés ?

— Je… je ne sais pas, non. Je m'en souviendrais.

Munoz feignit de réfléchir, avant d'ajouter, comme sous le coup d'une illumination :

— Mais vous avez pu me voir à la télé.

— Attendez que je me rappelle, dit Foster.

Il se laissa à son tour un temps de réflexion calculé.

— L'affaire Dorner, ajouta-t-il alors en pointant son index vers Munoz.

— Exactement, répondit Munoz, saisissant la perche que lui tendait Foster pour se faire mousser.

Il était loin d'imaginer qu'il s'agissait, comme le fait d'ôter ses lunettes, d'un simple stratagème de sa part pour se mettre ce pauvre flic dans la poche. Même si, dans le cas du sergent Munoz, il n'avait pas besoin de ça : il leur était acquis d'avance.

— Le fils de pute, dit Munoz, le visage fermé à l'évocation de Dorner.

Cette fois, cela n'avait rien d'un compliment.

Christopher Dorner, un flic mis à pied, avait tenu toute la Californie du Sud en haleine un peu plus d'un an auparavant après avoir tué quatre personnes de sang-froid dont deux officiers de police et la fille de l'ancien capitaine du LAPD qui l'avait défendu lors de la procédure interne précédant sa révocation.

Munoz et son équipe avaient pris part aux recherches lorsque Dorner avait été repéré dans les montagnes à l'est de San Bernardino près du lac de Big Bear. La traque s'était terminée par un assaut féroce de la cabine où Dorner s'était réfugié. Chargé de la communication pour le compte de la police de San Bernardino, Munoz était apparu régulièrement dans les médias pendant quelques jours, devenant le visage humain de la chasse à l'homme.

Il avait eu son quart d'heure de célébrité et, en dépit des circonstances qui avaient rendu tous les flics fous de rage, cela restait son heure de gloire.

En revanche, il avait été privé de l'annonce officielle de la mort du fugitif par le bureau du shérif, lequel avait tiré les marrons du feu. Cependant il arrivait encore de temps en temps qu'on le regarde avec un sentiment de reconnaissance, provoquant en lui une excitation assez intense. Il se dit que cette petite poussée d'adrénaline, Foster la vivait quotidiennement. Ça devait être quelque chose. Il n'imaginait même pas à quel point il avait raison. En attendant, que Nicholas Foster en personne se souvienne de sa tronche lui allait droit au cœur. Il avait vaguement parcouru quelques-uns de ses bouquins, mais sa femme, elle, les avait tous lus. Ces enfoirés du FBI auraient pu le prévenir que Foster allait se pointer. S'il l'avait su, il en aurait apporté un pour le lui faire signer en prétendant l'avoir toujours sur lui. « Il devrait être dans tous les postes de police comme la bible dans les motels », aurait-il dit sans hésitation en tendant discrètement son livre. « Pour Maria Gracia », aurait-il ajouté. Et, le soir en rentrant, il aurait eu droit à une bonne turlutte des familles, ce qui se faisait plutôt rare ces derniers temps. Enfin, bon, ça n'était pas le sujet…

— Vos communications étaient d'une parfaite sobriété, dit Foster, faisant référence aux points presse réguliers de Munoz.

— Merci, se contenta de répondre Munoz, estimant déplacé de lui renvoyer un quelconque compliment.

Foster lui aussi était intervenu sur l'affaire Dorner. Pas directement, car il ne s'agissait pas à proprement parler d'un tueur en série, mais il avait apporté sa contribution au Bureau, sans oublier d'apparaître sur les chaînes nationales d'information.

Dès le premier double meurtre, apprenant qu'une des victimes était la fille d'un haut gradé du LAPD, Foster avait pensé à un flic déchu. Ils avaient cherché dans l'entourage du père de la victime. Ils avaient tout épluché de ses anciennes relations, ses partenaires, ses subordonnés, ses rivaux au sein du département. En vain. Ils n'auraient pas imaginé, et Foster pas davantage, que l'assassin était un homme que le père avait défendu au cours de son procès en interne.

La colère des flics était telle qu'ils n'avaient pas hésité à recourir aux grands moyens : Dorner avait été brûlé vif par l'utilisation de gaz inflammables qui avaient mis le feu à la cabine de montagne où il s'était réfugié. Ils l'avaient grillé comme un cafard.

— Il a eu ce qu'il méritait, dit Munoz.

Les débats sur l'usage de ce type d'armes avaient été vifs, mais personne, même dans les médias les plus libéraux, n'avait osé véritablement défendre

Dorner. La polémique avait été étouffée aussi vite que les flammes.

Foster avait imaginé les dernières minutes du tueur, cerné par les flammes. Tout ça pour ça… Quatre jours de traque. Cinq minutes d'embrasement. Avant de retomber dans l'oubli pour l'éternité.

— Vous pouvez nous conduire près du corps, sergent ? intervint l'agent spécial Ventura, sentant le moment opportun pour les ramener à ce pour quoi ils étaient venus, les membres de l'ERT ayant fini de s'équiper.

Ils n'étaient pas là pour écouter les histoires d'ancien combattant de Munoz. Ils avaient un cadavre à expertiser.

— Bien sûr, allons-y. Vous allez voir, c'est pas joli-joli.

— Vous travaillez sur quelque chose de nouveau ? demanda nonchalamment Munoz, qui s'était arrangé pour marcher à côté de Foster alors qu'ils gravissaient le chemin de terre vers le sommet de la colline.

— Plus ou moins, répondit Foster.

Ça lui laissait de l'espoir. Munoz n'insista toutefois pas. Foster apprécia. Tous les flics n'étaient pas comme lui et certains, rares, il faut bien le dire, nourrissaient encore à son encontre une jalousie profonde et agressive dont l'origine remontait à l'époque où il était l'ennemi numéro un de tous les services judiciaires de l'État, voire du pays.

À commencer par celui pour lequel il était consultant aujourd'hui, le FBI.

Cette hostilité ne durait en général jamais longtemps, mais Foster avait appris à l'éviter en prenant les devants. Sur la route avant qu'il s'endorme, Ventura lui avait préparé le terrain en lui parlant de Munoz et de son intervention dans l'affaire Dorner. C'était évidemment une occasion en or pour se le mettre dans la poche. Elle, dont le père était un ancien du LAPD, avait été particulièrement révulsée par ces crimes restés gravés dans sa mémoire. Foster, cela allait de soi, n'avait aucun souvenir de la tête de Munoz ni de ses communications aux médias.

Michelle Ventura aussi avait appris à travailler avec Foster et elle savait jouer de sa réputation auprès des flics locaux. Sa présence les faisait se sentir importants. Ils savaient qu'ils auraient leur nom dans le journal et peut-être même dans un de ses prochains livres, pour peu qu'il en écrive un sur l'affaire qui l'amenait chez eux. Il fallait qu'ils soient bons. Ou qu'au moins, ils ne jouent pas aux cons. Ils n'avaient pas envie de laisser une image pourrie, aussi ils collaboraient facilement.

— Qui a découvert le corps ? demanda Ventura.

— Un agent de la voirie. Il y a une décharge pas loin, répondit Munoz.

L'information n'échappa pas à Foster et à Ventura qui échangèrent un regard. Ils pensaient la même chose. « Il » voulait qu'on le découvre. Sinon « il » aurait balancé le corps aux ordures et, avec un peu de chance, la dépouille serait passée dans l'incinérateur sans qu'on le remarque.

— Il a touché à quelque chose ?

— Bien sûr que non.

— Cool, dit Ventura.

La culture du crime à San Bernardino était telle que même les fonctionnaires de la voirie connaissaient la règle du jeu.

— Pas d'identification ? demanda-t-elle.

— Pas jusque-là.

— Vous ou un de vos hommes êtes intervenus sur la scène ?

— Non. On a prévenu le patron qui vous a appelés.

— Très bien.

— Et, ajouta Munoz en regardant Foster dans les yeux, il a pensé que ça pouvait être une Victime Numéro Un.

Il venait, comme disait son fils, de tenter d'enfiler son panier à trois points.

Victime Numéro Un était le titre d'un des ouvrages emblématiques de Nicholas Foster. Son deuxième livre. Celui qui, après le succès critique inattendu du premier, avait fait de lui un polémiste redouté. L'allure d'un étudiant attardé avec ses cheveux longs et ses T-shirts amples, il était soudain apparu sur les chaînes d'information, détonnant par son look en rupture avec celui, propret, des consultants habituels et, surtout, par l'agressivité audacieuse de ses propos.

Malgré son jeune âge, Nicholas Foster portait une charge émotionnelle singulière que seul, peut-être, pouvait avoir avant lui un John Walsh, le père d'un enfant victime d'un tueur devenu une icône nationale de la lutte contre le crime. Comme lui, Foster était un homme en colère. D'ailleurs, Walsh avait été un des premiers à inviter Nicholas sur le plateau de son émission *America Most Wanted* pour un numéro spécial et était allé jusqu'à se fendre d'une tribune le concernant dans l'édition du *Washington Post* du 13 mai 1996 intitulée *Une colère légitime*.

Foster venait de publier un nouvel ouvrage, à peine un an après le premier. Il y critiquait avec une extrême virulence l'approche systématique alors en vogue des criminels en série par le FBI, rendue populaire par le film *Le Silence des agneaux*. Il démontrait avec force et brio qu'il n'y avait là qu'un effet de mode médiatique sans véritable efficacité. Alors que son expérience ne s'étendait pas au-delà de son histoire personnelle, il se faisait fort de non seulement démonter les théories des top-profileurs comme Robert Ressler et autres John Douglas, mais aussi de remettre en question leur efficacité en tant qu'enquêteurs. C'était gonflé. Mais son statut de victime l'y autorisait.

Ils se targuaient, en effet, d'avoir participé à l'arrestation de tueurs ayant parfois des dizaines de victimes à leur actif, comme si, plus le tableau de chasse de ces criminels était garni, plus leur mérite de les avoir coincés était grand. Mais si ces autoproclamés experts avaient véritablement été d'efficaces spécialistes, objecta Foster, ils auraient dû empêcher ces tueurs d'aller au-delà de leur première victime.

Identifier un potentiel tueur en série dès sa Victime Numéro Un et prévenir ses futurs crimes, voilà en quoi consistait, de son point de vue, le vrai talent. Pas de se faire prendre en photo avec Ed Kemper après qu'il a fait une trentaine de victimes.

Ça, écrivait Foster, n'importe qui en était capable.

Le livre, grâce à la polémique soulevée dans les médias, se vendit à près d'un million d'exemplaires. Mais, surtout, il déplaça l'intérêt sur son premier ouvrage, plus personnel, plus émotionnel, plus grand public, qui, de succès d'estime, devint à son tour un best-seller. *Lisa, 22 ans*, grâce à son style mordant, sa sincérité crue, totale, le fit connaître comme auteur, mais aussi comme homme et comme victime. Une victime qui se battait, c'était la recette hollywoodienne pour créer un personnage.

Foster se l'était appliquée naturellement, sans but ni calcul, et elle avait changé sa vie.

Son troisième livre, dont le titre *Imposteurs* parlait de lui-même, enfonçait le clou en désignant sa cible : le FBI et ses prétendus experts. Il y détaillait les critiques amorcées dans *Victime Numéro Un* et stigmatisait la bureaucratisation et l'incapacité du FBI à lutter efficacement contre le crime en série. Par contre, se faire de la pub sur le dos des victimes dont, selon Foster, l'Organisation se souciait peu, ça, ils savaient !

À la suite de cet ouvrage, et surtout de son succès polémique, Foster fut considéré pendant des années comme la bête noire du FBI et de ses agents. Avant de devenir l'un d'eux, quinze bouquins, tous des best-sellers, plus tard. C'était l'histoire classique : se faire racheter par son ennemi. Normalement à prix d'or.

Le crime, comme tout ici, était un business.

Racheter, enfin pas vraiment, car Foster ne se faisait pas rémunérer pour son expertise. Il était devenu l'un des consultants extérieurs les plus utilisés par le bureau de Los Angeles. Mais lui le faisait *pro bono*. Et cela s'était avéré bien plus payant que le « prix d'or » ridicule proposé. Chaque affaire donnait lieu à un nouveau livre qui venait occuper les têtes de gondole des librairies. Ses lecteurs étaient devenus des fans qui, comme pour une rock star, faisaient la queue des heures durant à chacune de ses signatures.

Ce choix de mettre ses compétences au service du bien public avait fait de lui un héros. Et ça n'avait pas de prix.

Ils atteignirent le sommet de la colline et durent redescendre quelques mètres de l'autre côté afin de rejoindre la zone entourée de rubalise, circonscrivant un carré d'une dizaine de mètres de côté, surveillé par une paire d'officiers en uniforme sous un pare-soleil de fortune.

Même à distance, la vision était saisissante.

Ils s'approchèrent de la victime.

Ses hurlements de douleur résonnèrent dans le crâne de Foster. Il l'entendait implorer son bourreau,

27

le supplier de mettre un terme à cette torture, ou, tout simplement, gémir dans l'isolement. Une interminable souffrance, comme l'avait ressentie le détective Ortega qui, cette fois, préféra rester à distance en rejoignant ses collègues sous leur parasol.

Foster éprouvait chaque incision comme si elle avait été pratiquée sur son propre épiderme. Puis, les plaies s'infectant, il sentait leur ulcération bouillonnante diffuser en profondeur, si intense que la peur naturelle du néant cédait la place à un besoin immédiat de soulagement.

Combien de fois avait-elle dû appeler la mort de ses vœux ?

Mais c'était sa position qui frappait l'esprit de Foster et faisait remonter des souvenirs nauséeux. La distorsion du buste n'était pas exactement la même, cependant, s'il s'était agi d'un tableau, on l'aurait dit d'un même auteur. Comme la succession de portraits convulsifs de Francis Bacon, pourtant différents, qui montraient tous, au premier regard, qu'ils étaient de la même main.

— Vous pensez que c'est une Victime Numéro Un, monsieur Foster ? entendit-il Munoz lui demander.

Foster ne répondit pas. Se contenta de hocher la tête. C'était bien plus que ça. C'était la scène de crime la plus sophistiquée, la plus choquante et la plus aboutie qu'il ait jamais vue. Et c'était personnel.

Foster sentit un poids au fond de son estomac, le pressentiment que c'était le commencement de la fin. Il avait profité trop longtemps. Tout avait été trop facile. Trop naturel. Il allait devoir payer. Il le savait depuis le premier jour. Depuis que le corps martyrisé de Lisa avait été retrouvé au bord d'une route d'Italie. Un crime pouvait-il être un miracle ?

La réponse était non, bien sûr.

2

Cela lui avait pris du temps, mais Nicholas Foster aimait être Nicholas Foster.

Ou plutôt, il avait appris à aimer l'être. Et pour cause. Comment aurait-il pu en être autrement? Il avait tout. Le glamour d'une star de cinéma avec, en plus, la considération vouée aux hommes d'action. Ses films à lui s'écrivaient sur la vraie vie. Son statut de victime lui avait donné l'empathie, il avait su lui adjoindre la gloire, l'argent, puis le respect.

Non seulement il avait tout, mais il était tout ce qu'on peut être, à la fois un artiste par ses écrits, un martyr par sa souffrance, un héros par ses accomplissements.

Il aimait apparaître sur CNN, ou encore MSNBC et Fox News tout juste créées, pour commenter, débattre, provoquer. Plus qu'une star, Nicholas Foster était vu comme un personnage de fiction, un héros fantasmatique qui serait sorti de l'écran pour devenir réel et nous délivrer du mal.

Le héros absolu.

Hollywood l'avait bien senti. Les studios lui avaient proposé une somme déraisonnable pour adapter son premier livre, certains que les acteurs les plus cotés du moment se bousculeraient pour jouer son rôle. On avait parlé de Leo, Matt, ou encore Ben. Puis, dix ans plus tard, de nouveaux noms, Heath, Ryan, et d'autres encore… Et presque chaque année, il surgissait quelque nouvel astre au firmament hollywoodien pour penser qu'il arracherait le morceau. Mais la réponse de Foster était invariablement la même : «Attendez que je sois mort.»

La star, c'était lui. Point.

Et se voir représenté à l'écran par l'un de ces noms n'aurait pu qu'atténuer le rayonnement de sa propre aura en le détournant vers celle d'un autre. Ces noms, il les croisait dans des restaurants ou des fêtes avec une indiscutable supériorité sur eux. Eux jouaient, lui était. Mais il savait aussi qu'il la perdrait immédiatement si l'un d'eux, soudain, lui prêtait son visage, lequel, comme Matt Damon pour Jason Bourne, deviendrait inévitablement pour le grand public celui de Nicholas Foster.

Il devait rester Nicholas Foster, le seul, l'unique. Celui sur lequel les femmes se retournaient, celui dans le dos duquel on murmurait, celui qu'on admirait pour ce qu'il avait traversé et le succès qu'il avait su tirer d'un destin pourtant si mal embarqué. Celui vers qui un de ces acteurs régulièrement pressentis pour l'incarner à l'écran se fendait d'un signe, voire se levait pour venir le saluer à sa table, lorsqu'ils se trouvaient être dans le même restaurant.

«Hello Nick, content de te voir. Comment ça va ?

— Hello Matt (ou Leo, Ben ou George…), ça va super. Toi?

— Magnifique. Ravi de te voir. Comme toujours…

— Pareil. Bravo pour ton Golden Globe (ou Oscar, ou Emmy…).

— Oh. Merci. Et toi, bravo pour le tueur de Lancaster. (Ou d'ailleurs…)»

Il aimait être Nicholas Foster, même si le prix à payer était finalement une incommensurable solitude. Mais, de toute façon, cette solitude, il la connaissait, il était né avec et il n'avait jamais douté qu'elle l'accompagnerait jusqu'au bout.

Elle était la seule compagne qui ne vous abandonnerait jamais.

Il l'avait sentie venir, la crise avait commencé à poindre depuis quelque temps.

— De la merde, murmura-t-il.

Une tasse de café dans une main, il tenait dans l'autre les pages de la veille. D'ordinaire raturées et noircies d'annotations, celles-ci étaient vierges de toute correction. Il était debout face à l'océan dont il scrutait sans le voir l'horizon. La brise venant du large était faible, ce matin, et transperçait à peine sa chemise.

Comme chaque jour, à six heures, Foster venait d'ouvrir la porte vitrée de son studio, au second étage de sa maison, puis de sortir sur la terrasse. C'était devenu un rituel tant la pureté inaltérée du petit jour lui apportait la lucidité propre à évaluer avec justesse son travail de la veille.

Le ressac était comme un métronome synchronisant sa pensée sur les respirations de la nature.

C'était pour cette sensation de communion rythmique avec l'infini qu'il avait acquis cette maison à Malibu et s'y était installé après son divorce, instaurant quinze années d'un même protocole matinal quotidien. Bâtie sur pilotis, elle surplombait le bout de plage où les vagues venaient s'échouer dans une éternelle répétition cristalline. Il était seul avec l'océan. Mais, vidé de tout enchantement, comme ce matin, son mouvement répétitif ne donnait vie qu'à un boucan absurde et insupportable.

Foster se sentait comme un vulgaire romancier incapable de se démerder d'une histoire médiocre qu'il avait lui-même inventée. Il n'avait même pas cette excuse : l'histoire, il ne l'inventait pas, c'était sa vie. Il avait commencé ce livre trois mois auparavant. Au départ il le concevait comme une somme de tout ce qu'il avait accompli depuis bientôt vingt années dans la lutte contre les criminels en série, comme auteur, puis en qualité d'enquêteur depuis qu'il s'était mis au service du FBI. Il y ferait une évaluation honnête de ses réussites et de ses échecs et, plus globalement, analyserait comment une vie commencée dans l'errance était finalement devenue un destin hors norme.

Ce bilan ouvrirait un nouveau chapitre de son existence.

Pour l'instant, on en était loin… Ce n'était pas non plus que les pages qu'il venait de relire étaient de la merde – c'était tout sauf de la merde, la technique était là, tranchante, éprouvée et toujours juste, ciselant la phrase pour obtenir l'effet recherché, que ce soit le dégoût, la peur, l'émotion, l'horreur, ou tout simplement le sens du tragique –, mais il faisait le sinistre constat qu'il était tout bonnement devenu à ses propres yeux ce qu'il s'était tant acharné à vouloir détruire chez les autres, une figure narcissique et réactionnaire. Ses mots n'étaient que le fidèle reflet de sa métamorphose.

La merde, ce n'étaient pas ses pages, c'était lui.

L'ouvrage était né dans son esprit après la demande qu'une obscure journaliste d'un de ces nouveaux sites web d'information alternatifs avait faite à Banister, son avocat, de réaliser une longue et exhaustive interview en forme de somme biographique dans laquelle il réévaluerait ses accomplissements à l'aune de ses ambitions initiales. Foster avait refusé, naturellement. Non qu'il déclinât par principe toute interview, c'était son fonds de commerce, mais parce qu'il n'était pas question de laisser à un autre le privilège de tirer profit de son œuvre.

C'était lui et lui seul qui était la force directrice de sa carrière et de sa vie. Et peut-être Meredith, son ex-femme, mais personne d'autre.

La journaliste avait fait savoir qu'il le regretterait. Or, plutôt que de s'en mordre les doigts, l'idée avait germé dans son esprit et il avait fini par la trouver excellente. C'était le moment. À quarante-quatre ans, il était certes encore en pleine force de l'âge mais, après tout, pourquoi ne pas dresser un bilan après vingt années consacrées aux tueurs, dont la moitié passée à les chasser activement? Cela faisait bien plusieurs mois qu'il cherchait en vain un nouveau sujet. Et s'il était lui-même son sujet? Ne saurait-il pas disséquer sa propre vie comme il le faisait si habilement pour celle des tueurs dont il avait croisé et, souvent, interrompu le chemin?

La réponse était une évidence.

Cela tombait plutôt pas mal, les derniers meurtres sur lesquels il avait été consultant ne l'inspiraient pas. Il était sec. Sauf à devenir son propre matériau.

Alors il s'était mis au travail. Il avait commencé par reprendre chacun des cas sur lesquels il était intervenu, en s'attaquant d'abord aux plus récents. Sur les soixante-treize meurtres auxquels il avait été confronté, onze seulement n'avaient pas été résolus. Quinze pour cent d'échecs environ. Sachant qu'il s'agissait d'homicides catégorisés comme des plus complexes, c'était évidemment un taux d'élucidation tout à fait remarquable, mais là n'était pas la question. Ce qui comptait, eu égard à sa théorie de la Victime Numéro Un, c'était le nombre de vies sauvées. Si seulement la moitié d'entre elles étaient des Victimes Numéro Un, et qu'on estimait à cinq le nombre moyen de victimes par tueur en série avant qu'il soit arrêté (statistiques officielles du Bureau), il avait sauvé plus de cent cinquante vies.

D'innocentes vies épargnées qui, par définition, ne sauraient jamais ce qu'elles lui devaient. Puis, à partir des cas étudiés dans le cadre du FBI, Foster prévoyait de remonter dans le temps pour expliciter sa méthode, décrire ses réussites à la lumière de sa colère originelle, et, d'une certaine manière, boucler la boucle avec son premier livre. Remonter jusqu'au meurtre fondateur.

Jusqu'à Lisa.

Il avait noirci de nombreuses pages à critiquer les méthodes d'investigation en vogue, prétendant qu'il n'y en avait pas. Ou plutôt qu'il n'y en avait qu'une. Toutes les techniques de profilage ou d'enquête qu'il avait démolies à ses débuts n'étaient au mieux que la vitrine marketing d'une bonne vieille réflexion qui datait de Sherlock Holmes. « *Vous connaissez ma méthode. Elle est basée sur l'observation des broutilles.* »

Et puis, il y avait la sienne. Qui faisait de lui un investigateur unique. Mais pour cela il fallait accepter de plonger dans des eaux dangereuses, inquiétantes, mouvantes, personnelles, où peu d'enquêteurs osaient, ou pouvaient, s'immerger.

Profiler le meurtrier à partir de la victime, en déduire ses caractéristiques psychologiques était facile et superficiel. Les profileurs des années 90 avaient beau avoir passé des heures à interviewer les tueurs les plus féroces, ça ne valait rien. Ils croyaient s'exposer au danger en se retrouvant face à ces monstres, ils se protégeaient du seul monstre véritablement terrifiant. Celui qui était en soi. Et, à part au cinéma, jamais un tueur n'avait permis d'arrêter un autre tueur. C'était de la fiction pure, qui faisait parfois de bons films ou de divertissantes histoires, mais sans lien avec la moindre efficacité dans le réel. «Connaître les tueurs en série n'a jamais servi à arrêter un tueur en série», avait-il écrit. Ça, vingt ans plus tard, il le pensait toujours. Ce qu'il fallait, c'était se connaître soi-même.

La question n'était même pas de penser comme le tueur, autre cliché trop répandu, mais d'entrer littéralement en résonance avec le crime en laissant son esprit aller à l'endroit de son cerveau où le même acte sordide aurait pu naître.

Le tueur était en nous.

Je suis entré dans la tête du monstre était le sous-titre de l'ouvrage majeur de Robert Ressler, alors qu'il aurait dû être : *Laisse entrer le monstre dans ma tête*. C'était la capacité à aller explorer cet espace mental qui distinguait les enquêteurs brillants, ceux qui sans forcément le savoir en possédaient le talent, des médiocres.

Mais évidemment, cette capacité avait un prix. Une part maudite.

La plupart des enquêteurs de cette catégorie devenaient dépressifs, alcooliques, suicidaires, drogués, ou, comme Valdes, premier partenaire de Foster au FBI, vivaient dans une sorte de stoïcisme absolu proche du cynisme qui les tenait à l'écart du monde. À moins d'avoir un exutoire.

Foster avait le sien, l'écriture. C'était ce qui lui avait permis de rester le même durant toutes ces années et de jouir de son succès. Mais il se rendait compte que cela ne formait qu'un paravent qui l'avait empêché de sentir la progression de cette part maudite en lui. Maintenant, il lui faisait face. Les yeux dans les yeux. Il était prêt à l'explorer. Et son nouveau livre serait le résultat de cette investigation.

Tel était le projet qu'il avait présenté à Meredith, laquelle, après avoir été son mentor, demeurait son agente, son attachée de presse, sa conseillère, sa base, son socle. Il avait même commencé à reprendre les anciens cas, à passer quelques coups de fil. Mais ce qu'il relisait ce matin n'avait rien à voir avec l'exercice de rigueur et de véracité qu'il s'imposait d'ordinaire. Son récit était devenu une sorte de plaidoyer *pro domo* qui ressemblait à s'y méprendre aux autobiographies des soi-disant top-profileurs qu'il exécrait et avait voulu déboulonner il y a vingt ans. Prétentieux. Pompeux. Puant.

Et, au fond de lui, il savait pourquoi.

Foster connaissait l'origine de son malaise mieux que quiconque, mais cela n'avait jamais entravé sa vie ni son travail jusqu'alors. Il s'en était accommodé. Il en avait même fait une force. Il avait su créer son propre mythe, c'était là son œuvre majeure d'écrivain. La seule, peut-être, mais que demande-t-on à un auteur, si ce n'est de créer des personnages ? Il avait créé le sien.

Et ce personnage avait gagné l'empathie, puis la notoriété et, enfin, le respect. Au fil des années, il avait bâti un empire et, même s'il le devait au talent de son agente, éditrice et ex-femme, il n'avait rien volé à personne. Mais, si certains châteaux étaient bâtis sur du sable, le sien l'était sur quelque chose de

38

beaucoup plus menaçant qu'un sol instable. Et cela devait bien se payer un jour.

Le crime de San Bernardino le lui rappelait brutalement.

L'empire Foster était bâti sur le mal.

3

— Combien de temps ça a duré...

Ce n'était pas une question mais un constat que faisait l'agent spécial Michelle Ventura. Sa voix était posée, son ton assuré, mais un timbre à peine plus rauque que son inflexion naturelle trahissait, pour qui la connaissait, son écœurement. Les mots lui venaient du fond de la gorge comme s'ils remontaient directement de ses tripes. C'était un de ces détails, ces broutilles, qui n'échappaient pas à Foster.

— Longtemps, répondit-il.

La peau cireuse était couverte de cicatrices, certaines à peine refermées, d'autres complètement. Même à première vue et avant un examen anatomopathologique complet, elles étaient dans des états d'évolution très différents et semblaient l'aboutissement de blessures administrées sur une très, très longue durée. Un calvaire de plusieurs semaines. Peut-être même plusieurs mois.

Ils échangèrent un regard que, derrière eux, le sergent Munoz s'efforça d'interpréter.

— Le fils de pute... répéta-t-il, sur un ton encore différent, comme un compositeur crée une variation de pitch sur une même série d'accords.

Cette dernière, en mode majeur, Munoz le savait, mettait fin à sa partition.

Après que les techniciens du laboratoire mobile eurent achevé un premier travail de prélèvements, Foster et Ventura avaient pu franchir la banderole et s'approcher pour observer le corps de près. Foster s'était accroupi le premier. Il étudia tout d'abord sa position.

Allongée sur le côté, les genoux repliés presque en position fœtale, mais pas tout à fait, les bras tirés en arrière, de même que la tête, relevée dans une hyperextension maximale, la dépouille avait été disposée dans une intensité expressionniste impossible à atteindre avec un sujet en vie.

La bouche était ouverte, dans un cri qui avait été interrompu par la mort. Une mort soudaine, intervenue dans un moment de souffrance paroxystique, mais qui n'avait apporté aucun soulagement, aucune libération. Les muscles, pourtant détendus par l'arrêt du flux nerveux, ne s'étaient pas relâchés mais avaient continué d'imprimer leur crispation sur le visage. C'était comme si tous les muscles étaient contractés, agonistes et antagonistes, dans une sourde lutte entre contraires qui créait cette expression de tension extrême. Certaines cicatrices étaient propres, presque professionnelles, d'autres avaient été effectuées de façon plus laborieuse, pas forcément hésitante mais grossière, sans chercher à préserver la moindre apparence, comme si un chirurgien et un boucher avaient œuvré de concert.

41

— Ils seraient deux ? interrogea Ventura.

Foster ne répondit pas, se contentant d'un mouvement de tête incertain.

Deux individus distincts se seraient acharnés sur cette femme, l'un méthodiquement, proprement, l'autre sauvagement ? C'était possible. Tout était possible pour Foster. Mais ça ne collait pas vraiment avec la minutie mécanique qu'il observait. Même en ce qui concernait les incisions les plus approximatives, il semblait n'y avoir aucune colère dans la manière dont elles avaient été pratiquées, mais une méthode précise, rodée, visant sciemment et avec expertise à causer un maximum de souffrance. Mais, au-delà de cette souffrance, il y avait quelque chose qui l'inquiétait personnellement. Il pouvait maintenant analyser le malaise qu'il avait éprouvé au premier regard.

S'il y avait un élément, un seul, sur lequel Foster pouvait s'entendre avec les profileurs classiques, c'était qu'il fallait encore et toujours revenir au principe de Locard, le fondateur de la criminologie moderne : « L'auteur d'un meurtre prend quelque chose et laisse quelque chose de lui-même sur la scène d'un crime. » Locard pensait, à l'époque, au début du XXᵉ siècle, en termes d'indices matériels et son principe avait indéniablement fait avancer la recherche. Mais, plus tard, on avait étendu ce principe aux éléments immatériels laissés par le tueur. Cela avait permis, dans un premier temps, avant que l'analyse ADN ne devienne l'Alpha et l'Omega de la scène de crime, d'attribuer par recoupements plusieurs meurtres à un même auteur. Puis d'établir le concept de signature. Première étape vers la compréhension qu'un tueur s'exprimait à travers son geste, que chacun des détails qu'il ordonnait signifiait quelque chose qui avait un sens pour lui et qu'il fallait décoder.

Mais ce n'était que la partie visible de l'iceberg. Il y avait, en plus de ce que le meurtrier voulait dire par son crime, le sens qui s'en échappait. Comme il s'en échappe entre les mots lorsqu'on parle. C'est ce que Foster avait voulu décrire dans *Portrait du tueur en artiste*, son quatrième livre. Celui où, par le biais de l'étude d'un tueur particulier, il était allé le plus loin dans l'exploration mentale du crime.

Un tueur s'exprimait à travers ses meurtres, comme un artiste à travers ses œuvres, et le connaître c'était, pour un enquêteur, devoir faire sa psychanalyse par sa perception des crimes, comme un critique devait ressentir une œuvre d'art, faire vibrer son inconscient avec celui du tueur et tenter d'en tracer les contours afin de mesurer tout ce qu'il révélait, à son corps défendant.

Il en ressortait pour Foster une idée, un concept, quelque chose du criminel qui s'exprimait à travers son geste et qui, si on savait le lire, permettait de l'appréhender. Le principe était simple, le mettre en action extrêmement délicat. C'était là où Foster était passé maître, car il savait mettre en résonance son cerveau et celui du criminel. Peu de prétendus spécialistes pouvaient le faire. Lui le pouvait. Il l'avait appris à ses dépens des années plus tôt.

Il le ressentait de nouveau en regardant avec attention le corps disposé sur la rocaille.

Des tueurs de cette envergure, Foster n'en avait connu qu'un. Patrick Hollmann.

C'était lui qui avait été le sujet de deux de ses livres, le premier indirectement, à travers une de ses victimes, et le quatrième, frontalement, en allant au plus profond de son être, pour explorer, comprendre, remonter à la source d'une pensée qui conceptualisait le crime d'une façon unique, provocatrice et paradoxale, mais que son intelligence aiguë, sa science de la rhétorique, rendait presque défendable.

C'était l'ultime provocation. Certains critiques avisés n'avaient pas hésité à attribuer cette intention à Nicholas Foster de vouloir défendre le tueur, ce qui avait rendu le livre encore plus attractif, et, tout en voulant le descendre, avaient contribué à son rayonnement.

Ils ne savaient pas à quel point ils avaient visé juste.

Lorsque Ventura et Foster en eurent assez vu et une fois leurs analyses in situ terminées, les gars du labo saisirent le corps, le soulevèrent et le posèrent avec délicatesse sur un brancard.

La victime devait peser une quarantaine de kilos. La rigidité cadavérique avait figé sa pose, comme la dernière image d'une vie, prostrée pour l'éternité.

À observer le corps contorsionné, Foster eut l'impression que rien de cette scène de crime ne participait de l'inconscient. Tout était maîtrisé. Le tableau était parfait. Rien n'échappait à son auteur en dehors de ce qu'il voulait exprimer. En particulier, le fait qu'il s'adressait à lui, Nicholas Foster.

Et qu'il lui lançait un défi.

4

Les premiers examens du corps commencèrent dans le véhicule scientifiquement équipé sur le chemin vers Los Angeles.

Il était pourtant évident que le crime avait été pensé, préparé de longue date et savamment élaboré. Il ne servait pas à grand-chose de gagner du temps tant il allait de soi que l'auteur d'un meurtre aussi méticuleusement planifié avait également pris soin d'organiser sa fuite. Ça aussi, le laboratoire mobile, c'était du bidon, de la poudre aux yeux du public, et, au mieux, un élément psychologique qui permettait aux enquêteurs et à l'électeur de base, de se dire que le système était immédiatement actif face à l'horreur.

Pour la première fois, néanmoins, Foster apprécia l'existence de l'Unité d'analyse urgente et de sa technologie ambulante. Il avait un besoin impérieux d'en savoir plus, dont il ne montrait bien entendu rien.

Le trajet de retour lui sembla dix fois plus long que l'aller. Arrivant par l'autoroute 10, ils n'eurent toutefois pas à subir les embouteillages du labyrinthe autoroutier qui cernait le bloc des gratte-ciel rassemblés en grappe du centre administratif et financier de Los Angeles. *Downtown LA*. Ils prirent la sortie Charlotte Street, longèrent le campus de USC, l'Université de Californie du Sud, pour emprunter Mission Road.

L'institut médico-légal, une construction de type espagnol à l'harmonieuse façade de briques rouges et de pierre grise, se trouvait juste sur la gauche.

Les véhicules le contournèrent pour entrer par l'arrière. La dernière fois que Foster était venu dans ces lieux, c'était pour reconnaître le corps de sa mère, il y avait vingt-deux ans de cela. Depuis, il n'y avait pas remis les pieds. Les premières années de sa carrière, il n'aurait pas été le bienvenu et, depuis qu'il consultait pour le FBI, il se contentait des rapports d'autopsie et l'interprétation criminalistique effectuée par l'agent en charge. Valdes, les premières années. Ventura dès lors qu'elle avait pris sa suite.

Foster aimait son esprit de synthèse. Cela, en temps normal, suffisait amplement. Mais, cette fois, il avait besoin de suivre au plus près tout le processus afin d'être certain que rien ne lui échappait. Ventura ne lui posa pas de questions. Elle avait compris que ce meurtre avait quelque chose d'exceptionnel même pour lui qui était allé au tréfonds de l'horreur.

L'horreur n'était pas en cause. Mais la méthode. L'intention. L'œuvre.

Foster et Ventura suivaient les techniciens du laboratoire ambulant qui poussaient le corps sur un chariot le long d'un couloir menant au «purgatoire». Les toubibs bossant pour le bureau du coroner appelaient ainsi l'immense salle où environ une centaine de corps emballés dans des draps et enveloppés de plastique, étiquetés et entreposés sur des rayonnages métalliques, étaient stockés en attendant de passer sur la table d'autopsie.

La température était maintenue entre trois et cinq degrés par une dizaine de ventilateurs d'unités de climatisation fixés aux murs. Bien que tournant en surrégime, ils ne parvenaient pas à dissiper une odeur âcre de formol qui, mélangée à celle de la mort, avait imbibé les peintures. Les néons suspendus au plafond en tôle diffusaient leur lumière blafarde. L'attente ordinaire dans cette antichambre était de cinq à sept jours pour le tout-venant des cadavres. Quarante-huit heures sur demande expresse du procureur. Le leur avait un passe-droit pour couper la queue, l'autopsie aurait lieu le jour même. Dans son état, c'était, pour la victime, un privilège qui n'avait plus grande importance.

Les techniciens de l'Unité d'analyse urgente, qui avaient soigneusement emballé la dépouille une fois les premiers prélèvements effectués, la confièrent à deux assistants du légiste. Ces derniers saluèrent Ventura d'un hochement de tête. L'un d'eux jeta un coup d'œil appuyé à Foster, puis échangea un regard entendu avec son collègue. Ils remplirent sans un mot les formalités d'usage. Les deux gars de l'Unité d'analyse prirent leur copie et quittèrent les lieux, laissant Ventura en charge.

Les deux assistants acheminèrent le chariot jusqu'à la salle d'autopsie où le légiste les attendait. Ventura avait appelé le docteur Wang, qu'elle connaissait bien, sur le trajet du retour. Il avait abandonné son cours à USC pour, dit-il à ses étudiants, répondre à une urgence, ce qui les avait fait marrer. Une urgence pour un légiste, ça devait être un gag.

— Vous connaissez Nicholas Foster, doc, dit Ventura. Il va assister à l'autopsie.

— Pas de problème, répondit Wang, surpris, avant de serrer la main de Foster sans faire aucune remarque.

Il mit son masque. Un de ses assistants en donna un à Ventura. Foster refusa le sien. Il voulait abolir la distance entre le cadavre et lui, qu'il n'y ait aucune barrière, aucun filtre.

L'odeur putride de la mort était une dimension du tableau.

Le légiste commença par étudier les cicatrices et confirma qu'entre les dernières, les plus fraîches, à peine ressoudées, et les plus anciennes, il s'était passé au minimum plusieurs mois. Peut-être même une année… L'étude histologique des fibres devrait établir les délais avec précision. La nature des sections différait également. Il souligna, comme l'avaient observé Foster et Ventura, le côté professionnel de certaines et aléatoire des autres. La radiographie du squelette fit apparaître de nombreuses fractures. Le fémur gauche avait été brisé net juste au-dessus de l'articulation du genou. La fracture avait été réduite et s'était ressoudée sans le concours d'une attelle ou de vis, ce qui tendait à prouver que la victime n'était pas libre de ses mouvements. Une telle fracture obligeait à une chirurgie lourde pour retrouver une station verticale et éviter une prévisible claudication. On pouvait en déduire que la victime avait du mal à se déplacer. Des côtes avaient été fracturées. La clavicule gauche aussi. Un trait de fracture apparaissait également à la base de l'occiput.

Le légiste fit une remarque sur les muscles dans l'ensemble très atrophiés, signe d'un long enfermement et d'une sous-nutrition caractérisée. Il procéda ensuite à l'examen des organes internes.

L'estomac, sans surprise, était vide. De taille réduite, il s'était rétracté, comme tout organe inutilisé, au fil des jours de privation. Le foie, les reins, le cœur avaient été prélevés. Dans ces circonstances, déterminer les causes du décès était hasardeux. Il était impossible d'affirmer que les organes avaient été prélevés après la mort. Peut-être leur exérèse l'avait-elle occasionnée ? Mais l'épuisement de la victime était tel que le passage de la vie à la mort n'était plus qu'un infime franchissement. Une respiration qui, imperceptiblement, cessait. Courant coupé.

Le légiste abaissa le drap et continua l'examen de la partie basse de l'abdomen. Une cicatrice horizontale, mimant une césarienne, avait été pratiquée sur le pubis. Elle était récente, mais cette incision avait, à coup sûr, été réalisée du vivant de la victime. Là-dessus, le légiste était formel. Elle avait commencé à se ressouder. Les organes génitaux avaient été retirés. Une découpe au scalpel assez nette avait été pratiquée tout autour de la vulve et les tissus connectifs avaient été tranchés sans provoquer

50

d'hémorragie : c'était le seul prélèvement dont on avait la certitude qu'il avait été effectué post mortem.

Le légiste, à l'image de ce qu'avait fait le tueur, incisa par-dessus la cicatrice au bas du ventre. L'utérus était encore présent, mais il portait des traces récentes de sutures. Les chairs avaient à peine eu le temps de se reformer. Les fils qui avaient servi à recoudre l'incision étaient toujours là et entourés de petits amas sanguinolents, signes d'inflammation.

— L'utérus était dilaté, fit remarquer le légiste.

— Elle était enceinte ? demanda Ventura.

Foster, qui avait compris qu'elle ne l'était pas, répondit par un non en secouant la tête avant que le légiste intervienne.

Ventura chercha son regard, sans le trouver. Elle se concentra sur l'organe.

— Allez-y, indiqua-t-elle.

Le légiste fit glisser la lame de son scalpel sous un des fils et, le soulevant légèrement, le trancha d'un petit coup sec. À l'aide d'une pince, il en saisit l'extrémité et tira. Le fil coulissa facilement dans les chairs, indiquant que la suture, à l'instar de la césarienne sauvage, ne datait que de quelques jours avant le décès de la victime. L'organe, sous tension, s'ouvrit comme une fleur.

C'était exactement ce que Foster, fasciné, redoutait.

Ventura resta immobile. Paralysée.

Le technicien fit glisser son instrument autour de l'incision pour l'ouvrir plus largement. Si Foster

51

avait été préparé par la disposition du corps, la surprise, pour l'agent Michelle Ventura, fut totale.

Ce que contenait l'utérus n'était pas d'une texture organique. C'était une forme arrondie, légèrement oblongue, mais qui possédait des traits humains. Un regard de souffrance. Une bouche déformée par un cri atroce. Le visage d'un fœtus qui aurait été enfanté par le démon.

L'utérus de la victime renfermait une petite statuette en bois qui représentait un dieu indonésien.

— Hollmann, dit-elle.

5

La statuette indonésienne dans l'utérus de la victime voulait signer le meurtre, mais c'était évidemment une signature falsifiée.

Patrick Hollmann était mort depuis plus de quinze ans.

Nicholas Foster avait assisté à son exécution le 21 avril 1998 à 7 h 46 du matin par injection létale dans la prison de Tamms, dans le comté d'Alexander dans l'Illinois. Il tombait une petite pluie fine, ce matin-là, lorsqu'il était arrivé au Centre de détention de haute sécurité (CMAX, Close Maximum Security Unit), situé à la pointe sud de l'État. L'avion de Foster en provenance de Los Angeles avait atterri la veille au soir à l'aéroport de Nashville, Tennessee, la ville la plus proche bien que distante de plus de trois heures de route.

Hollmann avait été un des derniers détenus de l'État de l'Illinois dans le couloir de la mort à avoir été exécuté. L'avant-dernier, précisément, avant que, l'année suivante, le gouverneur commutât toutes les peines de mort en prison à perpétuité. Il n'avait pourtant commis aucun de ses crimes dans cet État. La plupart de ses victimes, il les avait croisées à l'autre bout du monde. Loin, très loin de l'endroit dans lequel son parcours se terminerait. Seules ses quatre premières avaient été tuées dans le Wisconsin voisin. L'une d'entre elles, cependant, avait été retrouvée aux abords de la petite ville de Rocktown, Illinois, à quelques kilomètres de l'autre côté de la frontière qui séparait l'Illinois du Wisconsin, où la peine de mort n'existait plus depuis des décennies. Mais Hollmann avait fait l'erreur de déposer le corps de sa victime dans l'Illinois, ce qui avait suffi pour que le procureur général de cet État donnât l'ordre à ses lieutenants de «chercher la peine de mort», suivant la formule qu'il employa devant les caméras lorsque, bien des années après le meurtre, furent révélées les infamies qu'avait commises Patrick Hollmann dans l'État voisin et dans le reste du monde.

L'occasion, pour la justice, était trop belle. Le crime, aussi, était trop brutal pour qu'il se dilue dans la liste des horreurs perpétrées par le tueur en série. Il fallait marquer le coup. Faire une exception.

La collaboration entre les deux États fut, selon leurs représentants, un modèle du genre afin que le procureur général du Wisconsin autorisât la délocalisation du premier procès dans l'Illinois. D'autres attendaient encore Hollmann dans le Wisconsin lorsque eut lieu son exécution qui, elle aussi, avait été permise par un décret exceptionnel pris par la Cour supérieure de l'État. Non seulement justice était faite mais, en plus, on n'allait pas foutre le nez dans les affaires de l'archevêché de Milwaukee. L'erreur supposée de Patrick Hollmann avait déclenché une réaction en chaîne et la justice avait fonctionné avec une rapidité inédite pour aboutir à la peine capitale. L'alliance parfaite de l'Église et de l'État. En quelques mois, son sort avait été scellé. Mais était-ce véritablement une erreur ?

Patrick Hollmann savait trop bien ce qu'il faisait pour ne s'être pas rendu compte qu'en franchissant la frontière de l'État il avait aussi franchi la ligne rouge. Foster était à peu près certain qu'il avait tout calculé pour faire culminer dans un moment d'exception un destin qu'il avait voulu extraordinaire jusque dans ses derniers instants. Il le savait intimement, tous les deux avaient la même peur de l'ordinaire.

Chacun l'avait évité à sa manière. L'un grâce à l'autre, ou à cause de lui.

Si une exécution capitale avait mis fin aux jours de Patrick Hollmann, son héritage lui avait survécu. Par les livres de Nicholas Foster qui avaient immortalisé son parcours criminel, mais également amorcé un autre mouvement en lui façonnant une célébrité qui allait engendrer d'autres écrits. Des lettres de femmes qu'il avait reçues après avoir été extradé aux États-Unis. Leur nombre était considérable. Des centaines.

Toutes avaient été lues par les diverses administrations pénitentiaires des deux États où il avait séjourné et ce qu'elles laissaient entrevoir de la nature humaine avait été, pour Foster qui était encore jeune, une révélation.

Qu'importait la monstruosité, il y avait toujours une femme pour vous aimer. C'était troublant, mais c'était vrai.

En ressassant ces idées, Foster n'inventait rien. Elles lui avaient été instillées par Hollmann qui, à l'époque de leur rencontre, avait ciselé avec précision, dans une pensée encore nébuleuse avec laquelle le jeune Nicholas Foster se débattait alors moralement, cette notion que le tueur en série résumait par ces mots : « Grâce à Dieu, il y avait toujours une femme. »

C'était même, selon lui, la preuve de l'existence de Dieu. Le Tout-Puissant n'abandonnait aucune de ses brebis, même les plus égarées. Ou alors, Il les abandonnait par paires. Ou plutôt par couples, afin qu'elles puissent, comme tout un chacun en avait le droit, se reproduire.

C'est ce que Patrick Hollmann voulut faire.

Il avait choisi l'une d'elles parmi les auteures de ces lettres, avec laquelle il s'était marié et avait eu un fils, prénommé Ivan, qui avait aujourd'hui près de dix-huit ans et qui, comme Foster au même âge, étudiait à Berkeley.

Les deux livres que Nicholas Foster lui avait directement consacrés avaient contribué à étendre la réputation d'Hollmann au-delà du cercle de ses proches ou de ses admirateurs immédiats.

N'importe quel malade, pensait Foster, pouvait avoir envie de profiter de la notoriété de Patrick Hollmann pour devenir quelqu'un. Mais cela concernait une catégorie de dégénérés plutôt rares qui passaient difficilement à l'acte. En revanche, la véritable célébrité d'Hollmann s'était transposée dans celle de Foster et, dans ce mouvement, avait changé d'ampleur et surtout de nature. Elle était passée d'une notoriété de l'ombre à la lumière.

D'une certaine manière, Foster avait phagocyté Hollmann.

Il avait digéré son ADN comme on intègre celui d'un virus étranger dans son propre code génétique, donnant naissance à cet être nouveau qu'il était devenu et que rien n'annonçait. Et cet être-là, affublé des atours du bien, au contraire de Patrick Hollmann, fascinait les femmes, mais aussi les fous dans des proportions autrement plus importantes qu'un tueur qui allait finir suffoquant misérablement sous l'effet d'une injection létale.

Foster avait été à plusieurs reprises l'objet de harcèlement. Principalement par des groupies. Mais pas seulement.

Quelques fans de Patrick Hollmann avaient reporté leur attention sur lui.

En septembre 2008, l'une d'entre elles s'était montrée particulièrement dangereuse, suivant Foster un peu partout, lui adressant des messages de menace téléphoniques, ce qui avait déclenché une enquête du bureau du shérif de Malibu. Peu après, on s'était même introduit dans sa maison. L'intrus n'avait malheureusement pas laissé de traces permettant de l'identifier et il s'était évanoui sans qu'on sache qui il était et ce qu'il voulait, abandonnant un seul indice derrière lui : le vol d'un livre, un exemplaire de *Crime et Châtiment* que possédait Foster et qui avait appartenu à Patrick Hollmann.

Le bureau du shérif s'était dit qu'il avait dû se rendre compte qu'il allait trop loin et avait disparu de la circulation. On n'entendit plus parler de lui.

Au contraire du tueur qu'il traquait désormais, ce «fan» était un de ceux qui, fascinés par Hollmann, n'avaient toutefois jamais osé aller jusqu'à reproduire ses crimes, mais qui au lieu de cela s'étaient braqués sur Foster.

L'auteur du meurtre de San Bernardino, lui, avait dû laisser gonfler son agressivité, la réprimer, la contenir, jusqu'à ce qu'elle explose dans un crime qui réunissait deux obsessions, Hollmann et Foster.

Le sujet et son auteur.

Au fond, ce tueur ressemblait à Nicholas Foster. Il portait les mêmes caractéristiques que lui à ceci près qu'elles n'avaient été ni fécondées par la célébrité, ni canalisées par l'écriture. Il n'avait pas eu cette chance. Comme Hollmann, il devait avoir la même aversion pour la soumission existentielle, l'oubli, mais, à l'opposé de Foster qui jouissait d'une vie de luxe, il vivait cette attirance dans une médiocrité quotidienne dont il s'était décidé à sortir par le meurtre.

Un meurtre qui ferait de lui quelqu'un.

Tous deux étaient, chacun à sa manière, les enfants spirituels de Patrick Hollmann. Et, s'il s'attaquait indirectement à Foster, c'était sans le moindre doute pour le tuer symboliquement et prendre sa place.

Ce serait une lutte à mort.

C'était ainsi que Foster, debout face au Pacifique, comprenait le meurtre de San Bernardino. Comme un appel. Et cette conclusion transforma le mauvais pressentiment au goût fielleux en une pulsation d'adrénaline dont il avait besoin pour s'arracher à sa torpeur.

Tout changea soudain en lui.

À l'inverse de l'injection qui avait mis un terme à l'existence de Patrick Hollmann, cette piqûre de rappel allait lui donner une seconde vie. Cette fois, il écrirait l'histoire au fur et à mesure de son déroulement. Pour la première fois, il commencerait un livre sans en connaître la fin. Ce serait son testament. Sa libération. Sa catharsis. Il en connaissait le début. Il l'avait raconté dans *Lisa, 22 ans*. C'était une partie de l'histoire dont il n'avait jamais révélé que la surface. Il était temps qu'il le fasse. Il allait remonter à la source. Mais il lui fallait pour cela dominer le courant comme il avait toujours su le faire, même dans la tempête.

Il était prêt à s'y plonger.

Quitte à se noyer.

6

Rome, Italie. 25 septembre 1993

Le ciel était d'une noirceur funèbre et sa pesanteur moite lui collait les habits à la peau.

Il pleuvait, chose étonnante pour une fin d'été, pensait-il, dans une ville au climat méditerranéen. Il était descendu du métro à la station Piazza di Spagna et, après avoir pris un ascenseur et traversé un long couloir souterrain qui sentait l'urine, venait de sortir dans une ruelle pavée et sombre comme si, sous ce ciel de plomb, le tunnel se prolongeait au-dehors. La petite pluie fine s'était transformée en trombes d'eau qui s'abattaient sur la ville. Deux heures plus tôt, lorsque son avion avait touché le sol de l'aéroport de Ciampino, le ciel était d'un bleu presque immaculé. Sans doute allait-il le redevenir aussitôt que les nuages se seraient vidés de leur merde. En attendant, il s'était abrité dans un bar, juste à la sortie du métro, où on vendait des pizzas au mètre. Il commanda une part aux champignons.

— *Con funghi*, dit-il en s'efforçant de prendre son meilleur accent.

— Champignon, très bon.

Le serveur, qui l'avait humilié en lui répondant directement en anglais, lui demanda d'où il était.

— Los Angeles, *California*.

— Ah, *California*, répondit le serveur dans un hochement de tête entendu.

Il ne savait pas vraiment ce que le gars voulait dire par là. Il l'observa couper avec une dextérité appuyée un rectangle de pizza et lui demanda s'il connaissait un hôtel pas trop cher dans le quartier. L'autre lui indiqua l'hôtel Albergo, dans un mélange d'anglais et d'italien.

— À gauche sur la place, puis tout droit. C'est la via Sistina.

Il mangea sa part de pizza debout, la tenant sur son carton, attendant que la pluie cesse ou au moins faiblisse d'intensité. L'attente ne dura que quelques minutes. Après avoir remercié le découpeur de pizza, il sortit, et, son sac de voyage sur l'épaule, marcha jusqu'à la via Sistina, une petite rue tout en montées et descentes qui ressemblait à des montagnes russes. Il arrêta un passant pour lui demander où se trouvait l'hôtel Albergo.

— *Si*, mais comment il s'appelle ? répondit-il en anglais, lui faisant subir une nouvelle humiliation.

— Albergo. Hôtel Albergo.

— Ce sont tous des *albergos*, rétorqua le passant en désignant les alentours.

Il comprit qu'il n'avait rien compris et se sentit comme un con : *albergo* était le mot italien pour « hôtel ».

Il choisit le premier qui se trouvait sur son chemin. Deux étoiles. Télévision dans les chambres. Quoi de mieux pour vingt-cinq mille lires la nuit? Trente dollars. La chambre, étroite et sombre, ressemblait à une tranche de couloir au bout duquel on aurait mis une porte. Mais, au moins, c'était propre. Une petite fenêtre surplombait le lit sur lequel il posa son bagage et s'allongea.

L'impression d'arriver dans un autre monde était puissante et enivrante. C'était exactement ce qu'il recherchait. Il sentait que quelque chose d'inattendu allait se produire qui allait changer sa vie.

Nicholas Foster ne savait pas quoi. Mais il était prêt.

Une fois installé dans la chambre, il fit ses comptes. Il pouvait tenir un mois. S'il souhaitait rester au-delà, il lui faudrait trouver des ressources. Ou alors faire un virement. Il espérait ne pas avoir à s'y résoudre.

Sans doute pour se déculpabiliser, son père avait ouvert un fonds à son nom auquel il avait accès depuis sa majorité. Mais, en cinq ans, Nicholas s'était toujours défendu d'y toucher et avait bien l'intention de continuer ainsi. Il n'avait même pas idée de la somme qu'il y avait sur ce fichu compte. Pas grand-chose certainement, même si, connaissant son père de réputation, les sommes versées avaient été judicieusement investies. Il ne voulait pas le savoir, comme si le montant lui indiquait le prix de son existence.

Il venait de terminer son premier cycle à l'université de Berkeley, Californie. Ses études avaient été payées par une bourse décrochée en obtenant le *National Merit* et elle couvrait la totalité du coût de son enseignement et de son logement. Pour le reste, il avait enchaîné divers petits boulots.

Il aurait préféré bouffer de la merde plutôt que de toucher à ce fric.

À vingt-trois ans, Nicholas Foster n'avait quasiment jamais mis les pieds hors des États-Unis, à part un court séjour scolaire au Canada en dernière année de High School, et très peu hors de Californie, au fin fond de laquelle il était né et avait grandi. Victorville. Il n'avait jamais vraiment connu son père, parti quand il avait deux ans, et sa mère, elle-même abandonnée à la naissance, avait été sa seule et unique famille. Il lui devait tout.

Et il l'aimait plus que tout.

Il savait ce qu'elle avait dû endurer alors que, schizophrène dite «légère», un euphémisme ridicule, elle était vouée à n'avoir pour compagnons, en plus de quelques fantômes, qu'un traitement antipsychotique et un gosse sur les bras. Elle aurait pu le placer. Les services sociaux l'y invitaient régulièrement, mais elle s'était battue pour garder son fils et, aimait-elle dire dans ses périodes de lucidité, «inverser la tendance».

Même s'il avait dû assister à des moments de détresse psychologique terribles où elle disparaissait pendant deux, trois jours, le laissant livré à lui-même alors qu'il n'avait pas encore dix ans, il lui était reconnaissant pour son obstination et jamais il ne lui en avait voulu. Elle était morte depuis un an mais il avait l'impression que c'était hier. Un cancer foudroyant avait mis un point final sur son corps usé par la maladie mentale et les traitements, concluant une lutte solitaire perdue d'avance contre la dépravation.

Nicholas, à vingt-deux ans, s'était retrouvé en première ligne.

Il avait beau s'y être préparé, la mort de sa mère avait laissé un sentiment de vide d'une profondeur incommensurable. Il ne craignait cependant pas la solitude. Il la connaissait bien. Il en avait visité les tréfonds sans rien y trouver d'inamical. Sa peur, sa seule peur, était de vivre une vie ordinaire. Insignifiante. Il admirait tous ceux qui, comme sa mère, étaient capables de mener une existence modeste et anonyme tout en nourrissant une vive aversion pour cette vie. C'était ce vide-là qu'il craignait.

Mais non, pour lui, c'était écrit. Il allait s'en extirper. Il allait tôt ou tard répondre à l'appel qui ferait de sa vie quelque chose d'unique, d'exceptionnel, peu importait comment. Il avait la certitude bien ancrée d'avoir un avenir hors norme.

D'où lui venait cette croyance en l'exception de son existence, il n'en savait rien, mais il avait toujours eu le sentiment étrange et tenace qu'inévitablement il rencontrerait son destin.

Le surlendemain de son arrivée à Rome, Nicholas rencontra Lisa.

Elle lui fit immédiatement penser à sa mère. Le même manque de retenue dans le rire, cette petite intonation un peu trop aiguë qui dénotait et laissait entrevoir qu'elle ne s'appartenait pas totalement. Cette indicible faille, comme une minuscule ouverture sur l'inconnu, lui faisait craindre le pire et l'attirait inéluctablement. Il se demanda si c'était cette même faille qui avait attiré son père, pour ensuite lui faire quitter la maison quand, quelques années plus tard, elle se fit béance et qu'il comprit, lors d'une crise de détresse absolue suivie d'une violence explosive, que la maladie ne connaîtrait qu'une aggravation inexorable, sans espoir de rémission.

En attendant, Lisa était belle. Elle était « fun », comme on disait chez lui. Et être avec elle était une aventure permanente.

Elle s'était installée à Rome près de six mois auparavant. Elle était polonaise et s'appelait Lisa Dudek. Elle était très mince, sans être maigre. Ses cheveux étaient blonds, tirés en queue-de-cheval, et son visage marquait les esprits – du moins celui de Nicholas – tant il semblait correspondre aux proportions parfaites édictées par les génies de la Renaissance dont les œuvres, dans la capitale italienne, étaient partout. Elle avait toutefois le menton légèrement en retrait qui, comme une singularité supplémentaire, personnalisait son profil sans pour autant le disgracier. Elle parlait l'anglais avec un accent assez peu prononcé qu'il trouva charmant.

Venue de Cracovie pour suivre des cours de cuisine, elle travaillait à temps partiel en tant que réceptionniste à l'hôtel Sistina où Nicholas avait élu domicile.

Il l'avait croisée au deuxième matin de son séjour. Il entendit son rire pour la première fois lorsqu'il lui expliqua l'anecdote au sujet de l'hôtel albergo. Le soir même, à la fin de son service, ils s'étaient retrouvés et étaient allés déguster un cappuccino dans un bar sur la piazza San Silvestro où Lisa prenait son bus pour le quartier du Stadio Olympico. Seuls deux étrangers pouvaient boire un cappuccino en fin de journée, c'était presque un péché. Elle avait commandé une dizaine de *tramezzini* qui s'accumulaient sur la table devant eux au fur et à mesure que le serveur, ébahi, les apportait. Elle avait englouti les mini-sandwichs tout en discutant, en faisant goûter certains à Nicholas comme s'ils partageaient déjà une intimité physique qui les autorisait à mélanger leurs humeurs.

À plusieurs reprises les clients sourirent en l'entendant rire. Le moins que l'on pouvait dire était que son rire était communicatif. Pour lui, c'était autre chose.

Il était tragique.

Officiellement Nicholas Foster était venu à Rome pour étudier l'architecture des Lumières durant un mois, mais la rencontre avec Lisa l'avait convaincu de prolonger son séjour. La perspective de devoir toucher à son fonds d'études s'éloigna quand elle le proposa pour remplacer un des veilleurs de nuit qui, atteint par la limite d'âge, ne cessait de s'endormir pendant le service. Le vol d'une partie de la recette alors qu'il était de service conduisit le couple propriétaire de l'hôtel à le virer. Nicholas ne sut jamais exactement ce qu'il en était de ce vol, mais le lendemain Lisa, plus dispendieuse que jamais, l'invita à dîner pour fêter son embauche.

Pour trois nuits par semaine, il gardait sa chambre en plus d'un salaire hebdomadaire équivalant à une centaine de dollars ce qui, au début des années 90, suffisait largement à couvrir ses frais. D'autant que Federico, le chef cuisinier, lui faisait régulièrement passer les restes de midi. Il pouvait tenir ainsi des mois. Il n'avait besoin de rien de plus. Tant que son intérêt pour la ville ne s'épuisait pas, qu'il continuerait de l'arpenter avec Lisa, explorant les bars autant que les monuments, errant méthodiquement, quartier par quartier, des nuits entières jusqu'au petit matin, puis s'endormant ensemble dans sa chambre ou dans le studio qu'elle louait, les jours où elle ne travaillait pas. Il découvrait la légèreté.

C'était nouveau pour lui. C'était bon.

Même si, sans s'en expliquer la raison, il se sentait comme un condamné en sursis dans le couloir de la mort.

Leurs errances nocturnes avaient commencé un soir où elle l'avait emmené sur le chemin de la Trinité des Monts qui surplombait la piazza di Spagna d'un côté et la piazza del Popolo de l'autre.

La ville entière s'étendait à leurs pieds. Là, à la tombée de la nuit, toutes les cloches des églises s'étaient mises à sonner les unes après les autres, comme si elles se répondaient, chacune avec un timbre propre, un rythme singulier. L'ensemble, derrière ce qui tenait du désordre total, donnait l'impression d'être soumis à un ordre plus grand, une sorte d'harmonie supérieure du chaos qui ressemblait tout simplement à la vie dans ce qu'elle avait de beau, de démesuré et, en même temps, de déréglé.

Ce fut en écoutant ce concert stupéfiant qu'il comprit que Lisa était son destin. En bien ou en mal. Nicholas n'était pas croyant et le surgissement de cette pensée le surprit. La certitude avec laquelle elle s'imposait à lui le dérouta. Mais il ne pouvait s'en défaire.

Lisa, elle, en bonne Polonaise qui répondait parfaitement au cliché, était très croyante et très respectueuse de la religion catholique. Même si, disait-elle, il fallait séparer Dieu de l'Église. À plusieurs reprises, elle s'était heurtée à ses représentants, ce qui dans son pays n'était pas une mince affaire, mais elle avait, chaque fois, trouvé une solution. Foster ne savait pas trop de quoi elle parlait, et il attribua cette incompréhension à une maîtrise limitée de l'anglais.

En revanche, ce qui était beaucoup moins cliché, elle ne séparait pas amour de Dieu et amour physique. Et si faire l'amour était un don de Dieu, alors ils étaient là pour en profiter jusqu'au bout et elle en faisait presque une expérience mystique. Curieux mélange, d'autant qu'elle n'avait guère d'inhibitions. D'où lui venait cette inspiration, il n'en avait pas la moindre idée. Il se rendit compte qu'il avait alors la sexualité d'un adolescent pour qui la notion de plaisir sexuel devenait avec elle un euphémisme risible.

Elle lui ouvrit des portes sur des sensations dont il ignorait l'existence. Puis, au fil de la connaissance intime qu'ils faisaient l'un de l'autre, ce qu'il avait pris pour de nouvelles sensations physiques se transforma en un enchaînement mystérieux qui conduisait, dans une forme d'ivresse, à une métamorphose. Il n'y avait pas de mot plus juste. C'était chaque fois une épreuve dans laquelle, comme pour un marathon, il fallait atteindre un certain degré de persistance, de répétition des mêmes gestes, pour transcender l'état de présence physique ordinaire et se retrouver emporté vers une sorte de tréfonds oppressant, jusqu'à se sentir happé par un abîme qui n'était autre que la vacuité absolue de son propre esprit.

Le vide de l'existence, du monde, vous aspirait inexorablement. Jusqu'à l'extase.

Pour, enfin, au moment de reprendre possession de soi, en ressortir régénéré.

Il n'avait jamais même imaginé qu'il fût possible d'atteindre cet état par la sexualité.

Rien que pour ça, elle avait changé sa vie.

D'où Lisa tirait ce pouvoir, il l'ignorait. Il eut un aperçu sur l'origine de cette passion enivrante et contagieuse un soir qu'ils étaient allés admirer les tableaux de Caravage au fond de l'église Saint-Louis-des-Français, entre le Panthéon et la piazza Navona. Il fallait insérer une pièce de 500 lires dans un mécanisme qui allumait la chapelle de Saint Matthieu pour quelques minutes et, comme par miracle, faisait sortir de l'ombre les trois œuvres du peintre. Nicholas savait à peine qui était Caravage, mais il avait suffisamment de sensibilité pour apprécier la lumière, les expressions des visages, les contrastes et la tension singulière qui émanait de ces tableaux. Tout en suivant du regard les contours de l'ange, il sentit que Lisa, à côté de lui, éprouvait physiquement la tension propre à l'œuvre. Pire, un dégoût. Pleine de colère, elle lui dit qu'elle avait envie de détruire ces peintures créées par, selon ses mots, «un putain de salopard». Elle était si agitée qu'il se demanda s'il allait devoir la retenir, et fut soulagé lorsqu'elle le prit par la main et le tira vers la sortie.

Cette nuit-là, ils firent l'amour jusqu'à l'aube. Nicholas était certain que ces excès étaient liés à l'émotion qui s'était emparée de Lisa dans l'église. Il ne lui posa pas de questions. Le lendemain ils louèrent un scooter pour aller visiter la villa Adriana dans les alentours de Rome. C'était une des premières journées de mars et les prémices du printemps commençaient à se faire agréablement sentir. Ce fut une journée d'une douceur parfaite qui contrastait avec la crise de la veille.

C'est sur une petite route près de Tivoli, dans le villagio Adriano, à une vingtaine de kilomètres de Rome, qu'on retrouva le corps mutilé et partiellement éviscéré de Lisa.

C'était elle-même qui avait indiqué à Nicholas le cours d'italien près du Campo dei Fiori où il avait rencontré celui qui allait devenir son assassin.

Le destin traçait son chemin méthodiquement.

Le cours d'italien « ItaliaIdea » était installé dans un immeuble du XVIIᵉ siècle, piazza della Cancelleria, qui prolongeait une petite rue adjacente au Campo dei Fiori, en face du ministère de la Justice – ce qui ne manquait pas d'ironie.

Ils étaient une dizaine à être inscrits dans le programme débutant.

Parmi eux se trouvaient deux bonnes sœurs polonaises envoyées à Rome par leur église, une apprentie cantatrice japonaise venue étudier dans la Ville éternelle, un boulanger japonais de l'île de Sapporo dont on n'avait aucune idée de ce qu'il foutait là, un Australien de vingt-cinq ans qui donnait des cours de body-building, et un étudiant allemand au parler et au visage monolithiques.

C'était comme une petite coupe transversale du monde et elle montrait que, lorsqu'il s'agissait de caractériser les nations, tous les clichés étaient vrais.

Les deux nonnes pouffaient stupidement en rougissant dès qu'elles écorchaient un mot, la cantatrice japonaise poussait des « oh » exclamatifs à tout bout de champ, son compatriote était maladivement timide, en particulier vis-à-vis des femmes, l'étudiant australien ne parlait que de ses beuveries et l'Allemand déroulait son vocabulaire efficacement comme un moteur de Mercedes. L'enseignante, Tiziana Serafini, était une Romaine de vingt-cinq ans. Elle était plus qu'un cliché, la quintessence de la femme romaine telle qu'on la croisait dans les rues, toujours impeccable et semblant naturellement inaccessible.

Et puis, il y avait un dernier étudiant qui, lui, n'entrait dans aucune catégorie. Du moins pas encore...

Plus âgé d'une bonne vingtaine d'années que la moyenne des étudiants, il avait commencé le cours un jour après eux. Il s'était présenté comme le leur avait appris Tiziana, en utilisant leurs premiers mots en italien.

— *Mi chiamo Patrick*, dit-il.

— *E che cosa ti piace di più a Roma?*

C'était la question rituelle. «Qu'est-ce qui te plaît le plus à Rome?» Chacun y avait répondu, qui par la *pasta*, les églises, ou l'architecture, comme l'avait dit Nicholas, peu soucieux alors d'échapper à la banalité.

— *Le donne*, répondit-il.

Les femmes... Tiziana sourit, les nonnes rougirent, les autres n'y virent rien à redire. Il décrivit à quel point il admirait la beauté, l'élégance, la grâce des femmes romaines qui le transportaient.

Nicholas, amusé, le trouva gonflé de balancer ça devant un groupe d'inconnus.

— *E che cosa fai nella vita?* demanda Tiziana.

Et qu'est-ce que tu fais dans la vie? Il répondit qu'il était prêtre.

Sa réponse fut accueillie dans un silence de cathédrale.

7

Patrick Hollmann était entré dans les ordres à
l'âge de dix-sept ans, après sa dernière année de lycée,
dans une paroisse d'une petite ville du Wisconsin à
une heure de route à l'est de Milwaukee.

— *Di dove sei?* demanda Tiziana.

— Rome, répondit Patrick Hollmann avec un sourire.

— *No*, corrigea-t-elle, *di dove sei?* D'où es-tu?
répéta-t-elle en traduisant en anglais, cette fois,
pour être certaine qu'il comprenait bien qu'elle lui
demandait d'où il était originaire.

— Je suis de Rome, insista-t-il avec toujours le
même sourire. Rome, Wisconsin.

Rome, en effet, était une commune d'environ
deux mille cinq cents habitants du comté d'Adams,
Wisconsin. Patrick Hollmann avait été élevé dans
le giron de Saint John Parish, paroisse catholique
romaine de l'archidiocèse de Milwaukee. Depuis
qu'il avait sept ans, il rêvait d'aller à Rome, la vraie,
la Rome éternelle, et il venait enfin de voir son désir
exaucé par les autorités du Vatican. C'était en réalité son second séjour à Rome. Le premier, dix ans

auparavant, avait précédé son départ en mission de laquelle il revenait comme un être accompli, capable, dit-il à Nicholas, d'apprécier enfin véritablement la ville. La première fois, il l'avait traversée comme une ombre.

Après avoir été ordonné prêtre en 1977, il avait officié dans diverses paroisses du comté, la dernière étant Sainte Mary Magdalene de Johnson Creek, à une vingtaine de kilomètres de sa ville natale, où il resta quatre ans. Puis, au milieu des années 80, il avait subitement été envoyé comme missionnaire en Indonésie où, après un séjour d'évaluation au Vatican, il avait passé près de dix ans. Il venait d'être rappelé à Rome en attendant sa prochaine affectation. Comme il ne savait pas combien de temps cela prendrait, il en profitait pour apprendre l'italien.

Contents tous deux de trouver un compatriote, Nicholas et Hollmann avaient marché jusqu'au pont Cavour où Hollmann allait reprendre la via Vittoria Colonna, pour continuer seul jusqu'au Vatican où il résidait, et Nicholas remonter jusqu'à la piazza Barberini, au milieu de la pollution et des aspirations d'air causées par des autobus qui vous frôlaient dangereusement.

Le lendemain, Nicholas avait retrouvé Patrick Hollmann avec plaisir et s'était naturellement assis à côté de lui. Après la leçon, il l'avait accompagné jusqu'à une boutique située dans une petite rue, près du Panthéon, où Patrick devait acheter un accessoire. La boutique s'appelait Ghezzi et c'était un véritable supermarché de la religion : on y trouvait de tout, de la soutane aux missels, en passant par des calices et, bien sûr, des croix de toute taille. Hollmann acheta une petite croix en ébène attachée à un chapelet du même bois. Il avait laissé le sien à Bantaeng, en Indonésie, dit-il.

— Tu ne savais pas qu'il existait une telle boutique, fit-il remarquer en voyant l'étonnement de Nicholas. Nous sommes comme les autres, il faut bien qu'on fasse notre marché quelque part.

Derrière son physique ordinaire, Hollmann était drôle, brillant, charismatique et extrêmement cultivé. Il nourrissait une passion pour Dostoïevski et avait même appris le russe pour pouvoir lire ses œuvres dans le texte. Il était capable de citer des passages entiers de *Crime et Châtiment* qui était son roman culte. Un véritable roman policier, disait-il. Une scène en particulier le fascinait, dont il parlait toujours avec exaltation, c'était la renaissance de Raskolnikov.

La catharsis.

Ce moment où, au bagne, le condamné découvre ses sentiments pour Sonia, la jeune prostituée qui l'avait accompagné en Sibérie, et se sent enfin capable d'amour, d'un amour total et sans réserve.

Hollmann en connaissait chaque mot. C'était un passage court et tout proche de la fin du roman qui, en quelques pages, changeait complètement la perspective du récit et jetait sur cette plongée dans l'abîme intérieur d'un homme un mince rayon de lumière. La finalité du livre était là, disait Hollmann : il fallait accepter sept cents pages de descente aux enfers, de supplice, de communion avec le mal, pour quatre pages de joie. De révélation.

Mais ces quatre pages étaient tout.

« Et, ajoutait-il mystérieusement, elles justifiaient tout. »

Il fallait passer par la haine pour connaître l'amour, par le mal pour connaître le bien. C'était notre condition d'homme. Notre calvaire.

Le sien, en tout cas, très certainement, pensait Nicholas qui n'en doutait pas, vu l'exaltation d'Hollmann en évoquant ce passage. Le jeune homme était autant impressionné par son histoire que séduit par ses discours qui entraient en résonance avec ce qu'il ressentait sans jamais l'avoir formulé avec autant de clarté.

Il était clair que Patrick Hollmann méditait là-dessus depuis des années et qu'il avait minutieusement dessiné le cheminement de sa pensée comme un missionnaire arrivant dans des régions inconnues. Nicholas avait l'impression qu'il lui ouvrait des portes à l'intérieur même de son esprit, portes qui donnaient sur des zones inexplorées. Comme si le prêtre l'aidait à se révéler à lui-même.

Il avait de l'avance sur lui, comme un mentor sur son disciple.

À la fin de ce premier passage à Rome qui avait suivi sa demande d'expatriation depuis le Wisconsin, le Vatican avait répondu positivement après avoir évalué le prêtre. On avait testé la motivation de Patrick Hollmann, la profondeur de sa foi et sa psychologie, insistant sur la solidité mentale requise par un éloignement aussi extrême.

Quelle que soit sa destination, il allait se retrouver seul, loin de sa famille, de ses proches, de ses guides religieux. Mais surtout dans un territoire où la religion chrétienne était sinon inexistante, du moins très minoritaire. Était-il prêt à une telle épreuve ?

Il assura que oui. On jugea qu'il l'était et, après six mois passés au Vatican, Patrick Hollmann reçut son ordre de mission : Gereja Katolik, Santa Maria de Fatima. Bantaeng.

— *Hm, what the fuck ?...* pensa-t-il tout haut.

Hollmann n'avait pas la moindre idée d'où se situait l'endroit où il allait échouer. Il n'alla pas se renseigner à la bibliothèque du Vatican où chaque lecture était consignée, mais profita d'une promenade en ville pour consulter une encyclopédie dans la librairie qui jouxtait l'église Saint-Louis-des-Français, de l'autre côté du Tibre.

L'Indonésie. Un des pays musulmans d'Asie les plus peuplés.

Il fallait croire qu'il avait passé les tests de résistance avec succès, se dit-il en souriant alors qu'il scrutait les photographies de la ville de Makassar. Pourquoi pas ? De toute façon, il n'avait pas le choix. Il pouvait refuser, mais c'était retour direct à Milwaukee. Et ça, c'était compliqué... D'autant que la demande de mission émanait directement de lui. Le Vatican, après étude de son dossier, avait saisi l'occasion de l'envoyer dans le coin le plus perdu possible où, espérons-le, sous l'effet de la chaleur, de l'humidité et de l'isolement, il se perdrait à son tour.

En fait de quoi, il s'était trouvé.

L'évêque du diocèse de Milwaukee avait appuyé très favorablement cette demande de mission. Lorsque Hollmann lui fit connaître par courrier la décision prise par les autorités du Vatican, il l'encouragea vivement à accepter. C'était lui qui, déjà, avait suggéré au jeune prêtre de séjourner à Rome.

À cause de sermons jugés pour le moins audacieux, Hollmann intriguait une hiérarchie qui ne pouvait se permettre un scandale dans une Église catholique très minoritaire dans l'État du Wisconsin. De plus, il se disait que le jeune prêtre était devenu le confident de nombreuses paroissiennes et on le soupçonnait même d'entretenir une liaison physique avec certaines d'entre elles.

Sans preuve, toutefois. Mais son influence sur ces femmes était suspecte.

En quelques années, trois avaient brutalement quitté la région, abandonnant, pour deux d'entre elles, mari et enfants. Hollmann avait été questionné à ce sujet. La seule chose que l'on pouvait lui reprocher était d'avoir été au courant de leurs projets d'exil. Ce qu'il confessa alors, après leur disparition. Mais, s'il n'en avait rien dit avant, c'était, assura-t-il lors de l'enquête rapide menée par le bureau local du shérif, non seulement pour préserver le secret de la confession, mais surtout pour éviter de les mettre en danger alors qu'elles cherchaient toutes à fuir des maris violents.

Une quatrième paroissienne fut retrouvée, après avoir été violée et sauvagement tuée, en plein champ près de la petite ville de Rocktown, Illinois.

Le hasard.

Patrick Hollmann embarqua pour Jakarta à l'aéroport de Rome, Fiumicino, le 23 novembre 1984 après un séjour au Vatican de cinq mois et vingt-trois jours. Il venait de fêter ses trente-deux ans une semaine plus tôt, dans une pizzeria de la via Lombardia, avec ses parents, sa sœur et un couple de cousins qui avaient fait tous ensemble le voyage depuis le Wisconsin. Il était vêtu d'un jean de marque secondaire mal coupé qui lui boursouflait légèrement la taille, et d'une chemise blanche qui, par absence de contraste, cachait quasiment la petite marque rectangulaire blanche à son cou désignant son engagement religieux.

L'appareil faisait une escale de quatre heures à Singapour avant d'atterrir à Jakarta en fin de journée. Vingt heures en tout.

Personne ne l'attendait à son arrivée.

Il prit un taxi qui le conduisit dans un hôtel du centre.

D'emblée, il détesta l'ambiance de la ville. La circulation ininterrompue, chaotique et chargée de puanteur lui donnait la nausée. La densité humaine lui semblait inhumaine, lui qui ne supportait pas la promiscuité. Les cris, les bruits, les mouvements de la foule l'agressaient. Il voulait la jungle, mais pas cette jungle malodorante et dégoulinante qui le débectait. L'hébergement qu'il choisit sur recommandation de son chauffeur était tout proche d'une enfilade d'hôtels internationaux implantés sur une avenue du quartier des ministères, ridiculement surnommé « le Triangle d'or de Jakarta ». Son budget ne lui permettant pas de séjourner dans un de ceux-ci, il avait opté pour une chaîne locale dans une rue adjacente.

— *Fuck me*, dit-il tout haut en poussant la porte.

Tout ça pour économiser quelques dollars, mais c'était trop tard. La moquette puait. Les chiottes entartrées étaient une ode à la constipation. Il enfila un jogging pour dormir. Comme dans certains hôtels des États-Unis où il avait séjourné lorsque, étudiant, il avait traversé le pays… Un voyage qui devait être initiatique et s'était révélé un fiasco total.

Patrick Hollmann ne détestait rien tant que le manque d'hygiène.

Heureusement qu'il ne restait qu'une nuit.

Il en profita pour relire des passages du *Joueur* de Dostoïevski. La fin, pathétiquement optimiste, alors qu'elle lui filait généralement un coup de fouet, le déprima encore plus. Il passa le reste de la nuit à prier, mais malgré la présence rassurante de sa croix au creux de sa main, il avait du mal à atteindre l'état de ravissement qui aurait accéléré le temps.

Le lendemain, il prit son vol pour Makassar sans avoir dormi une minute. Épuisé.

L'église qui devait l'accueillir était située dans le village de Tappanjeng, district de Bantaeng, dont la grande ville la plus proche, Makassar, était la capitale de la province du Sulawesi du Sud, une petite île de l'ouest de l'archipel indonésien.

Des mots abstraits qui allaient devenir son quotidien pendant presque dix ans.

Tout changea lors de son arrivée dans cette ville.

Ancienne cité coloniale et portuaire qui n'avait pas encore été massacrée par la surpopulation, elle avait le charme des localités exotiques telles qu'on les imaginait.

Et, en plus, on l'attendait.

Le jeune apprenti prêtre venu accueillir Hollmann s'appelait Sondakh. Issu d'un groupe ethnique du nord de l'île, Minahasa, il était protestant de naissance, mais avait choisi de se convertir au catholicisme à la suite d'un séjour à Bantaeng où il avait finalement décidé de s'installer. Pas très grand, âgé de vingt-trois ans, il avait un visage très juvénile qui semblait quasiment asexué à Hollmann. Il parlait un anglais presque parfait grammaticalement mais à l'accent un peu *old school*.

Hollmann le trouva naïf mais sympathique.

Il y avait trois heures de trajet jusqu'à Bantaeng sur une route qui contournait le massif montagneux et volcanique du sud de l'île pour longer la côte, s'en éloignant et s'en rapprochant au gré du relief accidenté.

Bordée de petites maisons en bois, de commerces, d'arbres, la route était plus calme, même avec ces scooters par nuées qui, tels des insectes malfaisants, vous tournaient autour de la tête. Un mode de transport qu'Hollmann allait pourtant adopter très vite pour devenir dans la communauté, en bugis, la langue parlée dans ce coin reculé de Sulawesi, «le curé qui roule», surnom dû à sa manière de se déplacer, assez inhabituelle chez ses prédécesseurs comme chez les prêtres locaux.

Plus on se rapprochait de Bantaeng, plus la route devenait tranquille. Les constructions se faisaient plus rares, ainsi que les scooters, la végétation plus dense et le paysage plus plat.

— Nous sommes sur le point d'arriver, lui dit Sondakh.

Patrick Hollmann sentait son esprit se détendre. Il retrouva cette impression qu'il avait fait le bon choix.

De toute façon, il n'en avait pas d'autre.

8

À son arrivée au Federal Building de Westwood, l'agent spécial Ventura avait dû commencer par son rapport.

Assise à son bureau, en train de taper à son ordinateur, elle se disait comme chaque fois que c'était un des avantages de plus que possédait Foster, il n'avait pas à s'emmerder avec de la paperasse. Et quand lui, il écrivait, ça rapportait des millions. Mais elle n'aurait jamais échangé sa place contre la sienne. Elle avait été attirée par Foster, sa distance, sa réputation aussi, quand elle avait commencé à collaborer avec lui, alors qu'elle était encore l'adjointe de l'agent spécial Valdes, mais elle avait compris qu'il ne fallait pas y toucher. Tant qu'elle ne le connaissait que de réputation, la séduction marchait à fond. En le côtoyant de près, surtout dans cette fonction qui sollicitait sa part d'ombre, elle avait mesuré qu'il était dans une solitude que rien ne pourrait compenser. Ni l'argent. Ni l'amour.

C'était une tentation, mais aussi un piège dans lequel il ne fallait pas tomber.

Elle avait commis l'erreur une fois, on ne l'y reprendrait plus. Une erreur de jeunesse qui, dans un moment particulier, l'avait poussée dans les bras de Foster. Comme il l'avait vue chez Lisa Dudek, elle avait aperçu la faille en Nicholas Foster et, contrairement à lui, elle se gardait bien de vouloir l'explorer. C'était toute la différence. Celle qui faisait de vous un bon fonctionnaire ou, parfois, un millionnaire.

Fonctionnaire lui allait bien, merci.

À travers la baie vitrée de son bureau du dix-septième étage, elle fixait mécaniquement le Getty Center qui surplombait l'autoroute 405, parcourue d'un flot incessant de véhicules. Le versant est de la colline était encore noirci par les incendies de novembre qui avaient dévasté la région et menacé, outre de nombreuses habitations, le musée avec ses prestigieuses collections. Heureusement, le feu, comme par miracle, n'avait pas réussi à traverser l'autoroute.

C'était une vision étrange, une terre brûlée d'un côté, intacte de l'autre, et, au milieu, un chemin sinueux aux reflets de métal.

Foster et elle avaient fait la route depuis l'institut médico-légal dans un des vans du Bureau sans pratiquement échanger un mot. Le silence n'était pas inhabituel avec Foster, et celui-ci, elle le sentait, n'était pas simplement le fait de sa réflexion, mais d'une profonde agitation. À force de le côtoyer, elle avait appris à lire les petits signes qu'il laissait transparaître par son comportement. Elle aussi, passé le choc de la découverte de la statuette insérée dans l'utérus de la victime, avait immédiatement compris le sens de ce supplice.

Déjà, elle en tirait les conséquences sur l'enquête.

Le meurtre de Lisa Dudek était devenu fameux depuis le premier livre de Foster. N'importe quel malade pouvait prendre un malin plaisir à jouer les *copycats*, mais cela collait mal avec un kidnapping aussi long, aussi planifié. Si la victime avait été torturée pendant des semaines, pourquoi vouloir lui faire subir le même rituel que celui décrit par Foster dans son livre ?

Le tueur était soit fasciné par Hollmann, soit par Foster lui-même. Ou les deux.

Ventura savait que Foster remuait les mêmes hypothèses.

Mentalement, elle dressa la liste des démarches à suivre. Cela commençait par prendre contact avec les prisons où Hollmann avait séjourné. Ça allait faire un peu de monde, mais c'était en passant tout au peigne fin qu'on finissait par trouver. Même si cela datait. Elle rédigea une demande d'identification de tous ses codétenus et de toutes ses visites, qu'elle expédia dans les différents endroits où il avait été enfermé : en Allemagne où il avait été arrêté, d'abord à Heidelberg, puis à Francfort, avant d'être extradé dans le Wisconsin où il était accusé de quatre meurtres et, enfin, dans l'Illinois où tout finirait par s'arrêter.

Quant aux meurtres commis par Hollmann en Indonésie, les États-Unis ayant toujours refusé de l'y extrader pour qu'il soit également jugé, ils étaient passés par pertes et profits. Sur le moment, Ventura s'en félicita. Cela ne voulait pas dire pour autant qu'il fallait délaisser les recherches dans ce pays. L'auteur du meurtre de San Bernardino venait peut-être de là. Car elle n'oubliait pas que Foster, alors qu'il travaillait à son quatrième livre, celui majoritairement consacré à Hollmann, était parti sur les traces du prêtre après son exécution. Il avait retrouvé des proches de ses victimes : des indigènes qu'Hollmann avait éviscérées avant de placer dans leur utérus la même petite statuette en bois qu'on venait de découvrir dans le cadavre de San Bernardino.

C'était sur ces terres lointaines qu'il avait affiné et systématisé son rituel macabre. Foster avait pu y croiser un proche d'une victime, un mari, un frère, qui aurait vu en lui un ami de Patrick Hollmann et décidé de se venger. Mais, si l'affaire remontait jusqu'à ce séjour de Foster en Indonésie, alors ils étaient dans une sacrée merde et elle n'avait aucune idée de la manière de s'y prendre. Essayer de faire ressortir toutes les demandes de visas qui émanaient de cette région ? Mais depuis quand ? À voir.

Elle estima à une semaine le délai minimum avant que toutes ces institutions pénitentiaires lui répondent et qu'elle puisse seulement commencer à étudier les différents profils criminels qui avaient été en contact avec Hollmann. C'était long. Le corps de la victime n'inspirait aucune urgence, mais elle redoutait qu'il en arrive un autre. Ce malade n'allait pas s'arrêter. Combien de temps lui faudrait-il avant de recommencer ? Un mois, six mois, un an ? On ne pouvait jamais savoir. Mais qu'il ait disposé le corps d'une manière aussi calculée, dans le but précis d'être retrouvé, lui indiquait que ça n'allait pas traîner.

Elle avait la vision d'un tueur qui avait longtemps retenu la pulsion, l'avait maîtrisée, façonnée, polie, avant de consentir à la laisser prendre possession de lui et, au moment voulu, de passer à l'acte.

Oui, elle en était convaincue, il allait récidiver. Bientôt. Très bientôt.

En attendant ces informations, Ventura s'occuperait d'identifier la victime. Selon le légiste, qui avait évalué son âge à la couleur de ses poumons, elle avait entre vingt-cinq et trente ans. Drôle de méthode, mais elle avait confiance en son expérience. Ventura nota mentalement : recherche de toutes les disparitions précédant la date des premières blessures retrouvées sur la victime. D'abord en Californie, puis dans les États voisins, et enfin dans tout le pays si cela ne donnait rien. La victime pouvait aussi avoir rencontré son assassin de son plein gré sans qu'aucune disparition soit signalée, ce qui rendrait son identification encore plus complexe.

C'était les deux angles d'attaque de son enquête. Ventura espérait que l'un d'eux aboutirait à quelque chose. Sans oublier de rajouter un nom à la liste des suspects. Hollmann avait eu un fils lors de sa détention dans le Wisconsin. Il devait avoir pas loin de dix-huit ans aujourd'hui.

Et puis, il y avait Foster.

Comme lui, elle se devait d'envisager que c'était lui qu'on cherchait à atteindre. Provoquer ou défier.

Elle lui laissait pour l'instant le soin de travailler cette hypothèse, sachant qu'il était par définition beaucoup mieux placé qu'elle pour l'appréhender. Elle était curieuse, comme toujours, de voir ce qu'il allait en tirer. Comment il allait tordre cette piste pour en faire sourdre une de ces formules qui rendaient dingues les enquêteurs du FBI mais dont Ventura avait, au fil des années, appris à dégager la pertinence.

9

La maladie mentale de sa mère avait immunisé Foster très tôt aux turpitudes de la condition humaine.

Il avait connu ses poussées schizophrènes, ses accès de violence toujours tournés contre elle-même, les moments où elle s'enfermait, où elle disparaissait alors qu'ayant brusquement arrêté son traitement antipsychotique, le syndrome de manque s'ajoutait au syndrome psychiatrique pour culminer dans un délire atroce et terrifiant. En particulier pour un enfant de dix ans.

La découverte du mal fut cependant d'une tout autre nature.

Elle l'avait pris par surprise, un jour de printemps, à Rome.

Nicholas Foster fut réveillé par des coups à sa porte, tôt le matin.

— Carabiniers ! Ouvrez !

Il n'avait pas travaillé cette nuit-là mais était resté éveillé tard, jusqu'à cinq heures du matin. Il était même allé en cuisine se restaurer, peu avant l'arrivée de Dino, le frère du patron qui s'occupait de l'ouverture, et de l'équipe de ménage. Il était retourné à sa chambre et, l'estomac plein, avait fini par trouver le sommeil.

Le réveil fut un choc. Son cerveau lui semblait vide. Il ne comprenait pas ce qui se passait. Il dormait depuis à peine trois heures. Il reconnut ensuite la voix de Dino.

— Nicholas? Réveille-toi…

Nicholas se leva, passa un T-shirt et un pantalon, puis ouvrit la porte. La vision des deux carabiniers sur le seuil, dominant Dino d'une tête, lui remit les idées en place. Ils lui demandèrent de le suivre.

Il finit de s'habiller fébrilement. Le trajet fut bref. Ils le conduisirent jusqu'au centre de commande des carabiniers de Rome qui se trouvait via Ventiquattro Maggio, à seulement quelques rues de l'hôtel, dans un petit immeuble ocre dont l'entrée était surplombée du drapeau italien et dotée d'une simple plaque : Carabinieri, Gruppo Roma, Stazione Quirinale.

Foster fut escorté dans une petite pièce du troisième étage donnant sur la rue qui se réveillait lentement.

Rome, comme lui, n'était pas très matinale, en particulier dans le quartier des ambassades. La fenêtre était entrouverte. Ils ne craignaient pas qu'il saute, c'était déjà ça, se dit-il. L'esprit encore embrumé, il imagina ce que cela pouvait donner d'être convoqué par les carabiniers dans les années 30, à l'époque de Mussolini.

Il n'avait pas la moindre idée de la raison pour laquelle il était là. Sa première pensée fut qu'il était arrivé quelque chose à son père. Mais il se demandait pourquoi on l'avait amené ici sans rien lui dire. Les carabiniers, d'ordinaire, n'avaient pas la main sur les affaires judiciaires urbaines qui étaient conduites par la police d'État. Sans être un spécialiste du système italien, il devina que quelque chose ne tournait pas rond. Il n'eut pas longtemps à attendre pour savoir quoi. Un carabinier entra. Il portait son uniforme de façon plus décontractée, signe sans doute qu'il était affranchi des tâches subalternes. Il se présenta : capitaine Flavio Ottaviani.

L'audition de Nicholas Foster dura environ deux heures, dont la moitié avant qu'il soit informé de son motif. La première heure fut entièrement consacrée à apprendre qui il était. D'où il venait. Ce qu'il était venu faire à Rome. Ottaviani lui demandait en anglais un nombre incalculable de précisions qui n'avaient pour but que de le mettre en condition et, le cas échéant, le déstabiliser. Pendant une heure, il dut raconter sa vie en ignorant pourquoi il avait droit à cette insidieuse exploration de son histoire personnelle. Il n'avait pas le choix. Il dut dévoiler des détails intimes qu'il pensait n'avoir jamais à révéler. Quand il eut enfin décidé que Nicholas Foster était mûr à point, Ottaviani lui parla de Lisa Dudek.

— Depuis quand vous la connaissez ?

— Bientôt six mois.

— Quelle est votre relation avec elle ?

— C'est ma petite amie, répondit Foster.

Sans attendre, le capitaine Ottaviani lui montra des photos qu'il sortit d'une petite serviette.

Nicholas n'avait jamais rien vu de tel. Il n'aurait jamais rien pu imaginer de tel. Si cela avait été un tableau, il aurait été d'une cruauté sublime.

La vision était juste atroce.

Le corps de Lisa, sur les photos des carabiniers, n'avait plus rien d'humain. Sa position cambrée en arrière depuis ses membres inférieurs, son dos, et même son cou, donnait le sentiment qu'elle attendait quelque chose du ciel. Sur son visage, la mort donnait l'impression d'avoir interrompu un cri qui persistait dans l'expression silencieuse de son atrocité. Des marques sur ses poignets indiquaient qu'on lui avait lié les mains dans le dos. Certainement pendant plusieurs heures au cours desquelles le tueur commettait son rituel. Ses genoux repliés, les jambes écartées où l'absence d'organes génitaux laissait place à une béance charnelle et sanguinolente.

Nicholas demanda à aller aux toilettes. Ce qu'Ottaviani lui accorda.

Il ne vomit pas. Il ne pleura pas.

Le choc qu'il éprouvait était éminemment profond mais il n'était pas émotionnel. Il était cérébral. Les images du corps martyrisé de la jeune femme avec laquelle, deux jours auparavant, il faisait l'amour étaient allées toucher un point situé tout au fond de son cerveau. Un endroit reculé de son esprit où il n'y avait plus d'émotion.

Il se regardait dans la glace, sous la lumière blafarde des chiottes, et comprit que la sensibilité d'un individu normal n'avait pas sa place chez lui. Elle s'exprimait de façon différente, plus profonde peut-être, mais altérée, quasi prophétique. `

Dans son atrocité inimaginablement inconcevable, le choc avait été une révélation. Celle que, sans le savoir, il attendait et qui allait le hisser hors des sables mouvants de la banalité ordinaire et faire de lui un individu unique. Un être à part.

Quand il revint des toilettes, il était prêt à reprendre l'audition. Il était devenu un autre homme.

Nicholas était devenu Foster.

Celui qui, des années plus tard, tiendrait tête aux journalistes les plus célèbres, aux profileurs les plus aguerris, au Bureau. Commencer avec le capitaine Ottaviani était presque un jeu d'enfant. Il l'interrogea alors sur ses rapports avec Lisa Dudek, ce qu'il n'avait absolument pas fait jusque-là.

Nicholas répondit à ses questions de façon satisfaisante, ne cachant rien, mais se restreignant aux faits et ne s'aventurant pas à raconter ce qu'il avait compris de la jeune femme. Il était naturellement suspect, mais vu les blessures qui lui avaient été infligées, il aurait fallu être un flic débutant pour penser que c'était l'œuvre d'un *rookie* du crime. Et, de toute évidence, Ottaviani était un flic chevronné. Si bien que, le traumatisme initial digéré, Nicholas se sentait suffisamment à l'aise pour répondre à ses questions tout en laissant son cerveau analyser la situation sur un tout autre plan, comme deux processeurs fonctionnant en parallèle. Une question plus sourde le tenaillait. Qu'avait-il vu en Lisa qui faisait qu'il n'était pas fondamentalement surpris de ce qui lui était arrivé ? Quels détails son cerveau avait-il absorbés pour en arriver là ?

Au bout de son raisonnement, il y avait la certitude que la mort de Lisa n'était pas due au hasard, mais qu'un rigoureux enchaînement de circonstances avait conduit à ce dénouement fatal.

S'il avait été croyant, il aurait dit « divin ».

Il se dit qu'il devrait poser la question à Patrick Hollmann, comme un défi à la rationalité et, en même temps, à la pensée religieuse : un crime pouvait-il être un miracle ?

10

En quelques jours après leur première rencontre, la relation entre Nicholas Foster et Patrick Hollmann était passée de cordiale à intense.

La complicité qui s'était immédiatement nouée, au fil des cafés ou des déjeuners partagés à une des terrasses ensoleillées du Campo dei Fiori, s'était transformée en un échange intellectuel qui était pour le jeune étudiant en quête de sens comme un feuilleton quotidien dont il attendait chaque épisode. Était-ce parce qu'il était encore un cerveau malléable, mais il lui semblait se découvrir lui-même à mesure qu'Hollmann lui confiait ses réflexions sur le monde. Il imaginait que ses sermons, là-bas, dans le Wisconsin, avaient dû en dérouter plus d'un.

Il ne croyait pas si bien dire.

Patrick Hollmann savait alterner l'humour et la profondeur et n'hésitait jamais à assener le fond d'une pensée que des années de réflexion solitaire avaient creusée. Cela lui arrivait de le faire pendant leur cours d'italien, provoquant l'amusement de leur prof, l'incompréhension de l'étudiant allemand, et l'étouffement des deux religieuses polonaises qui ne pouvaient concevoir qu'un avis aussi cru pût émaner d'un de leurs coreligionnaires. Notamment quand il faisait des blagues sur Jésus. Ou lorsqu'il avoua, dans un italien sommaire qui rendait le raisonnement plus abrupt, que la question de l'existence de Dieu ne serait jamais totalement résolue.

Nicholas crut d'abord que c'était une provocation, mais Hollmann continua sur sa lancée après le cours, cette fois dans sa langue maternelle et donc d'une façon plus élaborée, et précisa que cette question n'avait trouvé pour lui une réponse que très récemment. En Indonésie. Au bout de longues plages de méditation.

Il fondait son raisonnement sur une lecture très personnelle des *Frères Karamazov* en renversant du tout au tout l'axiome d'Ivan Karamazov. « Si Dieu n'existe pas, tout est permis », disait le héros malheureux de Dostoïevski, justifiant ainsi le parricide à son corps défendant. Hollmann pensait tout le contraire. Parce que Dieu existait, alors tout était permis, mais, disait-il, il ne pourrait jamais le démontrer par écrit, car il n'aurait jamais ni la patience pour le faire, ni la crédibilité pour qu'on le suive. Il lui faudrait le démontrer en actes, dit-il à Nicholas. Libre à quelqu'un d'autre de l'écrire.

Foster n'avait aucune idée de ce qu'il voulait exprimer et n'avait pas la curiosité de le questionner ce jour-là. Il ne comprit que bien plus tard, se souvenant de cette explication de texte, que, dans leur démesure, les crimes de Patrick Hollmann n'étaient pas le résultat d'une simple pulsion mortifère mais qu'ils visaient, dans son esprit, un dessein infiniment plus élevé.

Six mois après la mort de Lisa Dudek, Hollmann avait été arrêté en Allemagne, dans la paroisse jésuite de la ville d'Heidelberg où le Vatican l'avait envoyé pour poursuivre un projet de recherche sur l'Ancien Testament à l'université. Il avait été pris en flagrant délit de tentative d'enlèvement sur une étudiante et on avait retrouvé sur lui une curieuse statue d'une divinité balinaise. Il tenait au hasard qu'un policier français ayant séjourné en Italie au moment du meurtre de Lisa et dont l'épouse était originaire de Mannheim soit présent à quelques kilomètres d'Heidelberg pour qu'il n'y ait plus qu'à tirer le long fil du parcours criminel de Patrick Hollmann.

Il avoua quatre meurtres commis dans le Wisconsin, entre 1981 et 1984, date à laquelle il fut envoyé en mission. On lui attribua alors un nombre incalculable de victimes en Indonésie, pour la plupart des femmes dont les autorités ne se souciaient guère. Même dans la communauté indigène, on prétendait qu'elles avaient été tuées par le démon après avoir été fécondées par ses soins.

Pour preuve, on retrouvait une statuette traditionnelle dans leur utérus.

En fait de démon, c'était la signature du père Hollmann. Des meurtres que, contrairement à ceux commis sur le territoire américain, il n'avoua que plus tardivement. Une fois extradé aux États-Unis. Il en revendiqua une vingtaine, mais il disait ne pas se souvenir lui-même du nombre. Son jeune aide, Sondakh Pratiwi, dit-il, devait le savoir. Ils n'insistèrent pas pour le contacter, le diocèse local fit écran. Quel que soit le nombre exact de ses victimes, Patrick Hollmann était un des tueurs les plus redoutables à être passés entre les mailles du filet du FBI.

S'ils l'avaient arrêté lorsqu'il était encore dans le Wisconsin, si l'Église catholique soupçonneuse à son égard ne s'était pas contentée de l'exiler en Indonésie, alors Lisa aurait été encore vivante.

C'était la thèse du premier livre de Foster. Le fondement de sa théorie de la Victime Numéro Un qui avait fait sa carrière et sa réussite. Il y avait de quoi être en colère contre les prétendus théoriciens du crime en série qu'étaient alors les créateurs du VICAP. Les top-profileurs du FBI n'avaient pas réussi à détecter Hollmann.

Nicholas non plus, à Rome, mais comment l'aurait-il pu alors qu'il n'était qu'un jeune étudiant en quête de lui-même?

La question ne cesserait de le tourmenter.

Bien que le titre de l'ouvrage soit *Lisa, 22 ans*, Patrick Hollmann était, à travers sa victime, le véritable sujet du premier livre de Nicholas Foster.

Fasciné par le personnage dont il avait été l'ami durant quelques mois, il voulait rationaliser l'irrationnel, à savoir qu'il ait pu côtoyer de près un monstre susceptible de commettre une atrocité d'autant plus fascinante que leur amitié avait perduré plusieurs semaines après l'assassinat de Lisa sans qu'il se rende compte de rien. Tous les signes étaient là, même avant le meurtre, mais il avait été incapable de les voir. Il aurait suffi qu'il s'ouvre complètement et fasse résonner ses impressions au fond de sa conscience pour identifier les traits morbides du criminel. Mais il n'en était pas encore capable.

Passé la première surprise, la manière dont Hollmann s'était fait arrêter intriguait Foster, en particulier quand il comprit qu'il était un tueur aussi chevronné qu'intelligent. Il n'aurait jamais cédé à ses pulsions sans savoir exactement ce qu'il faisait. Cela faisait trop longtemps qu'il avait appris à les dominer. Hollmann le lui confirma lors de leur premier échange dans sa cellule, en Allemagne. C'était la rencontre avec Nicholas, lui avait-il avoué, qui l'avait convaincu qu'il était temps de mettre un terme à son œuvre.

Pour cette raison, Hollmann y avait vu un projet plus grand que lui. Et Nicholas Foster, bientôt, devrait se résoudre à le croire à son tour.

Cette rencontre avait défini sa vie. C'était un héritage lourd à porter, dont les conséquences dépassaient la simple culpabilité et devaient imprégner durablement jusqu'au plus anodin de ses actes, avec des répercussions incalculables pour un jeune homme de vingt-trois ans, mais qu'il devait s'avouer avec le recul : tout ce qu'il était, il le devait à Patrick Hollmann.

Comme enquêteur. Comme auteur. Comme homme.

11

La prééminence qu'avait Foster sur les enquêteurs traditionnels était sa compréhension des motivations profondes d'un meurtre grâce à sa faculté à infiltrer la sensibilité de son auteur.

Les meilleurs enquêteurs entraient dans la tête des tueurs par leur pensée, lui y parvenait par les pores de leur épiderme. Il imaginait chaque meurtre avec le ressenti de celui qui l'avait commis, percevant chaque moment, chaque geste criminel comme s'il l'avait initié. Créé. Voulu.

C'était quelque chose qu'on ne vous apprenait pas. Qui ne s'apprenait pas. Un penchant qui était garant de son succès comme écrivain, mais également comme enquêteur.

On pouvait appeler ça une forme d'empathie.

L'empathie pour les victimes était facile, naturelle. L'intérêt pour les criminels également. Mais l'empathie pour les tueurs relevait d'une tendance qui, pour ceux qui l'éprouvaient, vous donnait un avantage certain tout en vous bouffant de l'intérieur. Il fallait chercher au fond de soi une matière psychique qui n'existait que dans ce que le genre humain produisait de plus extrême et, lorsqu'il s'agissait de crimes, de plus maléfique.

Ce n'était pas une méthode, c'était un pouvoir qui, sans doute, lui avait été instillé par sa propre vie, sa jeunesse, sa détresse d'enfant abandonné à lui-même. Ou qui était tout simplement inné. Comme d'autres savaient peindre ou jouer de la musique. Il ne fallait ensuite qu'un révélateur pour que leur don s'exprime au grand jour.

Pour Foster, cela avait été Hollmann.

N'importe qui se serait détourné de lui. Trahi. Dégoûté. Écœuré. Dieu sait pourquoi, pas Nicholas Foster. Sa relation avec le tueur, la curiosité qui l'avait maintenu en contact avec cet homme jusqu'à son exécution était l'expression la plus aboutie de cette singulière connexion. De cette forme dérangée d'empathie. Une empathie sans émotion, sans flamme ni complaisance. Une empathie froide.

Hollmann fascinait Foster bien avant qu'il ait compris sa vraie nature. Son arrestation l'avait fait basculer dans une autre dimension où les émotions étaient plus ambiguës et complexes à analyser. C'était ce lien qu'il avait exploré dans son premier livre qui, parce qu'il allait à l'encontre de la pensée consensuelle, avait fait scandale tout en provoquant son succès inattendu et disproportionné.

On lui reprocha le titre, *Lisa, 22 ans*, qui, selon la presse bienpensante, trahissait de façon putassière le contenu jugé choquant. Révoltant. Dégueulasse.

Nicholas n'hésitait pas à expliquer dans les interviews qu'en l'écrivant il s'était littéralement mis à la place du tueur. Des pans entiers du récit étaient écrits à la première personne. Il pénétrait au plus profond de son cerveau, détaillant avec une précision chirurgicale les motivations de Patrick Hollmann, ses réflexions et l'évolution de sa pensée depuis ses crimes commis dans le Wisconsin jusqu'à l'assassinat de Lisa, le seul pour lequel il ne donnait aucune explication. Il se contentait de décrire son modus operandi. Foster avait pris le parti des faits ce qui, pour certains esprits conformistes, revenait à faire de Patrick Hollmann un héros.

Pour d'autres, même si Foster s'en défendait, se mettre à la place du tueur pour décrire le meurtre de sa petite amie était inacceptable, indécent et ne visait qu'à susciter le scandale pour faire vendre.

Mais les véritables experts, ceux-là mêmes que Foster, plus tard, allait s'acharner à déboulonner, reconnaissaient une exploration psychologique incomparable et d'une très grande valeur criminalistique. Le tueur lui-même, écrivit l'ancien directeur de la section Behavorial Analysis Unit du VICAP, le docteur David Lefert, pour la revue *Journal of Criminalistic Psychology*, n'aurait pas réussi une exploration plus juste de son propre cerveau.

Même si, à l'origine, la décision de Foster de vouloir comprendre la véritable personnalité de Patrick Hollmann n'avait pas été réfléchie, mais lui était venue des tripes avec une spontanéité presque vitale, elle avait achevé de le sortir de cet ordinaire indigent et médiocre qui le terrifiait. Elle répondait surtout à un besoin. Une curiosité.

Foster avait connu Hollmann humain, il voulait connaître le monstre.

Du moins ce que l'on appelait le monstre, car il perçut assez vite, au fil de ses recherches, que la distinction entre ces deux faces de la personnalité du tueur n'était qu'une facilité de l'esprit pour rationaliser l'inintelligible, pour tenter d'approcher l'obscur secret d'une apparente dichotomie aussi effrayante qu'incompréhensible. Son travail, sa réflexion, son enquête l'avaient conduit à la conclusion qu'Hollmann n'avait pas une face sombre et une face lumineuse : la lumière était dans les ténèbres et inversement.

C'était le même homme, le même cerveau que celui avec lequel il passait des heures à marcher, converser, échanger, qui s'était méthodiquement acharné sur sa petite amie. Le bien et le mal ne faisaient qu'un chez Patrick Hollmann.

C'était ce qui le différenciait de tous les tueurs que Foster allait connaître plus tard. Ce qui le rendait unique.

Ce qui donnait à ses actes, à son existence et à son discours un pouvoir fondateur.

12

Ventura venait à peine d'envoyer son premier compte rendu quand elle reçut un appel de son supérieur direct, l'agent spécial en charge John McAllister. Il l'attendait dans le bureau du responsable de la branche dite *Criminal, Cyber, Response, and Services Branch* (CCRSB) de Los Angeles, le sous-directeur Abel Casey.

— Le patron veut vous entendre, agent spécial Ventura.

C'était rapide. Elle n'aimait pas ça. Se méfier des coups tordus faisait partie de la panoplie de l'agent du FBI.

Quand Michelle Ventura avait choisi le FBI, son père, un ancien du bureau du shérif d'Orange County, puis du LAPD, l'avait prévenue qu'elle passerait le plus clair de son temps à remplir de la paperasse pour couvrir ses arrières. Il avait même dit « son cul ». Il savait de quoi il parlait. Il disait que cela aurait dû être enseigné à l'école de police. Pour l'instant, elle était sous la protection de Foster qui l'avait adoubée après le départ de Valdes.

Mais pour combien de temps ?

Ventura sortit de l'ascenseur et longea le couloir en direction du bureau de Casey qui occupait une grande partie de l'aile est au dernier étage du Federal Building, à l'angle du côté de Wilshire Boulevard et de Veteran Avenue. Elle n'avait eu l'occasion d'y aller que deux fois. Lors de sa promotion comme agent spécial, après le départ de Valdes, et huit ans auparavant, à la mort de son père. C'était la seule fois où elle avait vu Casey ému. Réellement affecté par la disparition de celui qu'il appela « son ami », le patron lui avait assuré qu'elle pouvait compter sur lui. Qu'elle n'hésite pas. Elle l'avait remercié sobrement et avait quitté le bureau.

La rencontre avait duré à peu près trois minutes. Connaissant la réputation d'animal politique de Casey, elle se méfiait de son offre. Bien lui en prit.

À sa sortie, elle avait été immédiatement convoquée par McAllister, soucieux de connaître le motif de cette rencontre. Il avait eu écho, à l'époque, de la relation personnelle de Casey et Rob Ventura et tout soupçon de court-circuiter la hiérarchie suscitait chez lui une hostilité animale. Surtout quand la hiérarchie, c'était lui. Il n'en avait pas fallu plus à Ventura pour comprendre qu'elle ne devrait jamais utiliser le lien direct qu'elle aurait pu avoir avec Casey, sauf à se faire un ennemi mortel de son supérieur hiérarchique direct. Ce qui était politiquement suicidaire. Ou alors ce devrait être pour l'exécuter. Mais cela ne faisait pas partie de ses plans. Du moins pas encore.

Elle l'avait utilisé une fois et en gardait toujours un goût amer. Même si le résultat avait fait d'elle la partenaire privilégiée de Nicholas Foster.

Mais cela lui avait servi de leçon.

Abel Casey était à l'origine un brillant enquêteur, formé à l'école des profileurs des années 90, qui, après un passage au LAPD, avait choisi de jouer la carte de la politique interne pour gravir les échelons dans la hiérarchie administrative du Bureau en même temps que – selon l'expression des enquêteurs lorsqu'ils voyaient un des leurs abandonner le terrain pour emprunter la voie administrative – dans celle « des fils de putes ».

Rob Ventura et lui avaient fini leur carrière au LAPD, à la division Rampart qu'ils avaient quittée après que la corruption qui y régnait avait fait scandale à la fin des années 90, l'un pour rejoindre le bureau du shérif dans le comté voisin, l'autre pour intégrer le FBI à un poste de commandement. La rumeur leur prêta à tous deux un rôle dans l'enquête interne ayant amené au démantèlement du réseau mafieux qui pourrissait la division Rampart. On soupçonna Ventura d'avoir piégé ses collègues corrompus. Sa carrière stagna. Celle de Casey décolla. Il fut nommé vice-directeur de la section enquêtes criminelles (CID) de la branche de Los Angeles.

À trois étages du sommet qu'il franchit en une dizaine d'années.

Rob Ventura, lui, avait été utilisé par le système, puis jeté quand on n'avait plus eu besoin de lui. Sa fille, témoin privilégié de ces lâchages, s'était retrouvée très tôt à bonne école. La survie politique n'était peut-être pas enseignée à l'université, mais elle l'avait rapidement apprise sur le terrain. Une putain de formation accélérée…

Ventura entra dans le bureau de Casey et sentit immédiatement son abdomen se contracter. Debout, le regard tourné dans sa direction, McAllister ne fit pas le moindre geste pour l'accueillir. Il était grand et, avec sa silhouette courbée, ses joues creuses, son menton légèrement proéminent et ses cheveux gris coupés ras, il impressionnait. Son regard pouvait rester fixé longtemps sur vous, il n'en éprouvait aucune gêne. La première fois qu'elle le vit, elle avait eu la vision d'une chauve-souris. Depuis cette image ne la quittait jamais.

John McAllister avait été un des agents de terrain les plus respectés de Californie, pour ne pas dire les plus craints. À quarante-sept ans, il était le numéro deux du bureau de Los Angeles et Casey lui faisait une confiance totale. Il n'avait pas le choix, leurs destins étaient liés. Évidemment, McAllister exécrait Foster et le fait que Ventura avait été désignée pour travailler avec lui au départ de Valdes avait encore renforcé la méfiance qu'il éprouvait vis-à-vis d'elle. Et réciproquement.

— Entrez, agent spécial Ventura, dit Casey. Asseyez-vous.

Ventura ferma la porte. Casey lui désigna une des deux chaises face à lui. Plus âgé de cinq ans que McAllister, il était physiquement son contraire : rond, de taille moyenne, une posture avenante. Mais il n'en restait pas moins aussi coriace.

Elle s'assit. McAllister demeura debout. Casey s'exprima le premier :

— Nous venons, Mac et moi, de prendre connaissance de votre rapport sur le crime de San Bernardino, agent spécial Ventura.

Mac, c'était comme ça qu'il appelait McAllister. Cela reflétait bien le mélange de distance et d'intimité qui caractérisait leur relation.

— Nous avons tous les deux le sentiment qu'il s'agit d'une affaire, il va sans dire, particulièrement sordide, mais tout à fait hors normes, continua-t-il.

— Ça ne fait aucun doute, monsieur le directeur, répondit Ventura.

— Nous allons nous retrouver dans le viseur de la presse et je ne vous cache pas que nous devrons être d'une vigilance absolue.

— Comme toujours, monsieur le directeur

— Non. Plus que d'habitude. Vous savez à quel point c'est le bordel en ce moment, avec tous ces nouveaux médias complètement hors de contrôle.

Casey faisait allusion à l'éclosion de ces nombreux sites d'information qui poussaient un peu partout sur Internet et prenaient la place des médias officiels. Il ne l'avait jamais habituée à de telles précautions oratoires. Toute chose avait toujours un but avec lui, elle attendait.

— Votre première impression ?

— À part qu'il s'agit d'une affaire compliquée, je n'en ai pas. J'essaie d'ailleurs de n'en avoir aucune par principe, comme vous le savez.

Il esquissa un rictus qui pouvait s'apparenter de loin à un sourire face à une réponse qu'elle avait voulue politique.

— Et moi, je n'essaie pas de vous coincer, agent spécial Ventura, répondit Casey. Juste de savoir si vous êtes la personne adéquate pour mener cette enquête.

— Pardon ?

Ce salopard avait réussi à la déstabiliser. McAllister saisit l'opportunité pour venir occuper le siège voisin.

— C'est vous qui avez prévenu Foster du meurtre ? demanda-t-il.

— Oui, bien sûr.

— De quand date sa dernière collaboration avec nos services ?

— D'environ trois mois.

Il le savait parfaitement. Pourquoi lui posait-il la question ?

— Et, entre-temps, vous l'avez sollicité ?

— Non.

— Vous l'avez rencontré pendant cette période ?

— Non.

— Vous savez où il était ?

— Pas du tout.

— Merci, agent spécial Ventura.

Ils avaient l'air d'être plus intéressés par la position de Foster que par le cas lui-même. Ils voulurent savoir comment il avait réagi à la vue du corps et, il allait sans dire, à la découverte du rituel qu'avait subi la victime.

— Comme toujours, dit-elle. De façon extrêmement professionnelle.

— Il a eu une réaction particulière? demanda McAllister.

Qu'est-ce qu'ils croyaient? Qu'est-ce qu'ils cherchaient? Évidemment qu'ils savaient mieux que quiconque que ce meurtre en rappelait un autre. Ils pensaient quoi, que Foster allait craquer, s'effondrer en larmes? C'était n'importe quoi.

— Aucune réaction particulière, répondit-elle.

— Bien. Tenez-nous au courant de l'avancée de l'enquête quotidiennement, Ventura, conclut Casey.

— Naturellement, dit-elle avant de se lever, pensant que la dernière phrase de Casey l'autorisait à quitter le bureau.

— Agent spécial Ventura, l'interpella Casey.

— Oui?

— Vous avez eu écho d'une enquête journalistique concernant Foster?

— Non. Je devrais?

— Prévenez-nous si ça devient le cas. Tout ce qui concerne les collaborateurs du Bureau nous concerne.

— Je n'y manquerai pas.

Ils n'avaient pas parlé d'un article, mais d'une «enquête journalistique». Quelque chose de plus fouillé. De plus dangereux aussi.

S'ils avaient voulu exciter sa curiosité, ils ne s'y seraient pas pris autrement. S'ils voulaient l'utiliser pour en savoir plus également. Mais s'ils s'attendaient à ce qu'elle parle à Foster, ils se fourraient le doigt dans l'œil. Elle savait que Casey et McAllister s'entendaient sur une chose au sujet de Foster : ils rêvaient de se débarrasser de lui depuis longtemps. Foster attirait trop la lumière. Non qu'ils auraient aimé que les projecteurs soient braqués sur eux, ils avaient par principe une aversion pour la publicité et la presse en général. Ils affectionnaient l'ombre. C'était le lieu du pouvoir. Et surtout, ils n'avaient pas digéré la façon dont Valdes avait fait entrer le loup Foster dans la bergerie. Il la leur avait mise par surprise.

Et profond, comme aimait à dire délicatement l'ancien mentor de Ventura.

L'idée de collaborer avec le FBI avait été suggérée à Foster par Meredith comme un contre-feu à sa célébrité et aux nombreuses attaques qu'elle suscitait. C'était le moyen de les faire cesser en passant à l'action. On n'attendait qu'une occasion pour cela. Elle survint avec les événements d'octobre 2002 qui se déroulèrent dans la région de Washington, DC.

Le 3 octobre 2002, en l'espace de deux heures, de 7 h 41 à 9 h 58, et dans quatre endroits différents de la ville, quatre personnes étaient mortellement atteintes d'une balle de sniper, la nouvelle créant une panique dans toute la région de Washington, DC. Les coups de feu correspondaient au même calibre et avaient été tirés par une carabine longue portée depuis une distance estimée chaque fois à plusieurs centaines de mètres. Ce qui rendait l'enquête et, surtout, la prévention d'un prochain meurtre particulièrement difficiles.

Le massacre se poursuivit le lendemain. Une femme échappa de peu à la mort après avoir reçu une balle en pleine poitrine alors qu'elle venait de se garer dans le parking d'un centre commercial. Les victimes étaient systématiquement abattues au cours d'une activité quotidienne dans l'espace public, ce qui faisait potentiellement de chaque habitant la prochaine cible. Des témoins évoquaient un van blanc qu'on aurait vu repartir juste après le coup de feu, chaque fois à une distance de plus de cinq cents mètres de sa cible. Mais c'était tout.

Le 7 octobre, un collégien de treize ans fut atteint en pleine poitrine.

L'affaire changea de nature lorsqu'on retrouva une douille et une carte de tarot sur laquelle était écrite la phrase : CALL ME GOD.

Tous les spécialistes du genre, journalistes, criminologues, profileurs, envahirent l'espace médiatique pour développer leurs théories. Tous, quelle que soit leur paroisse, s'accordaient sur deux points : le massacre était l'œuvre d'un homme seul. La méthode, le type d'arme, le choix de ses victimes et, plus que tout, le symbole laissé à l'intention de la police signaient son identité : pour eux, il était blanc.

Foster fut interviewé par Geraldo Rivera sur Fox, le lendemain de cette découverte. Il jeta un pavé dans la mare. Cette idée d'un homme seul et blanc était l'exemple même d'une déduction absurde et contre-productive. Foster en profita pour continuer son exercice de démolition. Pour lui, il n'y avait qu'une évidence : le sniper, qu'il soit seul ou pas, blanc ou pas, avait déjà tué. Et si le FBI effectuait correctement son travail, le massacre en cours n'aurait jamais dû avoir lieu. On aurait dû l'arrêter dès sa Victime Numéro Un.

Ce genre de provocation déplut fortement, c'était le moins qu'on puisse dire.

Une communication téléphonique du sniper à la police confirma l'hypothèse de Foster : il se vanta d'avoir déjà tué deux femmes au cours d'un braquage à Montgomery, Alabama.

Il ignorait qu'il avait laissé une empreinte digitale sur une poutre du magasin de spiritueux, ABC Liquor Store, où il avait commis le braquage meurtrier. L'empreinte permit d'identifier un homme du nom de Lee Malvo. Puis de remonter jusqu'à son complice, John Allen Muhammad. Ils étaient deux. Et ils n'étaient pas blancs.

Lors d'une nouvelle émission avec Rivera, après l'arrestation des deux tueurs, un agent du FBI lança à Foster un défi en plein direct. C'était trop facile de rester dans sa tour d'ivoire à commenter, critiquer, provoquer. Quitte à avoir raison, pourquoi ne venait-il pas sur le terrain avec eux, s'il était si fort que cela ? Rivera se tourna vers Foster, sautant sur l'occasion : «Oui, pourquoi ?» dit le présentateur à moustache.

En direct sur Fox News, Foster releva le défi.

L'agent qui l'avait défié était Rodrigo Valdes de l'antenne de Los Angeles. Un proche de Meredith

Foster avec qui elle avait tissé des liens étroits depuis plusieurs années. Lui aussi se battait contre le système. De l'intérieur. Sa provocation était un coup parfaitement réglé pour forcer la main non pas à Foster, mais à ses supérieurs.

Casey et McAllister l'avaient eu dans le cul.

Dans l'ascenseur qui la ramenait à son bureau, Ventura se dit que, face aux diverses hypothèses, les deux huiles avaient fait leur choix quant à la cible du tueur.

Foster.

Elle avait perçu une forme d'excitation. Elle avait même eu une fugace mais désagréable impression qu'ils lui cachaient des informations. Et pas seulement lorsqu'ils avaient mentionné l'enquête journalistique. Ils en savaient plus sur le crime de San Bernardino qu'ils ne voulaient bien le dire.

La coïncidence entre ces deux faits l'intriguait. Elle allait devoir marcher sur des œufs. C'était peut-être l'occasion qu'ils attendaient depuis des années pour se débarrasser de Foster. Et s'ils pouvaient profiter du moindre faux pas pour le faire, ils n'hésiteraient pas. Même si elle devait passer en même temps par pertes et profits.

Là où ils se trompaient, c'était qu'à l'inverse de son père elle n'allait pas se laisser broyer par le système. Il avait payé pour elle.

C'était son seul héritage et elle saurait le faire fructifier.

13

Foster avait reçu depuis la veille les premiers éléments de l'enquête que Ventura lui avait envoyés, photos et rapports d'autopsie, quand le coup de fil de Banister arriva.

— Qu'est-ce qu'on fait ? demanda l'avocat.

— Quoi, qu'est-ce qu'on fait ? répondit Foster.

— Tu n'as pas eu écho de la rumeur ?

— Quelle rumeur ?

La question de Foster fut suivie d'un silence qui lui parut anormalement long. Banister était au courant de tout ce qui se disait à Hollywood, c'était son métier.

— S'il y a une rumeur, c'est à toi de me l'apprendre, dit Foster.

— Meredith ne t'a pas appelé ?

— Non.

Il lui avait parlé de l'idée de reprendre l'enquête sur les *cold cases*, mais avant qu'elle adopte sa véritable forme. Depuis, il n'avait pas échangé avec son ex-femme.

— Merde. Appelle-la.

— Quoi ? Qu'est-ce qui se passe ?

— Appelle-la. Et rappelle-moi.

Banister avait raccroché. C'était toujours la même chose, personne n'aimait annoncer les mauvaises nouvelles et on essayait de le faire faire par les autres. L'avocat de Nicholas Foster ne dérogeait pas à la règle.

Peu avant cet appel, Foster avait fini de relire les premières pages de son récit. Mener une enquête et la relater par écrit en même temps était un exercice nouveau et électrisant. Comme un saut dans le vide. Une improvisation qui était liée à l'incertitude de l'enquête en cours dont les éléments s'étalaient sous ses yeux.

La statuette insérée dans l'utérus de la victime était bien identique à celles que Patrick Hollmann avait utilisées avec ses victimes indonésiennes. Elle représentait un démon du nom de Leyak. Dans la mythologie indonésienne, les Leyaks étaient des entités maléfiques à la recherche de femmes enceintes dans le but de se nourrir du sang de leur fœtus. Il y avait une variation infinie de statuettes, la représentation des Leyaks ayant évolué au fil des siècles. Mais celle utilisée pour la victime de San Bernardino était exactement la même que pour Lisa.

Foster n'avait appris l'existence de ce rituel que lors de l'arrestation de Patrick Hollmann. Ottaviani lui avait dissimulé cette information durant ses auditions, jusqu'aux terrifiants aveux d'Hollmann.

Assis à son bureau, il repensait à ces heures qui avaient suivi la mort de Lisa. Il se souvenait de manière quasiment palpable de son état psychologique. Son cerveau tournait en surrégime et n'arrivait pas à assimiler ce crime, si sauvage et en même temps si maîtrisé. Le vide qu'il éprouvait physiquement n'avait rien à voir avec ce qu'il avait ressenti l'année précédente avec la mort de sa mère. Ce n'était pas le même vide. L'un était émotionnel, l'autre rationnel. Un vide de sens.

Puis un vide auquel Hollmann venait de donner un sens.

Comme le tueur de San Bernardino aujourd'hui. En défiant Foster, il l'avait réveillé. Étrangement, la similitude entre les deux crimes, le premier et le dernier, réactivait des zones de son cerveau qu'il avait trop longtemps mises en jachère.

Il était devenu Nicholas Foster en cultivant ce qu'il y avait de plus inquiétant en lui. De plus amoral. En cultivant l'héritage intellectuel de Patrick Hollmann. Puis, au fil des années, il s'était endormi. Comme il l'avait senti quelques jours auparavant, il était devenu tout ce qu'il vilipendait.

C'était l'heure du réveil.

La secousse cérébrale était aussi violente que vingt et un ans plus tôt, à Rome, devant les photos du corps de Lisa, pour autant très différente de celle ressentie dans les toilettes du bureau des carabiniers. Il n'était plus le même homme, mais que ce meurtre survienne au moment où il avait décidé d'écrire son prochain livre lui faisait y voir plus qu'un signe.

Une nouvelle révélation.

Mais une révélation qui puisait dans les parties ténébreuses de son esprit qu'il avait fini par mettre de côté. Par habitude. Par confort. Par vanité. Il n'avait qu'à continuer sur cette pente et un nouveau Nicholas Foster, jeune, affamé, l'esprit acéré, arriverait et le déboulonnerait à son tour. S'il voulait éviter de subir ce sort, ce n'étaient pas ses accomplissements qu'il lui fallait évaluer dans ce nouvel opus, mais ses échecs. Tous ces cas où il avait failli. Ces crimes qui étaient restés impunis, ces énigmes sans solution, ces victimes sans justice. Vous sortirez toujours plus fort d'une autocritique que d'une autobiographie complaisante, il le savait.

Cela signifiait de ne laisser à personne le soin de vous juger. Ce privilège-là, personne ne pouvait vous le prendre. Nul ne sera plus critique que vous-même.

Foster se sentait renaître. Il venait de trouver la vraie idée de son livre. L'angle.

Il ressortit les onze cas d'homicides non résolus des huit dernières années, prêt à se replonger dedans, à passer des heures, des journées, des nuits à réévaluer chaque audition, chaque indice, chaque petit élément, même le plus incertain. Peut-être bien, se dit-il, qu'il parviendrait à en résoudre certains. À commencer par celui de San Bernardino qui, jusqu'à preuve du contraire, était le douzième.

Ce meurtre qui le renvoyait à son passé. Qui bouclait la boucle avec son départ pour Rome en quête de son destin.

Repensant à ces homicides dont il n'avait jamais percé le mystère, il eut une sensation fugitive, comme une giclée d'amertume, que son échec sur ces cas ne venait pas de nulle part. Lui aussi avait un sens. Une raison d'être. Était-ce sa culpabilité originelle qui lui dictait ce sentiment, mais il eut la certitude qu'il avait laissé passer quelque chose. Quelque chose ou quelqu'un ?

Quelqu'un qui, dans l'angle mort de sa vie, s'était joué d'eux. De lui. Et qui, en tuant, venait lui faire payer sa dette.

Et pourtant, aucun des meurtres de cette liste ne ressemblait à un autre. C'était comme si chaque crime d'un même tueur en série était une Victime Numéro Un. S'il y avait un récidiviste, derrière cette litanie d'horreurs, c'était le tueur le plus sophistiqué, le plus abouti qu'il avait jamais vu.

C'était aussi l'impression qu'il avait eue devant le corps de San Bernardino.

Tel était le défi qui se dressait devant lui. Sa capacité à le résoudre déciderait, comme pour Raskolnikov, du reste de ses jours.

Une seconde fois dans sa vie, le chaos discrètement s'organisait pour lui offrir une issue. Sans logique apparente, mais avec une intelligence intrinsèque, une finalité souterraine et secrète qui participait de l'ordre divin et lui accorderait la rédemption.

Sans autre raison que, comme le disait Hollmann, « la preuve immanente de la part divine du meurtre ».

14

À la suite du coup de fil de son avocat, Foster appela son ex-femme.

— Qu'est-ce que tu en penses? lui demanda-t-elle aussitôt. Tu as une idée de ce qui se passe?

Elle croyait que Banister l'avait prévenu. Comprenant que ce n'était pas le cas, elle préféra ne pas lui parler par téléphone. Il fut surpris d'apprendre que c'était elle qui avait alerté Banister, pas le contraire.

— Pourquoi il ne m'a rien dit? demanda Foster.

— Parce qu'il n'est pas compétent pour ce genre d'affaires, lui dit-elle.

Foster eut un moment de trouble.

— Il faut que tu te trouves un vrai avocat, pas un vieil impresario botoxé…

— J'arrive, dit-il.

Elle avait utilisé le mot impresario à dessein pour mieux souligner l'incompétence de Banister dans l'affaire qui se présentait. C'était pourtant Meredith qui les avait mis en relation après le premier livre de Foster. Elle ne pensait sans doute pas qu'il allait l'accompagner toutes ces années. Elle-même lui était encore très liée, mais elle ne lui aurait pas confié sa défense si elle avait été accusée de meurtre. Banister avait pourtant toujours été irréprochable.

De quelle rumeur s'agissait-il pour qu'elle rabaisse ainsi les compétences d'un homme qu'elle avait toujours gardé de son côté?

Samuel H. Banister avait beau ressembler à un masque de cire couvert d'implants capillaires et affublé de dents trop blanches et surdimensionnées dont il ne cessait de proclamer qu'elles étaient d'origine, c'était l'avocat de l'industrie des médias le plus agressif, le plus méchant et surtout le plus malhonnête de tout Hollywood. Il aurait pu être maître chanteur, il avait préféré le faire légalement. On prenait moins de risques et on gagnait plus. Il était capable de tout.

Il se disait, pour plaisanter, que c'était de lui que Colin Powell s'était inspiré pour établir la doctrine de l'usage de la force écrasante.

Foster l'avait rencontré alors que, bien que diplômé de Yale, il défendait encore, à près de cinquante ans, des accidentés de la route contre l'État de Californie, les constructeurs automobiles, la Société des autoroutes et même contre une chaîne de fast-food lorsqu'un de ses clients s'était endormi au volant après un déjeuner dans un de ses restaurants à la nourriture indigeste. Un client que, selon Banister, le mélange hautement calorique de graisses et de sucres avait précipité dans le sommeil et pour lequel, en échange de son silence, il avait obtenu des indemnités colossales.

Lors de leur toute première rencontre, Banister avait eu cette phrase simple qui avait plu à

123

Foster : «J'aime me battre.» C'était carré. Il était en guerre. Il était né comme ça.

Le courant était passé très vite entre eux et Banister s'était retrouvé chargé de ses contrats. Puis des attaques dont Foster faisait l'objet. Pour lui, la moindre allusion touchait à la diffamation, et le premier amendement, qu'il savait si bien utiliser pour protéger Foster lorsque ce dernier s'en prenait à ses ennemis, devenait son meilleur allié dans sa défense. En laissant croire ses agresseurs à leur liberté de parole, il lui permettait de les tondre ensuite. Eux ou mieux, les compagnies qui les employaient...

Ensemble, ils avaient gagné en dommages et intérêts de quoi subvenir, chez l'un et l'autre, aux besoins de plusieurs générations. Même si Banister n'était pas concerné par sa succession, lui qui, autre confidence faite à Foster lors de leur rencontre initiale, avait préféré subir une vasectomie...

Les premières offensives contre Nicholas Foster s'étaient déclenchées dès qu'il avait commencé à intervenir dans les médias non plus pour vendre son histoire, mais pour exposer son point de vue à propos des affaires criminelles en cours. Qu'il publie ses livres, très bien. Qu'il en vende autant qu'il veut, même des millions, on s'en foutait. Mais qu'il utilise sa notoriété pour ouvrir sa gueule et critiquer le système à tout-va sur CNN et autres Fox News, et on lui promit la foudre et le feu.

Instantanément, une génération spontanée de critiques mit en question ses compétences, sa légitimité, et jusqu'à son apparence physique avec une violence qui l'avait pris de court.

Puis on s'attaqua à son passé en répandant des rumeurs : sa petite amie avait-elle été réellement tuée ? La connaissait-il vraiment ? Avait-il vraiment été proche du tueur ?

Il avait attaqué le système et le système s'était déchaîné contre lui en orchestrant une campagne de désinformation, voire de calomnies, censée le détruire. Banister s'était transformé en garde-chiourme de la réputation de son client, ce qui correspondait parfaitement à sa personnalité.

Comme promis, il s'était battu comme un chien et ils avaient gagné.

Son ex-femme attendait Foster sur la terrasse de l'hôtel Ermitage, à Beverly Hills, situé tout près des bureaux de son agence de presse.

Meredith Bartlett était plus âgée que Nicholas de cinq ans. Quand il l'avait connue, elle venait d'avoir son deuxième enfant, sa fille. La rencontre avec Nicholas avait été une révélation et elle avait tout quitté pour le jeune écrivain aux allures de Beach Boy. Avec lui tout était différent, il était jeune et paumé. Elle l'avait «fait». Pour mieux subir ce qu'il était devenu par la suite, ce qui était dans la nature cynique des choses.

Mais elle ne regrettait rien.

Leur mariage avait duré quelques années encore puis ils avaient décidé d'y mettre fin d'un commun accord. Ils étaient restés proches, leurs intérêts intriqués par dix années de partage. La seule chose qu'ils n'avaient pas eue ensemble, c'était un enfant.

Foster la retrouva sous un auvent, près de la piscine sur le roof-top de l'Ermitage.

De ce côté, la vue sur les collines s'étalait depuis Beverly Hills jusqu'à West Hollywood. À cette heure, les touristes qui fréquentaient la piscine l'après-midi étaient retournés à leur chambre et les célébrités locales avides de se montrer pas encore arrivées. Ils pouvaient parler discrètement.

— Une journaliste du nom de Gina Bartoli, ça te dit quelque chose?

Le nom ne lui évoquait rien du tout.

— Jamais entendu parler.

— Tu es sûr? Parce que, à en croire mes sources, elle est particulièrement remontée contre toi. Et, dit-on, très bien informée.

Foster eut beau lui répéter qu'il n'avait aucune idée de qui elle était, Meredith, qui connaissait mieux que quiconque le besoin de conquêtes de son ex-mari, pensait bien entendu à la vengeance d'une maîtresse. Elle en avait souffert au début de leur mariage, puis avait rapidement décidé de se placer sur un autre domaine, sachant qu'elle ne pouvait rien y faire. Quand le chasseur devient une proie, on ne peut pas lutter…

— Cherche. Parce qu'elle te connaît, dit-elle. C'est une journaliste pour Vice.

Foster se souvint alors de cette proposition d'interview qui indirectement avait suscité l'idée de son livre. Il en profita pour exposer à Meredith son projet : reprendre les cas pour lesquels il avait fait chou blanc. Il était certain qu'il avait laissé filer un tueur, dit-il en s'emportant un peu. Un tueur plus redoutable que tout ce qu'on avait connu. Capable de brouiller les pistes d'une façon incroyable.

Meredith, qui avait l'habitude de ses emportements, l'écouta, mais revint sur sa préoccupation du moment au plus vite.

— Tu lui as parlé ?

— Pardon ?

— Gina Bartoli.

Il n'avait pas retenu le nom de la fille, à part qu'il était à consonance italienne. Ce pouvait être ça. Il fit part de ce souvenir à Meredith : elle l'avait sollicité, il avait refusé. Résultat, elle se vengeait avec un article et, comme elle avait été éconduite, évidemment l'article était orienté.

— Plus qu'orienté, commenta Meredith.

— Diffamatoire, c'est pareil. Banister va régler ça vite fait.

— C'est autre chose, Nicholas. Cette journaliste n'est pas la première venue. Elle ne publie pas si elle n'est pas allée au fond des choses. Et elle est originaire d'un village près de Tivoli.

Là où Lisa avait été tuée.

— Ce n'est pas un article qu'elle prépare, ajouta-t-elle, mais une série de six. Qu'ils prévoient de publier toutes les semaines. À partir de début juillet.

Soit dans moins de deux semaines.

— Ils veulent te tuer, dit-elle.

Foster savait les ravages que pouvaient faire ces nouveaux médias cornaqués par des francs-tireurs sans foi ni loi. Ils étaient en train de flinguer la presse officielle. Les pages des journaux fondaient comme neige au soleil. Et avec elle, la pub et les emplois... Et lorsque ensuite les réseaux sociaux, ces nouveaux tribunaux populaires, entraient dans la danse, les dégâts pouvaient être dévastateurs et rapidement irréparables.

Car, s'il avait fait face à de nombreuses attaques dans sa carrière, c'était à une époque où il était beaucoup plus facile de contrôler les discours et d'allumer des contre-feux. Tout avait changé. Et ce n'était que le début. C'était comme ça maintenant, vous refusiez une interview et on vous faisait la peau en contrepartie.

— En privé, elle dit qu'elle a de quoi te détruire.

Meredith lui montra une pièce jointe à un e-mail qu'elle avait reçu confidentiellement.

C'était la photo de l'article en cours d'élaboration. Il était à peine lisible avec les caractères flous d'une photo volée. Son titre, plus gros, l'était. Il reprenait celui d'un des livres de Nicholas Foster, le troisième, celui où il démontait avec violence le système, mais le détournait contre son auteur.

«IMPOSTEURS»

Le *s* était biffé. Le message était clair.

Foster plissa les yeux pour parcourir quelques lignes. L'article de Gina Bartoli était écrit à la première personne. Ironiquement, un peu dans le style du premier livre de Foster.

« *Qu'un collaborateur célèbre du FBI ait été l'intime d'un tueur ne m'offusqua pas. Cela pouvait arriver. Mais découvrir que cet homme, devenu une icône de la lutte contre le crime en série, était en vérité l'exécuteur testamentaire d'un tueur me dégoûta. Cela faisait de lui un complice. Et, si l'intention vaut l'action, un criminel. Un monstre qui se cache parmi les monstres, une ombre parmi les ombres… Quel pacte y avait-il entre eux ?*»

La suite était illisible. Mais ça lui suffisait. *Une ombre parmi les ombres…* Foster sentit un goût de sang au fond de la bouche.

Si c'était le réveil, comme il l'avait anticipé, il était brutal.

Il fallait empêcher cette Gina Bartoli de publier son article. Coûte que coûte.

Sinon, en effet, il était mort.

Deuxième partie

LE PACTE

Le droit de tuer n'était pas donné à tout le monde.

L'exercer vous plaçait dans une élite.

Il ne pensait pas ainsi de tous les crimes, évidemment. Tuer par intérêt n'avait aucune valeur. De même que tuer par jalousie ou par dépit, ou encore par haine, était méprisable…

Tuer pour tuer. Oui.

Tuer pour affirmer sa liberté.

Voilà qui était la marque d'un exercice supérieur de la liberté.

Le prêtre en était arrivé à ce constat non par un raisonnement de convenance qui justifiait ses crimes, mais par une véritable recherche spirituelle qui impliquait pleinement sa foi.

C'était bien là l'origine du paradoxe. Parce que cette liberté existait, il fallait que Dieu lui-même l'autorisât.

J'en suis la preuve, pensait Patrick Hollmann.

Chaque existence, pour le Divin, a un but, une raison d'être. Telle était la sienne.

Devenir son propre Dieu.

Call me God.

15

Rome, Italie. Juin 1994

La ville qu'on disait éternelle n'était plus la même. Les ruelles formaient un entrelacs oppressant de couloirs qui lui rappelait les conduits d'un labyrinthe médiéval. C'était une impression macabre.

Tantôt un coin de rue passait brutalement de l'ombre opaque à une lumière aveuglante, tantôt le contraire. Et vous étiez plongé subitement dans l'obscurité avant que votre œil ait le réflexe d'accommoder la vision. Chaque pensée était comme arrachée au néant tant la chaleur humide et étouffante semblait opprimer le cerveau. Chaque pas sous un soleil de plomb était pesant. Mais, comme tout ce qui se passait dans l'ombre, la moiteur était encore plus accablante à l'abri des rayons brûlants. Elle vous envahissait par les pores de votre peau et allumait un brasier qui vous dévorait de l'intérieur à petit feu.

Depuis son interrogatoire par les carabiniers, Nicholas Foster se sentait lui-même comme une ombre dans un souterrain.

Il avait continué à marcher dans Rome comme il le faisait avant, sans but. Mais ce qui était une divagation plaisante et légère était devenu, depuis la mort de Lisa, une errance angoissante et sans fin. D'infimes détails lui sautaient aux yeux, une tache sur un mur, un papier gras coincé entre deux pavés, un tag, un dessin, une merde de chien, vices qu'il n'aurait jamais remarqués en temps normal, noyés dans une vision d'ensemble ou éliminés par la sélectivité de la perception qui effaçait les éléments inutiles ou gênants. La crasse, mais pas seulement... Son esprit ne faisait plus de différence entre ce qui avait du sens et ce qui n'en avait pas et le rendait vulnérable à une surexposition permanente d'informations inutiles.

Sur les conseils de Patrick Hollmann, il s'était mis à lire Dostoïevski et il se faisait l'effet d'être devenu ce personnage qui, cloîtré dans son sous-sol, vomissait le monde.

Le sous-sol de Nicholas Foster était sa chambre d'hôtel.

Lorsqu'il en sortait, il se sentait poussé à y revenir. Il restait alors allongé sur les draps dans la moiteur stagnante de ce bout de couloir informe transformé en chambre. Mais son esprit agité s'accommodait mal de demeurer immobile sur son lit où ses pensées parfois incontrôlables accentuaient encore son état fiévreux. Qu'il fermât les yeux ou qu'il les maintînt ouverts, des images du corps éviscéré de Lisa défilaient, se mélangeant avec des réminiscences de leurs ébats sur ces mêmes draps imbibés de sueur. L'angoisse qui s'emparait de lui finissait par l'obliger à ressortir de cette chambre pour ne pas y croupir.

Il n'essaya pas de retourner à son cours d'italien. Il ne pouvait pas rester plus de quelques minutes dans une pièce au milieu d'autres personnes. La seule présence humaine qui lui manquait était celle de Patrick Hollmann. Ils ne s'étaient pas parlé depuis la mort de Lisa. Il l'appela.

— J'ai besoin de te parler.

Hollmann ne lui posa pas de questions. Ils se retrouvèrent le lendemain dans un bar près de la piazza del Risorgimento, en une fin d'après-midi orageuse.

Les autobus et les tramways partaient vers les quartiers, les oiseaux revenaient prendre les leurs dans les arbres qui bordaient les allées. Le café où ils s'assirent était situé à l'extrémité de la via Mascherino par laquelle Hollmann était arrivé du Vatican après quelques minutes de marche. Foster aussi était venu à pied depuis l'autre côté du Tibre, malgré un soleil violent, et la longue marche depuis la via Sistina avait rendu son esprit encore plus fébrile et agité. La sueur détrempait ses habits et le contact du dossier métallique de la chaise eut un effet glaçant.

— Qu'est-ce qui t'arrive ? demanda Hollmann. Où étais-tu ces derniers jours ?

Il lui raconta le meurtre de Lisa.

Hollmann savait écouter. Il ne vous accordait pas, comme la plupart des gens qui au fond ne s'intéressent qu'à eux-mêmes, une attention de surface mais était profondément sensible à ce que vous lui disiez. Passant la moindre nuance de vos paroles par le filtre de son intelligence, il vous en restituait le sens caché et ses conséquences sur votre vie d'une façon prédictive quasi prémonitoire.

L'état que Foster décrivit à Hollmann lui rappela celui de Raskolnikov au début de *Crime et Châtiment*. Le jeune étudiant se sentait fiévreux, malade, constamment au bord de l'évanouissement. Cet état n'était pas dû à sa piètre condition physique mais, selon Hollmann, à des pensées que son esprit générait spontanément et qui, trop puissantes ou trop violentes, mettaient son corps en surchauffe. Comme un moteur de Ferrari sur une Fiat 500 ferait fondre sa carcasse, dit Hollmann avec ce sourire qu'il arborait quand il devait utiliser un exemple bateau pour mieux faire comprendre sa pensée.

Foster aurait été incapable de l'exprimer aussi clairement, mais il avait la sensation que, comme le décrivait Hollmann, son syndrome partait d'impulsions dont l'origine était au fond de son cerveau et elles diffusaient comme un venin glaçant dans son corps. Lequel soumis à l'effarante chaleur ambiante, réagissait par la fièvre et l'agitation. Sa conscience se retrouvant opprimée entre ces deux foyers de chaleur, nul doute qu'elle était en fusion.

Il fallait connaître cet état pour pouvoir le qualifier et Hollmann avait eu les mots justes : il appelait ça un état d'hyperconscience. Lui-même l'avait vécu, expliqua-t-il à Nicholas, à son arrivée en Indonésie.

Était-ce sous l'effet du changement de latitude, de la solitude, de se retrouver en somme dans un monde nouveau, de la chaleur aussi, mais il avait passé, dit-il, plusieurs semaines dans un état fiévreux qui avait cessé lorsqu'il s'était enfin ajusté à la nouvelle réalité. Cela avait pris beaucoup de temps et demandé beaucoup de réflexion et de prière. Mais il avait trouvé sa catharsis, conclut-il.

— Continue, dit-il à Nicholas. Toi aussi, tu trouveras.

Foster s'attarda sur la description minutieuse des émotions qu'il avait éprouvées au cours de son interrogatoire par le capitaine Ottaviani et, en toute franchise, sur sa troublante conclusion : l'intuition à la fois terrible et stupéfiante que cette fatalité était sa chance. Pour la première fois, il sentit le regard glaçant d'Hollmann et eut la certitude qu'il le jugeait durement. Il n'en était rien.

— C'est cette pensée qui rend ton corps fiévreux, lui dit simplement le prêtre.

Il ajouta que le fait même d'arriver à cette conclusion démontrait la véracité de son raisonnement. Cette remarque n'était pas un vulgaire sophisme, précisa-t-il, mais une réalité que son avenir éventuellement prouverait.

— Elle te rend unique, dit-il avec un sourire comme Nicholas lui en avait peu vu.

Il ajouta que c'était à lui, maintenant, à sa liberté, d'en faire quelque chose. Ce serait sa catharsis. Il souhaita à Nicholas de trouver le moyen de l'atteindre.

Hollmann regarda sa montre et dit qu'il était temps de rentrer. Il s'éloigna, laissant Nicholas seul. Dans le manque d'explication. Il avait été surpris par les paroles d'Hollmann. Pas seulement par leur ton prophétique, mais parce qu'elles sonnaient comme un adieu.

Nicholas Foster commença à se sentir mieux dans les jours qui suivirent. Ses symptômes disparurent l'un après l'autre, tout d'abord la fièvre, puis la fatigue, et enfin ses sensations physiques d'oppression…

Il se demandait comment les mots d'Hollmann pouvaient avoir eu un tel effet. Depuis six mois qu'ils se fréquentaient, il était habitué à ses raisonnements baroques, mais qu'un prêtre pût valider une pensée aussi obscène, disruptive, immorale, devait avoir des vertus apaisantes.

Voir le meurtre de sa petite amie comme une chance n'était pas une pensée physiquement tenable pour le cerveau d'un jeune homme de vingt-trois ans. La bénédiction d'Hollmann l'avait rendue tolérable.

C'était ça le véritable miracle.

Nicholas revit Hollmann la semaine suivante pour ce qui allait être leur dernière entrevue en tant qu'hommes libres. Cette fois, c'était le prêtre qui l'avait appelé. Ils avaient rendez-vous à midi au restaurant Al Forno, dans un angle ombragé du Campo dei Fiori près du cours d'italien où ils s'étaient rencontrés. Pour y parvenir, Nicholas avait dû repasser devant la boutique Ghezzi, via dei Cestari, où Hollmann, lors d'une de leurs premières balades, avait acheté cette croix avec son chapelet en ébène. Il s'était installé un peu en avance à la terrasse pour profiter de cette légèreté nouvelle, en attendant qu'Hollmann termine sa session d'italien du matin.

La conscience enfin apaisée, il pouvait contempler les étals du marché qui se déployaient autour de la statue de Giordano Bruno. Pour une fois, une petite brise lui caressait le visage. Tout avait changé en six mois. Il s'était embarqué pour Rome avec la prescience incongrue d'aller au-devant de son destin, cette prémonition que quelque chose, il ne savait quoi, l'attendait, et voilà qu'il se retrouvait face à l'impensable.

Grâce à Hollmann, il parvenait toutefois à donner un sens à ce qu'il éprouvait. Il repensait à ce qu'il lui avait dit : cherche, tu trouveras. Soudain lui vint l'idée d'écrire. Sur Lisa. Sur son meurtre. Sur son assassin qu'il ne connaissait pas.

Écrire pour, comme l'avait dit Hollmann, chercher sa catharsis.

Patrick Hollmann arriva à 12 h 10. Il était vêtu de son habituel jean mal taillé qui tombait sur ses baskets trop volumineuses et de sa chemise blanche. Il s'excusa pour son retard. Il avait fait ses adieux à Tiziana et aux autres élèves du cours.

— Tes adieux ?

Il annonça à Nicholas qu'il venait de recevoir sa prochaine affectation. Les autorités catholiques avaient décidé de l'envoyer en Allemagne, dans la ville d'Heidelberg. Un choix qu'il avait du mal à comprendre, lui qui pensait que son expérience en Indonésie lui ouvrait des horizons beaucoup plus lointains.

— Comme si c'était la fin du voyage, dit-il avec mélancolie.

Pris de court, Nicholas ne savait pas quoi dire. C'était un nouveau coup du destin. Il appréhendait le moment où il se retrouverait seul. Non pas qu'il redoutât la solitude, car il savait qu'elle serait toujours en lui, même si temporairement la compagnie de Lisa la lui avait fait oublier, mais parce qu'il se rendait compte qu'il éprouvait un besoin quasi physique de la présence de Patrick Hollmann.

À son tour, il était devenu dépendant de l'intelligence du prêtre, ou plutôt de l'usage philosophique qu'il en faisait, de son regard aigu et provocateur sur le monde, de sa logique à la fois fantasque et rigoureuse, de sa conception si singulière du bien et du mal.

Nicholas lui fit part de son intention d'écrire. Hollmann estima que c'était une bonne idée. Il prit l'exemple de cet écrivain autrichien, un certain Jack Unterweger, qui avait éprouvé la force rédemptrice de l'écriture.

— Même si sa situation était très différente de la tienne, dit-il de façon elliptique. C'est un assassin. Il a trouvé la paix en explorant sa conscience et obtenu le pardon grâce à ce livre. *Purgatoire*, c'est le titre. Il a su convaincre le monde de sa rédemption et a été libéré alors qu'il avait été condamné à perpétuité. Tu devrais le lire…

Nicholas acquiesça. Ce qu'omettait de lui dire Hollmann c'est que Jack Unterweger avait recommencé à tuer peu après sa sortie de prison. Le personnage fascinait Hollmann qui, grâce à sa connaissance de l'allemand, suivait le procès du tueur dans la presse autrichienne qu'il lisait au kiosque de la via del Corso.

Unterweger venait tout juste de se suicider dans sa cellule, le soir même de sa seconde condamnation à la perpétuité. Le 29 juin 1994. Comme rédemption, on faisait mieux…

Après un long silence, ils se contentèrent d'échanger des banalités durant le reste de leur rencontre. Ils se serrèrent la main. C'était en tout et pour tout leur deuxième poignée de main. Elle fut longue et, pour une raison que Nicholas ne s'expliqua pas, chargée de malaise.

— On se reverra, lui dit Hollmann. C'est certain.

Cela faisait en réalité plusieurs semaines qu'Hollmann connaissait la date de fin de son séjour romain. C'était le moment qu'il avait attendu pour mettre à exécution son plan. Tuer Lisa Dudek.

Nicholas Foster vécut le départ d'Hollmann comme un effondrement. D'autant que l'enivrante sensation de fièvre était à peine dissipée qu'une autre forme de malaise la remplaçait, due à la pression que les carabiniers faisaient peser sur lui.

Dix jours après sa première convocation, les auditions reprirent pour s'enchaîner, de plus en plus rapprochées. Les mêmes questions lui étaient répétées, ressassées inlassablement. Ses réponses étaient scrutées, analysées, comparées. Si les mots différaient, on lui reprochait de se contredire. S'ils étaient les mêmes, de réciter un discours appris par cœur.

À chaque audition, Ottaviani lui délivrait au compte-gouttes de nouvelles informations sur Lisa Dudek d'une façon calculée qui visait à le tester ou à le déstabiliser. Il lui révéla de nombreux détails qu'il ignorait, comme la raison qui l'avait poussée à quitter la Pologne. Elle avait décidé de procéder à un avortement qui, dans son pays, venait d'être prohibé. Elle avait tenté de faire valoir que sa grossesse était le fait d'un acte criminel, ce qui faisait entrer l'interruption de grossesse dans un cadre légal mais, selon les documents que les carabiniers avaient récupérés, n'y était pas parvenue. Elle avait alors déposé plainte contre le curé de sa paroisse, mais s'était heurtée à l'autre institution du pays, l'Église. Les abus commis dans ce cadre sanctifié étaient couverts par un totem d'immunité. Cela resterait son secret. Elle avait seize ans. Elle avait «trouvé une solution». Soit.

Nicholas comprenait enfin ce qu'elle avait voulu lui dire, mais, aussi triste que cela pût être, il ne voyait pas en quoi ce passé changeait quelque chose le concernant, ni le rendait davantage suspect.

Les carabiniers continuèrent d'égrainer quelques autres secrets intimes d'importance moindre, comme son addiction aux anxiolytiques durant son adolescence ou, plus tard, son comportement nymphomaniaque qui avait été diagnostiqué par un médecin de

Varsovie, diagnostic qui figurait noir sur blanc dans les dossiers médicaux de Lisa que les carabiniers avaient pu obtenir.

Mettre des mots était tellement simple. N'importe qui pouvait se voir stigmatiser de la sorte dès lors qu'on refusait d'appréhender un individu dans sa complexité, ses contradictions, et de chercher le point de cohérence de son existence. La mort vous figeait inéluctablement dans une caricature de vous-même.

Cela pouvait continuer ainsi. La liste pouvait être longue. Jusqu'au clou du spectacle.

— Depuis quand vous saviez qu'elle était enceinte ? lui lança Ottaviani.

Décidément, ils avaient gardé le meilleur pour la fin.

Nicholas, stupéfait, répondit qu'il l'ignorait.

Lisa était enceinte de près de dix semaines quand son fœtus avait été remplacé par une statuette indonésienne.

Là, cela changeait tout.

Quelques semaines avant sa mort, Nicholas avait senti une évolution chez Lisa. De temps en temps, il surprenait un regard mélancolique qu'il ne voyait pas avant. Des plages de silence qui n'existaient pas au début de leur relation.

Mais surtout, elle lui avait demandé à rencontrer son ami prêtre.

Nicholas avait parlé d'Hollmann à Lisa d'une façon qui avait suscité sa curiosité. Et réciproquement. À commencer par son prénom qui, coïncidence, était celui de la jeune femme du roman de Dostoïevski, *Les Carnets du sous-sol*. Il s'était bien gardé de lui révéler les détails intimes de sa vie, mais ses origines polonaises et son caractère avaient titillé Hollmann.

Lisa s'était jointe à eux en une fin d'après-midi alors que, comme souvent, ils prenaient un verre après leur cours d'italien. La rencontre avait été brève. Une poignée de main furtive. Quelques mots. Quelques sourires. Ravie de vous connaître. Moi aussi. Quelques échanges ordinaires, ensuite, pendant une vingtaine de minutes, puis Nicholas était reparti avec Lisa, laissant Hollmann rentrer à pied, comme chaque jour, dans sa résidence au Vatican. Lors de leur rencontre suivante, Nicholas avait demandé à Hollmann comment il trouvait Lisa, pensant poser une question anodine.

Mais rien n'était anodin avec Patrick Hollmann. Le prêtre prit un moment de réflexion avant d'affirmer avec un sourire :

— C'est une jeune femme très séduisante, dont on peut facilement tomber amoureux.

Nicholas avait esquissé un sourire.

— Mais après ? avait ajouté Hollmann.

Après ? Après quoi ? se demandait Foster. De quoi parlait-il ? À son âge, il n'y avait pas d'après.

Au fil des auditions et sous la pression des carabiniers, Nicholas avait parlé de Patrick Hollmann, mais Ottaviani ne porta guère d'attention au parcours du prêtre. Lequel, par ailleurs, ayant rejoint sa nouvelle affectation en Allemagne, ne pouvait pas même être questionné. De plus, il était citoyen américain, et quant au Vatican, il s'opposerait par principe à toute demande. Que le prêtre ait pu tuer Lisa ne venait pas à l'idée du capitaine des carabiniers. Hollmann était, de ce point de vue, au-dessus de tout soupçon. Il l'était dans l'esprit de Foster également.

Il ignorait que Lisa avait échangé en secret avec lui à trois reprises dans les jours qui suivirent cette première rencontre.

Elle avait eu besoin de se confier à quelqu'un. Elle lui avait parlé de sa jeunesse. De ses avortements. De ses atermoiements. De sa grossesse. Elle avait livré les secrets les plus intimes de son existence à son assassin.

L'assassin auquel Nicholas Foster, sans le savoir, l'avait livrée.

Sans le savoir, vraiment ?

16

Cette affaire d'article sentait la merde.

Banister avait toujours eu une petite tendance à la paranoïa, ce qui, chez un avocat, était une qualité. Il avait au fond de lui l'idée que l'univers pouvait s'ordonner dans votre dos et, subitement, vouloir vous éliminer comme un organisme vivant chasse une cellule étrangère.

Il avait passé des dizaines de coups de fil et découvert que la rumeur concernant Foster était bien plus profondément ancrée qu'il ne le pensait. Putain, il vieillissait. En d'autres temps, il aurait été le premier informé, mais là tout Hollywood semblait être au courant qu'un article virulent allait sortir contre son principal client. «Un article assassin.»

Tout Hollywood, sauf lui.

Ça sentait la rumeur savamment orchestrée pour diffuser son venin d'une manière contenue, progressive, comme ces seringues d'hôpital qui distillaient à faible dose le poison censé vous guérir mais qui vous tuait à petit feu. C'était très inquiétant, car cela indiquait que des forces souterraines et structurées étaient à l'œuvre. Répandre des rumeurs était un art.

L'exécuter à dessein demandait des moyens. Là-dessus, il en savait un rayon.

Il s'était alors renseigné sur Gina Bartoli et n'avait pas été rassuré.

Originaire d'Italie, elle était diplômée d'un master de l'école de journalisme de Columbia. Elle travaillait pour le site d'information Vice depuis sept ans, d'abord comme pigiste, puis comme *story editor*. L'intuition de Foster était bonne, c'était bien à elle qu'il avait refusé cette demande d'interview. Banister, qui avait fait office d'intermédiaire, se souvenait de son nom. Pourquoi s'attaquait-elle à Foster ? Que cherchait-elle ? Qu'avait-elle à gagner à s'exposer ainsi ? Était-ce une simple réplique à son refus de coopérer ou sa proposition initiale cachait-elle déjà le coup qu'elle préparait ?

Gina Bartoli n'avait pourtant pas le profil à faire des coups, du moins pendant ses années passées à New York. Et c'était aussi ce qui inquiétait Banister. Elle s'était fait remarquer par quelques articles bien documentés qui avaient causé pas mal de bruit, dont l'un sur le suicide de mannequins à la suite d'abus sexuels, l'année précédente, avait sérieusement secoué le monde de la mode. Forte de ce succès, elle avait quitté le bureau de Vice à Williamsburg et venait de s'installer à Los Angeles où elle avait été nommée responsable de la section « Crimes », ce qui expliquait à la fois son intérêt pour Foster et pourquoi elle voulait marquer son territoire. Ce qui surprenait davantage Banister, c'est qu'elle ait disposé d'un budget aussi confortable pour mener une enquête commencée bien avant sa demande d'interview. Si elle avait de quoi faire six articles, d'où tenait-elle ses informations ?

Il approcha une première fois les avocats du site pour tenter de les convaincre de laisser tomber la publication, étant donné ce que le moindre faux pas pouvait leur coûter. Ils ne donnèrent pas suite, comme il s'y attendait. Il s'était alors remué le cul pour trouver le numéro personnel de la journaliste et avait essayé une approche directe. Elle avait accepté de le rencontrer en tête à tête pour une raison simple : elle avait un marché à proposer à Foster.

Le bureau de Banister se trouvait au dix-neuvième étage d'un immeuble pompeusement baptisé le Wilshire Regent, situé sur Wilshire Boulevard dans ce qu'on appelait le corridor de Westwood, à l'angle de Warner Avenue.

Il fallait traverser un hall vide et surdimensionné de dix mètres de hauteur sous plafond pour accéder aux ascenseurs en passant devant les concierges qui vous calculaient avec une indifférence hostile. S'ils vous connaissaient, ils vous saluaient. Sinon, ils se faisaient un plaisir d'exercer leur misérable pouvoir, comme s'il s'agissait d'un droit de vie ou de mort, le tout avec une condescendance à vomir.

— Bonjour, monsieur Foster. M. Banister vous attend à son bureau. Bonne chance, dit l'un de ces chiens de garde sur un ton qui laissait entendre à Foster qu'il savait qu'il avait des ennuis.

D'ordinaire Banister attendait à la piscine, située sur un toit intermédiaire au dixième étage où il passait le plus clair de son temps, ce qui expliquait son bronzage étudié pour mettre en valeur la blancheur de ses dents. Il examinait toujours scrupuleusement le dossier dentaire de ses adversaires pour mieux connaître leurs points faibles. Pour lui, la dentition était le reflet de l'âme. Elle racontait tout ce que chacun pensait de soi, mais aussi révélait ses failles psychologiques ou morales.

Les siennes étaient sans défaut. Comme l'image qu'il voulait donner de sa personne.

Banister n'aimait pas recevoir dans son bureau car c'était aussi là qu'il vivait. Il s'y était installé après son divorce, temporairement, il y avait de cela vingt-cinq ans, et avait fini par y habiter même s'il détestait cet immeuble depuis que l'une de ses résidentes l'avait accusé d'avoir agressé son chien qu'il avait surpris en train de déféquer sur la pelouse devant l'entrée. Considérant qu'il lui avait manqué de respect dans la manière brutale de s'adresser à un membre de sa famille, quoique de race canine, elle avait déposé une requête devant le conseil des propriétaires de l'immeuble. Ce dernier avait obligé Banister à faire amende honorable lors d'une réunion, ce qui avait été une humiliation publique pour l'avocat qu'il était. Lui qui était capable de tout dans un tribunal avait dû s'écraser comme une merde face à un groupe de proprios qui lui auraient pourri la vie s'il ne s'était pas livré à cet avilissant exercice d'autocritique.

Il se plaisait à dire qu'il restait dans l'immeuble pour la salle de gym. Ce qui n'était pas faux, mais la seule raison pour laquelle il fréquentait ces lieux était qu'il y croisait Stefani. Elle lui avait été présentée par son fiancé, un agent de sportifs, qui habitait l'immeuble. Il aurait tout donné et même lâché Foster pour l'avoir comme cliente. La célébrité était un poison auquel personne ne résistait. Pas même Banister, bien qu'il en fût conscient. Elle vous happait. Elle pouvait vous broyer. Vous miner. Et lorsqu'elle se dérobait, ce qui arrivait inévitablement, le manque était si profond que le retour à la normalité était pire qu'une descente d'acide.

Sans elle, le monde paraissait vide et absurde. C'était à cause d'elle, parfois, que les tueurs se faisaient piéger. Lorsque l'ombre ne leur suffisait plus.

Tout le monde, qu'on l'admette ou non, était attiré par la lumière.

Foster pas moins que les autres. Banister le savait. Et son rôle à lui était de lui éviter les coups de soleil.

— Comment elle est? demanda Foster à propos de Bartoli.

— Mieux qu'en photo, dit Banister, regrettant immédiatement ses paroles.

S'il avait voulu jeter de l'huile sur le feu, c'était exactement ce qu'il fallait dire. Mais, après tout, autant le prévenir, Foster allait vite s'en rendre compte.

— Une bombe, ajouta-t-il aussitôt, mais il ne faudrait pas qu'elle nous pète à la gueule.

La brève rencontre que Banister avait eue avec la journaliste l'avait alerté. Avec ses cheveux bruns bouclés, ses pommettes hautes qui lui creusaient les joues et ses dents parfaitement alignées mais un peu trop grandes et très légèrement en avant, elle ne correspondait pas aux canons classiques de la beauté. Mais il savait qu'elle correspondait à ceux de Foster. Toute chose n'existait que par son contraire et la perfection n'était jamais aussi prégnante que lorsqu'elle était soulignée par un infime défaut. *Inquiétant…*

Plus inquiétant encore, selon sa dentition, elle allait leur bouffer les couilles.

— Qu'est-ce qu'elle veut ?

— Débattre avec toi en live.

— Où ?

— YouTube. Le site de Vice a un deal avec eux. C'est la seule alternative à la publication de sa série d'articles, expliqua Banister.

— Quand ?

— Dès qu'on se met d'accord, ça peut se négocier très vite.

— Sinon ?

— Elle dit qu'elle fera de toi le prochain Jayson Blair.

Jayson Blair était ce journaliste du *New York Times* qui avait été déchu pour plagiat. Elle avait cité ce nom à dessein car Foster l'avait rencontré lors de l'affaire du sniper de Washington sur laquelle Blair avait bidonné plusieurs articles qui avaient conduit à sa démission. Il avait ensuite écrit son autobiographie que pas grand monde avait achetée. On n'aimait pas les losers. Encore moins les menteurs. Du moins ceux qui se faisaient attraper.

— Essaie de savoir ce qu'il y a dans son article. On décidera après.

— On décidera quoi ?

— Si on relève le défi. Un petit débat en live, ça fait longtemps, non ? lança Foster avec un sourire. Ça nous rappellera notre jeunesse.

C'était exactement ce que Banister craignait.

— Justement, t'as pas besoin de ce genre d'emmerdes aujourd'hui, Nick.

Foster haussa les épaules.

— Pas sûr.

Deux mots avaient suffi pour que Banister comprenne ce qui motivait Foster. Il avait besoin d'excitant.

— En direct, et tout ? C'est de la folie, elle peut sortir n'importe quelle contrevérité, prétendre que c'est vrai et le mal sera fait.

— On verra, répondit Foster.

Banister savait exactement ce qui se passait dans sa tête. Depuis l'affaire du sniper de Washington DC, Foster faisait partie du paysage. Il était entré dans le système et, d'une certaine manière, le système l'avait assimilé. Être l'ennemi public, l'homme à abattre, lui manquait. Banister savait qu'il n'y résisterait pas. Peut-être que Bartoli le savait aussi. Mais cette fois, c'était différent : Foster était la proie, pas le chasseur. Et il était beaucoup plus difficile de sauver sa peau.

Banister se dit qu'il avait intérêt à découvrir ce que contenait ce foutu article. Il n'ignorait pas que le

154

passé de Foster comportait des zones d'ombre. Il en connaissait quelques-unes mais n'avait jamais voulu creuser plus profondément.

Il n'était pas con au point de creuser sa tombe avec ses propres dents.

17

Dans l'ascenseur, Foster s'était senti revivre.

La bouffée d'angoisse éprouvée à la lecture des premières lignes de l'article de Bartoli se transformait en une poussée euphorique. C'était un retour aux sources, la stimulation dont il avait besoin. Un mélange d'envie sexuelle, de danger, et la certitude accrochée au corps de l'emporter au final et de se régénérer dans la bataille. C'était l'impulsion qu'il lui fallait pour son nouveau livre.

On n'écrivait pas dans le confort mais dans l'agitation. La fébrilité. Dans le danger.

Banister ne pouvait pas comprendre. Foster n'avait pas jugé utile de lui parler du meurtre de San Bernardino. Il avait appris à distiller les informations. Même à son avocat. Surtout à son avocat.

Quand les portes de la cabine s'ouvrirent, il était comme le jeune homme qui était sorti du métro, piazza di Spagna, plus de vingt ans auparavant, prêt à se livrer corps et âme à l'abîme.

Alors qu'il allait monter dans sa voiture délivrée par un voiturier devant l'entrée, il vit un van aux vitres teintées garé le long de l'immeuble, dans la rue adjacente. C'était l'équipe de sécurité de Stefani Germanotta, alias Lady Gaga. De quoi illuminer la fin de journée de Banister qui allait encore passer son après-midi à la salle de gym. Tant mieux, après tout, c'était bon pour son cœur.

Pour la première fois depuis des semaines, Foster se mit au travail sans retenue.

De retour de chez son avocat, il s'était installé à sa table de travail, face à l'océan, et le projet qui s'était grossièrement dessiné dans son esprit ces derniers jours prenait corps à une vitesse inattendue.

L'exaltation catalysait sa réflexion. Le temps avait basculé dans cette dimension parallèle où l'écriture imposait le rythme. Les heures défilaient insensiblement. Il aurait dû être inquiet ou, comme Banister, préoccupé des conséquences possibles d'une dénonciation calomnieuse qui, quoi qu'on en dise, laisserait des traces. Il ne savait ni où l'article de la journaliste ni où le crime de San Bernardino allaient l'emmener. Mais il était prêt à y aller.

La menace donnait au meurtre une urgence supplémentaire qui, par son timing, le rendait encore plus alarmant.

Les événements n'arrivaient jamais par hasard. Même ceux en apparence sans rien de commun étaient toujours associés par un lien ténu, indicible, qui se déployait au cœur secret des choses.

Les deux meurtres, celui de Lisa et celui de San Bernardino, étaient liés. Et pas seulement parce que l'un était la copie de l'autre. Ils l'étaient d'une façon plus profonde, d'une façon que Foster qualifiait d'ontologique. C'était ce lien mystérieux qu'il devait explorer à travers, d'un côté, son écriture et, de l'autre, son enquête. Une chose était sûre, l'article et le crime renvoyaient l'un et l'autre à une même origine. Sa relation avec Patrick Hollmann.

Les photos du cadavre sous les yeux, il attendait le rapport complet de Ventura pour en savoir plus, mais les premières constatations de l'autopsie continuaient de l'interroger. Il se vida l'esprit pour reprendre sa réflexion à la base. Sans idée préconçue.

Les organes prélevés sur le corps l'avaient bien été selon deux techniques très différentes, l'une professionnelle, l'autre sauvage.

Il repensait à la question de Ventura : y avait-il deux tueurs ? La victime est-elle passée de l'un à l'autre ? Et, en même temps, il y avait ce rituel avec la statue du Leyak qui recréait à l'identique le supplice infligé par Patrick Hollmann. Qui avait intérêt à recréer un meurtre à l'identique de celui de Lisa ? Quel était le but de ce tueur qui le poussait à prendre autant de risques, choisir sa victime, la détenir captive pendant des semaines, des mois, la dépouiller de ses organes, pour ensuite déposer son corps de façon qu'il soit découvert ?

Une chose était certaine, ce n'était pas une Victime Numéro Un. Celui qui avait commis ce meurtre faisait montre d'une détermination et d'une précision que garantissait son expérience. Foster avait beau s'en éloigner, il revenait à cette idée qu'il faisait partie de ces criminels qui étaient passés à travers les mailles du filet.

Peut-être y avait-il déjà parmi ces cas non résolus dont il avait ressorti les dossiers la marque du tueur ? Peut-être lui lançait-il un défi car il se sentait fort d'avoir échappé une première fois à Foster ?

Le sentiment qu'un tueur agissait dans son dos redevint de plus en plus présent dans l'esprit de Foster au fur et à mesure qu'il faisait dérouler les éléments matériels du meurtre. L'enquête matérielle rejoignait sa réflexion littéraire.

Il reprit le raisonnement là où il l'avait laissé avant le coup de fil de Banister. Il avait la certitude cheville e au corps qu'un tueur était là, tout proche, parmi les criminels qu'il avait déjà croisés. Ou ceux dont il avait déjà évalué les crimes. Parmi les cas sur lesquels il avait failli. Si c'était un défi, il durait certainement depuis beaucoup plus longtemps. Combien de temps, il n'en avait aucune idée. L'assassin, dans sa tête, entretenait avec lui un dialogue secret dans lequel les mots étaient des corps qu'il disposait au gré de sa folie et de sa volonté.

Combien y en avait-il ? Combien de crimes Foster avait-il laissé passer sans comprendre qu'ils étaient l'œuvre d'un seul homme ? Quel rôle jouait la figure de Patrick Hollmann dans ce duel à distance ? Quelle fascination exerçait-il sur le tueur ?

Foster lui-même avait été subjugué par Hollmann. Ce n'était pas sa célébrité qui l'avait attiré, il était alors parfaitement inconnu, mais sa personnalité. Précisément, c'était sa capacité d'explorer son propre abîme intérieur qui avait catalysé la curiosité de Foster. La célébrité, cependant, éblouissait. Foster était d'accord là-dessus avec Banister. Mais ce n'était pas ce qui séduisait le tueur. En revanche, elle l'avait endormi et, à cause d'elle, Foster avait baissé sa garde et laissé croître un monstre à côté de lui.

Foster travailla sans relâche pendant trois jours. Seul un coup de téléphone de Banister l'arrêta qui lui apprit que Gina Bartoli avait accepté le principe d'une rencontre. Quelques minutes après qu'il eut donné son accord, il reçut un appel d'un numéro inconnu sur son portable.

— Je suis Gina, dit-elle sobrement.

Ils décidèrent de se rencontrer le jour même. Foster la laissa choisir le lieu. Elle proposa qu'ils se retrouvent près des bureaux de Vice sur Venice Boulevard.

La voix grave et très légèrement rauque de la journaliste alluma l'imaginaire de Foster. Le temps d'un court échange verbal, une vision avait envahi son cerveau. Il voulait la voir écarter les cuisses pour lui ouvrir son intimité.

18

Bishop, comté d'Inyo, Californie.
21 novembre 2003

Poisseuse.

Elle s'était réveillée avec cette sensation sans parvenir à distinguer si elle était physique ou émotionnelle. Il faisait jour. La nuit avait été courte.

Michelle Ventura se leva et fit deux pas jusqu'à la fenêtre qu'elle ne se souvenait pas avoir ouverte. L'air frais sur sa peau l'avait tirée du sommeil quelques minutes plus tôt. Elle avait regardé sa montre qui marquait cinq heures dix du matin. Comme toujours, cinq minutes avant que se déclenche l'alarme de son téléphone.

Elle ouvrit les rideaux de la chambre avec vue sur les poubelles, dans l'allée qui longeait l'arrière du motel El Rancho de la petite ville de Bishop, Californie, où ils s'étaient installés depuis cinq jours, sur les traces du ravisseur d'une adolescente. Son humeur était pourtant étrangère à la fadeur du décor tant elle était habituée à ces lieux impersonnels, ces hôtels toujours plus ou moins identiques dans lesquels il leur fallait séjourner, notes de frais oblige, lors des opérations ciblées.

Le câble. La clim. Une bible dans le tiroir. La sainte trinité de l'hôtellerie de bord de route.

Elle se pencha sur la baignoire et voulut ouvrir la douche, mais la salle de bains avait été conçue de telle sorte qu'il était impossible de le faire sans se prendre le premier jet d'eau froide sur la figure. Elle n'eut pas le temps de reculer et insulta l'abruti qui avait dessiné les plans.

— Putain de merde !

Mais ce n'était pas la raison de son humeur.

Non, si Michelle Ventura se sentait mal à l'aise, c'était d'avoir cédé à Foster. Enfin, à son propre désir. Qu'est-ce qui lui avait pris, putain de *fucking* merde ? Il ne lui avait rien demandé et si elle n'avait pas sciemment laissé ouverte la porte de sa chambre, il n'aurait même pas essayé d'entrer. On aurait dit qu'il savait que cela allait arriver. Il fallait croire qu'elle lui avait envoyé tous les signaux de son désir et de sa disponibilité.

C'était la veille de la première intervention à laquelle elle participait comme agent opérationnel. Jusque-là, elle avait été maintenue aux rôles secondaires de soutien et coordination logistique, à l'arrière. Cette fois, elle était en première ligne. Son cerveau en ébullition avait eu besoin de se calmer. L'adrénaline l'avait poussée à mettre son cul également en première ligne. Quelle conne !

Elle dormait quand Foster était reparti deux heures plus tard. Baisée mais apaisée.

C'était ce qu'elle voulait et elle n'aurait pas pu trouver le sommeil sans l'action relaxante des spasmes abdominaux dont l'onde de choc, remontant jusque dans son crâne, avait neutralisé les agitations de sa conscience. Elle n'avait pas trouvé le sommeil, c'était plutôt le sommeil qui l'avait trouvée.

Physiquement, tout avait été parfait. Émotionnellement, cela avait été glaçant.

Elle s'était sentie comme le jouet dans les mains d'un marionnettiste, une novice aux prises avec un expert, un objet, un instrument – une guitare dans les mains de Jimi Hendrix – dont on veut faire sortir les notes les plus aiguës.

Foster n'avait eu aucun geste déplacé, pas montré la moindre agressivité ni aucune volonté de domination. Leur échange s'était déroulé dans un contexte de consentement et d'égalité incontestables et, pourtant, il laissait sur son esprit l'empreinte subtile d'un indicible ascendant, d'une emprise causant un abandon dont elle ne parvenait pas à situer l'origine, sinon dans une région profondément enfouie de son cerveau où sa volonté, tout simplement, n'arrivait plus à s'exercer.

On pouvait aimer ça. On pouvait même devenir accro. Pour Ventura, cette perte de tout contrôle, ce renoncement temporaire à soi, lui faisait l'effet d'une carence mentale qui la renvoyait à sa propre faiblesse.

Oui, cela lui avait plu. Beaucoup. Trop. Se mettre nue devant lui, le laisser entrer en elle était une défaite plaisante de son orgueil pour laquelle elle s'était finalement détestée. Il n'y avait pas de quoi en faire un drame, pourtant. Elle s'était tapé d'autres types, dans sa vie, pour lesquels elle n'éprouvait pas la plus petite envie. Au contraire, même. Le problème n'était pas là. Elle avait longtemps été une habituée du tout-venant propre à répondre temporairement à un besoin physique à assouvir. Rien de grave, bien sûr. Elle oublierait vite fait tout ça et, d'ailleurs, Foster ne lui parlerait plus jamais de ce moment. Mais, en y repensant, des jours plus tard, elle avait compris que son écœurement était né de s'être sentie impuissante à lui rendre la moindre part du plaisir physique qu'elle avait éprouvé.

Il semblait n'avoir rien ressenti. Il était inatteignable. Pour lui, c'était juste un rite de passage. Bienvenue au club, se dit-elle en se regardant dans le miroir tout en se séchant les cheveux. La douche n'avait pas modifié son humeur et, tiédasse, n'avait eu aucun effet sur la sensation physique. Elle jeta un kleenex dans la poubelle à côté du lavabo et remarqua le préservatif utilisé par Foster. Immaculé.

Il n'avait même pas joui.

Ce même jour, à six heures du matin, après cinq jours d'observation des lieux, d'enquête de voisinage, ils donnaient l'assaut sur la maison du ravisseur présumé de la petite Jody. Ils avaient fini par déterminer le lieu de détention de l'adolescente au terme d'une longue enquête qui avait été complètement réorientée par Foster. Si l'intervention était une première pour Ventura comme agent de terrain, l'action qui y avait mené avait marqué, pour lui aussi, sa contribution inaugurale en qualité de consultant. Et son impact sur l'affaire avait été déterminant. Il avait donné l'impulsion relançant une enquête qui stagnait depuis des mois, pourrissait la vie du bureau de Los Angeles, et détruisait une famille à petit feu.

Jody Hoover, seize ans, avait disparu au retour du lycée, un soir d'avril, six mois plus tôt, dans la ville de Bakersfield située à deux heures de route au nord de Los Angeles. Le FBI avait été saisi après que le bureau local du shérif avait enfin cessé de croire à une fugue comme l'adolescente en était coutumière. Trop tard. Pour Ventura, les frasques passées de sa proie étaient même un critère de choix qui allait inévitablement faire gagner du temps à son ravisseur : on allait croire à une fugue de plus. Et cela n'avait pas manqué. Le bureau du shérif était tombé dans le panneau et, lorsqu'ils avaient fait appel au FBI, les témoignages étaient émoussés et l'auteur du kidnapping avait eu le temps de préparer ses arrières.

Rien ne se passa jusqu'à ce que Foster intervienne.

— Elle a été enlevée par quelqu'un qui n'existe pas, avait dit Foster lors de son premier briefing.

Sur le coup, Ventura s'était dit que c'était du vent. Des mots. Du grand *bullshit*. Un slogan marketing qui marchait peut-être sur les plateaux télé ou sur la quatrième de ses bouquins, mais n'avait aucun intérêt sur le terrain. Seul l'agent spécial Valdes avait pris la totale mesure de ce que Foster voulait exprimer. Il

165

avait cette même sensibilité au mal que lui, même si son appartenance au Bureau l'avait atténuée avec les années et si son passé de flic de terrain n'en faisait pas quelqu'un d'aussi raffiné intellectuellement.

Mais ils étaient de la même espèce et c'était pour ça qu'ils pouvaient travailler ensemble et se comprendre.

Le ravisseur, voulait dire Foster, était un de ces anonymes qui sentait plus que tout autre que son être n'était qu'une minuscule parcelle aux contours vagues et incertains, noyée au sein d'une masse informe et infinie qu'on appelait les autres. Il était de ceux qui, surtout, ne s'accommodaient pas de cette peur que Foster, jeune, avait ressentie. Celle de n'être rien. Cet effroi qu'il avait dû surmonter et qui l'avait poussé vers des horizons nouveaux où le meurtre de Lisa était venu l'extirper de l'angoisse de ce magma insipide créé par son enfance auprès d'une mère détraquée. Plus tard, il avait compris que ce sentiment n'était pas dû à la notoriété qu'il avait acquise, mais à une modification de son esprit, subtile, personnelle, indéfinissable, qui le faisait se sentir exister.

Le ravisseur, pensait-il, avait vécu la même révolution. L'appropriation de la petite Jody était sa réponse. Elle lui restituait son identité dissoute dans l'agitation désordonnée et insignifiante du monde. Le droit de tuer, comme l'avait théorisé Hollmann, lui redonnait une place dans l'existence.

C'était cool, comme explication, avait pensé Ventura à la fin de la réunion où Foster avait développé sa théorie, mais ça n'allait pas les mener loin.

Trois mois plus tard, ils se retrouvaient à intervenir dans une maison en périphérie de la ville de Lone Pine, à une heure de route, environ, au sud de Bishop où ils avaient installé leur camp de base.

C'était une bâtisse en bois construite sur une petite parcelle de terrain arborée grâce à l'existence d'un puits au milieu de la rocaille, le long d'un petit chemin appelé Lubken Canyon Road qui menait vers les sommets blancs et acérés du mont Whitney, un des plus hauts points de la Sierra Nevada. Entourée d'une clôture en bois irrégulière et mal entretenue, elle-même bordée par des arbres séculaires, la maison était envahie par des fourrés qui la cachaient partiellement à la vue depuis la route. Elle appartenait à une femme, Rose Lee Mitchell, décédée depuis peu à l'âge de soixante-sept ans. Elle avait eu un fils qu'elle avait abandonné à la naissance alors qu'elle était institutrice dans une petite ville du nord de la Californie. Sujette à un déni de grossesse, elle avait accouché dans son logement de fonction sans avoir jamais su qu'elle était enceinte.

Cet enfant était une chose étrangère sortie de son corps. Que pouvait-elle en faire ? L'oublier.

Elle y parvint jusqu'à ce que, presque six années plus tard, elle confessât à l'homme qu'elle avait épousé, Phil Mitchell, cette histoire qui lui pesait sur le cœur. Il lui proposa de retrouver l'enfant et de l'intégrer à leur famille. Il lui donna son nom : à cinq ans, le garçon devint Will H. Mitchell. L'aîné d'une fratrie qu'il ne connaissait pas. Mais le mal était fait.

Qu'aurait pu être sa vie sinon un parcours solitaire d'errance, de quête de sens et de reconnaissance ?

Will H. Mitchell était homme de ménage à l'Emerson Middle School de Bakersfield. Il avait quitté son job quelques semaines avant la disparition de Jody. Jamais il n'avait été inquiété, jusqu'à ce que la théorie de Foster oblige à ce que soient revus les profils familiaux de tous ceux qui avaient côtoyé la victime de près ou de loin. Ils avaient remonté le parcours de Mitchell jusqu'à cette naissance dont il ne s'était jamais remis.

Il était l'homme qui n'existait pas.

Will était un garçon intelligent qui avait voyagé, étudié, travaillé. Il avait obtenu un diplôme d'ingénieur structure de l'Université d'Arizona, profession qu'il avait occupée dans l'industrie pétrolière pendant six années, son emploi le plus long. Avant de dérouler une longue liste de métiers qu'il avait toujours quittés après quelques mois. Il avait même lié travail et passion en devenant spéléologue, comme il l'avait confié à un de ses collègues, dans un rare moment d'échange où les deux hommes avaient été prisonniers d'une crevasse pendant quarante-huit heures avant d'être secourus.

Will Mitchell n'avait pas montré le moindre signe de nervosité dans cette épreuve. Mais ce moment marqua un point déterminant dans sa vie.

Selon tous les témoignages, il n'était pas méchant, mais son existence n'était qu'une errance solitaire au cours de laquelle il ne parvenait pas à nouer de liens avec l'autre sexe. Dans toute son histoire, on ne lui avait jamais connu de relation avec une femme.

Foster repensait à la phrase d'Hollmann : Dieu n'abandonnait jamais totalement les siens. Will Mitchell était la preuve que si. Parfois.

Alors, peut-être pensait-il qu'il avait droit, lui aussi, à une compagne.

Si Dieu la lui refusait, il la trouverait. Une solitude partagée serait plus acceptable. C'était une étape inévitable de son parcours. Un parcours qui, selon Foster, le ramenait inéluctablement vers sa mère.

C'était comme ça qu'on avait ciblé la maison. Cinq jours d'observation n'avaient pas permis de la repérer, mais quelques témoignages décrivaient cette silhouette fugace et à peine visible. Une vendeuse du Lone Pine Market se souvenait d'avoir vu un homme qui correspondait à sa description acheter des tampons périodiques. Ce témoignage les avait décidés à lancer l'opération.

L'assaut, mené par une douzaine d'agents armés, dont Michelle Ventura, se déroula sans qu'une balle soit tirée. Et pour cause… Lorsqu'ils entrèrent dans la maison, ils ne trouvèrent personne. La bicoque était vide depuis la mort de Rose. Ils fouillèrent chaque centimètre carré : aucune trace du fils, et encore moins de sa victime présumée. La première intervention de Foster était partie pour être un beau fiasco. McAllister, déjà, ricanait. Valdes ne se sentait pas très bien. Foster avait alors remarqué une dérivation électrique depuis le réseau d'alimentation au-dessus de la maison. C'était une dérivation sauvage en amont des compteurs qui courait jusque dans la cabane de jardinier où il n'y avait aucune ampoule, mais où le fil d'alimentation électrique s'enfonçait dans la terre.

C'est ainsi qu'ils découvrirent la cavité sous la maison de Rose Lee Mitchell.

Son fils, Will, était revenu vivre non pas chez sa mère, mais en dessous. Dans ses entrailles. Secrètement. Comme s'il avait voulu retourner dans l'utérus qui, quarante ans auparavant, l'avait expulsé comme une chose inerte et sans identité. Il avait creusé son refuge qui était devenu sa tombe. Une véritable grotte, presque un bunker de trois mètres sur quatre mais pas plus haut qu'un mètre cinquante, au centre duquel il gisait.

Il était mort.

Son corps s'était desséché après avoir été électrocuté. Accident ou suicide, il y aurait toujours un doute. Au bout de la grotte, il avait creusé une cavité encore plus petite, fermée par une grille, dans laquelle se trouvait l'adolescente kidnappée.

Elle n'avait même plus la force d'appeler.

Jody, quoique très affaiblie, avait survécu en buvant dans les toilettes sommaires que Mitchell avait installées dans sa cellule par un détournement de l'eau du puits. Mitchell, cela pouvait paraître absurde pour quelqu'un qui vivait sous terre, avait l'obsession de la propreté. Elle avait sauvé la vie de Jody. Il ne tenait qu'à quelques jours qu'elle ne mourût à son tour d'épuisement.

Le fiasco avait tourné au triomphe.

Foster était devenu Foster.

19

Pas de petite phrase magique comme avec Foster, mais, les éléments de l'affaire sous ses yeux, l'esprit rationnel de Ventura tournait à plein régime.

Faisant défiler les photos de l'autopsie, elle ne pouvait s'empêcher d'imaginer ce qu'il avait éprouvé lorsque, à vingt-deux ans, on lui avait montré celles de sa petite amie dans le même état. Elle ne l'enviait pas, loin de là, bien qu'elle aurait aimé avoir sa capacité, cette vision qui, comme il l'avait fait pour Will Mitchell, lui permettait de concentrer une affaire en une formule littéraire, l'équivalent verbal d'une équation à multiples inconnues qu'il faudrait résoudre.

« Elle a été enlevée par quelqu'un qui n'existe pas… »

Ventura n'aurait jamais été capable de pondre une telle formule. Elle en comprenait la pertinence, mais il fallait un esprit comme celui de Foster pour produire ce genre d'idée. C'était son indéniable plus-value. Elle était capable de faire une analyse du comportement du tueur telle que les sciences cognitives le lui avaient appris. Tranchante. Rigoureuse. Précise.

Rien ne dépassait. Mais il lui manquait cette intuition – elle ne savait pas comment l'appeler – qui, eurêka !, comme en mathématiques, justement, vous faisait soudain entrevoir la solution d'un problème jusque-là insoluble. Cette vision qui s'aventurait plus loin que la logique, en territoire inconnu de la raison, et caractériserait le tueur d'une façon si précisément singulière qu'elle allait permettre de le débusquer.

Elle comprenait ce que Valdes avait vu en Foster.

Elle était convaincue que cette capacité ne participait pas de la criminologie, ni même de la psychologie, mais de la littérature. Elle avait essayé de lire Dostoïevski. Pour voir. Le livre lui était tombé des mains et elle avait vite abandonné. Ça n'était pas pour elle. Elle devrait se contenter de faire son boulot. Et puis, ce n'était pas ce que le Bureau attendait d'elle. Ses chefs lui demandaient des rapports de synthèse, concis, précis, cliniques. Savoir analyser rigoureusement. Recouper. Ordonner. Déduire. Pour arriver à une description d'un tableau clinique clair et explicite. Ça, elle savait faire. Et ça n'était pas rien.

Même si, contrairement à Foster, cela ne relevait pas du génie.

Elle ne croyait pas que le meurtre de San Bernardino pouvait être dû à un *copycat*. C'était une invention littéraire ou cinématographique qui n'existait pas dans la réalité. Elle avait pensé inévitablement au fils de Patrick Hollmann, mais le jeune homme n'avait jamais fait parler de lui et il était suivi de près psychologiquement. Le rapport psychiatrique sur Ivan Hollmann n'indiquait aucune déviance. C'était un étudiant brillant, interne à Berkeley où il avait été présent en cours le 21 juin, jour où le corps avait été découvert à sept cents kilomètres de là, ainsi que les jours précédant cette date.

Comme elle s'y attendait, il n'avait rien à voir avec le meurtre de San Bernardino. Selon ses profs, c'était un garçon parfaitement équilibré. Il s'en tirait bien, compte tenu de ses ascendances.

On ne pouvait pas en dire autant de sa mère dont il avait été séparé très tôt. Elle était sous surveillance du FBI. Sa relation avec Hollmann avait laissé des traces. Deux années après son exécution, Amy avait tenté de faire annuler son mariage sous l'influence de la communauté religieuse du Minnesota dans laquelle elle était allée vivre. Pour y renoncer par la suite. Son enfant lui avait été soustrait par les autorités de l'État à cause de mauvais traitements liés aux croyances de cette communauté qui pratiquait le jeûne strict lors du carême, et appliquait d'autres préceptes de la Bible à la lettre. Puis l'enfant avait été placé dans des familles d'accueil jusqu'à sa majorité. Toute relation entre la mère et le fils avait été a priori coupée. Même si elle avait voulu le retrouver, ce qui restait à prouver, cela lui aurait été très difficile administrativement.

Elle n'en montra aucune intention. La communauté dans laquelle elle vivait fut dissoute cinq ans plus tard pour trafic et abus sexuels, le gourou, un allumé du nom de Steve Ellwood, arrêté. Amy échappa de peu à la prison. Aux dernières nouvelles, elle n'avait toujours aucun contact avec son fils, bien qu'installée dans une nouvelle communauté en Californie, près de la petite ville de Lompoc où se trouvait ironiquement un centre pénitentiaire, plus proche de Berkeley. Elle aurait pu le revoir légalement, depuis ses seize ans. Elle n'en avait jamais ressenti ni le besoin ni l'envie. Elle était, selon ses propres mots, passée à autre chose.

Elle était toujours surveillée par le FBI, mais sa nouvelle famille ne semblait pas dépasser les limites de la loi. Aucune preuve d'abus, ni sexuel ni de substances. La douzaine de membres adultes de la communauté, qui s'appelait Elixir of Life, vivaient en troupeau. Point. C'était leur choix.

Ventura se dit qu'elle allait quand même devoir leur faire une visite. Mais il lui fallait organiser l'ordre de ses priorités. Elle venait de recevoir la liste des codétenus de Patrick Hollmann durant ses trois années à la prison de Tamms. Pour une fois, l'administration pénitentiaire de l'Illinois (IDOC) avait été rapide. C'était une liste de trois cents noms. Le CMAX de Tamms, dont la capacité était de cinq cents détenus, n'avait jamais été occupé à pleine capacité. L'IDOC ne trouvait pas assez de criminels qui méritaient un tel traitement dans l'État de l'Illinois. C'était bien, cela lui éviterait du boulot. Pour chacun, il lui faudrait vérifier s'ils étaient vivants ou morts, toujours incarcérés ou libérés. Elle fit la demande d'un plan de la prison afin d'étudier les relations de proximité. Ce qui était particulièrement important dans ce centre où l'isolement total était la norme. Elle voulait en priorité connaître l'identité des voisins successifs de Patrick Hollmann dans les deux cellules qu'il avait occupées durant son séjour. Il était en effet possible de communiquer, entre voisins de cellule, brièvement au moment de la fouille quotidienne dans le couloir, ou à travers la grille. Elle eut aussi l'idée de demander des informations complémentaires à l'IDOC : Hollmann avait-il été impliqué dans une quelconque bagarre ? Avait-il fait l'objet de menaces ? De chantage ? Avait-il une liaison homosexuelle ? Autant de questions qu'elle listait méthodiquement quand elle reçut un e-mail qui lui annonçait l'identification de la victime de San Bernardino.

Myriam Lehren, c'était son nom, était née à Carson City, dans le Nevada, vingt-huit ans auparavant, elle avait quitté la maison familiale le lendemain de ses vingt et un ans pour aller s'installer Dieu sait où à Los Angeles. Avant de disparaître des radars. Elle n'avait plus jamais donné de nouvelles. Volatilisée. Évaporée.

Sept ans plus tard, personne n'avait signalé sa disparition. Personne n'avait répondu à l'avis de recherche lancé par le Bureau après la découverte du corps. Personne n'était venu chercher sa dépouille. Elle ne comptait plus. Elle s'était dissoute dans l'angle mort de l'Amérique. Aspirée par le cloaque, aurait dit Foster.

La pente qui y menait était glissante, pensa Ventura. Et raide. Il avait fallu une arrestation pour usage de stupéfiants afin qu'un match avec son ADN permette de lui donner un nom.

Le fichier ADN était le dernier endroit à garder la mémoire de votre humanité.

20

Sept années avaient beau avoir transformé la jeune fille pimpante en un pantin osseux et désarticulé sans chair ni identité dont la dépouille desséchée était l'aboutissement, il persistait, malgré tout, sous le masque de souffrance, une troublante ressemblance en filigrane avec ce qu'était Myriam au temps de sa jeunesse insouciante et souriante. Avait-elle pour autant été insouciante, cette jeunesse ? Vu son parcours, Ventura en doutait. Il y avait toujours une histoire derrière l'histoire, disait Foster à propos de chaque victime.

Au volant, Ventura se prit à espérer qu'il n'y ait jamais de procès et que la mère de Myriam n'ait pas à entendre la litanie de blessures, de souffrances, de dégradations qu'avait subies sa fille.

Elle avait fait la route jusqu'à Gardnerville, une petite ville située au sud de Carson City, côté Nevada. Elle aurait pu prendre un vol de l'aéroport de Burbank pour celui de Reno, mais à quelques heures près, elle avait préféré conduire. D'autant qu'avec son badge, elle pouvait largement dépasser la limite des cent kilomètres à l'heure qui, sur cette route infiniment droite longeant la Sierra Nevada, donnait l'impression de ne pas avancer.

Regarder la route défiler, seule au volant, lui permettait de penser.

Et puis, elle passait par Lone Pine.

Elle avait ralenti à l'embranchement de Lubken Canyon Road avant l'entrée dans la ville, hésitante. Mais finalement avait décidé de s'épargner ce pèlerinage cafardeux et inutile.

Onze années étaient passées depuis la libération de Jody Hoover qui avait amorcé sa carrière et l'avait amenée à devenir l'agent spécial du bureau de Los Angeles en charge des crimes les plus complexes. Elle avait pris la suite de Valdes et son adoubement par Foster l'avait bien aidée. Elle pouvait mesurer le chemin parcouru.

Elle traversa ensuite la ville de Bishop avec un sourire ironique au moment où elle croisa la rue qui menait au motel El Rancho. Ces mêmes onze années étaient passées sur sa vie intime sans avoir le même impact. Son père était mort. Sa mère était retournée vivre dans l'Oregon d'où était originaire sa famille. Elles ne se voyaient plus, ou si peu. Elle n'avait pas d'enfant, pas de mec, pas de chien et personne à l'horizon. Elle avait fait du sur-place.

Comme le van qu'elle conduisait, sa vie personnelle lui faisait l'effet d'être quelque part immobile sur l'autoroute 395 entre Lone Pine et Bishop. Au milieu de nulle part.

Ventura franchit la frontière de l'État avant midi et arriva à Gardnerville une vingtaine de minutes plus tard. La mère de Myriam habitait à la limite nord de la ville dans un petit îlot résidentiel de maisons qui se ressemblaient toutes, comme on en trouvait partout dans le pays. Pour y arriver, Ventura était passée successivement devant la Carson Valley Middle School, puis la Douglas High School, résumant en quelques kilomètres la moitié de la courte vie de Myriam Lehren dans cette communauté.

Ventura appréhendait la cérémonie des photos d'école, l'inévitable représentation du *Magicien d'Oz,* l'équipe féminine de soccer, puis celle des cheerleaders de l'équipe de football, mais il fallait en passer par là. Il y aurait peut-être un détail utile, une broutille, dans ce déversoir de tristesse et de regrets aggravés par ce sentiment troublant que ces efforts pour construire la vie de sa fille avaient été battus en brèche par le destin et n'avaient servi à rien. Même si la mère de Myriam n'avait sans doute rien à lui dire sur les années où sa fille était sortie de ses radars, la mort, en revanche, faisait parfois sourdre des secrets, pressés par l'absence et la culpabilité. Ou les enterrait à jamais.

Ventura savait qu'un traumatisme avait bouleversé la jeune existence de Myriam. Un de ces événements qui survenait dans votre vie et vous enfermait pour le restant de vos jours dans une part de votre identité à laquelle vous finissiez par vous identifier totalement. Souvent, malheureusement, sa part maudite.

Avait-il un rapport avec sa mort, cela faisait partie des questions. Car, même si le rituel ciblait Foster,

l'identité de la victime comptait. Son passé aussi.
Qu'est-ce qui avait déclenché le passage à l'acte du
tueur? Pourquoi l'avait-il choisie, elle? Où et comment avait-elle rencontré son assassin?

— C'est ma faute… Tout est ma faute, murmurait
la mère de Myriam en séchant ses larmes.

Susan Lehren avait été prévenue du décès de sa
fille par la police municipale de Gardnerville avec qui
Ventura avait communiqué la veille, de sorte qu'elle
n'ait pas à subir la sidération immédiate qui suivrait
l'annonce, et pût avoir de meilleures réponses à ses
questions, le choc ayant déjà fait une partie de son
chemin pendant la nuit.

— Vous avez une idée d'où elle est allée, durant
ces années?

— Aucune, malheureusement.

— Elle ne vous a jamais appelée?

Elle la sentit hésiter.

— C'est important, madame Lehren, ajouta-t-elle.

— Une fois.

— Où était-elle?

— À Las Vegas, dit Susan. Elle venait de coucher
avec son premier client.

S'ensuivit un silence contrit. Puis de nouveaux
pleurs. C'était un aveu qui, s'il confirmait comme
Ventura s'en doutait que le meurtre de Myriam
constituait en partie un crime d'opportunité, com-
pliquait les recherches.

L'arrestation qui avait permis son identification
n'avait pas eu lieu à Las Vegas, mais à San Diego

180

deux ans auparavant. Ventura n'était pas surprise qu'elle se soit prostituée, vu son passé de toxicomane tel qu'il était ressorti des analyses sanguines. Susan Lehren avait alors tout lâché sans retenue. L'histoire derrière l'histoire était de celles qui vous font partir sans un regard en arrière. Elle exposait la raison pour laquelle sa fille avait quitté les lieux de son enfance et n'avait plus jamais donné signe de vie. Son père était mort quand elle avait huit ans, mais ce n'était pas la raison de sa fuite.

— C'était le lendemain de ses douze ans… Myriam m'a raconté que son oncle, mon frère, était entré dans sa chambre, dit la mère en larmes, le matin pendant qu'elle dormait.

— Vous l'avez confronté?

— Non. Je l'ai confrontée, elle. C'était mon frère, vous comprenez.

Non, Ventura ne comprenait pas. Mais il y avait tellement de faits incompréhensibles dans la carrière d'un agent du FBI. Susan baissa les yeux.

— Elle m'a juré que c'était vrai. Mais je ne l'ai pas crue. Enfin, je n'ai pas voulu la croire. Du moins, pas tout de suite.

— Et ensuite?

— Elle s'est mise à fuguer. À disparaître. Deux jours par-ci, trois par-là.

Elle aussi, pensa Ventura.

— Mais elle rentrait toujours, continua la mère.

— Vous avez confié à quelqu'un ce qui s'était passé ce matin-là?

181

— Jamais. Pendant des années, j'ai fait comme si elle ne m'avait rien dit.

— Et votre frère ?

— Il s'est tué dans un accident de chasse deux ans après. On n'a jamais vraiment su comment… Le coup est parti tout seul alors qu'il enjambait une barrière.

— Vous avez reparlé avec votre fille, après la mort de son oncle ?

— Quand elle a eu seize ans. Je lui ai dit que je regrettais, que je savais qu'elle m'avait dit la vérité. Elle m'a dit que c'était trop tard. J'aurais voulu qu'elle me pardonne. Mais c'est vrai, elle avait raison : c'était trop tard.

Clairement, elle n'avait pas pardonné, se dit Ventura. Elle ne s'attendait pas à cette similitude avec la jeunesse de Lisa Dudek que Foster avait révélée dans son premier livre. Était-ce un choix du tueur, un hasard, ou tout simplement une même cause qui, à vingt ans d'écart, avait poussé les deux jeunes femmes à quitter leur foyer pour leur faire vivre le même type d'errance qui allait leur faire croiser leur assassin ?

Si, pour Ventura, cette dernière hypothèse dominait, elle ne pouvait négliger que la similarité de leurs destins soit la raison pour laquelle le tueur avait choisi Myriam. Mais il fallait qu'il ait été suffisamment intime avec elle pour qu'elle lui ait confié son secret. Ce n'était pas un client d'une passe ou deux…

— Votre fille a-t-elle parlé à quelqu'un de cet événement ? demanda Ventura.

182

C'était en se confiant à son assassin que Lisa avait trouvé la mort. Il en était peut-être de même pour Myriam.

— Je ne sais pas… Je ne crois pas… Certainement pas à un proche… Elle se sentait tellement mal.

— Vous pouvez me montrer une photo de votre fille plus jeune ? poursuivit Ventura.

La ressemblance physique de Myriam avec Lisa ne lui avait pas paru évidente sur le moment mais, en voyant les photos de jeunesse, elle comprit que, pour rendre son rituel comparable, le tueur lui avait fait la même coupe de cheveux que Lisa. Myriam Lehren ne ressemblait pas naturellement à Lisa Dudek, mais il avait voulu forcer le trait.

— Je veux la voir, dit Susan abruptement.

— Je ne pense pas que cela soit opportun, madame. Je vous le déconseille.

— Je veux la voir, répéta la mère avec un accent menaçant. C'est ma fille. Je veux la voir.

Après avoir hésité, Ventura ouvrit la serviette en cuir et sortit l'enveloppe qui contenait les clichés pris par l'équipe du FBI et décida de montrer à Susan Lehren ceux qui, si un tel classement était possible, lui paraissaient les moins atroces.

La vision était tellement sidérante que Susan ne réagit pas. Elle tentait de rendre intelligible ce qu'elle voyait : un corps décharné, la peau cireuse couverte de plaies, dans une position impossible. Elle essayait vainement d'y trouver un sens. Cette plongée dans le mal n'en avait aucun pour le commun des mortels. Ventura pouvait se représenter le cerveau de cette femme essayant de rationaliser ce qui était arrivé à sa fille. Cela lui rappela à quel point le sien était conditionné à évoluer dans un autre monde. Elle se dit brièvement que ce n'était pas normal et que c'était la raison pour laquelle sa vie sentimentale était une telle nullité.

Mais soudain, un geste de Susan ramena Ventura dans l'instant présent. Elle venait de s'arrêter sur une photo. Ce n'était pas une photo du corps, mais de la situation générale montrant le groupe d'enquêteurs s'affairant autour de la dépouille.

— Qui est-ce ? demanda-t-elle.

— Vous le connaissez ? s'étonna Ventura.

L'attention de Susan Lehren s'était fixée sur Foster.

— Ça me dit quelque chose. Il me semble l'avoir vu quelque part…

— C'est un de nos consultants, dit Ventura. Un spécialiste. Il est aussi écrivain. Expert en criminologie.

— Un écrivain célèbre ?

Nous y voilà. On y revenait toujours.

— Plutôt, oui. Il s'appelle Foster.

— Nicholas Foster ?

— Vous le connaissez ? Vous l'avez déjà rencontré ? demanda Ventura mécaniquement.

Elle s'attendait à ce que Susan lui dise qu'elle l'avait vu à la télé. Allez savoir, peut-être même allait-elle lui demander un autographe si elle faisait partie de ses lectrices. Il fallait s'attendre à tout. Et pourtant, sa réponse prit Ventura de court.

— Non. Mais quelqu'un est venu me poser des questions à son sujet. Il m'a montré sa photo.

Soudain l'excitation monta dans les veines de Ventura. Son cœur accéléra. Elle n'avait pas fait le voyage pour rien.

— Quand était-ce ?

— Il y a un peu plus d'un mois. Un journaliste. Il m'a dit qu'il faisait un reportage sur lui.

— Pourquoi vous ?

— Je travaille à Smith's. Je suis manager du rayon pharmacie.

Smith's était le principal supermarché de Gardnerville.

— Et alors ?

— Ce monsieur Foster possède une maison près de Tahoe. Entre le lac et ici… selon le journaliste. Il paraît qu'il vient s'isoler pour écrire de temps en temps. Il voulait savoir si on le voyait en ville. S'il avait des contacts avec les habitants. Savoir comment il était…

— Je vois, dit Ventura dont le cerveau était en ébullition.

— Mais je lui ai dit que, personnellement, je ne l'avais jamais vu.

— Il vous a dit pour quel journal il travaillait ?

— Il m'a dit qu'il était free-lance, mais je crois qu'il a précisé qu'il faisait un reportage pour un site Internet.

Ventura sentit ses joues s'embraser. Elle venait de trouver sa première piste. Il n'y avait aucune raison pour qu'un journaliste tombe par hasard sur la mère de la victime d'un crime.

Surtout lorsque ce crime n'avait pas encore eu lieu.

Cet homme savait qui était Susan Lehren. C'était le meurtrier de sa fille, pensa Ventura.

— Comment était-il, ce journaliste? demanda Ventura de la façon la plus neutre possible.

— Une quarantaine d'années, plutôt grand, assez mince, des lunettes avec des montures épaisses… Mais je me souviens qu'il avait une manière de vous regarder… Fixement. Je ne m'en suis pas rendu compte tout de suite, mais peu à peu j'ai trouvé ça gênant. Comme si… comme s'il vous déshabillait du regard, mais tout en vous fixant dans les yeux. Avec le recul, ça en devenait inquiétant.

— Je comprends, répondit Ventura. Il vous a laissé un numéro de téléphone où je pourrais le joindre?

— Il m'a donné une carte de visite.

— Vous l'avez toujours?

— Oui. Enfin, je crois…

Ventura attendit que Susan aille fouiller dans son sac qui était accroché au porte-manteau, dans l'entrée.

— La voilà, dit-elle.

Elle lui tendit une carte aux angles légèrement abîmés à force d'être restée au fond d'un sac, que Ventura saisit du bout des doigts pour tenter de la souiller le moins possible, mais discrètement, pour ne pas alimenter une éventuelle curiosité excessive chez la mère de Myriam. Il n'y avait qu'un numéro de téléphone avec le préfixe 310 du secteur ouest de Los Angeles.

Il avait écrit son nom à la main : JACK.

— Jack comment ?

— Je ne sais pas. Il ne me l'a pas précisé.

C'était un surnom. Forcément. Cela accrut la frustration que Ventura ressentait.

— Il y avait autre chose, ajouta la mère de Myriam.

Ventura vit se former une émotion nouvelle sur les traits de Susan Lehren. Une sorte de crainte, mêlée de curiosité.

— Son visage…

— Oui ?

— Il n'avait aucune expression.

— Vous voulez dire qu'il n'exprimait pas d'émotion ?

— Pas seulement. Son visage n'avait absolument aucune espèce d'expression, répéta-t-elle. Je ne sais pas comment vous dire ça autrement. Ni l'attente, ni la curiosité, ni la sympathie… Rien. Je n'avais jamais vu ça avant.

Elle ajouta avec une émotion qui, chez elle, était au contraire bien visible sur ses traits creusés et ravagés par la souffrance :

— Il était comme un homme sans visage.

Ventura apprécia la formule. C'était presque du Foster.

21

Foster détestait Venice Beach, et toute sa faune d'abrutis dégénérés et tatoués de tous sexes, qu'il considérait comme l'épicentre californien de la connerie. D'ordinaire, il n'y mettait jamais les pieds.

Il franchit le seuil de l'Intelligentsia Coffee, un des bars sur Abbott Kinney où le café se concevait prétentieusement comme un art majeur. Il balaya du regard la salle principale et, ne voyant pas la journaliste parmi les clients attablés ou amassés autour du bar camouflés derrière leur ordinateur portable, décida d'entrer pour l'attendre. Il la repéra assise dans le patio à l'arrière de l'établissement, sous la verrière, seule. Elle portait une casquette des Dodgers qui contenait mal ses cheveux longs et bouclés. Un jean serré. Un T-shirt blanc. Des lunettes de soleil Armani lui barraient le visage.

Évidemment, Foster avait googlé son nom, vu son visage en photo sous tous les angles, mais il ne s'attendait pas à être troublé. Elle lui rappela sa première rencontre avec Meredith, l'attirance immédiate qu'il avait eue pour elle. Voyait-il des ressemblances là où il n'y en avait pas ? Peut-être. Il eut l'intuition fugace qu'il pouvait tout recommencer avec elle. C'était peut-être cela le lien magique des événements : elle faisait peut-être partie de ce nouveau départ, qui sait ? Il chassa aussitôt cette pensée. On n'en était pas là. Pour l'instant, elle voulait plutôt ses couilles sur un plateau, comme disait Banister, mais savait-on jamais qui était le chasseur et qui était la proie ?

Foster pénétra dans le patio. Sans climatisation, il y faisait chaud, ce qui expliquait qu'elle s'y trouvât seule. Aucune oreille indiscrète n'écouterait leur conversation. Elle savait ce qu'elle faisait. Ils se saluèrent comme s'ils étaient réunis pour collaborer à une œuvre commune.

— Bonjour, dit-il tout simplement.

— Ravie de faire votre connaissance, répondit-elle.

Ils échangèrent une poignée de main. Elle lui demanda si cela lui allait d'être installé ici et s'il voulait prendre quelque chose avant d'entamer leur discussion. Il acquiesça pour le lieu, déclina pour la boisson. Elle buvait un cappuccino qui, dit-elle avec un sourire fataliste, n'avait pas grand-chose à voir avec ce à quoi elle était habituée dans sa région natale, mais elle avait fini par s'y faire. Ils s'accordèrent sur le fait qu'appeler un bar Intelligentsia était une belle preuve de connerie.

Cela la fit rire. Elle avait l'air très à l'aise et la compagnie de Foster semblait ne pas lui déplaire. On aurait dit qu'ils se voyaient pour un rendez-vous Tinder. Elle lui raconta qu'elle avait grandi dans le petit village nommé Villagio Adriano où ses parents tenaient une pizzeria, pas très éloigné de Tivoli et tout près, d'où son nom, de la Villa Adriana, magnifiques ruines architecturales de la villa construite pour l'empereur Hadrien, au IIe siècle après Jésus-Christ.

— J'imagine que vous connaissez, dit-elle. Vous étiez étudiant en architecture à l'époque, non?

Il se contenta d'approuver d'un sourire. Bien sûr qu'il connaissait. Foster l'avait visitée à de nombreuses reprises, dont une fois avec Lisa, et elle était une des raisons pour lesquelles il avait choisi Rome comme destination.

— C'est au bord de cette petite route, peu avant la traversée du village, qu'a été retrouvé le corps de Lisa, n'est-ce pas?

Gina Bartoli, dit-elle, avait alors treize ans et ce crime sauvage l'avait marquée. C'est pourquoi, plus tard, lorsqu'elle prit connaissance de la notoriété de Nicholas Foster au cours de ses études à l'école de journalisme de Columbia, elle s'était naturellement intéressée à lui. Elle lut ses livres qu'elle trouva intéressants, dit-elle. Notamment le premier.

— Vous avez réussi à capturer la pensée du tueur comme si vous étiez dans sa tête.

— Ça s'appelle écrire, répondit Foster.

— En tout cas, il était particulièrement réussi. Je voudrais pouvoir en dire autant des suivants.

— Question de goût…

— Peut-être, mais je les ai trouvés moins tranchants. Comme s'ils n'étaient qu'une copie du premier. Tout en étant intéressants, bien sûr, répéta-t-elle, mais le premier avait quelque chose d'authentique. Peut-être parce que c'était du vécu… Tout était dedans. La suite…

Elle fit un vague geste de la main.

— Je l'ai relu récemment, dit-elle.

Une fois qu'elle eut gagné ses galons de story editor chez Vice, expliqua-t-elle, elle conçut l'idée de cet article et prit contact avec lui.

— Mais c'était une envie qui me trottait dans la tête depuis longtemps, dit-elle.

— Depuis quand ?

— Depuis que j'ai compris que l'histoire était trop belle.

Elle lui fit penser à une tueuse à gages qui exposait de sang-froid avec un calme absolu à sa victime pourquoi elle allait l'exécuter.

— Trop belle pour être vraie ? interrogea Foster.

Elle ne répondit pas au cas où, comme elle le soupçonnait, il aurait décidé d'enregistrer leur conversation. Elle se contenta de hausser les épaules, lui laissant le soin de conclure.

— Je regrette juste que vous n'ayez pas répondu positivement à ma demande d'interview, continua-t-elle.

— Et vous avez décidé de vous venger ?

— Pas du tout. Ça n'a rien changé à mon enquête. J'aurais aimé y inclure votre point de vue, c'est tout. Mais c'est votre choix. Je ne suis pas votre ennemie.

— Beaucoup de gens ont essayé de me détruire, vous n'êtes pas la première, ça leur a coûté très cher.

— Je sais. J'étais prévenue par ma hiérarchie, mais j'ai su les convaincre.

— Il faut croire que vous avez été très persuasive.

— Disons que j'avais commencé cette enquête bien avant de la proposer à ma rédaction. Quand je retournais voir ma famille en Italie…

— C'est une vraie passion, dit-il en souriant.

Mais elle était devenue imperméable à toute marque de sympathie. Pas du genre à tomber dans le piège de la séduction. La comédie était terminée. On avait sorti les couteaux.

— Pas pour vous, dit-elle. Je vous l'ai dit, ce crime m'a profondément marquée. Je ne suis pas la seule dans ce cas. Vous saviez que l'ex-capitaine Ottaviani était devenu romancier ?

— J'espère qu'il est meilleur auteur que flic.

— Il vend moins que vous, dit-elle en souriant.

Foster nourrissait toujours une vieille rancœur envers le capitaine des carabiniers. Aujourd'hui, il se foutrait bien de lui, mais leur relation remontait à un moment de sa vie où il était encore possible de l'atteindre. Et le jeune homme en lui gardait une marque encore cuisante de ses entrevues avec les carabiniers.

— Il sait en tout cas faire bénéficier le romancier de son passé de flic. Vous devriez lire ses livres. Ils ne sont pas traduits, mais j'imagine que vous avez encore des restes de votre cours d'italien du Campo dei Fiori…

Il sentit une légère tension l'envahir. Il n'aimait pas le tour que prenait la conversation, déjà parce que ce n'était pas lui qui la menait, surtout parce qu'en laissant filtrer des indices, elle lui montrait à quel point elle était précise et bien renseignée.

Jamais il n'avait cité le nom et l'adresse de son cours d'italien dans aucun de ses livres. Elle avait fait le job.

— Un prêtre assassin, c'était trop pour Ottaviani, dit Foster.

— C'est surtout son mobile qui ne collait pas. Pourquoi tuer la petite amie de son ami ?

— Je me suis longtemps posé la question, dit Foster.

— Et, malgré votre longue amitié, il ne vous l'a jamais révélé ?

— Jamais. Sinon je l'aurais écrit.

— Je connais la réponse à cette question, répondit-elle en le regardant dans les yeux. Et je sais que, vous aussi, vous la connaissez.

— Vraiment ?

Voilà où elle voulait en venir.

— Je serai ravie d'en débattre avec vous, ajouta-t-elle. Si vous en êtes d'accord. Tout peut être arrangé très rapidement. Il le faut d'ailleurs, car la sortie de mon article ne va pas tarder.

— Discutons-en ensemble… Pourquoi ne pas dîner un de ces soirs ? lui demanda-t-il. Puisque nous ne sommes pas ennemis…

Elle se contenta de sourire. Comme si l'idée était véritablement absurde.

— Vous croyez que je prendrais ce risque ?

— Vous aimez vivre dangereusement, on dirait.

— Uniquement lorsque le risque vaut le coup.

— Vous devriez y réfléchir, dit Foster. On ne sait jamais tant qu'on n'a pas essayé.

Le sourire de la jeune journaliste se figea. Sa beauté semblait céder à une expression qu'elle voulait glaciale.

— Je sais qui vous êtes, monsieur Foster. J'en ai la preuve.

— Vous n'avez encore rien vu, répondit-il.

Elle continuait de le regarder avec ce sourire figé qui imperceptiblement devenait une grimace. Sa froideur ne faisait qu'amplifier le désir qu'il ressentait. Il était prêt à tout pour l'avoir.

— Je sais qui était Patrick Hollmann pour vous. Une ombre parmi les ombres… Je suis au courant de votre pacte.

Elle se leva brusquement et quitta le patio sans se retourner. Il la vit jeter son gobelet dans une poubelle, sortir du café et se fondre parmi les passants sur le trottoir. Plus que jamais, il voulait la voir jouir et perdre tout contrôle. C'était le meilleur moyen pour la faire changer de camp. Peut-être même le seul…

« *Une ombre parmi les ombres…* » La phrase écrite par Bartoli dans son article et qu'elle venait de lui répéter reprenait mot pour mot la dédicace d'un exemplaire d'un livre de Dostoïevski que lui avait faite Patrick Hollmann.

Entre le meurtrier de San Bernardino et la menace de la journaliste de Vice, Foster se sentait traqué. La conjonction des deux et leur possible lien créaient une forme inédite d'excitation, intense mais obscure, comme celle qui, pensait-il, accompagnait le prédateur dans la chasse, attiré par l'odeur du sang mais conscient qu'il risquait sa peau à chaque pas.

Comme sentir le canon d'un sniper dont l'ombre menaçante se dessine devant soi.

C'était cette ombre qui le menaçait aujourd'hui.

Pas seulement une ombre, l'Ombre.

C'était ainsi qu'il l'appelait.

C'était ainsi qu'il ressentait la présence de cette créature mystérieuse, fruit de son existence lascive venue lui faire payer ses fautes. Il appréhendait maintenant cette menace avec une acuité nouvelle, une sensation de présence inouïe. Cette entité cristallisait la haine de tout ce qui en lui attirait, provoquait, séduisait, mais aussi rebutait, dégoûtait peut-être.

L'Ombre était partout, planante, glaçante, qui l'accompagnait.

Et, si sa perception était nouvelle, il ne doutait pas qu'elle était là depuis longtemps. Dans son dos. Il sentait son souffle dans son cou. Il l'avait ignorée. Snobée. Elle avait grandi dans l'angle mort de son histoire. Elle était née de ses succès, de sa notoriété, mais s'était nourrie de son orgueil et de sa suffisance. Et elle menaçait aujourd'hui de le détruire.

L'Ombre avait passé des années à le suivre, à l'observer. Et, choisissant son moment, elle avait décidé de frapper. Il était certain que le meurtre de San Bernardino était son œuvre. Et que ce n'était que le début.

L'Ombre avait décidé de sortir de l'ombre.

22

Ce qui lui était apparu à l'aller comme une obscure tentation à l'issue insignifiante s'imposa comme une obligation au retour de Gardnerville.

Ventura attendait dans sa voiture arrêtée le long du chemin Lubken Canyon, à côté de la propriété. Pensive. Après l'entrevue avec Susan Lehren, son humeur morose s'était tout d'abord changée en fébrilité. Elle s'était rendue au supermarché Smith's où elle avait interrogé ses collègues, pensant glaner des détails sur le soi-disant journaliste free-lance. Aucune n'avait le moindre souvenir de l'avoir rencontré. La mère de Myriam était la seule personne à qui il avait parlé. Ce qui confirmait les soupçons de Ventura. Elle avait demandé à Susan Lehren d'appeler le numéro qui figurait sur la carte de visite et de laisser un message lui demandant de la rappeler. Elle était sur écoute depuis que sa fille avait été identifiée comme la victime de San Bernardino. La ficelle était grosse. Elle savait qu'il ne la rappellerait pas. On pourrait toujours essayer de remonter son numéro, mais ça ne mènerait sans doute qu'à un portable anonyme impossible à tracer.

Ventura était partagée entre l'envie de penser que cet homme était le meurtrier de Myriam et la raison qui lui disait que, s'il n'avait pas pris la peine de brouiller les pistes, c'est que même sa présence ici faisait partie d'un plan.

Comment pouvait-il ne pas penser que sa victime serait tôt ou tard identifiée par son ADN ? Il savait exactement ce qu'il faisait. La présence de Ventura ici faisait peut-être partie de son plan. De même que le surnom de Jack.

Mais quel plan ?

Cinq kilomètres après le centre de Lone Pine sur la route 395, Ventura avait tourné à droite pour prendre Lubken Canyon Road. Elle avait ralenti pour s'arrêter devant la maison de Rose Mitchell.

Elle resta quelques minutes dans sa voiture, le long de la petite route qui filait vers les montagnes, à observer la demeure en bois à demi cachée par la végétation. Elle s'attendait à la trouver abandonnée, n'imaginant pas que la famille de Rose Mitchell entretenait un lieu leur rappelant un passé familial aussi désastreux.

Que quelqu'un puisse l'avoir racheté lui semblait encore moins probable.

Mais non, la maison était habitée et bien tenue. Les arbres étaient taillés. Et des coins de pelouse, arrosés par l'eau du puits, donnaient à l'ensemble une apparence somme toute acceptable pour un endroit aussi reculé. En particulier pour un lieu qui avait connu une histoire si dramatique : l'enlèvement et la détention pendant six mois d'une adolescente enfermée avec son ravisseur dans un tunnel creusé sous la maison de sa mère. Il fallait croire que tout se vendait.

Michelle Ventura ouvrit la portière de sa voiture, sortit et referma doucement derrière elle.

Curieuse de savoir qui pouvait bien vivre dans cet endroit, elle marcha jusqu'à la barrière et vit des jouets qui traînaient devant la maison : un tracteur en plastique, quelques ballons, une batte de base-ball d'enfant, une poupée dans une poussette… Il devait y avoir deux enfants, un garçon et une petite fille. Une famille s'était établie dans la maison du mal.

Elle hésita à aller plus loin. Après tout, onze années étaient passées. Ventura se dit que cet endroit ne représentait finalement un symbole que pour elle. En dehors de sa mémoire, c'était un lieu comme un autre. Elle se demanda ce qui l'avait incitée à s'arrêter sur le bord de cette route, à vouloir retourner sur ses pas. Quelle curiosité morbide l'avait poussée ? Elle n'avait même pas hésité. Elle avait ralenti avant l'embranchement de Lubken Canyon et amorcé son virage à quatre-vingt-dix degrés sans s'arrêter, en ayant juste freiné assez sec pour le franchir en toute sécurité. Qu'espérait-elle ? Qu'attendait-elle ?

Elle cherchait une réponse à une question qui la taraudait mais qu'elle n'avait toujours pas identifiée. Cette question qui, peut-être, l'empêchait d'avancer dans sa vie et la bloquait elle aussi dans cette part maudite de son identité, pour elle encore inconnue.

Alors qu'elle approchait de la barrière, elle aperçut une femme sortir de la maison et se diriger vers le puits. Elle avait l'air assez jeune. Elle était vêtue d'une salopette à rayures. Ce fut tout ce qu'elle remarqua ; sans savoir pourquoi. Ventura avança jusqu'à elle, lui montra sa plaque du FBI et se présenta. À sa surprise, la jeune femme connaissait la nature des événements qui s'étaient produits dans cette maison. Elle savait qu'elle s'était installée à l'endroit où Jody Hoover, une adolescente de seize ans, avait été captive pendant six mois.

— Oui, bien sûr que je le savais en achetant la maison.

C'était l'endroit au monde qu'elle avait choisi pour voir grandir ses enfants.

— Je suis Jody Hoover, dit la jeune femme en regardant Ventura dans les yeux.

Chez elle, Ventura avait commencé la rédaction de son rapport dès son retour du Nevada malgré l'heure tardive, regrettant la nervosité qui lui avait fait avaler un plat de frites avant de reprendre la route, ce qui avait failli la faire s'assoupir plusieurs fois au volant, avant de voir arriver avec soulagement la longue rampe de sortie de la 405 qui finissait sur Wilshire au pied du Federal Building.

Sur le chemin du retour, elle s'était arrêtée à Mojave dans un restaurant – ou plutôt un hangar où on servait de la nourriture – qui s'appelait « Voyager Restaurant » parce que voisin de la base aéronavale qui faisait vivre la ville. Elle avait choisi une table dans un coin de la salle complètement vide, avait attendu que la serveuse lui décrive le plat spécial du jour, cheeseburger et frites, et avait appelé Foster. La conversation avait été relativement brève. Foster n'aimait pas parler au téléphone. Ventura s'était contentée de lui dérouler les faits. Elle lui donna l'identité de la victime, lui résuma sa rencontre avec sa mère, dont elle lui envoya la photo, ainsi que de la fille, relata ses révélations sur son passé, dont l'analogie avec Lisa Dudek l'intrigua, et lui décrivit sans entrer dans le détail la présence du soi-disant journaliste venu s'enquérir à son sujet.

Jack.

Le nom ne lui disait rien.

Foster admit qu'il possédait bel et bien une maison près de Tahoe – ce que Ventura ignorait. Elle était située côté Nevada, au bout d'un chemin, Linda Way, qui naissait de la route 207, laquelle serpentait entre les sommets pour relier le lac à Gardnerville, la ville la plus proche. Totalement isolée, elle jouissait d'une vue splendide. Foster l'avait acquise par l'intermédiaire d'un fonds anonyme, ayant appris à être discret depuis le début de sa carrière afin d'éviter les fans tout autant que les harceleurs, à une époque où il était ce trublion controversé qui déclenchait des réactions hostiles. Il avait gardé l'habitude de se protéger. Il lui arrivait régulièrement d'aller à Gardnerville, lors de ses séjours à Tahoe, mais il ne se souvenait pas d'avoir rencontré Susan Lehren ou sa fille. Leurs noms lui étaient inconnus. Leurs visages aussi. Il ne pouvait totalement exclure d'avoir croisé l'une ou l'autre par hasard, c'était toujours possible, mais était-ce la raison pour laquelle elle avait été choisie?

Pourquoi le tueur de Myriam prenait-il le risque de venir rencontrer la mère de sa victime? Pourquoi lui avait-il parlé de lui? Que lui voulait-il? s'interrogeait Ventura qui garda ses questions pour elle. Elle savait qu'il ne réagirait pas immédiatement. Elle avait reçu les données du coroner et aurait le temps, une fois chez elle, de finir la rédaction de son rapport. Ils décidèrent de faire le point le lendemain à Westwood.

Ventura travailla une partie de la nuit, puis, vers deux heures du matin, décida de dormir un cycle de quatre heures. Le peu de sommeil qu'elle s'autorisa fut agité, infesté de cauchemars où se mélangeaient le souvenir de son père et des visions de l'adolescente dans le souterrain creusé par son kidnappeur. Elle se réveilla en repensant à Jody Hoover qui avait bâti sa vie sur le lieu de sa captivité.

«C'était ma manière d'être plus forte que le destin», avait-elle dit à Ventura en la reconnaissant.

Elle aussi s'était enfermée dans la part maudite de son existence mais, à l'inverse de Myriam, elle l'avait fait de son plein gré.

C'était la manière qu'elle avait trouvée pour reprendre en main son destin. Ventura, qui l'avait libérée de son calvaire, n'arrivait pas à savoir s'il s'agissait d'un acte de raison ou de folie pure.

Levée comme chaque matin à six heures, Ventura était sortie de son immeuble par l'escalier qui donnait sur Ohio Avenue pour aller courir sur Westwood Park. Adepte du surf depuis ses plus jeunes années, elle avait renoncé à ce sport qui l'avait pourtant accompagnée si longtemps et dont elle avait fait un art de vivre. Trop peu de temps libre. Il fallait aller chercher sa planche dans la pièce de dépôt qu'elle louait dans l'immeuble voisin, l'arrimer sur le toit de sa voiture, rouler jusqu'à un spot, soit au nord du côté de Malibu, soit au sud du côté de Redondo Beach. C'était trois heures en tout pour une de surf. Elle s'était convaincue de passer à autre chose.

Sa décision avait coïncidé avec la mort de son père qui l'avait initiée à ce sport.

Après quarante-cinq minutes de *running*, elle était passée par le Coffee Bean, avait pris une douche, fini la rédaction de son rapport, l'avait révisé, puis envoyé à Foster, ainsi qu'à Casey et McAllister. En le relisant, elle se dit qu'elle était arrivée à une conclusion dans laquelle Foster, elle l'espérait, se reconnaîtrait.

« La victime, écrivit-elle, a été tuée deux fois, à six mois d'intervalle. »

23

En temps normal, la phrase de Ventura aurait fait sourire Foster. Elle l'aurait également intrigué et il aurait commencé à en tirer toutes les implications. Mais son esprit était ailleurs. Lui aussi avait mal dormi. Des questions avaient tourné dans sa tête toute la nuit. L'introspection qui avait suivi l'appel de Ventura l'avait aspiré dans un abîme brumeux de souvenirs. Il avait passé la nuit entre éveil et sommeil, entre réminiscences et fantasmes, se remémorant la rencontre avec Hollmann dans une cellule de Francfort, puis son périple sur ses traces. Jakarta. L'Indonésie. La paroisse dans la forêt indonésienne. Sondakh, l'aide de Patrick Hollmann. Les familles de ses victimes dans le Wisconsin. Puis les retrouvailles, dans la prison de l'Illinois de Tamms, avec le prêtre qui, depuis leur rencontre à Rome, avait été son ami. Son guide. Son maître.

Peu après l'arrestation de Patrick Hollmann à Heidelberg, suivie de ses aveux circonstanciés, Nicholas avait été convoqué chez les carabiniers pour ce qui allait être sa dernière entrevue avec le capitaine Ottaviani.

La déception se lisait dans son regard. Le doute aussi. Quelque chose lui échappait et il semblait le reprocher à Foster alors même qu'ils le torturaient mentalement depuis des mois. L'audition de Foster fut de courte durée. Comme s'ils anticipaient déjà que, faute d'avoir laissé filer Hollmann, ils étaient les baisés de l'affaire. Ils se contentèrent de lui balancer l'information et de le laisser se démerder avec.

— Votre petite amie a été tuée par votre ami, Patrick Hollmann.

— Quoi?!

— Vous êtes libre.

C'est tout. Merci d'être venu, on ne vous retient pas... À partir du moment où le suspect leur échappait, ils se foutaient de lui. Non seulement Nicholas ne représentait plus le moindre intérêt pour eux, mais ils voulaient se venger de son innocence en le laissant se débattre avec un sentiment aussi difficile à appréhender qu'un monstre à plusieurs têtes, l'une d'elles étant d'avoir mis lui-même en relation la victime et son assassin. C'était l'impression amère qu'avait eue Nicholas lorsqu'il s'était retrouvé seul sur le trottoir à la sortie du bureau des carabiniers, face au palazzo del Quirinale, le palais présidentiel.

Ils avaient réussi. La torture continuait. Ou plutôt elle ne faisait que commencer. Son premier réflexe fut de vomir. Mais, alors qu'il sentait les relents acides remonter dans son œsophage, il se rendait compte qu'en changeant de nature la douleur lui éclaircissait la vision.

Avec l'aveu de Patrick Hollmann, le monde avait de nouveau du sens. Un sens terrifiant, peut-être, mais incontestable.

Jusqu'à cet instant, la mort de Lisa relevait du hasard, de la fatalité. De l'aléatoire pur et insignifiant. Mais avec l'implication de Patrick Hollmann, tout changeait. La volonté de Dieu était devenue la volonté d'un homme. Et on ne pouvait plus lire les faits sans leur accorder une finalité. Car ils étaient le produit d'une intention humaine, celle du tueur. Un tueur si proche que, compte tenu de la connaissance qu'il en avait, Nicholas pouvait comprendre. Un tueur qui se revendiquait lui-même de Dieu, d'une façon certes paradoxale, mais dont chaque geste, chaque mot était la marque d'une pensée qui avait été si peaufinée dans la réflexion, travaillée dans la prière, affûtée dans la solitude fiévreuse et l'éloignement, qu'elle ne laissait rien lui échapper.

Tout ce qu'Hollmann faisait, du plus banal de ses gestes au plus extrême, pouvait se comprendre de façon radicale à partir de sa pensée. Rien ne s'en échappait.

Et cette pensée éclaira la conscience de Nicholas Foster d'une lucidité nouvelle.

Comme Hollmann, tout ce qu'il avait fait lui aussi l'avait été de façon parfaitement délibérée. Il avait sciemment mis Lisa dans les griffes de cet homme. Tout devenait clair, lisible pour lui. Un sentiment de culpabilité l'envahit jusqu'au plus profond de lui-même. Foster avait fini par connaître Hollmann si bien qu'il ne pouvait pas ne pas avoir perçu, à travers les nombreux signes qu'il laissait passer, la dangerosité du prêtre assassin. Il n'aurait pas pu dire par avance que cet homme était un tueur, bien sûr, mais à travers ses mots, il aurait dû comprendre que la personnalité de Lisa était l'autre composante d'une réaction chimique éminemment toxique.

Lors de leur première rencontre, elle était arrivée au Campo dei Fiori portant, en même temps que sa petite robe légère, son sourire, son ingénuité. Comme une gazelle approchant un lion. Nicholas l'avait senti. Sur le moment il avait éprouvé un frisson. Une angoisse.

Un homme à la lucidité ordinaire aurait alors plongé dans un abîme d'interrogations et de regrets. Pas Nicholas Foster. Il se posa la question qui mettait dans la balance ses propres actes. Pourquoi avait-il tenu à lui présenter Lisa? Il n'avait pas agi d'une façon articulée et consciente, mais, il en était sûr, inconsciemment préméditée.

La nuance, tenant du paradoxe, était fine mais déterminante.

Poussé par son inconscient, il lui avait présenté Lisa pour qu'il la tue. Au fond, il avait tué Lisa. Mais d'une manière qui ne serait jamais reconnue par aucune cour de justice.

Est-ce que cela faisait de lui un monstre? Un tueur? Un complice? Certainement pas, mais cela suffisait pour le détruire. Cela le détruisait d'ailleurs à petit feu et il rachetait cette faute en empêchant d'autres tueurs de faire d'autres victimes. Mais ce n'était en aucun cas une rédemption pour la mort de

Lisa. Une salve de désir, au plus profond de lui, avait voulu la voir morte et il paierait toute sa vie pour cet instant.

Cette pensée était là. Il le savait. Le germe du crime qui, dans d'autres circonstances, aurait pu faire de lui un authentique tueur.

Était-ce ce qu'avait insinué Gina Bartoli en l'accusant d'avoir fait un pacte avec le véritable criminel ? Si oui, elle se trompait. Il y avait bien eu un indicible pacte entre le tueur et lui, mais il était postérieur au crime.

Il ne faisait pas de Foster un assassin, mais bel et bien un imposteur. Il ne pouvait pas la laisser dévoiler le secret intime contre lequel il se battait chaque jour.

Il était en lui. Il était à lui.

24

Tappanjeng, Indonésie. Novembre 1984

Patrick Hollmann ne s'attendait pas à trouver l'harmonie dans sa vie en Indonésie.

Les premières semaines avaient été terriblement éprouvantes. Du moment où il avait posé le pied sur le tarmac, jusqu'à son arrivée dans l'église de Bantaeng, tout le débectait. La bonne impression qu'il avait eue en arrivant à Tappanjeng n'avait été qu'un feu de paille. Elle n'était que le résultat du contraste avec l'univers putride et grouillant de Jakarta. Très vite, la sensation de malaise était revenue. Qu'est-ce qui l'avait fait échouer dans ce marécage immonde, lui à qui répugnaient plus que tout au monde la crasse, la frénésie et le chaos? Était-ce une punition que les autorités du Vatican avaient voulu lui faire subir? Ou l'œuvre de Dieu lui-même qui, en lui promettant une telle déliquescence, le mettait à l'épreuve?

Dès son arrivée, Sondakh l'avait conduit dans l'église Santa Maria de Fatima de Tappanjeng.

— Bienvenue dans votre maison, mon père, lui avait-il dit dans son anglais conventionnel.

Même si sa paroisse dans le Wisconsin n'avait rien à voir avec les églises à la beauté classique qu'il avait découvertes en Italie, celle de Tappanjeng ressemblait à tout sauf à une église. C'était une espèce d'édifice carré en bois surplombé d'un toit triangulaire qui ne se distinguait des maisons alentour que par la présence d'une croix sur sa façade d'une couleur orange pisseux. Un panier de basket avait même été accroché à un mur et deux gosses du quartier étaient en train de tirer des lancers francs imaginaires.

Hollmann suivit Sondakh qui gravit les marches menant à l'intérieur de l'église et il ne put que constater que, comme il s'y attendait, l'intérieur valait l'extérieur.

Un pupitre affublé d'une croix tenait lieu d'autel. Et, si des bancs en bois lui faisaient face, ils étaient entourés par des chaises en plastique tout droit sorties du Home Depot local, alignées de façon plus ou moins ordonnée pour entasser un maximum de paroissiens. Il comprendrait plus tard que c'était la place des hommes. Les bancs en face de l'autel étaient réservés aux femmes qui, dans cette région comme dans celle d'où il provenait, d'ailleurs, étaient de très loin les fidèles les plus ferventes. *Au moins certaines choses ne changeaient pas…*

— Comment vous plaît votre maison, mon père? demanda Sondakh.

Hollmann ne voulait pas le vexer, il n'y avait aucune raison à cela, l'apprenti prêtre faisait tout pour lui être agréable. Il ne voulait pas non plus lui raconter des salades. Il chercha ses mots un instant, tout en regardant le visage imberbe et le sourire béat du jeune prélat à la peau mate qui attendait sa réponse. Hollmann se dit qu'il ne pouvait pas être aussi con qu'il y paraissait.

— C'est assez chaleureux, fit-il, mais minable.

— N'est-ce pas, acquiesça Sondakh avec un grand sourire. Mais vous verrez, s'empressa-t-il d'ajouter, c'est très différent quand les gens sont là.

— J'imagine, répondit Hollmann.

Non. Il n'imaginait pas à quel point Sondakh avait dit la vérité. Tout allait changer, en effet. Bientôt. Pour toujours.

— Je peux voir mes quartiers privés, j'ai besoin de me reposer ? poursuivit Hollmann.

— Suivez-moi, mon père. J'espère que ça va vous plaire également.

Hollmann se demanda s'il devait attribuer ce sourire à la naïveté ou au sens de l'humour très particulier du jeune homme. Question qu'il continuerait de se poser longtemps.

— Appelle-moi Patrick, lui répondit Hollmann en lui emboîtant le pas.

Sondakh lui renvoya un regard intrigué.

— Vraiment, mon père ?

— Vraiment.

Sondakh acquiesça.

— Père Patrick, alors.

Il lui montra les deux pièces qui composaient son logement. Puis le vieux scooter en panne qui allait devenir son principal allié. Sondakh dit qu'il lui restait deux choses à découvrir. La crypte et la messe.

C'était bon, ça suffisait pour aujourd'hui.

Allongé sur son lit, dans la pièce sans meubles censée lui servir de chambre, Hollmann se demandait ce qu'il foutait là. Il ignorait les effets dépressifs du changement de latitude. À part son voyage à Rome – mais l'excitation due à la beauté des lieux était infiniment plus forte que l'effet anxiogène du changement de fuseau horaire –, le seul décalage horaire qu'il connaissait était le passage du Central Time (heure de Chicago) au Eastern Time (heure de New York), et il se laissait envahir par des pensées morbides, surprenantes pour lui qui était normalement en contrôle total de ses émotions. Sans ses affaires personnelles qui arriveraient dans quelques jours, ses livres, ses objets, il se sentait à poil. Vulnérable. Seul. Il songeait déjà à tout lâcher. Jamais il ne tiendrait dans cet univers fétide. Bien sûr, c'était lui qui avait cherché cet exil en sollicitant une mission à l'étranger auprès du Vatican. Il savait que s'il était resté dans le Wisconsin, il aurait fini par commettre une erreur fatale qui aurait précipité sa chute. Ou, tout simplement, c'était inévitable, on aurait fini par remonter jusqu'à lui.

Loin des yeux, loin des enquêteurs, pensait-il.

Ni l'enfermement ni la mort, pourtant, ne lui faisaient peur. Il ne craignait que d'être interrompu sur son chemin car, bien qu'il n'ait pas encore véritablement conscience de sa mission qui n'était alors qu'un vague sentiment informe dans les limbes de son esprit, il se savait sur un chemin qui menait quelque part.

Cette certitude était le fruit déjà d'un long parcours. Il souriait parfois plus tard en y repensant : la soi-disant mission pour laquelle il était parti lui avait fait découvrir sa véritable mission, comprendre le sens divin de ses meurtres.

Le premier d'entre eux, il faut dire, l'avait surpris lui-même.

Patrick Hollmann avait été ordonné prêtre depuis peu dans l'église Sainte-Marie-Madeleine de Johnson Creek, Wisconsin, quand Wendy Martin, une paroissienne de vingt-sept ans avec des taches de rousseur et un besoin urgent de parler, était venue l'attendre après l'office et lui confier son mal-être. Elle avait épousé Nyal, son petit ami du lycée qui était le quarterback de l'équipe de football et elle la capitaine des cheerleaders. Dix ans plus tard, le couple phare du lycée s'enfonçait dans la violence, l'alcoolisme et la dépravation. Évidemment, la réalité n'avait pas répondu aux espoirs de carrière de Nyal et l'ex-future star de la NFL, devenu dératiseur, racontait tous les soirs à qui voulait l'entendre chez Bernie's que son genou l'avait trahi. Il rentrait ivre de bière et de récits glorieux et sa jeune épouse, qui lui rappelait malgré elle ses heures de gloire passées, devenait l'exutoire parfait à sa frustration. D'autant que cette conne n'était même pas capable de lui faire ce môme sur qui il aurait alors pu reporter ses espoirs en lui gueulant dessus. Ce qui, au moins, l'aurait soulagé.

Elle avoua qu'il lui avait fallu beaucoup de courage pour venir chercher une possible solution auprès du prêtre de sa paroisse. Mais elle avait grand besoin d'être guidée.

— Je ne suis pas sûr d'être qualifié pour cela, mais je vous écoute, lui dit humblement Hollmann.

Wendy n'en pouvait plus. Elle était prête à demander le divorce, ce qui était déjà le franchissement d'un interdit très fort pour cette jeune femme issue d'une famille catholique très stricte qui ne manquait jamais l'office du dimanche. Mais, alors qu'elle et son mari s'étaient perdus à essayer en vain d'avoir un enfant, l'ironie avait voulu qu'elle soit finalement tombée enceinte au moment où son couple était en pleine dérive. Et si, d'un côté, elle ne se voyait pas élever un enfant dans le contexte toxique de son foyer, ses convictions religieuses allaient bien évidemment à l'encontre de l'avortement.

— Il n'y a pas de solution, dit-elle, sachant qu'elle ne se voyait pas non plus élever un enfant toute seule.

— Dieu sait toujours offrir une issue à ses fidèles, lui répondit Hollmann.

Elle s'agenouilla devant lui et le supplia de l'aider. Il lui demanda de se lever. Comme elle ne pouvait s'y résoudre, il l'aida. Dans le mouvement, sa poitrine frôla son sexe. Elle était tellement enferrée dans son dilemme qu'elle ne se rendait nullement compte de l'effet qu'elle avait sur le prêtre. Hollmann, aussi, savait intérioriser ses sensations mieux que personne. Il lui dit qu'il allait réfléchir à sa situation. En attendant, il lui demanda de prier, lui assurant qu'il ferait la même chose pour elle.

Il la revit à plusieurs reprises durant les deux semaines qui suivirent. Elle lui raconta avec force détails le calvaire qu'elle subissait.

Ce qui excitait Hollmann encore plus.

Un soir, il lui annonça qu'il avait une solution et lui demanda si elle était prête à disparaître de la vie de son mari. Il pouvait organiser sa fuite. Il avait tout prévu. Elle pouvait lui faire confiance. Elle donnerait naissance à son enfant qui serait élevé dans une communauté religieuse où Hollmann avait ses entrées. Elle n'aurait pas à supporter le poids matériel de cette naissance, ni le poids moral de ce sacrifice. Mot qu'il employa à dessein.

Il fallut plusieurs rencontres pour la convaincre qu'il ne s'agissait pas d'un abandon. Son enfant deviendrait l'enfant de Dieu. Le temps pressait, il ne fallait pas que son mari se doute de quoi que ce soit, en particulier de sa grossesse.

Le temps pressait aussi pour Hollmann. Le désir était en lui, qu'il n'arrivait plus à contenir. Il la revit après l'office, le dimanche suivant. La prière avait éclairé sa réflexion et elle était prête à accepter sa proposition. Il suggéra à Wendy de prendre ses affaires et de le retrouver le lundi de la semaine suivante, soir où son mari sortait regarder le football dans un bar du centre de Milwaukee, sur la route de Fort Atkinson près du lac de Koshkonong, à quelques kilomètres au sud de Johnson Creek.

Le lundi 28 octobre, Hollmann retrouva Wendy Martin dans la chambre 17 du Motel 6 sur la route 26, entre Jefferson et Fort Atkinson, qui était située à l'écart du bâtiment principal et dont il avait auparavant soigneusement repéré la position isolée. Il ne savait pas ce qu'il cherchait ni ce qui le poussait. Il se laissait guider par une volonté qui semblait agir en dehors de son contrôle.

Wendy arriva à vingt et une heures, comme prévu. Elle était fébrile, inquiète, mais en même temps excitée. Hollmann lui dit qu'on allait venir la chercher, mais avant qu'elle s'en aille, lui expliqua qu'il devait la purifier. Il avait apporté l'encens nécessaire à ce rituel et qui embaumait la pièce. Elle accepta de s'y soumettre avec soulagement. Elle se mit nue, comme il le lui demanda, et s'allongea sur le lit, les yeux fermés et les bras en croix.

Hollmann regarda le corps offert au sacrifice et le trouva bouleversant. Elle avait des hanches larges, charnues, un peu de bide, que la grossesse commençait à tendre, mais ses seins, quoique volumineux, étaient encore bien dressés, même lorsqu'elle était allongée. Son entrejambe était une célébration de l'état de nature.

Il lui rentra les doigts si profond dàns le vagin qu'il crut pouvoir lui en arracher son fœtus. Il ne lui arracha qu'un cri. Mais ce cri était pur.

Hollmann décida de faire disparaître le corps de Wendy dans le lac, enveloppé d'une bâche en plastique et lesté de pierres. Il suffisait de continuer la route 26 pour arriver à un endroit dépeuplé qui s'appelait Blackhawk River que Patrick Hollmann connaissait bien pour y avoir fait de nombreuses retraites. Au bout du chemin se trouvait une cabine. Il savait qu'elle était inoccupée. Il avait préparé tous les ustensiles lui permettant de se débarrasser du corps sans crainte qu'il réapparaisse de sitôt.

Il ressortit de la cabine après avoir fait un nettoyage complet. Il sentit le vent frais de l'automne sur son visage. Bientôt le froid et la neige viendraient tout recouvrir d'une couche d'oubli.

Hollmann s'apprêtait à répandre le bruit qu'il était devenu un recours pour les paroissiennes en difficulté quand le hasard lui fournit un blanc-seing. En rentrant de Milwaukee, Nyal Martin, ivre, avait encastré son pick-up dans un poteau électrique et était mort sur le coup.

Dieu lui offrait sa bénédiction.

La vie reprit son cours, d'office en office. La rumeur avait fini le travail et Patrick Hollmann, pressenti comme celui qui avait aidé Wendy à s'enfuir, gagnait en popularité parmi les paroissiennes. Nul ne s'étonna que Wendy ne réapparaisse pas après le décès de son conjoint. Ce dernier fut un temps suspecté d'être le responsable de la disparition de sa femme puis d'avoir précipité volontairement son pick-up contre le poteau électrique. On ne saurait jamais. Nul, en revanche, ne soupçonnait «Father Patrick».

«Father Patrick» était au-dessus de tout soupçon.

Les jours et les semaines qui suivirent la disparition de Wendy Martin furent toutefois pour Patrick

Hollmann le siège d'une intense réflexion. Que lui était-il arrivé ? Que s'était-il passé dans son cerveau pour qu'il agisse ainsi ? Il ne pouvait se contenter de penser qu'il était travaillé par une pulsion de mort qu'il n'avait pu retenir comme un putain de taré.

Il était brillant, éclairé et sain d'esprit. Il lui fallait donner un sens à ses actes. Comme Raskolnikov qui, bien que convaincu du bien-fondé de son crime, l'avait trouvé dans le châtiment.

Hollmann se replongea dans *Crime et Châtiment* pour y trouver une explication. Le récit posait la question de la moralité du meurtre : pouvait-on tuer à juste raison ? Mais le crime commis par Raskolnikov visait sa logeuse, une vieille femme aigrie, méchante, qui abusait ses locataires, un être qui, comme le pensait fort justement son assassin, ne méritait pas de vivre. La victime de Patrick Hollmann n'avait rien à voir avec ce genre de vile créature. C'était au contraire une jeune femme pleine de joie et de vie qui aurait certainement aimé ses enfants et fait une mère et une épouse tout à fait acceptable.

Ce n'était pas dans le choix de la victime, contrairement au héros de Dostoïevski, qu'il fallait chercher le sens de ses actes. C'était en lui.

C'était dans son existence qu'il fallait le trouver.

Patrick Hollmann se réveilla en sueur en pleine nuit. Désorienté, il regarda l'heure. Deux heures dix du matin. Il lui sembla avoir dormi une dizaine d'heures, alors qu'il avait sombré seulement trois heures auparavant.

Il avait fait des rêves déplaisants. Il lui fallut quelques minutes pour comprendre où il était. Ses deux valises ouvertes sur le sol, les murs nus le lui rappelèrent. Il se leva et passa dans la cuisine. Il ouvrit le frigo qui faisait un bruit d'usine et y trouva une imitation locale de Coca-Cola. Dégueulasse. Il se dit que l'eau était peut-être insalubre et, n'ayant pas envie de commencer son séjour par une chiasse carabinée, se força à finir la bouteille de cette infâme boisson sucrée.

Les trois jours qui suivirent ne démentirent pas son impression d'avoir commis une terrible erreur. Il reçut ses affaires et commença à s'installer avec l'aide de Sondakh qui remarqua sans surprise son mutisme.

— Vous vous sentez perdu, lui dit-il, mais vous verrez, ça ne durera pas. À un moment, vous aurez le déclic et vous vous sentirez chez vous.

Le déclic, mon cul…

Trois jours plus tard, Patrick Hollmann célébrait sa première messe. Lorsqu'il entra dans la salle, il fut saisi.

Toutes les paroissiennes s'étaient mises sur leur trente et un pour accueillir le nouveau prêtre. Il n'avait jamais vu pareils sourires, pareil engouement, pareille ferveur. Se sentant porté par une vague spirituelle, il avança jusqu'à l'autel. Il écarta les bras comme pour embrasser la foule des paroissiennes.

— Le Seigneur soit avec vous, dit-il en latin. *Dominus vobiscum.*

Elles répondirent en latin d'une seule voix :

— *Et cum animo*. Et avec votre esprit.

Il n'avait jamais rien ressenti d'aussi puissant. La ferveur transformait ces femmes au physique médiocre en créatures de Dieu belles et désirables. Il vit dans leur regard qu'il pouvait obtenir ce qu'il voulait d'elles. Il sut qu'il n'était pas venu pour rien.

Call me God.

25

La visite de «l'homme sans visage» à Susan Leh-ren datait du mardi 13 mai, soit presque six semaines avant la découverte du corps de sa fille. Compte tenu de ses blessures, on pouvait supposer qu'il la tenait en captivité.

Ventura avait demandé les films des caméras de sécurité du supermarché Smith's de Gardnerville, du parking et de celles de la ville, en particulier autour du domicile et du lieu de travail de Susan. Elle avait confié la carte de visite au laboratoire dans le but d'effectuer des recherches ADN, de savoir où elle avait été fabriquée, ce qui amènerait peut-être une piste. Elle avait également remonté le numéro de portable qui, comme elle s'y attendait, correspon-dait à un téléphone rechargeable de chez ATT qui pouvait avoir été acheté dans n'importe quel super-marché à la con. Elle avait aussi pris contact avec le bureau du shérif de Inyo County, le comté que traversait la route menant à Tahoe, au cas où le sus-pect aurait commis un excès de vitesse, lorsqu'elle reçut un appel de McAllister qui lui ordonnait de se présenter à son bureau.

Il lui demanda le résultat de son déplacement à Gardnerville. Elle fouilla dans sa poche et posa devant lui ses notes d'essence et de restaurant.

— Très drôle, dit-il avec un rictus.

Elle se comporta avec lui comme un mafieux dans un interrogatoire de police : répondre aux questions de la façon la plus succincte possible. Elle lui dit qu'il était trop tôt pour en tirer le moindre enseignement et qu'elle avait commencé son travail de vérification. Elle lui ferait son rapport dès qu'elle aurait du concret.

— Je l'espère bientôt, lui dit McAllister qui ne manquait pas une occasion de lui mettre la pression. Et Foster, il en est où ?

— Nous devons faire un point dans la journée.

— Très bien.

Elle quitta McAllister avec une sournoise impression de malaise. Elle retourna à son bureau et reprit ses démarches. Ventura savait que sa méthode était le complément réaliste indispensable aux envolées lyriques de Foster. Elle avait hâte de savoir ce qu'il pensait de son «la victime a été tuée deux fois».

Foster ne se garait jamais sur le parking du Federal Building. Les alertes à la bombe étaient monnaie courante, ce qui plaçait automatiquement le bâtiment en état d'urgence et il devenait impossible de quitter les lieux jusqu'à la levée d'un processus réglementaire de surveillance où chaque véhicule devait être vérifié individuellement, ce qui prenait des plombes. Il préférait se garer sur Veteran Avenue, le long du parc infesté de sans-abri qui, comme s'il les protégeait, avaient ramené leur vie détruite au pied de l'immeuble fédéral lui-même en sursis.

La masse rectangulaire blanche érigée en 1969 sur le même mode architectural et structurel que les tours jumelles du World Trade Center était menacée de destruction depuis le début du XXIe siècle. Régulièrement, des programmes de rénovation refaisaient surface. Le dernier plan d'envergure datait de 2007. Il visait à raser l'immeuble pour construire deux tours jumelles qui seraient devenues le nouveau site de l'antenne locale du FBI. Les habitants du quartier avaient réussi à faire annuler le projet qui, par ailleurs, jugé trop proche du 405, pouvait devenir une cible idéale pour des terroristes. D'autres projets de déménagement avaient suivi, tous abandonnés. Résultat des courses, l'immeuble était, à l'opposé de ses grandes sœurs new-yorkaises, encore là pour de longues années.

Foster traversa le hall en direction des ascenseurs réservés aux agents fédéraux qui travaillaient aux étages supérieurs, ce qui leur évitait la fouille systématique réservée aux visiteurs. Et lui épargnait, contrairement aux employés fédéraux de niveau plus modeste, la palpation quotidienne. Il fit glisser son badge sur le capteur avant de franchir les seuils de sécurité.

La porte blindée resta close.

« *Access denied.* » Accès refusé.

Il recommença. Même résultat. Un agent de sécurité s'approcha alors d'un pas pesant.

— Je peux voir votre badge, monsieur ?

— Je suis Nicholas Foster.

— Je sais qui vous êtes, monsieur Foster.

— Merci.

— Quelque chose ne doit pas tourner rond.

Foster lui tendit son badge. Le type le prit et se dirigea d'une même démarche lente et bringuebalante vers son box, fit quelques manipulations, passa un coup de fil, puis revint vers Foster.

— Vous ne pouvez pas entrer dans le bâtiment, monsieur.

— Qu'est-ce que c'est que cette connerie ?

— Je ne sais pas, monsieur Foster. Mais vous n'avez plus d'accès.

— Appelez l'agent spécial Ventura.

— Je ne suis pas habilité à contacter les agents fédéraux.

Foster appela aussitôt Ventura. Elle lui demanda de patienter dans le hall, le temps qu'elle se renseigne. Elle monta sans se faire annoncer au bureau de McAllister. Elle frappa et entra sans attendre qu'il l'y autorise. Lui, en revanche, semblait l'attendre de pied ferme. Il avait forcément été prévenu par la sécurité.

— Foster ne fait plus partie du Bureau, dit-il avant qu'elle lui pose la question.

— Pardon ?

— Vous m'avez entendu, agent spécial Ventura, Foster ne fait plus partie des consultants liés au Bureau.

— C'est quoi cette connerie ?

— Le vice-directeur a décidé de mettre fin à sa mission à la suite d'informations pour l'instant confidentielles mais qui pourraient s'avérer très embarrassantes.

— Quelles informations ? Qu'est-ce qu'on lui reproche ?

— Vous verrez en temps voulu. Mais c'est notre responsabilité de protéger l'institution.

— Merci de m'avoir prévenue.

Ventura s'apprêtait à opérer un demi-tour pour monter aussi sec au bureau de Casey. McAllister la rappela.

— Je sais que vous êtes très liée avec Foster, Ventura. Mais laissez-moi vous dire une chose… Il est *out*.

Il ne pouvait s'empêcher de dévoiler un sourire carnassier. Elle avait envie de lui dire d'aller se faire foutre.

— Non, il n'est pas *out*, corrigea-t-il. Il est fini. Comme écrivain aussi. Bientôt, il ne pourra plus travailler dans cette ville, même comme serveur ! Et je vous conseille de rester du bon côté, agent spécial Ventura, si vous ne voulez pas subir le même sort.

Ventura dut attendre trente minutes avant d'être reçue par Casey. Elle était en train de commettre l'imprudence qu'elle avait toujours voulu éviter, elle évoqua l'amitié de son père pour exiger une franchise totale de la part du vice-directeur. Casey lui confirma, sur un mode plus posé, qu'il avait personnellement décidé de mettre fin aux services de Foster pour une raison simple : ils avaient la preuve de son imposture.

224

— Et cette preuve ne va pas tarder à sortir.

— Quelle preuve ? Quelle imposture ?

— Un film vidéo. Qui prouve l'imposture de Nicholas Foster, répéta-t-il avec insistance.

Casey prit une attitude paternaliste inhabituelle. Il se leva, contourna son bureau et s'approcha d'elle. Elle pouvait sentir son haleine à l'odeur de menthe et de reflux gastriques.

— Écoute, Michelle, j'ai promis à ton père de veiller sur ta carrière. Je ne peux pas te répondre, mais fais-moi confiance.

Devait-elle lui faire confiance ? Casey était un animal politique qui s'était toujours sorti de tous les coups tordus. Il se disait, certes sans preuve, qu'il avait lâché son père.

— Une journaliste de Vice du nom de Gina Bartoli va déballer une information en direct qui fera l'effet d'une bombe. Quand elle sortira, le Bureau sera tourné en ridicule. C'est pourquoi j'ai décidé d'anticiper et de me séparer de Foster avant.

— Comment vous savez ce qu'elle va faire ?

Il haussa légèrement les épaules.

— Elle est surveillée. Ses e-mails sont lus. Ses conversations écoutées. Ses fréquentations scrutées. Je t'ai parlé de cette enquête qu'elle mène sur lui…

— Oui, et je vous ai dit que je n'étais pas au courant.

— Nous, si.

Ils étaient allés très, très loin. Et pour cause…

— On ne laisse pas accuser un collaborateur du FBI sans réagir, dit-il avec un sourire qu'il voulait marri, mais qui avait l'air triomphateur.

Elle mesura l'hostilité que Foster créait chez eux.

— Même un collaborateur renégat, conclut Casey.

— Un enregistrement vidéo qui est censé avoir quoi dessus?

Ventura et Foster s'étaient installés sous un parasol de la terrasse du Coffee Bean, au pied de l'immeuble voisin, de l'autre côté de Veteran Avenue.

— J'en sais absolument rien, putain… Il s'est bien gardé de me le dire. Mais, selon Casey, une journaliste veut sortir un scoop en direct. Pendant votre soi-disant débat… C'est quoi ce débat?

Foster lui expliqua brièvement la situation, son échange avec Banister, sa rencontre avec Bartoli, le débat live qu'elle proposait, tout en s'abstenant de raconter leur entrevue.

— Et tu vas accepter?

— Pourquoi pas?

— C'est un piège. Casey et McAllister se préparent déjà à ouvrir le champagne. Elle a du lourd, selon eux.

— Comment ils savent?

— Devine…

Elle ne pouvait pas prendre le risque de lui parler d'une surveillance dont la légalité était contestable, même sous la bannière du Patriot Act.

— Elle aurait un enregistrement vidéo accablant.

Quel pouvait être cet enregistrement vidéo? Et pour prouver quoi? Ventura se posait la question, mais elle ne lui fit pas l'affront de lui demander s'il avait quelque chose à cacher. Elle le prévint que si

226

Casey ne lui avait pas interdit de lui parler, c'est qu'ils savaient qu'elle allait le faire et, surtout, qu'ils voulaient qu'elle le fasse.

Cela faisait partie de leur plan pour le pousser à la faute. Ils comptaient sur le fait qu'il allait réagir et se saborder. Elle le pria de ne pas faire de bêtises.

Foster la remercia et s'éloigna. Même Ventura n'était plus fiable. Il devait se sortir de ce piège comme il s'était toujours sorti de tout.

Seul.

26

— C'est d'accord pour dîner ensemble, annonça Gina Bartoli.

L'appel l'avait pris par surprise, mais il ne pouvait se permettre de le montrer. Il avait relancé son invitation en lui laissant un message, sans s'attendre à ce qu'elle réponde aussi vite. Et aussi directement.

— Quand? demanda-t-il laconiquement.

— Ce soir? Vous êtes libre?

— Je peux me libérer.

— Retrouvons-nous à vingt heures au bar du Shutters.

Elle savait ce qu'elle faisait. Le Shutters on the Beach, à Santa Monica, était toujours bondé et dans la foule ils n'auraient aucun mal à se faire oublier. Elle lui précisa que le rendez-vous devait rester secret, même pour ses proches. Cela incluait son avocat, son ex-femme. Et sa partenaire du FBI. C'était à prendre ou à laisser. S'il avait envie de connaître les raisons qui la poussaient à vouloir le confondre, elle était prête à lui donner la primeur de ses révélations. Avant leur joute médiatique. Elle voulait, prétendit-elle hypocritement, un duel équitable.

— À ce soir, se contenta de dire Foster avant de couper.

Une fois de plus, elle menait le jeu. L'enchaînement des événements devenait préoccupant. Mais il se sentait pris dans la spirale. Il fallait traverser les turbulences.

Foster n'aimait pas recourir aux voituriers. L'idée de confier ses clés à un inconnu lui déplaisait. Il trouva une place pour sa Jaguar sur Bay Street, à l'angle d'Ocean Boulevard, et marcha jusqu'à l'hôtel, dont le bar, situé à l'étage inférieur, se prolongeait d'une terrasse qui surplombait la plage.

Gina Bartoli était installée sur la terrasse. Foster l'avait rejointe sans passer par l'accueil. Ils se saluèrent. Elle était vêtue d'un tailleur qui flattait avec classe ses origines méditerranéennes et lui rappelait la première phrase qu'il avait entendue de Patrick Hollmann avouant sans le moindre embarras son admiration pour les femmes romaines. Il sentit qu'il y avait quelque chose de différent dans son attitude, depuis leur première rencontre. Cette fois, il n'y eut pas de jeu du chat et de la souris. Elle lui annonça de but en blanc qu'elle voulait répondre à la question qu'il lui avait posée lors de leur entrevue : pourquoi lui ?

— C'est le FBI qui m'a lancée sur vous, affirma-t-elle.

— Très bien.

Il n'était pas totalement surpris. Il ne demanda même pas qui. Il savait.

— Ils veulent vous éliminer de la circulation alors ils m'ont demandé d'enquêter. Ils m'ont même donné quelques pistes. J'ai continué à les creuser.

— Quelles pistes ?

— Patrick Hollmann.

— Et qu'est-ce que vous avez trouvé ?

— J'ai découvert que vous aviez payé pour sa sécurité en prison.

— Et cela fait de moi son complice ?

— Et aussi pour les études de son fils.

— Même question : est-ce que cela fait de moi son complice ?

— Non, mais c'est la contrepartie du fait que Patrick Hollmann a payé à votre place pour le meurtre de Lisa Dudek.

— Rien que ça ?

— Au point où il en était de sa carrière de tueur, il n'en était plus à un meurtre près.

— Et pourquoi il m'aurait offert ce cadeau ?

— Parce qu'il savait qu'il allait tôt ou tard se faire arrêter. Il aurait besoin de soutien financier. Pour survivre en prison.

— Et il avait prévu que j'écrive un livre, que ce livre en entraîne un autre et qu'ils se vendent à plusieurs centaines de milliers d'exemplaires et me rapportent un tas de pognon.

— C'est lui qui vous a donné l'idée d'écrire, non ?

Là, elle n'avait pas tort. Il n'allait pas le nier. Enfin, il l'avait encouragé. Elle était quand même bien informée.

— Et alors ?

— Il ne l'avait peut-être pas prévu, mais il en a profité.

Mais elle était complètement à côté de la plaque pour ce qui concernait la raison pour laquelle il n'avait jamais cessé de payer pour Hollmann.

— J'en ai la preuve. J'ai mis la main sur un film vidéo qui atteste tout ce que je vous dis.

— Et il prouve quoi, ce film ?

— Votre pacte.

— Encore… Alors pour vous, j'ai tué Lisa ?

— Peut-être… ?

— Vous aimez le bluff ?

— J'aime le jeu, corrigea-t-elle. Surtout lorsqu'il est dangereux.

— Au point, alors, d'accepter de dîner avec un tueur ?

— Certaines femmes acceptent même de coucher avec un tueur, lui répondit-elle. Comme Amy Hollmann, par exemple. Elle a beaucoup d'estime pour vous. Même si elle trouve que vous n'avez pas respecté votre parole…

Quelle parole ? Foster était certain qu'elle ne croyait pas un mot de ce qu'elle disait.

Si elle avait eu le moindre soupçon qu'il fût l'assassin de Lisa, elle n'aurait pas pris le risque de se retrouver en tête à tête avec lui. Même au milieu de la foule du Shutters. À moins qu'elle ne soit complètement fêlée, ce qui n'avait pas l'air d'être le cas. Non, elle avait une autre idée en tête. Que lui avait raconté cette folle d'Amy ? Pouvait-elle croire cette dingue avec son pète au casque ?

231

Une serveuse leur apporta les menus. Ils choisirent. Ils dînèrent. Il commanda des Saint-Jacques. Elle le filet mignon. Arrosés d'un cabernet sauvignon Napa Valley, 2005.

Si ça devait être son dernier repas, autant qu'il soit bon.

La soirée se poursuivit chez Gina, dans son appartement de Studio City. Pour un dernier verre.

Plusieurs, même.

Elle habitait dans un petit immeuble de deux étages, chose rare parmi les maisons isolées sur Valley Vista, à l'endroit où le boulevard longeait un vaste parc qui s'étendait sur plusieurs kilomètres depuis Mulholland Drive entre Stone et Deever Canyon. L'appartement en duplex, au premier étage de la résidence, offrait une jolie vue sur la vallée de San Fernando depuis un balcon qui devait être impraticable à partir d'avril, tant la chaleur était brûlante de ce côté-ci des collines.

Gina mit de la musique et disparut quelques instants dans la cuisine pour chercher du vin. Elle revint avec un plateau portant une bouteille de vin italien et deux verres déjà à moitié remplis. Elle s'était changée et était maintenant vêtue d'une robe légère. La conversation reprit là où ils l'avaient laissée avant de dîner. Cette fois, ce fut à Foster de mener le jeu. Il voulait savoir. Ils trinquèrent.

— Vous savez très bien que je n'ai pas tué Lisa.

— Évidemment.

— Alors pourquoi faire tout cela ?

Elle le regardait avec un sourire qui dissimulait peu de ses intentions.

— Pour vous rencontrer.

Elle lui affirma qu'elle avait décidé de ne pas jouer le jeu du FBI. Elle voulait l'approcher, le connaître, le sentir. Depuis qu'elle connaissait son histoire avec Lisa, à Tivoli, qu'elle avait lu ses livres, elle était fascinée par son parcours, sa personnalité, et l'occasion lui avait été offerte sur un plateau de le rencontrer.

— Mais, avant, dit-elle, j'ai une dernière question à vous poser.

Foster ne se sentait pas très bien. Il n'avait pas l'habitude de boire et avait descendu plusieurs verres, entre le gin de l'apéritif, le cabernet et maintenant le chianti épais et lourdement alcoolisé.

— Vous l'avez tuée?

— Qui?

Pourquoi lui posait-elle encore cette question? On n'en était plus là. Elle le regardait fixement. Qu'est-ce qu'elle croyait? Il avait résisté aux interrogatoires des carabiniers. Et même s'il avait envie d'elle, il n'allait pas tout lui balancer.

— Vous savez bien que non.

— Je ne parle pas de Lisa. Myriam Lehren, la fille de San Bernardino.

De quoi on parlait? Sa tête tournait légèrement sous l'effet de l'ivresse. Il perdait doucement pied. *Avait-il bu autant que ça?*

— C'est vous?

— Qui vous a parlé d'elle?

— J'ai mes sources, dit-elle.

Foster ne voyait pas McAllister aller jusqu'à dévoiler le nom d'une victime à une journaliste. Ce salopard savait les limites à ne pas franchir.

— Quelles sources?

Elle se contenta de sourire.

— C'est vous qui avez envoyé un journaliste à Gardnerville? demanda-t-il.

— Non.

Elle dit qu'elle ne voyait même pas de quoi il parlait.

— Vous connaissez Jack?

— Peut-être…

— Qui est votre source, Gina? C'est très important. Vous êtes peut-être en train de vous faire manipuler. Et peut-être pas par le FBI.

Bartoli semblait hésiter. Foster insista.

— Mais par le tueur, asséna-t-il.

Avait-il prononcé la phrase clé? Elle lui raconta tout. Comment, peu après son premier contact avec le FBI, elle avait été approchée par un homme prétendant être au courant de son enquête et désireux de la rencontrer. Elle savait que c'était un agent du Bureau qui voulait agir en douce. C'était le genre de méthodes qu'ils employaient pour filer des infos sans se faire confondre. Elle l'avait rencontré trois fois. Chaque fois dans un lieu différent dont il décidait au dernier moment après l'avoir appelée depuis un numéro différent.

Foster lui révéla que ce type était allé voir la mère de la victime plusieurs semaines avant que le corps de Myriam ne soit retrouvé.

— Il est comment ? demanda-t-il.

Il était grand. Il portait des lunettes qui lui cachaient une partie du visage. Une casquette.

— Il se fait surnommer Jack, dit-elle.

Elle ne l'avait vue que dans l'ombre, mais elle avait été frappée par une particularité étrange qui lui avait fait froid dans le dos. Quand il parlait, aucun trait de son visage ne bougeait.

L'homme sans visage de Ventura.

— Ce n'est pas un agent du FBI, dit Foster. C'est lui le tueur.

Malgré son cerveau embrumé, il devina que l'idée qu'elle était en train de se faire manipuler par le tueur lui-même prenait corps dans l'esprit de Bartoli. Foster sentait qu'il renversait la tendance. Il lui prit la main, la força à le regarder en face.

Il ne pouvait plus résister. Il l'embrassa. Elle se laissa faire. Avant de répondre fougueusement à son baiser.

Lorsqu'il reprit pleinement conscience, Foster était dans l'allée derrière l'immeuble où il avait garé sa voiture. Il avait quitté l'appartement par la porte de service de la cuisine donnant sur un patio qui, du fait du terrain en pente, était au rez-de-chaussée.

Il monta dans sa voiture et, comme un robot, franchit les collines de Topanga pour rentrer chez lui. Se changer. Se doucher. Dormir.

Avant de sombrer dans le sommeil, il repensa à ce que lui avait dit Hollmann : Dieu n'abandonnait jamais les siens. Il y avait toujours une femme.

La vibration de son téléphone réveilla Foster.

Sous l'effet de l'alcool, il ne se souvenait de sa nuit avec Bartoli que comme d'un rêve. Mais un rêve puissant. Il se rappelait les soubresauts de son corps. Les vagues qui la secouaient.

Foster tâtonna pour attraper son portable et répondit. C'était le Bureau. De la part de l'agent spécial Michelle Ventura. On lui demandait de la rappeler. Il coupa et vit qu'elle avait déjà cherché à le joindre à plusieurs reprises. Il écouta son message.

Merde.

Pendant que lui couchait avec Gina, le tueur de San Bernardino avait fait une nouvelle victime.

L'Ombre continuait d'avancer.

Elle gagnait du terrain.

TROISIÈME PARTIE

L'OMBRE

Contrairement aux hommes, les femmes n'étaient pas faites pour tuer. Bien sûr, des femmes tuaient. Mais il voyait en elle s'exercer alors l'élément masculin de leur personnalité.

Les femmes étaient faites pour aimer.

Hollmann l'avait déduit de sa fréquentation assidue des prostituées. Il ne se méprenait pas sur l'aspect mercantile de l'échange, mais quelque chose de profond et pur transitait par ce simple contact avec ces femmes, qui le rassurait et, pour un instant, venait combler la grande solitude de sa vie.

Il n'y avait pourtant rien d'aimable dans un pauvre étudiant en théologie au physique osseux et au mental famélique qui, parce que maladivement introverti, devait payer pour recevoir ce dérisoire, mais réel, geste d'amour.

Les femmes aimaient malgré elles. Malgré tout. Il fallait qu'un Dieu l'ait voulu ainsi.

Et leur amour embrassait l'humanité tout entière.

C'était pourquoi, qui que vous soyez, il y avait toujours une femme.

Même pour le pire des hommes.

27

Francfort, Allemagne. 6 septembre 1994

Assis sur le lit grinçant, Nicholas Foster s'apprêtait à se retrouver face à Hollmann pour la première fois depuis leur dernière rencontre au Campo dei Fiori. Son esprit était assailli de questions. Il s'interrogeait sur ses motivations. Celles du prêtre, évidemment, mais les siennes aussi.

Il était arrivé en début d'après-midi et s'était installé dans un petit hôtel du centre-ville. C'était son deuxième voyage à Francfort, mais la première nuit qu'il y passait. L'aéroport était fort heureusement un hub international et les vols depuis Rome étaient nombreux et peu coûteux. Il avait effectué le premier un mois auparavant pour déposer sa requête de parloir en prétendant être un cousin éloigné de Patrick Hollmann. Sans qu'on lui ait demandé de prouver son lien de parenté, trois semaines plus tard, il recevait son autorisation. Il avait toutefois dû ouvrir une boîte postale en Allemagne et faire un renvoi de courrier à Rome, car un droit de visite depuis l'Italie aurait pris plus de temps à être validé, voire suscité des investigations, et il ne tenait pas à dévoiler l'origine de son lien avec Hollmann.

Que le petit ami, qui plus est un temps suspect, de la victime puisse venir voir son assassin en prison aurait été plus que malsain aux yeux des carabiniers...

Guidé par les prix, il s'était retrouvé dans le quartier de Bahnhofsviertel qui, historiquement épargné par les bombardements alliés de la Seconde Guerre mondiale, était devenu le lieu de résidence des soldats américains d'occupation et, inévitablement, le centre névralgique de la prostitution. Il l'était toujours quarante ans après, mais cette activité n'avait plus rien du folklore victorieux et hédoniste de l'après-guerre, l'épidémie de sida et de crack ayant purgé les rues de leur chair fraîche et transformé les corps rebondis et alignés sous les porches en silhouettes malingres et hagardes errant comme des fantômes. Sans toutefois éteindre les néons qui vous promettaient du plaisir pour pas cher.

Un jour peut-être toute cette pourriture serait rasée, écrasée, putréfiée et servirait de fumier à la croissance de générations nouvelles. En attendant, l'ambiance sordide du quartier convenait bien à l'humeur morne et dévastée de Nicholas, animé, comme elle, par une excitation obscène et un peu honteuse.

Il était mû par cette envie de savoir, mais rien ne permettait d'affirmer qu'être en présence du tueur allait répondre aux questions qu'il se posait sur lui-même. Qu'était-il réellement venu faire ici? Quel besoin l'amenait à vouloir se retrouver en présence de l'assassin de sa petite amie ? Avait-il de l'empathie pour lui ?

Il se rendit compte qu'il avait agi poussé par une force étrangère. Comme s'il pouvait y avoir une déconnexion radicale entre l'amitié qu'il éprouvait pour Patrick Hollmann et ses crimes.

Peu après son arrestation à Heidelberg, Hollmann avait fait des aveux spontanés et circonstanciés sur la mort de Lisa Dudek, mais également sur les quatre crimes qu'il avait commis aux États-Unis. Seule une des victimes avait été retrouvée. Il leur indiqua où se trouvaient les restes des trois autres. L'onde de choc, là-bas, dans le Wisconsin, avait été violente. Sans parler de sa famille. Le Département d'État avait aussitôt activé la procédure d'urgence existant entre les deux pays pour extrader Hollmann, ce qui bloqua toute tentative des autorités italiennes pour le ramener chez eux. La loi du plus fort…

Hollmann savait qu'en avouant ses meurtres commis dans le Wisconsin il s'éviterait un jugement en Italie. Il avait décidé que c'était la fin du voyage.

Il était temps de rentrer au pays.

La justice américaine, cela tombait bien, détenait un ancien gardien de camp de concentration que Berlin demandait en vain depuis des années. L'échange accéléra une procédure d'extradition qui arrangeait tout le monde. Personne, à commencer par le Vatican, n'avait envie que cette affaire traîne et la justice italienne se retrouva la cocue de l'histoire. Enfin, pour autant que le gouvernement se souciât du sort d'une modeste employée d'hôtel polonaise sans visa… On n'avait pas entendu de fortes protestations du côté de Rome. Quant aux Polonais, autant dire qu'à peine sortis du communisme, ils avaient d'autres préoccupations, laissant toute latitude à leurs alliés et coreligionnaires américains pour récupérer leur brebis égarée.

Chacun sa merde. Et Dieu pour tous.

Hollmann était provisoirement détenu à la prison de Francfort sur Main III, une construction de la fin du XIXe siècle qui avait traversé l'histoire en empilant hideusement les héritages architecturaux avec pour constante la médiocrité visuelle, la laideur. Au passage, elle avait servi de lieu d'exécution durant le régime nazi. Elle était située dans le quartier du Preungesheim, éloigné du centre-ville d'une vingtaine de minutes en voiture.

Nicholas préféra prendre un taxi plutôt que le risque de se perdre en bus ou d'arriver trop en avance. Le quartier était résidentiel et assez charmant pour un faubourg reconstruit à la hâte, et la prison surgissait au détour d'un carrefour comme une hérésie urbanistique.

En découvrant ses murs gris surmontés de barbelés, son bâtiment central dominant qui ressemblait à une construction HLM des années 60, Nicholas éprouva une grande solitude. Il imaginait, enfermé dans ce lieu sordide, le penseur raffiné et charismatique avec qui il sillonnait les rues de Rome en l'écoutant disserter avec exaltation sur l'œuvre du grand écrivain russe. Un non-sens. On enfermait les bêtes, les monstres. Patrick Hollmann n'était ni l'un ni l'autre, c'était une évidence pour Nicholas.

Il n'était pas dupe, cependant, des esquives de sa pensée. Mettre en opposition l'intelligence subtile du prêtre et la cruauté de ses crimes était une forme dissimulée de déni. Il savait que ces deux traits pouvaient s'exercer indépendamment, mais il refusait d'y croire. Son aveu du meurtre de Lisa l'avait laissé dans l'incrédulité totale. Il avait appris au fil de ses révélations les exactions passées de Patrick Hollmann aux États-Unis, puis en Indonésie, sans en connaître encore l'ampleur, et une faille s'était ouverte devant lui pour la seconde fois.

Mais, comme auparavant, déjà, quand le capitaine des carabiniers Ottaviani lui avait montré les photos du corps de Lisa, Nicolas s'était senti pris de court par ses propres sensations. Sa perception, néanmoins, évoluait. Le déni initial laissait place à une forme d'interrogation, d'exigence plus profonde.

Il fallait rendre ce parcours intelligible. Celui d'Hollmann, mais aussi le sien. Leur donner un sens.

Après avoir rempli les formulaires de visite, Nicholas avait été fouillé, puis, escorté par deux gardiens, conduit dans une salle aveugle où on lui demanda de patienter avant d'être emmené au parloir.

— *Warten Sie hier, bitte.*

Une table et quatre chaises scellées au sol. Une caméra dans un coin.

Nicholas, qui se préparait à un nouveau parcours dans la prison, à devoir franchir des grilles pour marquer une transition, un changement d'espace, et à la présence d'une vitre blindée entre eux pour maintenir une distance psychologique, fut saisi lorsque la porte s'ouvrit et que Patrick Hollmann apparut.

Il réalisa que ce qu'il avait pris pour une salle d'attente était le parloir.

Hollmann était vêtu d'un pantalon de toile épaisse et d'une veste de survêtement. Le chapelet noir en ébène dépassait d'une de ses poches. Seuls ses poignets étaient entravés dans le dos. Les deux gardes qui l'accompagnaient ne devaient pas le trouver très dangereux, comparé au genre de dégénérés qu'ils étaient habitués à surveiller. L'un d'eux le fit pivoter contre le mur et déverrouilla la chaîne qui reliait les bracelets métalliques. Hollmann s'avança vers une des chaises. Nicholas remarqua que deux anneaux en acier étaient soudés dans le plateau de la table par lesquels le garde fit passer la chaîne qu'il rattacha aux poignets de Hollmann afin de lui entraver les bras. L'autre garde vérifia que c'était bien verrouillé, puis hocha la tête. La routine. Comme des stewards dans un avion. *Vérification des portes opposées…*

Ils pouvaient se retirer sans inquiétude, laissant le prisonnier et son visiteur dans une promiscuité troublante mais sans risque, qui, passé la première surprise, donna à Nicholas l'impression de continuer la conversation entamée à Rome comme si aucun événement majeur ne s'était produit entre-temps.

246

Impression aussi largement due à l'attitude d'Hollmann qui faisait tout pour banaliser la situation. Il était resté assis tranquillement, échangeant un regard dénué de sous-entendus avec Nicholas tandis qu'il se faisait arrimer à la table.

— Bonjour, Nicholas, dit-il une fois qu'ils furent seuls.

Hollmann semblait étonnamment serein. Détaché, pensa Nicholas, sans jeu de mots…

— Comment s'est passé le vol ? ajouta-t-il avant que Nicholas ait le temps de le saluer en retour.

— Bien. Merci.

— Quand est-ce que tu repars ?

— Demain matin.

— Tu as pu trouver un hôtel dans tes prix ?

— Oui.

— Quartier Bahnhofsviertel, dit Hollmann avec un sourire.

— Oui, répéta Nicholas, en haussant légèrement les épaules avec un sourire un peu forcé. Bien sûr…

— Il faut croire que les flics italiens ont levé ton assignation à résidence…

— Il y a six semaines, c'est comme ça que j'ai pu venir déposer une demande de parloir le mois dernier.

— Bien. Je vois. Ils vont te laisser tranquille maintenant.

Il faisait clairement allusion aux carabiniers. Nicholas avait raconté à Hollmann ses premières convocations avant de quitter Rome pour Heidelberg.

— Ils n'étaient pas ravis.

— J'imagine, répondit Hollmann avec un petit rire, comme s'il leur avait joué un mauvais tour.

— Moi non plus, répliqua Nicholas qui baissa aussitôt les yeux.

La phrase était sortie spontanément et, avec elle, une chape de mélancolie leur était tombée dessus qui fit regretter à Nicholas de n'avoir pas veillé plus à ses paroles.

— Bien sûr, dit Hollmann après quelques secondes de silence. Cela a dû être un choc pour toi d'apprendre ce qui s'était passé.

— Plus qu'un choc, une déflagration.

— C'est bien compréhensible.

Hollmann avait cette faculté déroutante d'évoquer son crime comme un événement extérieur auquel il aurait participé malgré lui. C'était rassurant. Enivrant aussi de se dire qu'on pouvait commettre un meurtre d'une sauvagerie extrême et en parler avec le détachement d'un observateur étranger. Plus étonnamment encore, cela forçait Nicholas à épouser son point de vue et à le suivre dans cette voie.

— Avant toi, continua-t-il, j'ai rencontré un jeune homme en Indonésie. Il s'appelle Sondakh. Tu devrais aller le voir, lui parler. Je pense que vous aurez beaucoup à échanger.

Nicholas ne savait pas quoi dire.

— Oui, se contenta-t-il de répondre.

— Il a des choses pour toi. Il t'expliquera. Et grâce à lui, tu comprendras.

Hollmann voyait toujours plus loin. Comme s'il avait saisi les raisons de la présence de Foster dans ce parloir avant que lui-même en ait conscience.

— Je comprendrai quoi?

— Pourquoi tu es là.

Moi? S'il était face à l'assassin de sa petite amie, c'était bien qu'il cherchait quelque chose. Quelque chose qui dépassait de loin la curiosité morbide ou l'incompréhension, ou encore la rancœur. Il était au seuil d'une quête personnelle dont Hollmann avait senti les prémices et devait devenir le guide.

— Tu as commencé à écrire? demanda Hollmann.

— Oui. C'est difficile. C'est douloureux, dit Nicholas. Presque impossible.

— C'est important. Salutaire, même. Mais tu ne dois pas te contenter de la surface des choses. Il faut que tu ailles tout au fond, comme les personnages de Dostoïevski, sans quoi cela n'aura aucune valeur.

Il avait pris soin de préciser les «personnages de Dostoïevski», pas l'écrivain. Il ne fallait pas déconner, quand même…

— Comme eux, poursuivit-il, tu as l'opportunité grâce à moi d'explorer le tréfonds de l'âme humaine. Aller là où on ne va pas… Pour en comprendre la puissance et la signification. Fais-le.

Au point où il en était, Nicholas restait bien loin de telles ambitions. Il avait eu cette idée d'écrire, comme une thérapie, pensant se soulager, mais il s'était vite rendu compte que, si soulagement il y avait, il passait par des phases d'intense souffrance, d'abattement, d'anéantissement moral. Il se souvenait de ce qu'Hollmann lui-même avait dit à propos de *Crime et Châtiment* : sept cents pages de souffrance pour quatre pages de dénouement. Mais quelles pages... La catharsis. Or, sans souffrance pas de catharsis.

— Je ne sais pas si j'en serai capable, dit Nicholas.

— Il le faut. Je t'aiderai.

Dans un réflexe absurde, Nicholas faillit le remercier, mais il se retint juste à temps. Il sentait que le sujet était clos. Pour l'instant du moins. Ils en reparleraient. Le temps de la visite s'achevait. Ils évoquèrent brièvement les conditions de vie dans la prison qui étaient assez déplorables, évidemment, mais Hollmann semblait ne pas trop s'en soucier. À quoi fallait-il s'attendre ? Une ancienne prison nazie, franchement ? Hollmann lui dit que son rapatriement aux États-Unis ne devrait pas prendre très longtemps. Quelques mois, tout au plus.

— Ne t'inquiète pas pour moi. Je suis peut-être enfermé, mais je suis libre. Je suis le plus libre des hommes, dit Patrick Hollmann.

Une sonnerie se fit entendre. Leur échange devait prendre fin. La porte du parloir s'ouvrit sur les deux gardes. Ils demandèrent en allemand à Nicholas de ne pas bouger et d'attendre qu'ils aient détaché puis menotté le prisonnier dans le dos.

Quand cela fut fait, Hollmann opéra un demi-tour.

Nicholas s'était levé et le regard des deux hommes se trouvait de nouveau à la même hauteur. Hollmann résista à la pression d'un des gardes qui le poussait vers le couloir. Nicholas vit son visage se transformer imperceptiblement, devenir un masque froid, sans expression, sans émotion, et il perçut ce que Lisa avait dû éprouver au moment où elle avait senti la lame lui perforer le ventre.

— Je l'ai fait pour toi, dit-il. Alors fais-le. Fais-le pour moi.

Hollmann ne résista plus et se laissa entraîner vers le couloir. La porte se referma.

Après quelques minutes, un autre fonctionnaire vint chercher Nicholas pour le raccompagner vers la sortie. On lui rendit ses affaires personnelles. Ses papiers. Son identité. Il remplit un formulaire pour une prochaine visite et se retrouva dans la rue, ne sachant où aller. Il se sentait perdu. Contaminé. Mais étrangement vivant.

Sur le chemin du retour vers l'hôtel, Nicholas Foster eut la deuxième révélation de sa jeune existence.

28

Le parc était connu pour ses parcours de promenade, ses vues sur la vallée de San Fernando jusqu'aux montagnes de San Gabriel, que le coucher de soleil rendait féeriques.

La réalité qui s'offrait aux yeux de Ventura n'avait rien de féerique. Elle avait reçu l'appel à 8 h 17 du matin. Le corps avait été repéré environ une heure et demie plus tôt par un habitant du quartier qui promenait son chien. Il avait appelé le 911 et été connecté à la station locale du LAPD de Van Nuys qui couvrait cette partie de la vallée de San Fernando. Deux patrouilleurs étaient arrivés sur les lieux à la suite de l'appel, l'un à 7 h 02, l'autre à 7 h 07. Découvrant le corps, ils avaient sécurisé la scène et fait remonter l'information jusqu'à la nouvelle division, baptisée Valley Bureau Homicide, qui regroupait en un même lieu tous les enquêteurs chargés des homicides commis dans la vallée de San Fernando.

Le service de veille automatisé de l'antenne locale du FBI reçut l'alerte à 7 h 43. Le programme de détection systématisé avait rapproché les images de la scène de crime de San Bernardino. L'agent superviseur avait vérifié les données et prévenu Ventura qui était en charge des crimes en série.

Elle venait de sortir de la douche après son footing quand elle avait reçu l'appel. Elle prit aussitôt contact avec le Valley Bureau Homicide pour les prévenir qu'elle se rendait sur les lieux. Elle avait besoin d'en avoir le cœur net. Ventura tenta de joindre Foster depuis la rue, en sortant de chez elle. En vain. Elle laissa l'ordre de continuer à essayer d'entrer en contact avec lui jusqu'à ce qu'il réponde et prit sa voiture pour rallier la zone du meurtre. Sherman Oaks. Deervale-Stone Canyon Park.

Au volant, son esprit errait. Bien que le gros du trafic allât à cette heure matinale dans le sens inverse, la rampe d'accès à la 405 en direction du nord était déjà chargée.

«Les gens ont peur de rentrer sur les autoroutes à Los Angeles...» C'était la première phrase d'un livre qu'elle avait lu adolescente. *Moins que zéro*. Ventura n'avait jamais été férue de littérature mais ce début l'avait marquée. Il fallait dire que l'auteur, Bret Easton Ellis, était à peine plus âgé, vingt ans, quand il l'avait écrit qu'elle quand elle l'avait lu. Comme elle, il avait grandi dans la vallée de San Fernando. L'impression que lui avait faite ce bouquin avait compté et elle n'avait retrouvé une telle sensation qu'en lisant *Lisa, 22 ans*, plus tard. Foster l'avait écrit presque au même âge qu'Ellis. Lui aussi s'était sorti de la masse. Elle se demandait s'ils se connaissaient. Elle trouvait qu'ils se ressemblaient.

253

Elle emprunta la bande d'arrêt d'urgence puis s'inséra habilement dans la circulation, ce qui ne lui faisait pas du tout peur. Elle y était habituée depuis qu'elle avait seize ans et qu'elle traversait les collines en prenant la 405 pour aller à Santa Monica High School où sa mère était intendante, ce qui lui donnait le droit d'y suivre sa scolarité bien que résidant dans un autre district beaucoup moins favorisé. Elle remonta les longues courbes de l'autoroute pendant une dizaine de minutes, changeant habilement de file au gré des ralentissements, pour basculer vers la vallée au niveau de Mulholland Drive et glisser, peu après, vers la sortie sur Ventura Boulevard. Elle remonta Sepulveda Boulevard pour immédiatement reprendre à gauche sur Valley Vista qu'elle parcourut jusqu'à Stone Canyon qui longeait le parc où le corps avait été signalé.

La vue dégagée lui permit de repérer les hélicoptères immobiles dans le ciel. Ils étaient positionnés plus haut, vers Mulholland, n'ayant pas l'autorisation pour survoler à basse altitude les zones habitées de Sherman Oaks. Elle tourna sur Sunny Oak Drive, dépassa la file des patrouilleurs du LAPD, puis des Urgences arrêtés sur le bord du chemin, et gara sa voiture près d'une voie d'accès au parc. Elle vérifia son portable, Foster n'avait toujours pas rappelé. Elle ajusta sa casquette, ses lunettes de soleil, et entra dans le parc.

Dès son arrivée sur la scène, Ventura fut frappée, au premier regard, par la position du corps : il

évoquait une image de plaisir extatique mêlé de souffrance qui provoquait une sensation immédiate de
dégoût. Si c'était le but recherché, alors le résultat
était de loin encore plus frappant qu'avec Myriam
Lehren, car plus spontané.

La victime gisait nue au milieu des herbes jau-
nies par la sécheresse, allongée, le dos cambré, les
jambes repliées sous elle dans une position offerte
qui exhibait la région de son sexe avec une obscénité
choquante. Ses bras étaient joints derrière son dos,
dans une hyperextension qui ouvrait sa poitrine. Sa
tête était courbée à l'arrière bien au-delà de ce que
permettait le mouvement naturel des vertèbres cer-
vicales.

Le corps témoignait d'un niveau de souffrance
tout aussi insoutenable, mais la manière dont le
tueur s'était acharné sur sa victime n'avait rien du
déploiement méthodique, froid et implacable qu'il
avait démontré à San Bernardino.

Là où il avait fait preuve d'une cruauté extrême
mais pleinement maîtrisée, s'exprimait ici le déchaî-
nement d'une rage folle qu'on aurait dite trop longtemps contenue. Le niveau de violence, de colère,
montait. Et il montait anormalement vite, pensa
Ventura.

Si le meurtre de Myriam matchait parfaitement
avec la psychologie supposée de celui qu'elle appelait «l'homme sans visage», celui de Sherman Oaks
prouvait que bouillonnait derrière le masque d'in-
sensibilité une haine pestilentielle et fiévreuse. C'était
la même barbarie, mais pressée par l'urgence. La

position du corps était différente, mais comme une variante dans une même série. Là encore comme le travail d'un peintre qui, maîtrisant suffisamment sa technique, pouvait se lâcher tout en sachant que le trait, quoique spontané, serait juste, précis et signifiant.

Et ce qu'exprimait le tableau était profondément dérangeant même aux yeux d'une flic aussi expérimentée et endurcie que Michelle Ventura.

Lorsqu'elle put observer le corps d'assez près, elle découvrit les véritables causes de cette horrifique impression. Il lui fallut plusieurs secondes pour réaliser à quel point elle était transgressive et choquante.

Ventura fut prise de nausée.

La victime reposait dans une mare brune et poisseuse dont l'épaisseur était maximale au niveau de sa taille. Elle s'était lentement vidée de son sang. Ce n'était pas seulement la position du corps qui donnait cette impression d'exhibition forcée d'une insupportable obscénité. Le sexe de la victime avait été prolongé vers le haut par une incision qui remontait sur le pubis, exposant les organes génitaux internes au grand jour. C'était par cette échancrure sauvage que son sang s'était écoulé. Tout le reste du corps était enveloppé dans un film plastique qui figeait sa pose, arrimant ensemble dans son dos poignets et chevilles dans cette posture naturellement impossible. Le plastique recouvrait aussi le visage, ce qui expliquait qu'une telle torture ait été possible sans attirer l'attention par des cris qui, même dans ce parc isolé, auraient été aussi effroyables que le rituel lui-même.

Ventura remarqua alors une petite incision pratiquée au niveau de la trachée-artère, juste au-dessus du triangle du sternum, par laquelle la victime avait pu respirer. «Il» avait voulu la maintenir en vie aussi longtemps que l'hémorragie durerait. «Il» voulait qu'elle se sente mourir. L'agonie avait duré plusieurs heures pendant lesquelles, consciente mais dans l'impossibilité de bouger ou de crier, elle voyait, entendait, ressentait. Elle respirait presque malgré elle, car ce réflexe vital ne lui appartenait plus.

Il appartenait à son humanité qui, au rythme du sang giclant hors d'elle à chaque pulsation cardiaque, petit à petit, s'éteignait.

Ventura avait vu ce qu'elle voulait voir. Elle attendait, assise sur une pierre, qu'on en finisse avec la scène de crime. Elle avait besoin de reprendre le contrôle de ses émotions.

Elle avait été accueillie sur les lieux par le lieutenant Peter Lassalle de Van Nuys. Ancien détective, il venait d'être promu à la tête d'une section du Valley Bureau Homicide. Auparavant détective de grade III à la station de Van Nuys où il avait officié pendant près de dix ans, il avait grimpé un à un les échelons. Ventura l'avait côtoyé à plusieurs reprises et elle ne doutait ni de ses compétences ni de sa capacité à partager l'information. Lassalle ne connaissait pas Foster, mais n'était ni du genre groupie ni hostile. Il n'y aurait pas de guerre des services avec lui.

La situation géographique du crime évitait que soit déployée l'Unité d'analyse urgente du Bureau et permettrait de se reposer sur les TSC du LAPD dont les premières constatations ne firent que confirmer les observations initiales de Ventura.

La victime avait été tuée sur place. On estimait à trois heures la durée de son agonie qui s'était terminée vers quatre heures du matin. L'attaque avait eu lieu vers une heure, donc. Ils passaient encore le parc au peigne fin, mais n'avaient pour l'instant retrouvé ni les habits de la victime, ni l'arme du crime, ni aucune trace particulièrement évocatrice.

Pourquoi s'en était-il pris à cette femme ? Était-elle une proie d'opportunité, une joggeuse, une randonneuse, une habitante du quartier qu'il aurait spontanément décidé de tuer ? Ou une victime choisie dont l'identité et peut-être l'histoire, comme Myriam Lehren, avaient un sens dans son rituel ? Ou quelqu'un qui avait, comme elle, une proximité, même très indirecte, avec Foster ? Si on comprenait ce qui guidait son choix, on parviendrait peut-être à éclairer davantage sa personnalité et à déterminer des priorités parmi les suspects.

Ventura continuait de penser à un proche de Patrick Hollmann. Elle devrait comparer ce crime à l'un des quatre qu'il avait commis alors qu'il était encore dans le Wisconsin. Peut-être qu'après avoir imité la mort de Lisa Dudek, il cherchait à créer une autre réincarnation. Elle allait devoir reprendre minutieusement les dossiers une fois au bureau.

Mais surtout, elle attendait Foster.

Personne mieux que lui ne connaissait les détails de la carrière criminelle de Patrick Hollmann. S'il y avait le moindre point commun avec l'un de ses quatre crimes, il le saurait instantanément. Pourquoi ne la rappelait-il pas ? Qu'est-ce qu'il foutait ?

Après que les TSC en avaient fini avec les prélèvements sur place, ils procédèrent à la levée du corps. C'était toujours un moment pénible. On embarquait la dépouille et les lieux redevenaient normaux. Ou presque. Seule une large tache brune colorait encore la terre sèche après qu'ils avaient soulevé la victime, l'avaient disposée sur un brancard et recouverte d'une couverture en aluminium afin de la transporter jusqu'au van garé dans la rue. Direction Mission Road, l'institut médico-légal.

Ventura appela le docteur Wang, qui avait autopsié Myriam, espérant qu'il était de service. Ça tombait bien, il était en train d'en finir avec une victime d'overdose. Elle lui suggéra d'annuler son déjeuner. Il allait avoir du boulot. Elle le recontacterait dans l'après-midi.

Alors qu'elle retournait à sa voiture, elle en profita pour rappeler Foster. Cette fois, il répondit.

— Oui ?

Sa voix était brumeuse. Pire, caverneuse. On aurait dit qu'il dormait. À presque onze heures du matin…

— Ça n'a pas l'air d'aller fort ?

— J'ai eu une nuit difficile. Trop d'alcool. Grosse migraine au réveil. Impossible de sortir du coma.

— Quand on n'est pas habitué à boire… Tu as eu mon message?

— Il y a cinq minutes. J'allais te rappeler. Tu as besoin que je vienne?

— Non, trop tard. Le corps est parti à Mission Road.

— C'est lui? demanda-t-il après un silence.

— Je crois.

— Ça s'est passé quand?

— Cette nuit.

— Où?

— Sherman Oaks. Deervale-Stone Canyon Park.

Elle l'entendait respirer. Foster ne réagissait pas. Soit il réfléchissait, soit il avait vraiment forcé sur la boisson la veille.

— Je t'envoie les photos, dit-elle.

Ventura lui fit suivre depuis son téléphone le dossier qu'elle venait de recevoir du lieutenant Lassalle sur son serveur sécurisé. Elle attendit.

La communication coupa. Elle comprit qu'il y avait un problème.

29

L'appel de Ventura avait fini de le sortir de sa torpeur, les photos l'y replongèrent. Mais c'était une torpeur qui n'avait rien à voir avec le chaos physique dans lequel il s'était réveillé une heure plus tôt.

Englué dans un demi-sommeil, Foster s'était assis sur le bord de son lit, puis mis debout en vacillant. Incapable de rappeler. De se lever. De penser. Le sang pulsait par spasmes dans son crâne. Il ne se souvenait pas d'avoir bu autant. Il avait senti les premiers symptômes du malaise alors qu'il était encore avec Gina. Les souvenirs, ensuite, s'estompaient. Avait-il bu encore ?

Il lui semblait pourtant que non.

Il dut se tenir à la rampe pour gravir l'escalier qui conduisait à son bureau. Il ouvrit la porte-fenêtre et laissa l'air frais de l'océan entrer comme une vague, lui frapper le visage et envahir ses poumons. L'impression de vertige l'obligea à la refermer. Il s'était allongé sur le sol et laissé de nouveau happer par le sommeil jusqu'au coup de fil de Ventura qui l'en avait tiré pour de bon.

Il regardait maintenant les blessures défiler sur l'écran. Gros plans, d'abord. Il observait l'entaille au niveau du pubis. Il pouvait visualiser la lame qui entrait dans les chairs, s'enfonçait au plus profond, puis d'un mouvement sec remontait vers le haut, sectionnant d'un coup la symphyse pubienne et ouvrant une béance dans l'abdomen, comme un sexe surdimensionné et sanguinolent.

Ce geste lui était particulièrement familier. Il l'avait minutieusement décrit dans son quatrième livre, *Portrait du tueur en artiste*, où il étudiait, à travers les crimes de Patrick Hollmann, le concept de signature inconsciente, suscitant par là même la plus forte vague de protestations côté institution judiciaire. C'était par ce coup terrible qu'Hollmann avait achevé sa deuxième victime dans le Wisconsin.

Plus de doute. C'était leur tueur.

Foster fit défiler d'autres photos qui, curieusement, firent remonter ses souvenirs de la veille. Gina. Son corps ferme. Ses seins dressés. Son ventre plat quand elle avait déboutonné et fait glisser sa robe d'été. Elle avait dit quelque chose comme :

— Ça fait longtemps que j'attends ce moment...

Il avait répondu que lui aussi ne pensait qu'à ça depuis leur première rencontre. Enfin, il sentait son corps contre le sien. Et c'était fort. Plus fort que tout ce qu'il avait imaginé, car la sensation enivrante dépassait de loin la simple satisfaction du chasseur.

— Alors, c'est quoi, lui souffla Gina dans l'oreille, le pacte avec Hollmann ?

— Il n'y a jamais eu de pacte...

— Tu peux me parler, on est ensemble maintenant. De mon côté, je t'ai tout dit.

Lui avait-elle vraiment tout dit ? Selon elle, c'était le Bureau qui la poussait à enquêter sur lui. Et, en fouillant dans son passé, il se dit que, peut-être, elle avait réveillé ce tueur du passé auquel il pensait avoir échappé. L'Ombre. Jack. L'homme sans visage. Peu importait comment on l'appelait.

— Alors, insistait-elle, dis-le-moi…

Foster tentait de comprendre ce qu'elle cherchait, mais son cerveau tournait au ralenti. Il n'aurait pas dû boire. Il se battait contre lui-même, résistant à la tentation de lui révéler plus qu'il ne le souhaitait.

— Il m'a dit qu'il l'avait fait pour moi, lâcha-t-il. Hollmann.

— Qu'est-ce qu'il a fait pour toi ?

— Tuer Lisa. Il me l'a avoué lors de notre première rencontre en Allemagne, au parloir.

— Pourquoi ?

— Pour… pour me libérer, dit-il.

— Alors, ce n'est pas toi qui l'as tuée ?

— Moi ? C'est ridicule. J'avais vingt-trois ans…

Et même s'il l'avait fait, croyait-elle qu'elle pouvait lui faire avouer un crime juste en faisant courir ses lèvres sur son visage, même en allant jusqu'à s'offrir à lui, pour excitant que ce fût ?

Et Dieu sait que c'était excitant. Très. Trop.

Foster sentait sa tête qui commençait à tourner. Était-ce le vertige des sens ? Elle ne pouvait pas lui faire cet effet. Aucune femme ne lui faisait cet effet. Jamais il ne perdait le contrôle. Se dominer était le seul moyen de dominer la situation. Pour ne pas être dominé par son propre désir. Ou, pire, par le désir de l'autre.

Malgré cette expérience, il se sentait doucement lâcher prise. Il était tenté de parler, de lui en dire plus, de lui donner les réponses qu'elle attendait. Oui, il l'avait fait. À sa manière, il avait tué Lisa. Sans vraiment le vouloir. Il l'avait livrée à son assassin. Mais il parvenait à résister. À se retenir d'avouer son secret. Son crime virtuel. Sa culpabilité. Sa honte.

— C'est ce qu'ils pensent, lui dit-elle. Que tu l'as tuée. Et pas seulement.

— Qui ?

— Le FBI.

— Ventura ?

— Elle, je ne sais pas. Mais ses chefs, oui. Ils disent qu'ils en ont la preuve.

Quelle preuve ? Ils ne pouvaient pas avoir la preuve de quelque chose qui ne s'était passé que dans sa tête. La presse pouvait lui faire du mal avec une telle insinuation, pas le FBI. Eux, il leur fallait des éléments concrets. Et on ne pouvait pas trouver de preuves matérielles à un crime imaginaire.

— Quelle preuve ?

— Que tu l'as tuée. C'est Jack qui la leur a révélée.

— Jack est de chez eux ?

— Non. C'est leur source, dit-elle. C'est son nom. Il sait qui tu es…

— Qui je suis ?

— Il leur en a fourni la preuve. Ils en sont sûrs.

264

C'était ce qu'ils lui avaient dit. Elle n'en savait pas plus sur le dénommé «Jack». D'un côté ils la mettaient sur les traces de Foster, de l'autre ils lui refilaient des informations qu'ils voulaient qu'elle digère via une source anonyme. Possible. C'était la manipulation parfaite. Le coup tordu comme ils savaient en monter.

À moins que ces connards du Bureau eux-mêmes aient été manipulés par la source qu'ils croyaient utiliser. Ce ne serait pas la première fois que les flics se faisaient baiser par un faux indic. Surtout lorsqu'il leur racontait ce qu'ils voulaient entendre. Ils rêvaient depuis toujours de détruire Foster mais sa position lui donnait un totem d'immunité qu'ils avaient hâte de renverser. L'occasion était trop belle et ils y avaient cru.

Qui était cette source? Et que savait-il réellement?

C'était l'hypothèse numéro un de Foster. Il en convainquit Gina. Jack était le tueur. Jack était l'Ombre. Jack était l'homme sans visage. Et, dans tous les cas, que ce soit par le Bureau ou par le tueur, elle se faisait instrumentaliser. Si, ensemble, ils prouvaient que le Bureau se laissait manipuler par un tueur, alors elle ferait vraiment le scoop de sa vie. Et il aurait une autre gueule que d'épingler une célébrité. Des têtes allaient rouler dans la sciure et son nom en rejoindre d'autres au Panthéon des journalistes de légende qui avaient fait tomber les masques.

Elle accepta le pacte qu'il lui proposa. Leur pacte à eux. Ils allaient traquer le tueur. Le prendre à son propre piège. Et dénoncer, dans un même mouvement, le meurtrier et les sales coups du FBI.

Elle publierait son article. Il écrirait son livre. Ensemble, ils allaient tout casser.

Ils firent l'amour. Il ne s'était jamais abandonné de la sorte. Il n'avait jamais perdu le contrôle comme cette nuit jusqu'au point où, sentant une contraction profonde et paralysante au niveau de ses reins, il avait éjaculé en elle. Il ne se souvenait plus du moment où il avait sombré.

Pour mieux renaître.

Une nouvelle ère commençait. Une nouvelle alliance.

Il n'y avait pas meilleurs alliés que d'anciens ennemis parce qu'ils connaissaient leurs forces et savaient le mal qu'ensemble ils pouvaient causer.

30

Sentant sa lucidité qui revenait, Foster avait appelé Gina. Il voulait l'informer du nouveau crime afin qu'elle soit la première à se rendre sur les lieux, elle n'habitait pas loin.

L'appel sonna dans le vide. Il coupa.

De nouveau, il voyait mentalement Gina, extatique, le corps cambré à l'arrière, tendu, spastique dans cet abandon total qui n'existe que dans la jouissance physique. Cette plongée dans le vide, ce trou noir qui absorbe tout. Ce néant qui fait taire la douleur.

Chez elle, Foster s'était senti sortir de ce néant après quelques minutes.

Revenant à la conscience, il avait regardé Gina qui dormait, allongée sur le côté, un genou replié. Sa respiration était lourde et régulière. Son corps semblait une part abandonnée d'elle-même, lasse, inutile après que la quête d'abandon eut épuisé tout ce qu'elle pouvait en tirer.

Il avait regardé sa montre, s'était levé, avait rassemblé ses habits. Il s'était rhabillé rapidement, sans bruit, et était sorti de la chambre. Il avait traversé l'appartement pour aller dans la cuisine remplir un verre d'eau qu'il avait bu d'une traite. Il n'avait pas pris le temps de faire s'écouler l'eau du robinet et elle était tiède. Il avait ouvert la fenêtre au-dessus de l'évier, laissant s'insinuer dans l'appartement un air sec dont la chaleur le surprit et sembla lui brûler les poumons.

Sherman Oaks n'était séparé de sa maison de Malibu que d'une vingtaine de kilomètres mais, les montagnes de Santa Monica bloquant l'air du Pacifique, les nuits y restaient étouffantes jusqu'à l'aube où, enfin, un peu de fraîcheur accompagnait pour quelques heures un nouveau jour. Mais, à l'heure qu'il était, un halo torride accablait encore toute la vallée de San Fernando, même plongée dans la nuit.

Foster éprouvait un vide dans sa tête que d'anxieuses pensées vinrent aussitôt combler.

Et si elle lui avait menti?

Elle n'était pas la première femme à coucher pour obtenir ce qu'elle voulait. Était-elle en train de jouer un double jeu avec lui? Tout au long de leur conversation, il avait senti qu'elle essayait de le faire parler. Cela relevait peut-être seulement de la curiosité des futurs amants, mais pas sûr.

Dans la moiteur nocturne, ses doutes s'approfondissaient de seconde en seconde à mesure qu'il reconstituait leur conversation. De quelle vidéo avait-elle parlé? Bluffait-elle? Et si elle avait vraiment retrouvé une vidéo dont il aurait lui-même ignoré l'existence?

Foster devait lever ses soupçons. Il voulait être sûr d'elle.

Il fit le tour de l'appartement, inspectant rapidement le salon. Il doutait qu'elle ait choisi de conserver une pièce à conviction aussi cruciale chez elle, mais garder ses secrets au vu et au su de chacun était parfois la meilleure manière de les protéger. Sous quelle forme pouvait être cette vidéo ? Une cassette à l'ancienne ? Une clé USB ?

Il fouilla la bibliothèque. Derrière les livres. Sans résultat, il passa dans la pièce suivante, une deuxième chambre que Gina avait transformée en bureau. Il regarda parmi les objets sur les étagères, souleva des documents, ouvrit des tiroirs. En vain.

Son ordinateur portable était posé sur une table de travail encombrée par des carnets de notes qu'il ne put s'empêcher de feuilleter. Il ouvrit un tiroir, souleva quelques documents et, tout au fond, vit une boîte en carton rectangulaire sur laquelle il reconnut une écriture. C'était celle de Patrick Hollmann.

Il était écrit : « Pour Nicholas. Patrick. »

Il n'eut pas le temps d'ouvrir la boîte, un bruit dans l'appartement le fit sursauter.

Foster, chez lui, sursauta aussi en se remémorant cet instant.

Tout lui remonta en même temps qu'un haut-le-cœur lui retournait l'estomac. Il traversa son appartement, se précipita dans la salle de bains et se pencha juste à temps sur la cuvette pour vomir. Une salve d'acidité lui racla la gorge et finit en flaque au fond des chiottes. Il releva la tête. Hors d'haleine. S'essuya la bouche. Cracha les derniers relents.

Avant qu'une nouvelle salve, telle une vague venue du large, remontât de ses tripes.

Les réminiscences continuaient d'affluer et de le submerger, comme ses contractions abdominales. Il se souvint être sorti du bureau de Gina. Il l'avait aperçu, de dos, dans la cuisine. Courbé en avant. Ouvrant un tiroir. Puis un autre.

L'Ombre.

L'image fantasmatique qu'il avait créée était bien réelle. Et elle était là, tout près. Dans l'appartement de la journaliste.

À quelques mètres de lui.

Foster, ne connaissant pas l'appartement de Gina, eut tout juste le temps de gravir silencieusement l'escalier qui menait à la mezzanine surplombant le salon pour se cacher de l'intrus. Il le perdit de vue mais il devait d'abord penser à se planquer. Retenant sa respiration, il s'approcha de la rambarde. Il put l'apercevoir distinctement passant un bref instant dans un halo de lumière qui provenait de la fenêtre.

L'Ombre avançait prudemment dans le clair-obscur du salon.

Il eut la sensation de reconnaître sa démarche. Il l'avait déjà vu. Il essaya d'imprimer sa silhouette dans sa mémoire. Mais, à genoux devant la cuvette en train de s'efforcer de se remémorer la scène, Foster comprit que ses derniers souvenirs étaient partis en même temps que ses tripes dans les tuyaux des chiottes.

Rien. Il ne se souvenait de rien.

Foster fit l'effort de se relever. Il revint à son bureau, titubant, reprit son portable, regarda la photo suivante dans la série que lui avait envoyée Ventura.

La vue du corps dans son ensemble le sidéra. Tous les effets de l'alcool semblèrent se dissoudre dans ceux du stress. Il lui fallut plusieurs secondes pour réaliser pourquoi Gina ne répondait pas à ses appels. Il se revit à plat ventre dans sa mezzanine. Il vit la lame qui brillait dans la main de l'Ombre au moment où elle disparaissait à l'intérieur de la chambre de Gina.

Foster ne se souvenait plus de la suite. L'alcool et la honte lui avaient fait refouler ce pathétique moment de lâcheté. Gina Bartoli ne serait pas la première journaliste sur les lieux du crime. D'une certaine façon, elle y était déjà.

La victime, c'était elle.

31

Ventura était toujours sans nouvelles de Foster quand, deux heures après lui avoir envoyé les photos du corps, l'identification de la victime l'avait fait basculer de l'inquiétude à la stupeur : Gina Bartoli.

La journaliste qui menaçait de détruire la réputation de Nicholas Foster.

C'était vertigineux.

Tous les éléments matériels indiquaient la présence d'un seul individu étranger dans l'appartement de Bartoli. La porte n'avait pas été forcée. Une bouteille était ouverte et deux verres contenant un fond de vin étaient posés sur la table basse devant le canapé. L'un d'eux portait des traces de rouge à lèvres. L'analyse de leur contenu était en cours. De même que celui du téléphone portable de Bartoli retrouvé près du lit. Un couteau d'une vingtaine de centimètres, le plus long d'un jeu de six, manquait dans la cuisine. Des habits et des sous-vêtements féminins étaient éparpillés dans la chambre, près du lit défait. Il y avait des cheveux sur l'oreiller et des traces biologiques sur les draps. Des empreintes digitales se retrouvaient partout dans l'appartement, signe qu'on l'avait méthodiquement fouillé.

Le tueur, si c'était lui qui avait passé l'appartement au peigne fin, cherchait quelque chose. Mais quand avait-il fouillé les lieux ? Avant de tuer Bartoli, c'était possible. Ou alors, était-il revenu dans l'appartement après l'avoir laissée agonisante dans le parc… C'était risqué. Même au cœur de la nuit, sa présence aurait pu être repérée.

Les enquêteurs du LAPD avaient embarqué l'ordinateur portable de Bartoli. Son téléphone. Il n'y avait pas de caméras de surveillance dans l'appartement et la résidence, de taille et de standing modestes, n'était pas particulièrement sécurisée. C'était un des rares immeubles collectifs bâtis sur Valley Vista, la plupart des habitations étant des maisons individuelles, dont l'arrière donnait directement dans le parc où le corps de la journaliste avait été retrouvé.

Sans doute étaient-ils sortis par là, ce qui expliquait qu'elle ait pu être traînée, puis tuée dans le parc sans attirer l'attention. Pour l'instant, la lame n'avait toujours pas été retrouvée mais les fouilles continuaient. Pas d'habits non plus près de la scène de crime. Elle était sortie entièrement nue de son appartement. Vivante. Sans doute sous la menace. Ou avait-elle tenté de s'échapper et été rattrapée par le tueur ? Mais, à part les blessures mortelles causées intentionnellement, son corps ne portait aucune marque de lutte, de fuite ou de résistance.

Lassalle avait élargi les recherches. Des caméras de surveillance situées au-dessus des feux de circulation de la sortie de la 405 avaient enregistré le passage du véhicule de Bartoli à 23 h 17 alors qu'elle rentrait chez elle. Mais ce fut en vérifiant l'image de la voiture arrêtée au feu rouge sur Sepulveda que Ventura eut un choc.

Non pas à cause de celle de Bartoli, mais de la Jaguar de Foster qui la suivait.

Rentrée d'urgence à Westwood, Ventura fut convoquée aussitôt par McAllister. Casey et lui étaient en conférence de crise avec Washington. Ils étaient passés en mode panique. Depuis que Ventura avait quitté Lassalle au Valley Bureau Homicide, la présence de Bartoli avait été confirmée au Shutters on the Beach de Santa Monica où l'hôtesse d'accueil avait décrit un homme qui l'accompagnait ressemblant en tout point à Foster. Sa Jaguar avait été repérée par une caméra de surveillance près de l'hôtel. On avait aussi un message téléphonique dans lequel il l'invitait à dîner. Et la trace d'un appel de quarante-sept secondes émis par Gina en réponse.

Moralité, ce qu'ils redoutaient plus que tout venait d'arriver, lui annonça McAllister : Foster avait tué la journaliste.

Ventura fut déconcertée de les voir sauter sur cette conclusion. L'affaire lui semblait plus complexe, mais elle ne les avait pas encore briefés sur sa visite à Gardnerville et la présence de l'homme sans visage.

Soit ils lui dissimulaient des informations, soit ils prenaient leurs désirs pour la réalité.

— Ne croyez pas que ça nous fait plaisir, agent spécial Ventura, dit McAllister.

— Je ne vois pas en quoi cela ferait plaisir au Bureau qu'un collaborateur de premier plan soit soupçonné de meurtre.

— Exactement. C'est précisément ce que nous redoutions. Et je regrette de ne pas avoir agi plus tôt, surenchérit Casey.

— Agi comment ?

— En déclenchant une enquête interne dès que nous avons été informés des investigations de la journaliste.

— Qu'avait-elle trouvé sur lui ?

— On ne sait pas exactement. Nous verrons bien. Ses recherches vont forcément sortir.

— Je croyais qu'elle était sous surveillance ?

— Jusqu'à un certain point.

Elle comprit qu'ils ne lui en diraient pas plus et s'épargna une nouvelle réponse dilatoire.

— Elle n'est pas la première à avoir essayé de l'épingler, se contenta-t-elle d'objecter.

— Mais elle est la première à en mourir, répliqua McAllister.

— Est-ce que ça fait de Foster le suspect principal ?

— C'est à vous de nous le dire. Mais lui a un mobile. Et il était avec elle. Seul, asséna-t-il.

La conclusion de McAllister était imparable et, surtout, il n'hésitait pas à en tirer d'autres implications.

— Il y a de fortes probabilités pour que l'assassin de Bartoli soit le même que celui de San Bernardino. Le modus operandi est le même.

— Pas forcément. Il a pu l'imiter, objecta Ventura.

— Qu'est-ce qu'on sait de l'emploi du temps de Foster pour San Bernardino?

— Pardon?

McAllister haussa les épaules. Il questionnait l'implication de Foster dans le meurtre de Myriam.

— Je ne sais pas, mais ça n'a jamais été une option, répondit Ventura.

— Eh bien, c'en est une maintenant.

Ventura évaluait les siennes. Continuer à argumenter avec McAllister? À quoi bon? Comme s'il devinait ses pensées, il prit les devants :

— Vous voulez un conseil, agent spécial Ventura, contentez-vous de faire votre boulot, mais faites-le bien, rigoureusement, et en faisant abstraction de votre passé avec Foster. Et de vos sentiments pour lui.

Elle n'apprécia pas particulièrement l'allusion finale.

— Et ça commence par lui mettre la main dessus, conclut McAllister. C'est votre priorité.

Il ajouta avec une nuance parfaitement dosée de menace.

— Et c'est aussi un ordre.

32

Foster avait plié et embarqué son laptop. Il était descendu au garage et avait démarré sa Jaguar qu'il avait engagée sur le PCH, le Pacific Coast Highway, l'autoroute qui longeait le Pacifique entre Malibu et Santa Monica, dans un crissement de pneus censé avertir les voitures qui arrivaient à pleine vitesse et qui lui répondirent par un coup de klaxon. C'était sa manière personnelle, un peu brutale mais terriblement efficace, de prendre sa place dans le trafic.

Son premier réflexe avait été de se rendre à Sherman Oaks, sur la scène de crime, avant même de rappeler Ventura que la panique avait effacée de son esprit.

Une femme chassait l'autre.

Pour la première fois, la vision d'un corps le fragilisait intérieurement. Il avait été bouleversé par la vue de la dépouille de Lisa, mais les images avaient créé un choc existentiel plus qu'émotionnel, et le sentiment que ce meurtre changeait sa vie avait pris le pas sur le traumatisme. Quant aux autres, toutes ces victimes qu'il avait observées minutieusement au cours de sa carrière, s'il ressentait leur douleur avec une acuité et une précision aiguës, c'était une sensation qui atteignait son cerveau, ses tripes parfois, mais jamais son cœur.

Sa véritable curiosité et son authentique empathie allaient aux tueurs. C'était son inavouable secret. Il n'y pouvait rien. Certains lecteurs avisés l'avaient senti dans ses premiers livres. Pas ceux où il attaquait le système, mais les deux ouvrages les plus personnels, le premier et le quatrième, où, d'abord à travers le meurtre de Lisa, puis, sous l'effet combiné de la notoriété et d'une volonté de provoquer plus directement, il explorait le cerveau de Patrick Hollmann. Mais son statut de victime avait étouffé ces critiques dans l'œuf et le succès avait fini par les faire oublier.

Par la suite il était parvenu à dissimuler son coupable attrait pour l'anomalie dans ses écrits.

Comme il le cachait à Ventura.

Nicholas l'avait compris en sortant de la prison de Francfort, seul dans la rue, après sa première visite au tueur de sa petite amie.

Il avait dû se l'avouer. Il aimait cet homme.

Cette révélation choquante lui était apparue avec stupeur sur le chemin du retour vers sa chambre minable de ce quartier en déshérence de Francfort.

Il aimait les parias. Les damnés. *Les démons*, comme l'aurait écrit Dostoïevski. Il le devait à sa mère, forcément, elle était l'un d'eux. Cette fraternité avec les maudits était son échappatoire à la médiocrité de la masse, qui, elle, était sa véritable terreur. Tous ces individus que la terre charriait, avec tout ce qu'ils portaient d'humainement

278

repoussant, de terrifiant, d'abject, étaient l'objet de son empathie.

Et Hollmann était le premier d'entre eux.

Cela n'avait rien à voir avec le sentiment amoureux, évidemment, rien de sexuel non plus, et, contrairement à ces deux formes de passion, la sienne, purement mentale, était sans limites. Rien ne l'arrêterait jamais. Le germe était en lui et aucun traitement ne pourrait l'en extraire. L'exécution de Patrick Hollmann n'y avait pas mis un terme, mais, au contraire, l'avait fait exploser en multiples projections, comme des métastases qui se retrouvaient en chacun des criminels qu'il avait croisés par la suite.

Qui étaient-ils pour commettre ces horreurs que l'on qualifiait stupidement d'inhumaines? Quelles souffrances éprouvaient-ils pour avoir besoin de faire souffrir? Pour trouver leur catharsis dans le crime?

Cette pensée le bouleversait et il n'y pouvait rien. Son cœur était de leur côté.

Sa raison, heureusement, lui permettait de rétablir l'équilibre moral qu'exigeait la société. La traque qu'il leur imposait corrigeait cette déviance. Mais quelque chose venait de changer. Profondément.

Avec Gina, pour la première fois, Foster pleurait et souffrait pour une victime. Il avait envie de crier. Il se sentait décomposé par sa mort. D'autant que, comme pour Lisa, il en était responsable.

C'était lui qui avait attiré l'Ombre sur elle.

Arrêté sur la voie médiane du PCH au volant de sa Jaguar, Foster attendait que le feu passe au vert pour tourner à gauche et s'engager sur Topanga Canyon qui rallie la vallée de San Fernando en coupant à travers les montagnes de Santa Monica.

Il se sentait oppressé entre le flot incessant des voitures arrivant en sens inverse, dont il percevait le souffle répété, et celui qui, sur sa droite, continuait vers Los Angeles.

Le sentiment d'oppression, en réalité, venait de l'intérieur.

Foster était le dernier à avoir vu Gina Bartoli vivante. Chez elle. Ses empreintes étaient partout dans son appartement, ainsi que son ADN. Ils avaient couché ensemble. Il avait joui. Il avait même fouillé son appartement. Jusque-là, elle était son ennemie qui se préparait à le détruire par la publication d'une série d'articles qui allaient, selon la rumeur, le mettre au supplice en dévoilant son imposture.

Comment prouverait-il qu'elle était consentante ?

Le Bureau le surveillait. Le Bureau le croyait coupable d'un crime de jeunesse qu'il n'avait pas commis. Ils allaient lui tomber dessus. Tout se cristallisait dans un sens qui l'accusait. Le crime de San Bernardino qui répliquait la mise à mort de Lisa. Le choix d'une victime dont l'origine était proche du lac Tahoe où il allait se ressourcer clandestinement. Puis maintenant Gina. Son ennemie.

Foster comprit qu'il était un coupable idéal. Il s'était fait piéger. Comme un con. Il avait l'impression d'être un cafard cherchant une issue qui n'existe pas.

L'Ombre savait exactement ce qu'elle faisait. L'Ombre le connaissait mieux que lui-même.

Le feu était vert et il ne démarrait pas. On klaxonnait derrière lui. Il appuya sur la pédale mais ne tourna pas sur Topanga. Il accéléra sèchement pour reprendre d'un coup sa route sur le PCH.

À Santa Monica, il prit la sortie est sur Wilshire Boulevard qu'il remonta en direction de Westwood. Il devait voir Banister. Lui saurait le guider. Il l'appela. L'avocat ne lui répondit pas. Foster ne laissa pas de message. Il lui fallait se poser, réfléchir. Il prit à gauche sur la 14e Rue et se gara sur le parking d'un supermarché Ralphs.

Il coupa le moteur. Non loin, une femme finissait de ranger ses courses dans le coffre de sa Chevrolet Malibu. Elle retourna vers l'entrée du supermarché pour remettre en place son caddie en laissant sa portière ouverte. Foster sortit de sa Jaguar et, s'approchant de la Malibu, vit que la conductrice avait laissé sa clé sur le contact. C'était le genre de bagnoles produites en masse dans les chaînes de Detroit et déversées par centaines de milliers dans les rues de Los Angeles. Il vérifia qu'il n'y avait pas un siège bébé à l'intérieur, monta, claqua la portière et mit le contact. Il ne savait pas ce qu'il faisait, où il allait. Il agissait poussé par son instinct de bête traquée qui lui intimait de disparaître. Il démarra et quitta le parking sans que la conductrice, occupée avec son caddie, l'ait remarqué. Le coffre était plein de courses alimentaires, au moins il aurait de quoi bouffer. Cela prendrait un peu de temps pour qu'ils repèrent sa Jaguar sur ce parking et comprennent que c'était son propriétaire qui s'était défilé dans la voiture de la cliente. On lâchait rarement une Jaguar pour voler une Chevy Malibu…

Sans en mesurer toutes les conséquences, il avait basculé du côté où l'animal traqué, désormais, c'était lui.

33

La perquisition de l'appartement de la journaliste n'avait encore rien donné. Son ordinateur avait été saisi pour expertise. Ventura avait pris contact avec Vice pour avoir accès à ses documents sauvegardés sur le cloud au cas où son article sur Foster, entre autres, n'était pas sur son disque dur.

Pour l'instant, elle n'avait pas obtenu de réponse de la part du site. Techniquement, tous les travaux de Bartoli appartenaient à Vice et il dépendait de leur bonne volonté de laisser les enquêteurs y avoir accès. S'ils essuyaient un refus, ils auraient besoin d'un mandat du procureur. Ce qui ne serait pas forcément suffisant et pouvait les engager dans une bataille judiciaire dont l'issue n'était certaine que d'une chose : elle serait lointaine. On n'était pas près de savoir par ce moyen ce qu'elle avait découvert. Sauf s'ils décidaient de publier l'article à titre posthume.

Ventura se dit qu'empêcher la publication ne pouvait pas être un mobile pour Foster. En tout cas si c'était lui le coupable. Ce qu'elle se refusait encore à croire en dépit de tous les indices qui pointaient dans sa direction.

Si c'était le cas, c'était une catastrophe personnelle. Un effondrement.

Ventura s'était longtemps interrogée sur ce qui avait poussé Foster à continuer à entretenir des rapports avec l'assassin de sa petite amie. Cela ne semblait pas troubler ses nombreux lecteurs. Et surtout ses nombreuses lectrices. Lorsque les gens vous faisaient crédit, ce crédit était illimité. Elle avait trouvé cela choquant. Même carrément écœurant. Du moins tant qu'elle ne connaissait pas Foster. Puis, comme elle se rapprochait de lui, son opinion s'était nuancée.

Qu'avait-elle appris en onze années de travail commun? Qu'il ne fallait surtout pas chercher à se lier affectivement avec lui. Qu'il était seul. Qu'il y avait au fond de lui quelque chose d'impénétrable, d'inaccessible. De cassé, peut-être.

C'était une impression assez courante chez les flics. Elle l'avait ressentie chez son père et, adolescente, ne savait pas à quoi attribuer cette distance entre eux. Les heures passées ensemble où il lui enseignait le surf étaient les seules où ils semblaient communiquer vraiment. Mais ce ne fut que quand elle eut décidé de devenir flic elle-même que l'obstacle, insensiblement, s'était effacé. Rien n'avait changé et tout avait changé. Soudain ils partageaient quelque chose de fondamental. Ils étaient tout simplement dans le même monde et ils se comprenaient.

Mais c'était chez Valdes qu'elle avait pu sentir ce retrait d'une façon plus marquante. L'agent spécial Valdes était devenu son mentor au Bureau et, s'il n'avait jamais été avare de conseils avec elle, elle n'avait jamais réussi à créer une véritable complicité avec lui. Elle connaissait les faiblesses de Valdes, c'était un euphémisme. Toutes les femmes de l'antenne du Bureau de Westwood aussi. Pourtant ce n'était pas cette tendance qui empêchait leur rapprochement, elle-même n'ayant jamais été l'objet de ses égarements, mais une distance inhérente à sa nature.

Foster et lui, en revanche, se comprenaient. Bien. Trop bien peut-être.

Peut-être devrait-elle aller parler à Valdes ? pensat-elle. Elle repoussa cette idée. Elle ne savait même pas où il vivait depuis son départ du Bureau. Elle n'avait jamais pris le temps de le revoir depuis son limogeage. Elle en ressentait une gêne, voire une légère honte vu la manière dont il avait été écarté.

Elle se souvint d'un échange qu'ils avaient eu ensemble au sujet de la relation de Foster avec Patrick Hollmann. Elle était au FBI depuis six mois quand, dans la foulée de l'affaire dite du sniper de Washington, Foster avait été recruté comme consultant par Valdes. Elle lui avait fait part de son trouble et avait compris immédiatement qu'elle avait perdu du crédit auprès de celui qui l'avait suivie dans son intégration. Valdes se contenta de lui dire que, si elle cherchait à fréquenter des enfants de chœur, ce n'était pas le lieu où les chercher. Elle avait trouvé sa réponse déplacée et inutilement agressive mais, bien entendu, n'en avait rien dit. Il avait néanmoins compris qu'il lui devait une explication plus élaborée.

Le lendemain, alors qu'ils déjeunaient, il s'était mis à parler spontanément.

— Certains individus sont différents. On ne peut pas les appréhender avec les mêmes critères que le reste de la population. Il y a des types qui ont quelque chose en plus… Pour certains, ce sera jouer au base-ball, dribbler au basket, jouer du piano…

Elle l'écoutait en se disant que c'était mal parti. Si le talent justifiait tout, alors où était la morale ?

— Et pour d'autres, c'est la traque du crime.

— Et tout leur est permis ?

— Non, mais il faut considérer leur part maudite comme un élément structurant de leur personnalité. Et surtout de leur génie.

— Leur part maudite ?

— Le prix à payer, si tu préfères. On paie tous un prix, mais il est plus ou moins élevé en fonction de notre talent. Et quand ce talent devient une passion, alors le prix peut être très élevé. Surtout si on touche au mal.

— Et tout ce qu'on commet au nom de ce talent est excusable ? Comme courir 143 yards par match ?

Elle faisait allusion à un record toujours détenu par OJ Simpson qui avait couru en moyenne 143,1 yards avec le ballon par match de la saison de football 1973.

— Non, évidemment. Il faut que ça reste dans le cadre de la loi. Mais…

Il s'interrompit, mastiqua pendant quelques secondes, but une gorgée de bière, puis ajouta :

— … mais c'est notre rôle de les y maintenir.

Rien de ce qu'avait fait Foster avec Hollmann n'était illégal. Il l'avait accompagné jusqu'à la mort. Ce n'était pas un crime. Mais était-ce pour autant moral ? Elle n'avait pas envie de lancer ce débat. Et puis, leur déjeuner touchait à sa fin.

— Peut-être même qu'un type comme Hollmann aurait fait un flic hors normes. Mais bien sûr, pour lui, c'était un peu tard, dit Valdes en souriant.

Il conclut en disant que c'était la faillite du système de l'avoir laissé à lui-même à l'âge où on pouvait encore faire quelque chose pour lui.

— Nul ne peut être son propre Dieu, avait-il dit. Sinon, ça se saurait.

Ils avaient fini leur repas en silence. L'explication n'avait pas totalement convaincu Ventura. Elle l'avait au contraire laissée plutôt sceptique, même si elle avait été intriguée par la réflexion de Valdes. Lui-même savait de quoi il parlait. Il avait été membre d'un gang avant d'être récupéré par le système judiciaire. Peut-être même qu'il parlait pour lui autant que pour Foster.

Mais Ventura trouvait qu'il allait trop loin. Sa jeunesse et l'intégrité qui allait avec son âge résistaient à ce genre de thèse. Sa rencontre en chair et en os avec Foster, plus tard, avait tout changé. Ventura avait compris à son tour que cette part maudite, comme l'appelait Valdes, était ce qui faisait de lui un être à part. La proximité avec le mal était peut-être le prix à payer, mais elle lui donnait cette attractivité inexplicable et incontournable.

Il avait fallu cette nuit dans le motel de Bishop pour qu'elle surmonte ce sentiment et passe à autre chose. À une coopération pure et simple, mais qui avait une importance capitale pour elle. Elle était passée outre son jugement moral de jeunesse sur Foster et, aujourd'hui, elle se demandait si ce n'était pas cela qu'elle payait à son tour. Sa part maudite à elle. Aurait-elle pu côtoyer un tueur ?

Ventura savait que n'importe qui pouvait, dans un moment particulier, commettre un crime. Mais la mort de Gina Bartoli n'était pas le fait d'un geste instinctif, il s'agissait d'un crime ritualisé. Pensé. Prévu. Il ne pouvait pas en être autrement. Certes, le rituel pouvait déguiser le véritable mobile, mais il participait d'un tel sang-froid qu'il faisait de son auteur, sans équivoque, un psychopathe endurci, expérimenté, récidiviste.

Dans la catégorie des Hollmann.

34

Tamms, Illinois. 21 avril 1998

Aux premières loges… Nicholas Foster venait de prendre place dans une des deux pièces qui jouxtaient la salle d'exécution de la prison de Tamms, oblongue, vitrée sur deux côtés, parfaite pour choisir son point de vue sur l'action.

Il avait été conduit dans celle réservée aux proches du condamné. C'était une spécificité de Tamms dont le but était de séparer les familles des victimes, des témoins et des membres du système judiciaire dans deux salles avec des entrées distinctes et, de la sorte, éviter que ces groupes se rencontrent. Les proches du condamné étaient ainsi tenus à l'écart des familles des victimes et placés avec les «officiels» dont ils étaient toutefois isolés en étant relégués dans un coin de la salle qui avait l'atout d'être tout près de la vitre donnant sur la chambre d'exécution.

Là où se trouvait assis Nicholas Foster…

Assister à une exécution capitale nécessitait d'en avoir fait la demande administrative au moins un mois auparavant. Il fallait justifier d'une relation

289

de proximité suffisante avec le condamné ou l'une de ses victimes pour que votre requête soit acceptée «dans la limite des places disponibles», comme il était précisé dans le formulaire. Cela donnait le temps à l'administration pénitentiaire de l'Illinois de répartir chacun en fonction de son appartenance. Mais surtout de vérifier chaque demande et de s'assurer qu'elle n'entrait dans aucune des trois catégories les plus redoutées : les admiratrices, les fous furieux et, pire que tout, les journalistes. Cette dernière étant particulièrement honnie compte tenu de la terrible réputation de Tamms dès son ouverture et du nombre d'articles de presse qui relevaient les divers abus et, quelques années plus tard, lui donneraient le surnom de «Guantánamo du Midwest».

Pour tenter de corriger le tir, la prison s'était équipée d'une salle d'exécution qui bénéficiait d'une installation dernier cri en remplaçant la barbare chaise électrique par l'injection létale censée, comme chacun le savait, rendre l'exécution «plus humaine». Quelle rigolade... pensait Foster.

Le Centre de détention de haute sécurité de Tamms avait été délibérément construit sans cour en plein air, sans cafétéria, sans salle de sport ni bibliothèque, pour maintenir les prisonniers dans l'isolement le plus strict afin de briser les irréductibles. À son ouverture, ses détenus qui comptaient parmi les prisonniers les plus difficiles avaient été transférés depuis d'autres centres de détention de l'Illinois pour un an maximum d'un traitement de choc censé avoir raison de leurs résistances. Dans la pratique, ils y restèrent jusqu'à la fin de leur peine pour certains, jusqu'à leur mort naturelle pour d'autres.

Ou encore jusqu'à leur exécution, comme pour Andrew Kokoraleis, un tueur en série accusé de dix-huit meurtres, viols et actes de torture, le 17 mars 1998, et Patrick Hollmann, le 21 avril de la même année, les deux seuls condamnés à être exécutés dans ce nouveau centre malgré ses installations modernes. Un véritable gâchis…

Patrick Hollmann avait été incarcéré à Tamms le 16 février 1996, quelques jours après son procès. Il y occupa d'abord la cellule 236B, au deuxième étage sur la coursive métallique entourant l'espace central, sorte de patio intérieur fermé qui constituait le seul lieu de réunion de tout le centre. La porte de la cellule était grillagée et le privait de toute intimité sonore.

Hollmann ne souffrait pas de l'isolement total, mais ironiquement du manque d'isolement, le bruit constant l'empêchant de prier. D'autant qu'on lui avait retiré sa croix et son chapelet qui auraient pu servir d'autres desseins, comme son suicide. Il fit une demande de changement et, après huit mois, fut transféré dans le bâtiment nord où, enfin, sa cellule, 467H, était équipée d'une porte métallique pleine qui lui permettait d'avoir un peu de silence. Un peu de lumière naturelle aussi, qui lui parvenait par une ouverture proche du plafond et donnait la sensation du passage des jours et des nuits sans lequel vous deveniez fou…

Il attendait patiemment son exécution sans chercher à la retarder, contrairement à tous les autres condamnés à mort dont les avocats utilisaient les recours juridiques les plus subtils pour repousser l'échéance. Pas question de faire durer le plaisir, avait prévenu Hollmann en rencontrant son avocat commis d'office lors de son arrivée sur le sol américain. En revanche, il tenait absolument à échanger avec des femmes et, dès son extradition, lui avait demandé de passer au plus vite des annonces qui le mettraient en contact avec des volontaires pour entamer une correspondance.

Et plus si affinités…

Le temps pressait alors qu'il était encore en détention provisoire dans la prison du Wisconsin, Adams County Jail, où il avait été incarcéré en attendant son procès. Il savait que, dès le verdict prononcé, il serait transféré dans un centre de très haute sécurité où toute relation sexuelle serait impossible. Du moins avec une personne de l'extérieur…

Les lettres arrivèrent en masse.

Cela ne le surprit pas vraiment mais tombait bien. Il avait pu correspondre avec quelques inconnues, des religieuses, des veuves, des putes, des femmes désœuvrées qui promettaient de venir le voir, mais c'est avec une figure de son passé, Amy Ribak, qu'il mit à exécution son projet de laisser une trace humaine. Il avait été parfaitement clair avec elle sur ce qu'il recherchait et elle l'avait accepté. Ils s'étaient mariés dès qu'elle avait eu connaissance de sa grossesse. Il tenait à ce que son enfant portât son nom.

Deux mois plus tard, le 13 février 1996, Hollmann était condamné à mort et, trois jours après, envoyé à Tamms.

Ouf, il avait eu chaud.

Foster avait rencontré Amy Hollmann lors de l'exécution de Patrick où, chose quelque peu excentrique, elle avait amené leur fils.

L'enfant, prénommé Ivan, comme Karamazov, qui approchait les deux ans, n'avait évidemment pas été autorisé à assister à l'exécution de son père, ce qui pouvait se comprendre. Il était resté dans une salle voisine, en compagnie d'une infirmière, sans savoir qu'une injection létale était en train de mettre fin à l'existence de son géniteur.

Originaire du Wisconsin, Amy avait connu Patrick Hollmann jeune, avant qu'il soit ordonné prêtre et, déjà fascinée par son charisme, ne se sentait pas de taille pour se poser alors en rivale de Dieu dans son cœur. Évidemment, apprendre ses crimes l'avait dévastée, mais aussi culpabilisée. Elle s'était dit qu'elle aurait pu faire quelque chose pour lui éviter de devenir ce criminel. Porter son enfant et se marier avec lui avait été sa manière de lui rendre l'amour qu'elle n'avait pas osé lui offrir dans sa jeunesse.

Comme le disait Hollmann, il y avait toujours une femme.

L'autre femme de la vie de Patrick Hollmann, sa sœur, Rose, était la seule représentante de sa famille biologique et, de façon inattendue, elle avait été placée à sa demande du côté des victimes. Grâce à l'attention des siens, elle s'était constitué de solides fondations mentales qui lui avaient permis de s'accepter et, plus tard, de se marier et donner naissance à deux enfants. Hollmann regrettait qu'elle n'ait pas compris son dilemme, mais chacun devait suivre le chemin qui lui était propre, se consolait-il.

À côté d'elle se trouvaient une douzaine de personnes. Des familiers des victimes venus accomplir un devoir. Aucun d'eux ne savait qui était Rose, chacun était dans sa bulle.

Foster était resté assis à côté d'Amy dès l'entrée d'Hollmann dans la chambre d'exécution et jusqu'à son dernier souffle. Le processus avait duré un peu plus d'une heure. C'était la première fois qu'il lui était donné d'assister à ce spectacle. C'était une véritable cérémonie. Une messe dont les acteurs devaient ressortir, comme après un office religieux, régénérés. Purifiés.

Tous sauf le principal d'entre eux, bien sûr...

On fit s'allonger Hollmann sur la table médicale. Ses membres supérieurs étaient plaqués le long de son corps, liés à une partie articulée du plateau qui, sur commande, s'écarta pour lui placer les bras en croix. Preuve qu'on agissait sous le commandement solennel de Dieu. C'était une crucifixion.

Au moment où le cocktail fatal lui fut injecté, il sembla à Foster que Patrick Hollmann esquissait un vague sourire vers Amy. Ou peut-être vers lui-même...

Après l'exécution, Foster et Amy étaient allés déjeuner dans un *diner* le long de la route 127, Tom's

Place. Ils avaient peu mangé, peu parlé, mais savoir qu'ils existaient était rassurant pour l'un et l'autre. Amy lui dit qu'elle avait quelque chose pour lui. Une boîte en carton sur laquelle il était écrit : « Pour Nicholas. Patrick. »

— Patrick me l'a donnée lors de notre dernière rencontre.

Il l'ouvrit. Elle contenait un livre. C'était un exemplaire ancien de *L'Idiot* aux coins racornis.

— C'était le livre qu'il lisait avant de partir en Indonésie, dit Amy.

Hollmann avait noté une petite dédicace sur la page de garde : « L'erreur est une étape sur le chemin vers la vérité. Adieu. Patrick. »

Il avait rajouté un peu plus bas : « N'oublie jamais notre pacte. »

L'exécution d'Hollmann aurait dû être suivie par celle d'Arnold Dennis, le membre d'un gang du West Side de Chicago, les Black Kings, coupable d'un triple meurtre, mais qui fut délocalisée dans une autre prison de l'État. Puis, quelques semaines plus tard, par celle d'Anthony Porter, condamné à la peine capitale pour un double meurtre d'adolescents à Chicago, mais dont la peine fut commuée en prison à vie cinquante heures avant son exécution. Même chose pour le voisin de cellule d'Hollmann, Harold Netter, dont la mise à mort était normalement prévue pour janvier 1999.

Plus aucune exécution n'eut lieu à Tamms après celle de Patrick Hollmann.

La prison elle-même venait de fermer l'année dernière, le 4 janvier 2013, quinze ans seulement après son ouverture, à la suite d'une campagne soutenue de familles de prisonniers, d'activistes et de militants pour les droits de l'homme. Après, surtout, qu'un juge de la Cour suprême de l'Illinois eut établi que le CMAX ultramoderne de Tamms violait allègrement les droits fondamentaux des prisonniers.

35

Nicholas Foster s'était réveillé dans un nouveau monde. Un monde où sa maison de Malibu s'était transformée en une Chevy Malibu garée dans une ruelle de Venice Beach et sur la banquette arrière de laquelle il avait réussi à dormir quelques heures.

Son sommeil avait été entrecoupé mais pas aussi agité qu'il l'aurait pensé. Il était parvenu à faire le vide et s'abstraire du stress de sa fuite qui avait été le résultat d'une décision fulgurante. En quelques secondes, il avait évalué les risques et considéré que le danger était plus grand à se laisser piéger qu'à prendre le large. Il savait que le moment n'était pas propice à la réflexion. Sous l'influence de l'adrénaline son cerveau n'était pas en mesure d'analyser clairement la situation. Trop de paramètres. Trop d'inconnues. Trop de sous-équations. Il devait ramener son esprit à un fonctionnement plus normal et cela prendrait plusieurs heures, peut-être plusieurs jours, avant qu'il y voie plus clair.

D'abord se concentrer sur sa fuite, l'enquête suivrait.

Foster savait par expérience que le premier réflexe d'un fugitif ordinaire consistait à s'éloigner de ses lieux habituels. C'était comme ça que les types se faisaient prendre. Ils se retrouvaient dans un milieu inconnu où ils se croyaient en sécurité, ils baissaient inévitablement la garde et le hasard faisait qu'il y avait toujours un flic pour les reconnaître. Au contraire, il décida de s'installer dans une sorte de «zone tampon», ni trop proche ni trop loin de ses habitudes. Trop loin pour qu'on l'y reconnaisse, trop proche pour qu'on l'y recherche activement.

Il choisit de se fondre dans les ruelles de Venice Beach où un type mal rasé qui dormait dans sa voiture ne choquait personne. Avant de devoir trouver un endroit plus sûr où se poser. Il pouvait s'appuyer sur un compte en banque dont pas même Banister ne connaissait l'existence, aux ressources certes pas inépuisables, quelques dizaines de milliers de dollars, mais qui lui permettrait de tenir plusieurs semaines. Le fonds d'études mis en place par son père allait enfin lui servir.

Merci, papa, d'avoir voulu te racheter de t'être barré comme un lâche.

Après avoir été une victime, un suspect, l'ennemi du système, puis un enquêteur star, voilà qu'il était un fugitif. Il ne manquait plus que ça à son palmarès. Il allait s'en sortir. Il en était convaincu. Pour cela, il lui faudrait trouver une alliée. Ensuite seulement, il passerait à l'action. Son plan était clair. Tout d'abord, laisser passer l'orage, puis changer suffisamment son apparence physique, pour enfin, quand il se sentirait assez en sécurité, aller débusquer le meurtrier de Gina et prouver son innocence.

C'était, de toute évidence, le même tueur que celui de Myriam Lehren.

L'Ombre.

La seule inconnue qui demeurait était l'attitude qu'adopterait Ventura. De quel côté pencherait-elle ? Il savait qu'elle allait subir une sacrée pression. Mais il aurait eu grand besoin de son aide. Une alliée pour assurer ses arrières, c'était leur méthode. C'était ainsi qu'il pouvait prendre des risques en laissant dériver sa pensée jusqu'à ce qu'elle se cristallise sur l'idée, la rupture dans la pensée logique qui leur permettait généralement de résoudre l'affaire. Il n'avait pas à s'embarrasser du rationnel, il savait qu'elle était là pour ça. Et elle excellait dans ce domaine. Lui n'avait plus qu'à concentrer sa réflexion sur le seul aspect qui comptait pour lui, la poétique du crime.

Sans elle, il serait forcément limité. Quant à l'avoir contre lui, ce serait un défi et une catastrophe. L'un parce qu'elle était certainement la personne le plus capable d'anticiper ses faits et gestes. Jusqu'à quel point, il l'ignorait, mais ça restait une menace. L'autre parce qu'il avait appris à l'apprécier. Il l'avait vue débarquer, au commencement sous la coupe de Valdes, et l'avait un peu rapidement considérée comme une de ces nouvelles recrues féminines qui, purs produits d'une bureaucratie décérébrée, abondaient dans les services au nom d'un principe d'égalité, certes respectable, mais dont il n'avait personnellement aucune envie de s'embarrasser.

Il avait dû réviser précocement son point de vue.

Bien sûr, il avait été séduit par son physique de *Californian girl*, comme le louaient les Beach Boys, sa silhouette svelte de surfeuse, ses cheveux blonds qu'elle portait courts, ses yeux verts qui se fixaient sur vous sans que l'on puisse déterminer le point précis depuis lequel elle vous regardait.

Elle le jugeait, il le savait. Mais il avait deviné que son jugement n'était qu'une fine croûte de moralité qui ne demandait qu'à se briser et révéler sa véritable substance.

En dessous, elle se battait avec ses démons.

Ils n'étaient pas de la même nature que les siens, ils n'avaient pas eu la même enfance, le même passé, et ne portaient pas les mêmes cicatrices. Mais celles de Ventura, quoique moins profondes, parce qu'elle était plus jeune, étaient plus vives. Plus fraîches. Et certainement plus enflammées.

Elle était la fille d'un banni. Et, malgré cela, elle avait choisi de suivre la même voie que son père. Chaque jour lui rappellerait sa déchéance. Chaque instant passé à faire le boulot qui l'avait détruit maintenait la blessure ouverte. Mais, au contraire de la majorité, elle ne cherchait pas à la fuir. Elle avait choisi d'aller au-devant de la débâcle, espérant sans le savoir y trouver sa renaissance.

Pour Foster, cela la plaçait, elle aussi, parmi les paumés. Les errants. Ceux qui avaient sa sympathie.

La fine surface se brisa dans un minable motel de Bishop. Il avait juste voulu lui montrer qu'il l'avait démasquée. Mise à nu. Qu'ils étaient faits de la même chair.

À partir de là, ils pouvaient se regarder les yeux dans les yeux.

36

Michelle Ventura n'aurait jamais imaginé que ses premiers pas dans la maison de Nicholas Foster se feraient avec un mandat de perquisition. Elle avait exigé qu'on ne touche à rien d'ici à son arrivée. Elle voulait que son premier regard sur cette part d'intimité soit aussi révélateur que possible.

Elle ne fut pas déçue.

Elle voyait en Foster un jouisseur, un hédoniste pour qui rien n'était trop beau, trop raffiné, trop précieux. Il devait se dire qu'il le méritait. Il s'était sorti de l'obscurité pour éclairer son destin, devenir par miracle ce héros, comme ces statues aux muscles et aux veines saillants que seul un sculpteur visionnaire pouvait faire surgir de la masse inerte de la pierre. Il était son propre sculpteur. Le créateur de sa vie. À ses yeux de surfeuse, il vivait sur la crête de la vague.

En découvrant l'intérieur de la maison de Malibu, elle comprit son erreur.

Un nom lui vint à l'esprit : Will H. Mitchell. Le kidnappeur de la petite Jody qu'ils avaient traqué jusque dans la cavité qu'il avait creusée sous la maison de sa mère… Elle ne comparait pas une maison de deux cent cinquante mètres carrés sur trois niveaux avec ce tunnel ténébreux et malsain, mais l'impression de néant qui s'en dégageait fit remonter le souvenir de cet homme dont Foster lui-même disait qu'il « n'existait pas ».

Nicholas Foster habitait sa maison à Malibu comme le kidnappeur de la petite Jody à Lone Pine, dans une réclusion solitaire, recherchée et maladive. S'il était un jouisseur, il pratiquait une jouissance obscure. Une jouissance de l'ombre.

Elle avait garé sa voiture le long du PCH, sur la bande d'arrêt d'urgence, en face de la lignée de véhicules du LAPD qui occupait tout l'espace devant la maison, et avait traversé les voies en courant après avoir attendu plus de trois minutes que la circulation lui en laisse l'occasion.

Depuis la route, elle fut étonnée de découvrir que la maison de Foster était plus basse que celles qui l'entouraient. Dans un pays où tout se mesurait à la taille, elle ne s'attendait pas à ce qu'il fasse preuve d'une telle modestie. Mais, en progressant dans l'allée, elle se rendit compte que la construction sur pilotis avançait plus que les autres sur la plage, se protégeant ainsi de toute promiscuité avec ses voisines.

Tout s'expliquait. La terrasse était totalement isolée face à l'océan et on s'y sentait seul au monde.

Elle entra par la porte latérale qui donnait accès au garage.

La maison, dont l'ouverture avait eu lieu quelques heures plus tôt, était l'objet d'une perquisition et

Foster d'un mandat de recherche sous le statut de « *Person of Interest* ». Ventura avait dû attendre que les relevés scientifiques soient effectués pour avoir accès aux lieux. Elle fut accueillie par le lieutenant Lassalle à qui elle avait choisi de déléguer les actes d'investigation, bien qu'il s'agît maintenant d'une enquête fédérale, plutôt qu'aux équipes du Bureau.

McAllister apprécierait. Elle était contente de le faire chier. *Les petits plaisirs de la vie...*

Lassalle l'attendait au premier étage. Ils rejoignirent la sergent Carrillo du bureau du shérif de Malibu qui, conformément à la procédure, avait sécurisé les lieux dès que le mandat de perquisition avait été émis. Tout était question de territoire... Ventura tenait absolument à appréhender l'espace tel que Foster l'organisait, c'est pourquoi elle lui avait demandé de ne rien soustraire à la scène jusqu'à son arrivée. Sofia Carrillo connaissait Foster qui, au même titre que d'autres célébrités, était un membre éminent de la communauté de Malibu. Sa générosité pour le fonds Malibu/Lost Hills Sheriff's Foundation (MLHSF), la fondation liée au bureau du shérif, depuis sa création en 2010, l'avait fait citoyen d'honneur de la ville et Carrillo avait eu l'occasion de le croiser à plusieurs reprises lors d'événements dont elle était partie prenante.

Ventura lui demanda la plus grande discrétion. C'était crucial car le Bureau ne pouvait pas se permettre d'impliquer un de ses collaborateurs en tant que suspect. Officiellement, Foster avait disparu à la suite de l'homicide de Gina Bartoli. Il était peut-être une seconde victime. Combien de temps cette histoire tiendrait, on verrait bien. En attendant, il fallait aller vite.

Carrillo comprit parfaitement les motifs de cette discrétion. Elle avait déjà fait ses preuves en la matière, dit-elle, lorsque la maison de Foster avait été l'objet d'un cambriolage.

— Quel cambriolage? demanda Ventura qui n'avait aucune connaissance de cette histoire.

— Une effraction en l'absence de M. Foster.

— Quand?

— C'était début octobre 2008, répondit Carrillo qui s'en souvenait très bien, car elle était enceinte de son second fils, Louie, un gros bébé joufflu dont elle montra la photo à Ventura.

— Qu'est-ce qui s'était passé exactement?

— Un type s'était introduit dans la maison, une espèce de dingue dont on n'a jamais véritablement retrouvé la trace.

— Qu'est-ce qu'il voulait? Il a volé quelque chose?

On n'avait jamais vraiment su. Foster avait retiré sa plainte un mois plus tard et tout s'était arrêté. La sergent du bureau du shérif de Malibu se souvenait que l'intrus lui avait piqué un livre. La belle affaire… Un dingue de plus. Foster avait renforcé les systèmes de sécurité de la maison et ce genre d'intrusion ne s'était plus jamais reproduit.

Affaire classée dont il n'avait pas voulu qu'elle soit connue. Y compris de Ventura elle-même. Hmm…

Elle commença l'inspection des lieux.

Les pièces du premier niveau, à part une grande table ovale flanquée de chaises, ne contenaient aucun meuble. Ni commode. Ni armoire. Ni objet décoratif. Les rangements étaient tous intégrés dans les murs dont la cuisine occupait un pan entier. À l'exception d'un bar entouré de tabourets fixés au sol, tous les appareils étaient camouflés derrière des panneaux amovibles, ne laissant à contempler que le vide.

Ventura monta à l'étage du dessus qui était entièrement dédié à la chambre avec une salle de bains ouverte, sans porte, qui occupait un tiers de l'espace et dont une cloison servait à adosser le lit.

Dans un dressing, costumes, vestes, chemises étaient alignés comme dans une boutique de luxe.

Un escalier menait au dernier étage sous le toit divisé en deux parties : la plus petite, à l'avant, face au balcon surplombant l'océan, était consacrée à un bureau. La partie arrière était cloisonnée et servait d'espace de stockage professionnel. En poussant sa porte, Ventura eut l'impression de pénétrer dans le cerveau de Nicholas Foster. Tout semblait infiniment ordonné. Minutieusement rangé. Étiqueté. Classé. Des cas. Des crimes. Des tueurs. Par dizaines. Par centaines. On se serait cru aux archives de la police. Et, en même temps, dans un véritable labyrinthe car la méthode de classement des dossiers ne correspondait à aucune logique temporelle, alphabétique ou encore thématique. Tout était organisé selon un ordre secret dont seul Foster maîtrisait la logique.

Oppressée, Ventura sortit de la salle pour revenir dans la partie qui ouvrait sur le balcon.

Seul le bureau d'une grande marque en cuir luxueux, large mais de forme effilée et légèrement incurvée, échappait au dépouillement général : il était encombré de carnets, de feuillets, de post-it... Mais assez peu, finalement, si l'on tenait compte de tout ce qu'il fallait intégrer dans l'écriture d'un livre, du nombre d'idées que Foster devait brasser, confronter, explorer. Même les enquêteurs, lorsqu'ils bossaient sur un cas, avaient besoin d'en étaler les éléments devant eux pour réfléchir, émettre des hypothèses, trouver des connexions...

Pas Foster. Tout, ou presque, se passait dans sa tête.

Ventura parcourut les quelques notes qu'il avait prises dans ses carnets. Rien sur le meurtre de San Bernardino. Elle découvrit en revanche une liste de noms qu'elle reconnut aussitôt, qui correspondaient à des affaires criminelles sur lesquelles ils avaient travaillé ensemble. De mémoire, toutes étaient des *cold cases*. Des affaires non résolues. Il faudrait vérifier.

D'autres notes ressemblaient à un plan de livre. Des titres de chapitres. Une conclusion : catharsis. Il avait griffonné quelques mots : l'homme sans visage... L'ombre... Jack... Puis le mot «Ombre» suivi d'un point d'interrogation. L'Ombre?

Foster avait-il commencé des recherches? Une enquête? Préparait-il en secret un nouveau livre sur ces *cold cases*? Était-il sur la trace d'un tueur qu'ils auraient laissé filer? Cette traque pouvait-elle avoir un rapport avec leur affaire?

La figure de l'homme sans visage qui hantait la pensée de Ventura correspondait bien à la psychologie d'un assassin multi-récidiviste capable de passer à travers les mailles du filet. Une figure que Foster, dans une approche romantique, voyait peut-être comme une ombre surgie de son passé pour se venger et le détruire. Un danger mortel qu'il aurait créé et qui lui faisait payer son existence.

Foster traquait-il sa Némésis?

Ventura se souvint d'une petite phrase qu'il lui avait lâchée lors d'une de leurs premières affaires ensemble, après qu'elle l'avait questionné sur ses motivations, une de ses réponses sibyllines qui avaient fait de lui ce personnage nébuleux qui la fascinait :

« On poursuit tous une ombre. »

37

Rome, Italie. 14 novembre 1998

Quatorze années presque jour pour jour après que Patrick Hollmann eut posé le pied en Indonésie, Nicholas Foster avait refait, étape par étape, le voyage depuis le Wisconsin, jusqu'à sa destination finale, l'église de Bantaeng. Cela faisait sept mois que le tueur en série avait été effacé de la surface de la terre, mais son existence hantait encore Foster qui s'était engagé dans des recherches pour son quatrième livre, intitulé *Portrait du tueur en artiste*, qu'il avait accepté de consacrer à son ancien mentor.

La première de ces étapes était la Ville éternelle. Rome.

Pour Foster, c'était aussi un retour sur ses propres pas. Un pèlerinage. Un voyage dans le temps. Il avait quitté Rome quelques semaines avant l'extradition d'Hollmann, une fois qu'il lui en eût communiqué la date. Il n'avait plus rien à faire là. La page était tournée, le chapitre terminé. Il avait pris un vol pour Chicago où il avait séjourné plusieurs semaines, suivant l'affaire du Preacher Killer «le Prêcheur assassin », comme elle était appelée dans les médias, les journaux, et les débats des talk-shows radiophoniques… Il s'était installé dans un misérable hôtel sans nom, payable à la semaine, sur Wells Street, au nord de la Chicago River. Deux pancartes sur la porte d'entrée affichaient « *No women allowed*[1] » et « *We love allied soldiers*[2] ». Situé à quelques blocs seulement de Michigan Avenue et ses boutiques, le quartier était une sorte de no man's land entre la Gold Coast et la bordure périphérique du centre-ville chaotique et dangereuse. L'hôtel était tenu par un type bedonnant à l'haleine fétide du nom de Jeff qui lui répéta la règle à deux reprises : *No women allowed*. Compris ? *No. Women. Allowed.* C'était bon, il avait compris… Pour cinquante dollars par semaine, il jouissait d'une chambre avec barreaux aux fenêtres et d'un accès illimité à la salle de télévision qui, par les figures qui l'occupaient à longueur de journée, rappelait furieusement l'ambiance du film *Vol au-dessus d'un nid de coucou*. Ces silhouettes voûtées, immobiles, abattues, ces visages cassés, émaciés, martyrisés, ces sourires édentés, ces regards éteints lui firent l'effet d'un avertissement : ils préfiguraient ce qui l'attendait s'il ne réagissait pas.

Le cloaque.

L'assassin de Lisa l'avait entraîné dans sa chute. Il lui avait aussi donné les moyens de s'en arracher. Ce fut dans ce sentiment d'urgence et de peur qu'il

---

1. « Pas de femme autorisée. »
2. « Nous aimons les soldats alliés. »

suivit l'injonction de Patrick Hollmann et se mit pour de bon à l'écriture de *Lisa, 22 ans*. Tout sortit en trois semaines en un seul jet, comme si son être vomissait les mots. Trois semaines avec pour seuls compagnons ses souvenirs glaçants et, pour le guider, l'exemplaire usé, lu et relu, du roman favori de Patrick Hollmann *Crime et Châtiment*. En salle d'attente, pensait-il. Une salle d'attente qui puait la crasse et la déchéance, mais dans laquelle, pendant trois semaines, il s'était senti comme en apesanteur.

« Au purgatoire », aurait dit Hollmann...

La même sensation d'apesanteur s'était emparée de lui à son arrivée à Rome, comme s'il évoluait dans un espace virtuel situé entre le présent dans lequel il n'était pas vraiment et le passé qui, lui, n'était plus. Quatorze années pour Hollmann, quatre pour lui. Deux voyages fondateurs distants d'une décennie. Il était arrivé à Fiumicino l'estomac serré par l'angoisse de se retrouver confronté à ce passé et s'interrogeait : avait-il fait le voyage pour en savoir plus sur Hollmann ou sur lui ?

Les deux, sans doute.

Durant les jours précédant son départ, Nicholas avait pris contact avec la famille de Patrick Hollmann. Ses parents qui vivaient toujours dans le Wisconsin n'avaient pas souhaité le rencontrer. Sa sœur, contre toute attente, avait répondu à son invitation après qu'il lui eut expliqué dans une longue lettre son projet littéraire. Ce qu'elle avait auparavant refusé quand Nicholas, de retour d'Italie, l'avait approchée. Trois livres plus tard, la célébrité changeait tout et elle n'avait pas hésité, malgré ses difficultés à se mouvoir à cause de sa malformation du bassin et de l'obésité conséquente qui en résultait, à venir l'accueillir à l'aéroport de Milwaukee.

Ils s'étaient croisés lors de l'exécution de Patrick et elle lui dit avoir regretté de n'avoir pas eu, comme lui, le courage de s'installer du côté des proches. Elle n'avait pas osé non plus lui parler, dit-elle, pensant qu'il lui en voulait de l'avoir éconduit lorsqu'il n'était « que » le petit ami d'une des victimes de son frère.

— Si je devais rencontrer tous les proches, on n'en finirait plus, lui dit-elle dans un rire nerveux.

Foster sourit. Elle faisait preuve d'une distance qu'il n'avait pas anticipée. Peut-être était-elle plus fun qu'il n'y paraissait. Alors qu'il n'avait que quelques questions à lui poser, elle tint à l'emmener sur les lieux de jeunesse de son frère. La maison où ils avaient grandi. L'école où Patrick avait reçu, en même temps que ses cours d'anglais, ses premières notions de religion, assisté à ses premières messes... Le lycée où il avait rencontré Amy. Puis la paroisse où il avait été prêtre, dans la petite ville de Johnson Creek, Wisconsin. Avant de partir en mission en Indonésie.

Elle voulait lui montrer à quel point Patrick avait eu une jeunesse normale. Elle lui demanda s'il projetait de rencontrer les enquêteurs qui avaient suivi ses crimes. Foster rétorqua qu'il n'en avait pas besoin. Il en savait déjà assez et son sujet était Patrick. Pas ses victimes. La réponse sembla la surprendre.

— Vous ne voulez pas savoir pourquoi il les a tuées ?

Il ne dit pas qu'il savait. Il se contenta de hausser les épaules dans un geste d'évidence qui signifiait qu'on ne le saurait jamais vraiment, mais que ce n'était pas son problème.

— Il y a bien une raison, dit-elle. Il y a forcément une raison.

Devant son air perdu, il comprit le véritable motif pour lequel elle avait accepté de le rencontrer, elle espérait qu'il allait trouver le déclencheur du basculement criminel de Patrick. La cause. *Comme s'il y avait une cause…* Cette pauvre fille était touchante, mais complètement à côté de la plaque. Elle n'avait rien compris à son frère. Elle prit congé dès qu'elle eut saisi qu'ils n'étaient pas sur la même longueur d'onde. Il la regarda partir d'un pas pesant et claudicant. Sa démarche lui fit l'effet d'une lente agonie.

Il repensait à elle sur l'autoroute entre Fiumicino et le centre historique de Rome. Comment un frère et une sœur pouvaient-ils être si différents ?

Le taxi le déposa devant l'Hôtel de Ville. Il avait réservé une suite avec une terrasse qui surplombait les escaliers de la piazza di Spagna et, en se penchant légèrement, il bénéficiait d'une vue plongeante sur les montées et les descentes de la via Sistina où, au loin, se laissait apercevoir l'hôtel Sistina.

Albergo Sistina. L'évocation lui arracha un sourire…

Dès le lendemain, il fit le chemin jusque devant l'établissement. En cours de rénovation, il venait de changer de propriétaire comme l'indiquait un panneau. Il marcha jusqu'au Campo dei Fiori, passant devant le cours d'italien, piazza della Cancelleria, s'assit en terrasse à l'endroit où il avait présenté Lisa à Patrick Hollmann.

Il avait anticipé un effet dévastateur. Il n'y en eut aucun. Il n'était pas devenu un autre, car cela n'existait pas. Cette histoire n'était simplement plus la sienne. Le livre avait expurgé toute émotion jusqu'au moindre résidu. Et il avait désormais la même distance avec sa propre vie qu'un auteur avec ses personnages.

Il écourta son séjour pour prendre un vol pour Jakarta. Il lui fallait aller au bout du voyage maintenant qu'il se croyait libéré.

38

Lorsqu'il s'agissait de protéger ses sources ou ses données, la journaliste était encore plus prudente que Foster. Son ordinateur portable ne contenait que des informations superficielles, des références à des ouvrages qu'elle avait lus, des photos personnelles, des recherches qui ne révélaient pas grand-chose du contenu de ses futurs articles. Elle n'y sauvegardait rien de son travail, de crainte sans doute de se faire hacker, mais utilisait sur le cloud un espace ultra-sécurisé dont, évidemment, le mot de passe n'avait été enregistré nulle part, sinon dans son cerveau. Là encore, il faudrait passer par la justice pour y avoir accès.

De son côté, le site Vice avait confirmé son refus de livrer les travaux de Gina.

Ventura en était réduite à fouiller les notes manuscrites saisies dans son appartement. Elles étaient difficiles à déchiffrer tant dans la forme que dans le fond. Très parcimonieuses. Bartoli et Foster se ressemblaient. Il ne s'agissait que de points de repère qui n'avaient de sens que pour elle. C'était frustrant. Elle avait noté quelques dates auxquelles Ventura s'évertuait à donner une signification. Certaines avec un point d'interrogation à côté. Octobre 2008 ?

Une phrase revenait à plusieurs reprises : « demander à Jack ». Plus loin, elle déchiffra ce qui lui semblait être un rendez-vous. « Jack. Croisement de Pico et Olympic. » C'était à Chinatown. Une autre note évoquait Jack : « Jack = FBI ? » Et enfin, elle avait écrit trois mots qui étaient reliés par une flèche. Pacte. Protection. Chantage.

Ventura se demandait comment McAllister avait pu espionner Bartoli, lire ses e-mails comme ils le prétendaient, sans qu'elle ait reçu une alerte de sécurité. Et elle se dit qu'ils lui avaient certainement menti : il était plus probable qu'ils aient été derrière elle, à lui fournir des informations, à la presser plutôt qu'à la suivre.

Cela ressemblait davantage à leurs méthodes.

Peut-être avaient-ils appris que Bartoli voulait s'attaquer à Foster, et avaient-ils pris contact avec elle, lui fournissant des éléments, des pistes de recherche. Ils l'avaient poussée. Plus loin. Trop loin peut-être et quelque chose avait foiré quelque part ? S'était-elle rendu compte qu'elle était manipulée ? Avait-elle, comme Ventura le supposait, changé de camp en cours de route et pris le parti de Foster ?

À mesure que des zones commençaient à s'éclaircir, d'autres s'obscurcissaient.

Comment s'inscrivait le tueur dans le tableau ?

Ventura fut cueillie en pleine réflexion par une alerte signifiant que de nouveaux documents lui étaient parvenus. Les analyses toxicologiques de Bartoli.

Elle ouvrit le dossier et entreprit de passer les données en revue.

Son sang était assez chargé en alcool, mais à part cela elle était clean : aucune trace de substance toxique ou de stupéfiants. Cela bien que les analyses d'un des deux verres dans lesquels elle et Foster avaient bu, pourtant nettoyés et placés dans l'évier, aient révélé des traces de Midazolam, une molécule de la famille des benzodiazépines utilisée dans le traitement de certaines psychoses. Ventura connaissait ce nom. C'était aussi une drogue qui avait un effet dit « paradoxal » et était, à ce titre, utilisée secrètement pour faire parler les suspects de terrorisme lors d'interrogatoires « spéciaux ». Elle constituait un moyen à nul autre pareil pour briser les résistances des plus endoctrinés dont inévitablement les secrets finissaient par sortir. Assez prisée par le FBI après le 11-Septembre, elle était officiellement bannie car l'un de ses effets secondaires était, en plus de venir à bout des résistances psychologiques, de créer chez certains sujets de véritables dissociations de la personnalité. On s'était rendu compte que les suspects, dont l'esprit était agité par l'effet « paradoxal » qui créait de fausses perceptions, finissaient par avouer non pas la vérité, mais n'importe quoi. Ils s'inventaient une réalité alternative à laquelle ils croyaient et ils étaient définitivement perdus pour leurs interrogateurs.

Foster avait-il essayé de droguer Gina Bartoli pour tenter d'affaiblir ses résistances et savoir ce qu'elle avait découvert sur lui ?

Visiblement, il n'avait pas réussi puisqu'elle n'avait pas ingéré le Midazolam. Elle avait dû se méfier. Mais la présence de cette drogue jetait une nouvelle ombre sur la personnalité de Foster.

Sa disparition, maintenant officielle dans les médias, était l'occasion de rappeler son histoire. Le meurtre de sa petite amie. Ses livres. Ses provocations. La célébrité. Ses succès comme consultant vedette du FBI. Ventura se disait que sa maison d'édition devait déjà avoir mis une réédition de ses livres sous presse, quand un nom apparut à l'écran qui attira son attention. « Ex-agent spécial Rodrigo Valdes ».

La photo incrustée à côté de son nom datait de plusieurs années. Ventura monta le son et reconnut la voix gutturale de son ancien mentor sollicité dans un talk-show de KCAL9, une chaîne d'information locale. Il décrivait comment il avait convaincu ses chefs d'engager Foster en qualité de consultant, rappela la première affaire qu'ils avaient menée ensemble avec succès, l'enlèvement de Jody Hoover. À la question : « Que pensez-vous qu'il est advenu de Nicholas Foster aujourd'hui ? », la réponse que délivra Valdes suscita la curiosité de Ventura.

« Les types comme Foster portent une fracture en eux. Une vulnérabilité qui les rend capables de ressentir des choses inaccessibles au commun des mortels. Allez savoir quel effet peut avoir une telle fracture dans une situation de stress particulière ? Et le meurtre de Bartoli est assurément une cause de stress qui a pu réveiller le traumatisme originel de la mort de sa petite amie. Même vingt ans après, on ne se remet pas d'un tel choc. On trouve un moyen de faire avec. Pour Foster, c'était la traque des tueurs. » Valdes s'interrompit. « Enlevez-lui la traque, et il s'effondre… Il a pu lui arriver n'importe quoi. Je suis inquiet, conclut-il.

— Laissez-vous entendre que Foster pourrait avoir mis fin à ses jours ? » demanda le journaliste.

Ventura en fit une autre lecture : Valdes pensait que Foster pouvait être coupable du meurtre de Gina. Elle se dit qu'elle devrait faire abstraction du passé et aller le voir. Mais elle n'y était pas encore prête. Et la situation n'était pas encore assez désespérée.

Cependant, insidieusement, la culpabilité de Foster devenait une possibilité dans les couches profondes de son cerveau. Plus elle avançait, plus le chemin prenait un tour inextricable et tortueux pour explorer celui de Nicholas Foster, dont le noyau secret baignait dans un magma bouillonnant et visqueux où, c'était l'image qui surgissait en elle, se jouait une lutte essentielle entre la souffrance et la joie, la déchéance et la force, et ultimement, peut-être, entre le bien et le mal.

Il se jouait la même sorte d'épreuve en elle, entre l'attachement profond qu'elle avait pour Foster et l'exposition douloureuse à sa face sombre.

39

Il ne se souvenait plus ni où ni quand, mais il avait la certitude de l'avoir déjà vue.

Son nom était écrit sur son gobelet en carton, Sasha. Il ne lui disait rien. Mais ses traits, sans le moindre doute, éveillaient un souvenir. Non qu'il eût une mémoire des visages particulièrement développée, mais certains d'entre eux, parce qu'ils le touchaient, s'imprimaient spontanément dans son esprit de façon indélébile. Il savait y reconnaître cette vulnérabilité qui lui rappelait les photos de jeunesse de sa mère. Avant que son regard, ravagé par les crises et, plus encore, par les molécules qui étaient censées y mettre fin, ne lui fît perdre tout éclat. Quand les prémices invisibles de la maladie n'étaient encore qu'une éblouissante promesse d'aventure. Du moins pour certains qui, comme lui, éprouvaient cette attirance pour le désastre...

Foster était entré dans le Starbucks à l'angle de Rose Avenue et Lincoln Boulevard, à la limite de Venice et Santa Monica, et l'avait repérée instantanément, puis scrutée du coin de l'œil. Elle semblait être là depuis un bon moment, installée devant son laptop à une table où elle avait de toute évidence ses habitudes. Donc, vivant dans le quartier, fauchée, et célibataire. Exactement ce qu'il lui fallait…

C'était cette conclusion qui avait tout d'abord marqué son intérêt. Ensuite il avait détaillé son visage. Cette reconnaissance avait confirmé qu'elle était une cible idéale. La connaissait-il vraiment? Et si oui, le reconnaîtrait-elle? C'était un risque à prendre, un pari à tenter. Le seul valable. Sa seule chance. Car il se doutait bien que, tôt ou tard, il lui faudrait se démasquer.

Foster passa à côté de sa table pour se diriger vers le comptoir. C'était sa première sortie depuis son changement d'apparence. Il portait une casquette des Lakers, des lunettes à verres teintés, une barbe débutante qu'il avait teinte, ainsi que ses cheveux, pour qu'ils paraissent plus sombres. Il croisa furtivement son regard dans le miroir. Il ressemblait à un de ces soi-disant artistes qui peuplaient les rues du quartier. Si lui-même ne se reconnaissait pas, cela devrait passer.

Il commanda un café filtre pour ne pas avoir à faire la queue et se dirigea vers la table à côté de Sasha où il prit place. Elle ne parut pas le remarquer. Du moins fit-elle comme il était de bon ton : chacun restait dans son monde, même si celui-ci se limitait à une table de Starbucks. Isolée du reste de l'univers par des écouteurs qu'elle ne quittait pas une seconde. Des tatouages remontant de son dos apparaissaient sur sa nuque. Des piercings à une seule oreille, une perle au sourcil opposé, elle participait de façon plutôt discrète à la faune bigarrée de Venice Beach.

Foster ouvrit son laptop et se mit au travail en prenant soin de ne pas croiser le regard de Sasha. Chaque chose en son temps. C'était le moment de se replonger dans l'affaire. L'excitation de la fuite était retombée, sa pensée était redevenue analytique, limpide, tranchante. Il reprit le rapport de Ventura sur le meurtre de Myriam Lehren qu'il avait survolé, s'arrêtant sur sa conclusion.

« La victime a été tuée deux fois, à six mois d'intervalle. »

C'était une métaphore, bien sûr, un clin d'œil au style de Foster, mais elle avait une signification pour Ventura qui ne se serait pas embarquée dans des effets de style inutiles. Il revisita tous les éléments de l'autopsie et saisit le sens de la phrase : le coup à la tête reçu par la victime six mois avant son décès était mortel. Avant que l'ablation du cœur ne provoque la véritable mort, la seconde selon Ventura.

La deuxième partie du rapport analysait les blessures superficielles, celles liées à l'épiderme, et donnait des indications très précises sur la date de leur survenue. Elle faisait état de nombreuses atteintes épidermiques dues à des coupures causées tantôt par un bistouri, tantôt par un instrument coupant moins précis, du genre couteau à lame fine et dentée. Elle n'apportait pas grand-chose de plus que ce qu'ils avaient vu à la morgue. À ceci près que la surface du corps présentait par ailleurs de nombreuses escarres mal soignées, signe que la victime était restée immobilisée pendant une longue période entre ses deux « morts ».

La suite listait les blessures corporelles profondes. Là, c'était un florilège hallucinant. Elles se divisaient en atteintes des organes et du squelette. Les lésions osseuses, multiples, dataient toutes d'environ six mois : plusieurs côtes brisées, nombreux traumatismes du bassin, double fracture tibia-péroné à la jambe gauche et une fissure cérébrale massive qui, partant du sillon pariéto-occipital gauche à la base de l'occiput, était à elle seule mortelle.

Les atteintes organiques, elles, étaient toutes récentes : ablation des reins, puis du foie et du cœur. C'était à ce moment qu'avait eu lieu l'opération consistant à placer la statuette dans l'utérus de la victime. Elle était encore vivante, comme le montraient les microrésidus sanguins autour des fils qui avaient servi à suturer l'organe.

Enfin, l'état général du corps montrait une fonte musculaire associée à une capacité pulmonaire diminuée.

Foster en conclut qu'une série de tortures avait été commise lors de la première phase : les fractures osseuses, le fémur, les côtes, la clavicule. Ainsi que celle, mortelle, au niveau de l'occiput. Toutes montraient un état de soudure avec reformation osseuse de six mois environ. Les ablations organiques, celles effectuées de façon chirurgicale comme celles pratiquées sauvagement, avaient bien eu lieu du vivant de Myriam. Peu avant sa mort définitive. Six mois après les premières atteintes.

Entre les deux, elle avait été affamée, enfermée, immobilisée.

Foster eut une vision qui pouvait expliquer la double mort : la victime avait été maintenue dans le coma ?

Une première mort cérébrale, suivie d'une mort totale six mois plus tard.

Foster examina les données toxicologiques. La liste n'en finissait pas. Les techniques étaient si fines qu'elles permettaient d'identifier des résidus remontant à plusieurs mois, parfois plusieurs années. Il en ressortait que la victime était une toxicomane qui avait essayé à peu près tout ce qui se faisait sur le marché des stupéfiants et autres substances pharmacologiques assimilées.

Cela commençait par une catégorie d'antalgiques appelés COX-2 inhibiteurs, présents en proportion la plus importante dans son sang – le COX-2, signifiant cyclooxygénase 2, était une molécule qui entrait dans le cycle de l'inflammation et donc de la douleur. Parmi eux, le Célécoxib, seul composé de ce genre autorisé aux États-Unis, était aussi parfois utilisé pour lutter contre les symptômes de la dépression ou de syndromes bipolaires. Son taux de concentration dans le sang de la victime, de l'ordre de 250 millimoles par millilitre, était très élevé. Soit elle suivait un traitement pour ce type de maladie mentale, soit elle était exposée à une douleur très profonde, ce qui, compte tenu de ses blessures, n'était pas vraiment surprenant. Suivait toute une liste d'antalgiques de type opioïdes dont la prise, en quantité massive, remontait à plusieurs mois, mais dont elle avait été récemment sevrée. Il n'en restait que des traces lointaines…

Enfin, son sang comportait un certain nombre de molécules hypnotiques de type benzodiazépines, comme le Bromazépam et le Clonazolam, qui étaient des relaxants musculaires, et de type non-benzodiazépines, comme le Zolpidem, présent en proportion importante. Ce dernier était un somnifère puissant.

La conclusion était contradictoire : si Myriam était une toxicomane depuis des années, elle ne pouvait pas, dans son état, s'être injecté elle-même ces molécules. C'était son ravisseur qui s'en était chargé. D'un côté il lui infligeait des tortures atroces, de l'autre il lui administrait un somnifère aux vertus analgésiques. Insensé.

Et comme pour tout ce qui n'avait pas de sens, c'était là qu'il fallait chercher.

Ces gars aimaient faire souffrir leurs victimes. Ils n'étaient pas là pour atténuer leur douleur, se dit Foster. Mais cela mettait à mal sa théorie du coma qui aurait expliqué la double mort de Myriam. Donner des somnifères à un sujet dans le coma était un pur non-sens. Cet angle n'était peut-être pas le bon, mais la présence de cette drogue dans le sang de la victime interrogeait fortement Foster.

Le Zolpidem était-il le moyen par lequel le tueur avait maintenu sa victime en vie tout en lui prélevant l'un après l'autre ses organes ?

Foster regarda sa montre. Cela faisait presque deux heures qu'il était absorbé par ses recherches.

Il ne voulait pas demeurer trop longtemps au même endroit. Son café était froid. Il n'y avait pas touché.

Il replia son laptop et sortit sans avoir échangé un seul regard avec Sasha. Parfait. Il avait senti à plusieurs reprises son regard en coin sur lui, mais c'était à elle d'entamer la conversation.

40

Ventura franchit la grille de Bel Air avec le sentiment de pénétrer dans un sanctuaire. C'était comme
passer la porte d'un couvent. Au-delà, plus rien ne
pouvait vous arriver, vous étiez protégé. Encore fallait-il pouvoir y accéder sans dommage, se disait-elle,
immobilisée sur la voie centrale de Sunset Boulevard
avant que le feu passe au vert, sentant le souffle des
bolides qui débouchaient à toute allure d'un virage
quasi aveugle.

L'un d'eux, se dit-elle, allait devoir s'arrêter brusquement pour la laisser traverser vers Bellagio Road
lorsque l'injonction de la lumière rouge suspendue
l'y obligerait. Elle l'espérait, du moins. Parfois la
vitesse était trop grande, l'attention trop faible, la
musique trop forte, et le coupé sport se transformait
en couperet. Fini. Au suivant.

Mais une fois que vous aviez franchi cette ligne
rouge et été admis à l'intérieur de ses limites, vous
entriez dans un autre monde, celui paisible et silencieux de Bel Air dont rien, à part peut-être le concert
lointain des tondeuses à gazon et des scies électriques
des jardiniers, ne troublait le calme…

Pour Ventura, c'était le monde des morts-vivants.

Comme Foster à la vue de ces zones suburbaines interminablement géométriques, elle ressentait le même malaise mortifère dans les allées sinueuses et fleuries de ce paradis terrestre. Elle avait l'impression d'évoluer dans un immense cimetière où, vues du ciel, les maisons étaient des tombes. Bon, des tombes avec piscine… Soit. En roulant à l'ombre des cyprès, Ventura admit que Bel Air n'était quand même pas le pire endroit pour jouer les morts-vivants. Elle remonta Bellagio Road, puis Roscomare pour tourner sur Verano Road, une petite rue privée qui se terminait en cul-de-sac dont la maison de Meredith Bartlett était l'avant-dernière sur la gauche. Il lui fallut contourner une file de voitures de reporters garées sur le bas-côté. KCAL9. Channel 4. FOX 12. Impossible de sortir de la maison sans leur tomber dessus. Le sanctuaire pouvait facilement se transformer en piège.

En plus des caméras de surveillance, des gardes vêtus de l'uniforme d'une société de sécurité privée faisaient en sorte que les regards inquisiteurs de la presse ne s'insinuent pas par les ouvertures du portail ou que des caméras ne s'élèvent pas au-dessus du mur d'enceinte de la propriété. La plupart des maisons de Bel Air n'étaient pas protégées de la sorte, mais Meredith Bartlett avait sans doute besoin de se cacher à la vue du reste du monde, y compris de ses congénères de Bel Air. Au moins, aujourd'hui, c'était utile.

Ventura avait beau conduire avec la vitre baissée, aucun micro ne se tendit vers elle. Aucun journaliste ne fit un mouvement lorsqu'elle ralentit devant l'entrée de la propriété. Ils discutaient tranquillement entre eux en se tenant à l'ombre, attendant de passer à l'antenne pour le prochain flash dans lequel, avec le plus grand sérieux, debout devant la grille et micro siglé en main, ils raconteraient avec solennité qu'on ne savait rien de plus. Elle pensa au corps de Gina Bartoli et se dit qu'elle était d'une autre espèce de journaliste. Ceux-là ne risquaient pas de finir comme elle.

Ventura montra sans un mot son badge à un des gardes. FBI. Les portes s'ouvrirent et la voiture pénétra dans la propriété, remontant dans le même silence un petit chemin courbe jusqu'à une maison plus charmante qu'elle ne s'y attendait mais, comme celle de Foster à Malibu, moins grande que celles alentour. C'était peut-être la raison pour laquelle un mur d'enceinte avait été bâti.

Pour cacher sa taille modeste.

Ventura n'avait jamais eu d'atomes crochus avec Meredith Bartlett. Elle ne l'avait connue que comme l'ex-femme de Foster, ce qui avait mis une immédiate distance entre elles, plus grande peut-être que si elle avait encore été mariée avec lui. L'hostilité les aurait rapprochées et obligées à se flairer au lieu de se conformer à ce mélange protéiforme d'indifférence méfiante, mâtiné, de la part de Meredith, d'un zeste de condescendance.

Elle savait forcément que Ventura était passée dans le lit de Foster et c'était gênant.

De son côté, Ventura ne connaissait pas grand-chose de leur mariage au sujet duquel Foster avait été discret, sinon secret. Il n'avait duré que cinq ans bien que Meredith ait divorcé de son premier mari, Glenn Bartlett, rédacteur en chef dans une chaîne locale avec qui elle avait alors deux jeunes enfants, pour épouser Nicholas Foster.

Ventura ne connaissait pas la nature et l'intensité des sentiments qui les avaient rapprochés au moment de leur rencontre, mais il lui avait confié que rapidement leur mariage avait davantage relevé de la petite entreprise que d'une véritable union amoureuse. L'entreprise avait survécu à la séparation. Les liens économiques étaient toujours plus solides. En tout cas plus compliqués à briser...

Meredith attendait dans son salon en compagnie de ses deux enfants et de Sam Banister. La présence de l'avocat botoxé aux dents éclatantes surprit Ventura, mais elle se rappela qu'il était un proche de Meredith Bartlett avant d'être, comme tous les contacts noués au début de sa carrière, celui de Nicholas Foster.

Sa femme l'avait intronisé dans son monde.

Ventura savait que Meredith voyait en Banister un partisan de la vieille école, mais il fallait croire que, parfois, les circonstances changeaient votre point de vue. De son côté, l'avocat défendait son payeur, à savoir l'entité juridique qui pilotait les droits de Foster. Elle appartenait au couple, dans des proportions inégales, certes, Foster détenant naturellement la plus grosse part du gâteau, mais Banister se devait de protéger les intérêts économiques qui le nourrissaient. De quel côté pencherait-il si les choses devaient empirer, c'était une question à laquelle lui-même n'avait peut-être pas encore la réponse, même s'il avait dû se la poser...

Il demanda à Ventura d'épargner les enfants. Elle répondit qu'elle n'en avait que pour quelques minutes. L'aîné, Gabriel, âgé de vingt et un ans, malgré des lunettes qui lui donnaient un air réfléchi, avait eu quelques problèmes de drogue trois ans auparavant, l'année de son entrée à l'université, mais Foster était rapidement intervenu et l'affaire avait été étouffée dans l'œuf. Il était toujours étudiant à USC en dernière année de communication et avait, au grand soulagement de sa mère, remplacé le «e» de meths par le «a» de maths. Samantha, de quatre ans sa cadette, terminait sa scolarité dans un lycée privé de Studio City et portait en permanence un T-shirt Yale où elle venait d'être admise pour l'année suivante.

Les politesses d'usage furent, comme les poignées de main, brèves, et Ventura en vint rapidement aux faits. Savaient-ils que les indices matériels pointaient de façon exclusive en direction de Nicholas Foster? Oui. Se sentaient-ils en danger? Non. Avaient-ils besoin d'une protection? Non. Ils avaient ce qu'il fallait. Sous-entendu : pas besoin que le FBI s'en mêle. Ventura les prévint que leurs téléphones allaient être mis sous écoute au cas où Foster tenterait de prendre contact avec eux. Ils acquiescèrent en silence. Ils ne semblaient guère concernés. Elle leur rappela qu'elle était leur meilleure alliée pour que cette terrible affaire se termine au plus vite, compte tenu des relations personnelles qu'elle entretenait avec leur beau-père.

— Il n'est pas notre beau-père, dit Gabriel.

— Juste l'ex-mari de maman, enchaîna Samantha.

— Je comprends, acquiesça Ventura qui, sur le moment, ne trouva rien de mieux à répondre, tout en se faisant la remarque que le T-shirt Yale que la gamine arborait fièrement valait plus près des deux millions de dollars que Foster avait dû verser pour assurer son admission que le prix du tissu.

Ventura admit mentalement qu'à part le geste de financer leurs études, ni l'un ni l'autre ne comptaient beaucoup dans la vie de Foster. Il ne parlait jamais d'eux. À tel point qu'elle se demandait même s'ils avaient seulement vécu ensemble du temps de son mariage avec leur mère. Mais, après tout, cela ne la regardait pas.

— C'est tout? demanda Banister à propos des enfants.

— Oui, maître. Merci.

Banister échangea un rapide regard avec Meredith qui lui fit comprendre qu'elle était d'accord pour rester en tête à tête avec Ventura. Il accompagna donc les enfants hors du salon et revint peu après, pour constater que Ventura avait décidé de jouer franc jeu avec l'ex-femme de Foster. Elle lui dit qu'elle escomptait la même chose de leur part.

— Vous connaissiez Gina Bartoli? attaqua Ventura.

— De réputation. Je ne l'ai jamais rencontrée.

Meredith était au courant de l'article, forcément, c'était elle qui avait prévenu Foster.

— Vous savez ce qu'elle avait trouvé de particulièrement embarrassant sur Nicholas ?

— Que voulez-vous qu'elle ait trouvé ? Que voulez-vous que je sache ?

— D'où elle tenait ses sources ?

— Non.

— Quelle menace exerçait-elle sur Foster ?

— Il n'avait pas l'air très inquiet, répondit Meredith.

— Le problème, c'est qu'il est le seul et unique suspect pour ce meurtre. Il est allé chez elle. Il a couché avec elle. Et les traces digitales et génétiques retrouvées sur place sont exclusivement les siennes.

— Il l'a certainement baisée, dit-elle crûment, mais il ne l'a pas tuée.

— Qui alors ? Pourquoi ?

— Un type comme lui attire les fous autant qu'il attire les femmes. Ce n'est pas la première fois que ça arrive.

— Un fou qui aurait déjà fait deux victimes, ça n'est pas un fou anodin.

— Quelqu'un qui voudrait se venger, peut-être ? suggéra Meredith.

— Se venger de quoi ?

Ventura se montrait intentionnellement sceptique. Elle savait très bien qu'elles n'en étaient qu'aux premières joutes de leur échange. Il fallait qu'elle la travaille.

— Imaginons que cet individu existe et qu'il veuille en effet se venger, pourquoi aurait-il tué Bartoli alors qu'elle-même voulait détruire Foster en direct ?

— Vous ne croyez pas qu'il l'a fait ? Nick ? interrogea Meredith après un temps de réflexion.

Ventura lui dit qu'en une décennie au FBI, elle n'avait acquis qu'une seule certitude, c'était que tout était possible.

— Conneries, tout ça. Du vent, répondit Meredith.

Ventura avait délivré cette banalité à dessein. On allait peut-être entrer dans le vif du sujet.

— Si cet individu existe, reprit Ventura, il a bien fallu que quelque chose le déclenche. On ne passe pas au meurtre comme ça, au beau milieu de la nuit.

— Peut-être que Nicholas traquait un meurtrier sans le savoir ? dit alors Meredith.

Voilà qui commençait à être intéressant.

— Il y a quelque chose dont vous n'êtes peut-être pas au courant.

Enfin, on y arrivait… Meredith lui raconta le nouveau livre de Foster. Elle était la seule à laquelle il parlait de ses projets littéraires. Il le fallait bien, elle était la gardienne du temple. Il savait qu'il pouvait compter sur sa discrétion absolue.

— Nicholas, dit Meredith, avait décidé de reprendre toutes les affaires non résolues depuis qu'il consultait pour le Bureau. Il était certain d'avoir laissé passer un tueur. Il ne supportait pas cette idée.

Cela confirmait la première pensée que Ventura avait eue en voyant ses notes.

— Il avait commencé à étudier les dossiers? demanda cette dernière.

— Je crois, oui. Peut-être même qu'il était retourné sur les lieux. Qu'il avait questionné des gens, entrepris des recherches. Je ne sais pas...

L'enquête de Foster pour son prochain livre aurait réveillé un tueur en série. «Le livre qui a activé un tueur!» Ça avait de la gueule sur une couverture. Mais cela lui paraissait trop beau. Trop propre. Trop opportun de la part de Meredith qui, visiblement, voulait attirer l'attention sur ce sujet. Peut-être pour l'éloigner d'autres questions plus sensibles.

— Il ne vous a jamais parlé de menaces qu'il aurait pu subir?

— Non. Pas du tout.

— Un chantage?

Ventura précisa qu'elle pensait à un chantage auquel Foster n'aurait pas répondu. Et, pour se venger, son harceleur aurait balancé des informations à la journaliste. Avant de passer à la suite.

— Ou quelque chose dans ce genre, ça vous dit quelque chose?

— Pas à ma connaissance.

Banister se contentait d'écouter mais Ventura le sentit se tendre légèrement.

— Et vous, maître?

Banister semblait hésiter.

— Il y a bien eu quelque chose, dit-il. Mais je n'ai pas la moindre idée si ça peut être lié à cette histoire...

334

Pour Ventura, cela signifiait exactement le contraire : elle était certaine que ce qu'il avait à révéler était, au moins dans son esprit, totalement lié à l'affaire.

— Et, ajouta-t-il, en temps normal je n'aurais pas le droit de vous en parler.

— Vous préférez peut-être qu'on en parle à Westwood ?

— Vous ne pouvez pas m'interroger officiellement, je suis le représentant de Nicholas Foster.

— Vous représentez les affaires littéraires de Nicholas Foster, vous n'êtes pas son représentant en matière criminelle à ce que je sache, si ?

Banister, mis sous pression par Ventura, s'adressa à Meredith.

— Je peux te parler ?

Meredith Bartlett se tourna vers Ventura.

— Vous permettez ?

— Bien sûr.

Ventura était convaincue que ce n'était pas par mégarde que Banister en avait trop dit. Il voulait lui lâcher les informations sans trahir son client aux yeux de Meredith. Classique. Il sentait le danger se rapprocher et était en train de changer de camp.

Après s'être entretenus rapidement, Meredith et Banister revinrent dans le salon.

— Nous sommes prêts, dit Meredith.

Ils avaient dû estimer qu'il y avait moins de risque à raconter ce qu'ils savaient. Ou ils pensaient que Ventura allait de toute façon trouver et qu'il valait mieux la mettre de leur côté.

— Vous vous souvenez quand Nicholas avait été harcelé par cette femme, il y a quelques années ? lança l'avocat.

— C'est arrivé à plusieurs reprises, non ? objecta Ventura.

Quelques fans étaient allées un peu loin en effet. Mais celle dont parlait Banister avait dépassé les limites et Foster avait porté plainte. Ventura s'en souvenait, en effet, même si elle n'avait pas retenu son nom.

— Oui, mais une seule fois avec des conséquences importantes.

— Quelles conséquences ?

— Nick, dit Banister, m'a demandé de lui verser une somme d'argent importante.

— Combien ?

— Trois cent mille dollars.

— Ça fait un paquet, ne put s'empêcher de remarquer Ventura en sifflant. Vous le saviez ? poursuivit-elle à l'intention de Meredith.

— Évidemment que non, dit Meredith presque avec mépris.

Ventura ne pouvait décidément pas la saquer. Elle reporta son attention sur Banister et se dit que, dans d'autres circonstances, cet animal à sang-froid aurait fait un bon suspect : l'avocat qui tue pour protéger son client. Là, il était plutôt en train de le lâcher. Mais, qui sait, peut-être pour le protéger de lui-même ?

— C'était quand ?

— À la fin 2008.

La date écrite par Bartoli dans ses notes.

— Et ça ne vous a pas interpellé ?

— Si. Mais il tenait à ce que cela reste secret. Et ça n'est pas mon rôle de poser des questions.

— Qu'est-ce qui vous fait penser que cette histoire peut avoir un lien avec ce qui nous intéresse ?

Banister expliqua que, depuis qu'il avait été informé de l'article de Bartoli, il avait fait son boulot, à savoir enquêter sur la journaliste, sur ce qu'elle cherchait ainsi que sur ce qu'elle savait et qui pouvait menacer Foster. Il l'avait même approchée directement, ils s'étaient rencontrés.

— C'est Bartoli qui m'a parlé de cette femme. Elle l'avait retrouvée, elle était au courant de la somme d'argent que Nicholas lui avait versée. Elle serait même allée la voir.

Ça changeait tout, en effet. Si Gina s'apprêtait à révéler un chantage, il y avait un mobile à son meurtre. Problème, ça faisait de Foster un suspect. Ventura repensa aux trois mots écrits par la journaliste. Si le chantage était le mobile, le pacte était peut-être sa raison. Quel rôle jouait le mot « protection » ?

— Cette femme, vous connaissez son nom, je suppose ?

— Oui. Kate Renshaw.

— Vous savez où elle vit ?

— Elle vivait dans un parc de mobile homes en périphérie de Santa Clarita.

— Vivait ?

— Elle a été retrouvée morte en mars dernier. J'ai vu ça par hasard dans le journal.

41

Lily of the Desert Mobil Home était une de ces voies sans issue où venaient s'échouer les paumés, les marginaux, les rejetés du système jusqu'à ce que la crise financière de 2007 y envoie des familles entières expulsées de leurs maisons faute de pouvoir en payer le crédit. Cela avait fait monter le standing. Et les prix.

Ce n'est jamais la crise pour tout le monde...

Le gérant du parc, Jorge Garcia, indiqua à Ventura au téléphone que Kate Renshaw s'était installée là depuis une bonne dizaine d'années, peu après son divorce. Elle était infirmière dans un hôpital de Santa Clarita avant de perdre son job. Elle partageait plus ou moins sa vie avec un homme depuis cinq ans, un ancien militaire de l'US Air Force, qui allait et venait et dont il ne savait pas le nom.

Jorge n'était pas curieux, c'était une de ses qualités. Kate et son concubin formaient un couple sans histoire qui avait toujours payé son loyer rubis sur l'ongle. Et pour cause, se dit Ventura. Elle avait palpé une coquette somme de la part de Foster.

Kate Renshaw avait été emportée par la vague épidémique de fentanyl. Sa vie était devenue une descente aux enfers que la prise d'opioïdes avait rendue plus vivable, tout en l'accélérant. Avant d'y mettre fin. *Game over.* Overdose.

Banister avait fourni à Ventura une copie de l'ordre de virement bancaire. Il avait été passé le 11 décembre 2008 à 9 h 37 du matin.

Si Foster s'était senti physiquement menacé, il avait en main toutes les cartes pour identifier et neutraliser son agresseur. Il faisait partie du FBI, merde. Il fallait qu'il ait un secret à cacher.

Ses souvenirs de cette période qui datait de presque six années étaient flous. Ventura avait repris ses notes de l'époque, histoire de se remémorer le contexte. Ils travaillaient sur la mort par homicide d'une restauratrice de Pasadena, Chelsea Watson. Le nom l'interpella. C'était un des onze cas non résolus que Foster avait sélectionnés dans la liste établie pour son prochain livre. À l'époque, Foster pensait que cette victime avait été l'objet de harcèlement. Il avait fait une demande de recherche d'empreintes digitales en relation avec l'affaire.

L'empreinte avait été découverte par Foster lui-même sur un bout de papier au domicile de la victime, sur lequel était écrit en lettres capitales : «NE M'OUBLIE PAS.» Elle avait désigné un ancien repris de justice du nom de Harold Netter, mais il avait été blanchi par un alibi en béton par les enquêteurs du LAPD.

Absolument aucune relation n'avait été établie entre la victime et cet homme.

Ventura se souvint s'être demandé d'où venait cette empreinte digitale mystérieusement apparue dans les affaires de la victime avec qui ce type, Netter, n'avait visiblement rien à voir. La question prenait un relief nouveau aujourd'hui. À quoi avait joué Foster? Était-il sur une autre piste? Avait-il déjà des soupçons sur cet homme? Ou encore voulait-il identifier une empreinte pour des motifs personnels en prétendant qu'elle avait été trouvée chez Chelsea Watson?

Ventura fut soudain convaincue que ce bout de papier portant ce message, «Ne m'oublie pas», n'avait rien à voir avec le meurtre de Chelsea Watson sur lequel ils enquêtaient. Avait-il quelque chose à voir avec Kate Renshaw? Jusqu'à preuve du contraire, non. Elle ne trouva aucun lien entre elle et Foster. Ils vivaient sur deux planètes différentes.

Deux planètes juste reliées par un virement de trois cent mille dollars.

Ventura avait toujours réussi à faire le vide avant de dormir, c'était indispensable à sa santé mentale. Pas ce soir-là. Elle se sentait mise à nu par les soupçons qui pesaient sur Foster. Elle s'épuisait jusqu'aux portes du sommeil à tenter de connecter les nouveaux éléments, mais jamais ils ne formaient une figure claire dans laquelle s'intégreraient l'article de Bartoli, le meurtre de Myriam à San Bernardino, puis celui de la journaliste. Ventura savait pourtant que ce temps qui précède le sommeil où la conscience devient vaporeuse était mal choisi pour tenter de raisonner logiquement. Il vous amenait sur des pistes fragiles, vous donnant une fausse impression de clarté que vous aviez souvent oubliée le matin. Et pour cause, elle était illusoire.

Mais, ce soir, elle ne pouvait s'en empêcher.

Si leur homme sans visage, alias Jack, était fasciné par Foster, c'était peut-être lui qui avait mis Bartoli sur la piste de son passé. Se sentant menacé par l'enquête de Foster, il aurait cherché à frapper le premier en organisant une campagne contre lui, avec la complicité opportuniste du FBI. Tout d'abord décrédibiliser Foster par l'article de Bartoli, puis le déstabiliser par le meurtre rituel de Myriam, pour ensuite mieux le faire accuser en tuant Gina.

Mais pourquoi aurait-il tué la journaliste s'il lui filait des informations ?

À moins que ce meurtre ait fait partie de son plan dès le départ ? Mais les faits révélés par Banister étaient encore plus durs à faire entrer dans le tableau. Quel était l'objet de ce chantage ? Pourquoi Foster avait-il versé une telle somme ?

Ventura repensa alors au cambriolage de la maison de Malibu dont avait parlé la sergent Sofia Carrillo. Il avait eu lieu peu de temps avant le paiement à cette femme, Kate Renshaw. Comment tous ces faits pouvaient-ils être liés ?

Elle appela Carrillo avant de réaliser qu'il était une heure du matin. Pas l'heure de déranger une jeune mère de famille. Elle coupa avant de l'avoir réveillée.

Pour la première fois de sa vie, Ventura aurait aimé ne pas être seule. Son père lui manquait. Elle avait toujours senti sa présence rassurante qui lui

permettait de prendre des risques. Comme ce jour
où, alors qu'elle était allée chercher une vague, elle
avait senti sa main ferme la sauver de la noyade.

Son père était mort. Elle n'avait plus jamais surfé.
Elle aurait dû avoir une famille. De quoi se sortir de
la tête son raisonnement qui tournait en rond. Avoir
quelqu'un à qui parler d'autre chose. Un enfant
dont s'occuper. Même si elle ne se voyait pas suivre
une autopsie et être capable de chanter une berceuse
le soir en rentrant. Après tout, d'autres y arrivaient,
pourquoi pas elle ?

Elle sombra dans le sommeil. Par épuisement.
Comme on perd connaissance.

42

Tamms, Illinois. 15 février 1998

La dernière rencontre de Nicholas Foster avec Patrick Hollmann eut lieu dans une salle du parloir de la prison de Tamms, environ deux mois avant la date fatidique.

— L'exécution a été fixée au 21 avril, tu seras là ?

Nicholas était sidéré par le ton sur lequel Patrick Hollmann annonçait sa propre mise à mort : factuel, apaisé, comme s'il s'agissait d'un fait ordinaire de l'existence.

— Oui, bien sûr, répondit-il.

— Amy sera là aussi, je serais content que tu la rencontres.

— Comment va-t-elle ?

— Bien. Je ne lui ai pas encore dit pour la date. J'espère qu'elle ne va pas être trop abattue. Sans jeu de mots, dit-il en se fendant d'un sourire.

Foster se fit la réflexion qu'en se liant à un tueur en série, l'épouse de Patrick Hollmann savait à quoi s'attendre.

— Tu pourrais la lui communiquer ?

— Oui, je le ferai.

— Le reste de ma famille a été prévenu, dit Hollmann.

Séparés par un véritable mur de verre blindé, le détenu et son visiteur étaient distants de plus d'un mètre l'un de l'autre, l'un, enchaîné à un tabouret en béton fixé au sol, l'autre, encore humilié par une fouille au corps totale, lui faisant face derrière la vitre. Ils communiquaient par un système audio qui les obligeait à élever la voix.

Pour cette prison de haute sécurité, l'existence d'un parloir relevait d'une obligation légale, mais les conditions de visite étaient si dissuasives qu'elles contribuaient à renforcer cette «isolation sensorielle» prônée par l'IDOC. La moyenne des visites par détenu depuis sa construction était de 0,12. Autrement dit, seul un peu plus d'un détenu sur dix avait reçu une visite durant les six derniers mois.

Foster, à lui seul, faisait sacrément monter la moyenne. C'était sa cinquième visite à Patrick Hollmann en deux ans. Dès le transfert d'Hollmann à Tamms il avait sollicité les services de Banister pour obtenir toutes les autorisations légales de visite, ce qui, côté paperasse, avait pris plusieurs semaines, mais aussi pour mettre de l'huile là où c'était nécessaire afin que rien ne vienne entraver la visite. Même l'autorisation en poche, il n'était pas rare qu'elle soit annulée au dernier moment en raison du «comportement inapproprié» du détenu dans les jours précédents, prétexte idéal pour l'administration. Et vous étiez repartis pour six mois…

Ainsi Foster avait dû payer discrètement, via son avocat, afin d'éviter qu'Hollmann ne soit agressé lors des rares moments de présence collective des détenus, ce qui aurait eu pour effet de lui interdire toute visite pendant plusieurs mois, même en étant la victime. D'un côté, Banister avait généreusement abondé le fonds d'aide aux familles du personnel pénitentiaire de Tamms, de l'autre, cherché qui, parmi les prisonniers, pouvait éviter ce genre d'incident.

Hollmann avait besoin d'un protecteur.

Banister avait cherché parmi les détenus les plus craints celui qui serait suffisamment raisonnable pour comprendre son intérêt. Il fallait qu'il appartienne au même groupe ethnique qu'Hollmann et, si possible, qu'il soit condamné à la peine capitale afin que toute trace s'efface quand lui-même s'effacerait. Ou plutôt serait effacé.

Après de méticuleuses recherches, il avait trouvé le client idéal : il s'appelait Harold Netter. Originaire de Californie, Netter s'était installé à Chicago, Illinois, au milieu des années 80. Il avait été condamné à mort pour un triple meurtre et son exécution était programmée. Tout était parfait. Moins d'un an après la disparition d'Hollmann, on n'entendrait plus jamais parler de Harold Netter.

Banister avait approché la sœur du détenu, Kathlyn Netter, qui vivait toujours en Californie et s'était proposée pour représenter son frère, lequel, faute de le payer, venait de perdre son avocat. Elle avait convaincu Harold d'accepter en lui faisant comprendre leur intérêt mutuel : il gagnait un avocat et elle lui ferait passer une partie des sommes que lui verserait Banister en échange de sa protection à Patrick Hollmann.

Sans surprise, le condamné à mort avait accepté.

Banister avait fait ce qu'il fallait pour que Netter soit changé de cellule et devienne voisin de Patrick Hollmann. Netter avait parfaitement joué son rôle, allant jusqu'à s'interposer dans une bagarre et évitant ainsi de sérieux désagréments à Hollmann ainsi qu'un séjour en isolement total qui aurait pratiquement empêché toute visite jusqu'à son exécution.

Grâce à la protection de Netter, Hollmann attendait sereinement le moment final de son existence. Sans angoisse. Ou si peu…

Comme de ne pas savoir si sa sœur serait présente. Il espérait que Rose aurait le courage de se défaire des influences de son entourage. Ce ne serait pas le cas de leurs parents qui avaient rompu tout contact avec leur fils au moment de son arrestation en Allemagne. Ils avaient dû quitter l'État du Wisconsin pour un lieu éloigné du Midwest où leur nom ne serait pas marqué du sceau de l'infamie. En partie dans la communauté catholique qui était leur cercle de rencontres privilégié… Ils s'étaient installés dans la petite ville de Topeka, près de Kansas City. Un autre monde. Rose qui, mariée, ne portait pas le nom d'Hollmann n'avait pas eu besoin de prendre de telles mesures. Son nom, celui de ses enfants, n'était pas entaché par l'ignominie. Et on ne lui tenait pas rigueur des crimes de son frère. Il n'empêche, elle comptait beaucoup pour Hollmann et il aurait grandement apprécié sa présence.

— Ça va être un moment fort, dit Hollmann avec gravité.

Hollmann prit des nouvelles des ventes de Nicholas qui venait de publier son troisième livre, celui intitulé *Imposteurs*. Le précédent, *Victime Numéro Un*, avait lancé la polémique. Violemment critique, il avait fait de Foster l'homme à abattre du système. Hollmann l'invita à consacrer le suivant aux victimes. À ses victimes, voulait-il dire. Il lui conseilla de lire *L'Idiot* de Dostoïevski qu'il avait recommandé à Amy.

— Tu verras, il y a des pages assez saisissantes sur la peine de mort. Elle te l'apportera. Cela pourra inspirer ton prochain livre.

— Je le lirai attentivement, dit Nicholas.

— Tu savais qu'il avait été condamné à mort ? Dostoïevski ?

— Non.

C'était un autre point commun qu'avait Patrick Hollmann avec son écrivain favori. Au contraire du prêtre, l'écrivain avait échappé à son exécution, mais il avait vécu ces moments atroces où la mort s'avance comme une certitude dans un sentiment de terreur supérieur à la peine elle-même, qui lui avaient inspiré ce vif et poignant plaidoyer contre la peine capitale écrit dans *L'Idiot*.

— Il a tort. Ce n'est pas la mort qu'il faut craindre, dit Hollmann. C'est l'oubli.

Nicholas se contenta d'acquiescer silencieusement. Il savait ce qui se jouait dans l'esprit de son ancien ami. Dans l'Empire romain, on condamnait les politiques indignes à l'oubli. *Damnatio Memoriae*. C'était la véritable peine capitale. On effaçait leurs noms de l'histoire, comme s'ils n'avaient jamais existé. Hollmann était obsédé par l'idée de laisser une trace intellectuelle. De faire don de sa personne et de sa pensée à l'humanité. C'était la justification de tous ses actes et de toutes ces souffrances imposées à lui-même et aux autres.

Mais il y avait un obstacle. Et pas des moindres.

Celui qui cherchait à justifier ses crimes s'exposait, quelles que soient ses raisons, au jugement sans appel des hommes. Rien ne justifiait le meurtre d'un homme dans l'esprit d'un autre homme. Du moins dans celui du commun des mortels. C'était foutu d'avance et Hollmann le savait. La question du meurtre pouvait être posée en théorie, comme Dostoïevski l'avait fait par le biais de ses héros, qu'il s'agisse de Raskolnikov s'interrogeant sur la culpabilité d'éradiquer le pire être vivant de la terre, ou d'Ivan Karamazov sur la liberté de tuer laissée par l'absence de Dieu. Mais l'écrivain se contentait de raisonner, qui plus est à travers ses personnages, et évidemment n'était jamais passé à l'acte.

Ça, c'était une autre paire de manches…

Hollmann, si. Il avait même commencé par là. C'était à la fois sa supériorité et sa fragilité. On pouvait discuter des théories de Dostoïevski, en parler dans les dîners entre amis, être pour ou contre, on ne pouvait pas justifier les actes de Patrick Hollmann.

Même s'ils étaient exactement la mise en pratique desdites théories.

Y parvenir était son ultime combat. Malgré l'échec annoncé de toute tentative.

Alors que leurs conversations pouvaient durer des heures lorsqu'ils sillonnaient les rues de Rome, les deux hommes semblaient être arrivés au bout de leur dialogue. Il était stupéfiant de constater à quel point tout entre eux avait été dit, fit remarquer Hollmann.

— Il ne te reste plus qu'à l'écrire. Encore une fois.

Nicholas approuva. Mais quelque chose dans son attitude troubla Hollmann, une distance, un manque d'enthousiasme peut-être que Foster n'était pas parvenu à cacher.

— Tu vas le faire, n'est-ce pas? interrogea Hollmann.

Foster était-il gagné par le confort que lui amenait la célébrité? L'argent? Était-ce la culpabilité, ce cancer de la pensée, qui commençait à poindre? Ou, plus banalement, se préparait-il à sa disparition?

— Ne me trahis pas, Nicholas. Ne crois pas que ma mort sera ma fin. Même mort, dit-il, je peux encore avoir beaucoup d'influence. Un jour, tu le regretterais.

Pour la deuxième fois, Foster vit l'expression de Patrick Hollmann se transformer. Comme dans le parloir de Francfort, le philosophe volubile, le provocateur amusé s'effaçait en un éclair derrière le visage neutre du tueur froid et implacable.

— Je sais tout ce que je te dois, dit Nicholas. Je ne te trahirai pas. Je paierai ma dette jusqu'au bout.

Nicholas ne voulait pas que leur dernier échange se fasse sur un ton de menace.

— Sans toi, je ne serais rien, poursuivit-il. Tu peux partir tranquille…

— Moi non plus, répondit Hollmann. Mais souviens-toi… Tout se paie, d'une façon ou d'une autre. Tout finit toujours par se payer, soit parce que l'on accepte le prix et qu'on le paie volontairement…

Hollmann marqua une petite pause puis conclut avant de reposer le combiné téléphonique dans lequel il parlait :

— … ou soit parce qu'on est rattrapé par sa dette. Ne m'oublie pas.

Foster acquiesça. Ce fut leur dernière phrase avant de se dire adieu.

43

Sasha était assise dans le Starbucks à la même place que la veille, ses écouteurs vissés aux oreilles. Elle sourit à Foster quand elle le vit s'installer à la table voisine comme s'il était déjà un habitué. Lorsqu'elle se leva pour aller aux toilettes, elle retira ses écouteurs et lui demanda s'il voulait bien garder un œil sur ses affaires. Il hocha la tête.

— Oui, bien sûr.

— Merci, dit-elle.

Il fit un peu plus que garder un œil sur son ordinateur, il en profita pour étudier l'écran : des dessins, des habits, des créations de mode... Il rechercha son prénom et les mots clés sur Google : mode, vêtements, etc. Un nom apparut dans une liste : Sasha McFarlane. Il ne lui disait toujours rien. Il se connecta à sa page Facebook qui, bien que privée, laissait voir quelques photos qui renforcèrent la sensation de l'avoir déjà croisée. La partie ouverte de son espace listait des lieux, restaurants, boutiques, musées, qu'elle avait notés, parfois commentés, et qui racontaient tout ce qu'il y avait à savoir sur elle. Sur Internet, rien n'était privé.

En quelques minutes Foster savait où elle achetait ses habits, ses bagels, son vernis à ongles. Où elle avait fait faire ses tatouages. Il comprit même d'où elle était, Lombard, Illinois, dans la banlieue de Chicago, grâce à une pizzeria qu'elle avait étoilée et gratifiée d'un commentaire flatteur : « Retour à la maison. La meilleure pizza de la ville. »

Il comprit surtout comment il la connaissait. Trois ans auparavant, elle avait liké une librairie de la chaîne Borders située sur Westwood Boulevard que l'émergence d'Amazon et la crise des subprimes avaient rayée de la carte et remplacée par une boutique de fringues Ross Dress For Less. Elle avait ajouté un commentaire : « Une honte de voir disparaître un lieu où j'ai pu faire tellement de belles rencontres. » Drôle d'endroit pour faire des rencontres, pensa Foster, avant de comprendre ce qu'elle voulait dire.

Elle avait posté un lien renvoyant à une liste de photos publiée par la défunte librairie qui montrait des séances de signature ou de lecture avec des auteurs.

Nicholas Foster était l'un d'entre eux. Il se souvint d'une séance de signature trois ans auparavant, peu de temps avant la fermeture de la librairie. C'était là qu'il avait croisé son visage. Ils avaient peut-être échangé quelques mots. Elle devait présenter quelque chose de particulier pour avoir imprimé son cerveau. L'avait-elle reconnu ? Il allait le savoir bientôt. Était-elle allée appeler les flics depuis les chiottes ?

Il hésita à se tirer vite fait. Non. Son instinct le retint. Si elle avait dû donner l'alerte, elle l'aurait fait la veille. Peut-être ne l'avait-elle pas reconnu. Il se prit à espérer que si. C'était sa chance. Cela voulait dire qu'elle ne le dénoncerait pas.

En revenant des toilettes, Sasha le remercia.

— Pas de quoi, je vous en prie.

Il hocha la tête et reporta toute son attention sur son ordinateur. Rien ne se passa. Les clients continuaient d'affluer dans le Starbucks. Pas de sirène. Pas de flic. Pas de souci.

Il pouvait se replonger dans l'affaire. Il reviendrait à elle plus tard.

Foster y avait longuement réfléchi, recroquevillé sur la banquette arrière de la Malibu, mais n'avait pas réussi à trouver une raison à la présence massive de Zolpidem dans le sang de Myriam Lehren. Il reprit ses recherches en se focalisant sur la possibilité du coma, hypothèse à laquelle il n'avait pas totalement renoncé. La question qui le taraudait était de savoir sous quelles conditions on pouvait ressortir du coma et dans quel état se trouvait Myriam au moment de ce que Ventura appelait symboliquement « sa seconde mort ». Il dénicha un article de la revue *New Scientist* du 24 mai 2006 qui décrivait comment, dans un hôpital de Guilford, au Royaume-Uni, un somnifère puissant avait réactivé les récepteurs GABA des cellules du cerveau de deux patients dans un état végétatif jusqu'à les ramener à la conscience.

Il s'agissait d'un médicament nommé Ambien. Dont la molécule active était le Zolpidem.

Depuis la publication de cette étude, le Zolpidem avait parfois été utilisé comme un protocole de dernier recours chez des patients en coma profond, sans montrer toutefois beaucoup de résultats.

Foster ressentit une excitation violente qui catalysa la suite du raisonnement comme une réaction en chaîne.

Son hypothèse pouvait être valable : Myriam Lehren avait bien été dans le coma. Et l'injection de Zolpidem avait eu pour but de tenter de l'en sortir. Se serait-elle réveillée à la suite de ce traitement ?

Une chose était certaine, ce protocole expérimental ne pouvait avoir eu lieu qu'en milieu hospitalier. Le coma était peut-être la raison pour laquelle ses organes avaient été prélevés. Certains chirurgicalement l'auraient été par un professionnel, puis d'autres moins proprement par le tueur lui-même. Il aurait procédé à son rituel sur un corps en état végétatif issu d'un hôpital. C'était peut-être là que le tueur avait trouvé sa victime. C'était là qu'il fallait chercher.

Pour faire quoi ? Il trouverait plus tard.

Foster n'avait parcouru qu'une petite partie du chemin mais il était sur des charbons ardents. Il devait se calmer. Faire retomber la pression. Maintenant, il lui fallait découvrir dans quel hôpital avait été Myriam Lehren, ce qui représentait une difficulté bien supérieure car Ventura elle-même, même avec les moyens d'investigation du Bureau, n'avait pas réussi à retracer son parcours. Il allait devoir donner de nombreux coups de fil et, pour cela, il avait besoin de temps, de calme et d'une ligne téléphonique sûre. Hors de question de le faire de son portable. Encore moins dans un espace public.

C'était le moment de passer à la suite du plan.

Il lui suffit de relever légèrement la tête de son laptop, de s'étirer, et de laisser, dans son attitude, une petite ouverture au dialogue pour que sa voisine puisse s'y glisser. Elle avait eu sa dose d'indifférence, elle était mûre à point.

— Vous êtes dans l'industrie? demanda-t-elle d'une voix timide.

Il n'y avait qu'une industrie à Los Angeles... le cinéma.

— Pardon?

Foster se tourna vers Sasha comme s'il la remarquait seulement, malgré leur bref échange précédent.

— Scénariste?

C'était le cas de la moitié des types derrière un laptop assis dans le Starbucks. Les places étaient chères. Il fallait se lever tôt pour réussir à se faire la sienne. Dans l'industrie, mais d'abord dans les Starbucks.

— Ah! non, j'aimerais bien, dit-il.

Il expliqua qu'il travaillait dans une autre industrie, pharmaceutique la sienne, jusqu'à il y a peu, mais qu'il avait pris un congé sans solde pour écrire un roman. *Bullshit*...

— Un thriller médical, précisa-t-il, certain qu'elle avait jeté un regard en coin sur ses recherches.

— Cool. Vous aviez l'air excité...

— J'ai peut-être trouvé la fin de mon roman, dit-il.

Il ajouta qu'il était de Chicago et séjournait à Los Angeles pour rencontrer quelques personnalités dans ce domaine qui travaillaient à UCLA ou dans des start-up expérimentant de nouvelles molécules. En particulier les drogues nouvelles.

— Je suis preneuse, dit-elle en se marrant.

Foster rit avec elle. Elle lui plaisait, c'était une bonne surprise. Il était certain qu'elle l'avait reconnu. Il lui avait envoyé suffisamment de signaux. Elle retira ses écouteurs.

— Je suis aussi de Chicago, dit-elle. Lombard, Illinois.

Sasha lui raconta qu'elle gagnait sa vie comme cobaye pour des produits de beauté, principalement. Elle aurait bien voulu tester d'autres types de médicaments qui payaient mieux, mais révéla qu'elle était «*in the spectrum*», ce qui signifiait sujette à une forme d'autisme, et cela l'éliminait pour tout ce qui concernait les essais cliniques à tropisme cérébral. Dommage, c'étaient les plus lucratifs. C'était aussi pour cette raison qu'elle écoutait constamment de la musique, expliqua-t-elle, pour abreuver son cerveau de stimulations qui lui évitaient de générer des pensées angoissantes. Ses neurones avaient du mal à se mettre au repos…

Elle avait essayé toutes sortes de traitements, mais c'était encore ce qui, selon elle, marchait le mieux. Avec peu d'effets secondaires, à part danser seule dans sa cuisine…

— Je vois, dit Foster. Cela vous va très bien. Ne changez rien. Et c'est un ancien membre de l'industrie pharmaceutique qui vous le dit.

Elle sourit et lui tendit la main.

— Sasha McFarlane.

— Nate, dit Foster. Nate Caldwell.

Elle sourit. Lui aussi. Elle remit ses écouteurs. Il reprit ses recherches.

44

Trois jours s'étaient écoulés depuis que Gina Bartoli avait été tuée. Trois jours que Foster n'avait pas donné signe de vie. Trois jours que sa tête était apparue sur toutes les chaînes d'information nationales avec la mention : «Qu'est-il arrivé à l'écrivain star des faits criminels, devenu chasseur de tueurs pour le FBI, Nicholas Foster?», suscitant de multiples débats et questions.

L'image commençait à s'effacer pour laisser place à d'autres visages, d'autres faits divers, d'autres actualités. Seules les chaînes locales de Los Angeles continuaient de mentionner la disparition de Foster. Sa Jaguar avait été retrouvée sur le parking d'un supermarché de Santa Monica, attirant l'attention d'un employé, quarante-huit heures après que le vol d'une Chevrolet Malibu y eut été signalé.

Le Bureau, expert comme toujours en désinformation, n'avait laissé filtrer aucune information relatant des soupçons envers Foster et on ne parlait que de «disparition coïncidente à une affaire criminelle». À aucun moment on ne laissait entendre que Foster pût avoir une quelconque responsabilité dans la mort de la jeune journaliste. Comme à Rome, vingt et un ans plus tôt, il était une victime.

Victime un jour, victime toujours, pensait Ventura.

C'était pratique pour elle, cela lui permettait de mener les recherches avec sérénité, sans être harcelée par la presse. Cela facilitait la fuite de Foster, mais elle préférait ça : tant qu'il était en cavale, elle pouvait suivre ses diverses pistes. S'il se faisait arrêter, il deviendrait le suspect principal et l'enquête lui échapperait. La seule pression à laquelle elle devait résister était celle de ses chefs. Jusqu'à présent, elle avait su faire avec.

Même si elle se doutait qu'ils l'attendaient au tournant.

La mort de Gina Bartoli avait ouvert une nouvelle brèche dans l'enquête sur Myriam qui l'enrichissait et la ralentissait. C'était comme mener une guerre sur deux fronts. De celles qu'on finissait par perdre... À cause de cela, Ventura n'avait pas eu le temps de traiter les nouvelles informations en provenance de l'Illinois parmi lesquelles se trouvait le plan d'occupation de la prison de Tamms.

Elle s'y colla enfin.

Hollmann, qui portait le matricule I345ER67, avait occupé la cellule 236B, puis avait été transféré à sa demande en 467H. Il avait eu quatre voisins de cellule durant sa détention dont on avait communiqué les matricules à Ventura. Les détenus I126DF34 et I623HJ58 avaient occupé les cellules 235B et 237B, puis les I398HR43 et I543EC89 les cellules 466H et 468H.

Un détail attira son attention.

Elle remarqua que quand Hollmann avait été transféré dans le bâtiment H, le détenu I623HJ58 avait été à son tour transféré dans le même bâtiment. H. Précisément en cellule 468H, de nouveau voisine de Patrick Hollmann, remplaçant le détenu I543EC89.

Tous ces matricules étaient par définition des criminels endurcis dont le profil justifiait, aux yeux de la direction de l'IDOC, la mise à l'isolement permanent. Pourquoi un voisin de cellule aurait-il été déménagé en même temps que Patrick Hollmann?

Ventura avait dû rappeler pour demander accès à la base de données dans laquelle elle pouvait chercher les noms correspondants aux matricules qu'on avait, comme par hasard, «oublié» de lui fournir. Les quatre détenus s'appelaient Gary Fowler, Jeffrey Spreicher, Luke Digiusto et le dernier, celui qui avait été voisin de cellule d'Hollmann à deux reprises, était un condamné à mort qui se nommait Harold Netter.

Fuck.

Ventura sentit son cœur s'accélérer et taper dans sa poitrine. Elle venait d'établir un lien entre le passé et le présent. L'homme dont Foster avait trouvé et fait identifier l'empreinte digitale avait été voisin de cellule de Patrick Hollmann tout au long de sa détention à Tamms.

Elle se plongea dans son dossier.

Netter était arrivé à Tamms dans le premier wagon de prisonniers depuis le centre de détention de Stateville, Illinois, fin 1995. Il attendait encore son exécution dans le couloir de la mort lorsque Hollmann avait été exécuté le 21 avril 1998. Il était le prochain dans la file d'attente.

Comment, si c'était lui qui s'était introduit dans la maison de Foster, pouvait-il être encore vivant en 2008 ?

Originaire de Californie, Harold Netter avait été condamné pour avoir tué trois membres d'une même fratrie. Trois frères de retour d'une fête de famille qui avaient résisté à une tentative de vol et qu'il avait poignardés. Il avait toujours juré ne pas être le seul auteur des trois meurtres, mais en vain. Il s'était même inventé un complice qui, disait-il, avait commis un des meurtres, surnommé Ronnie.

Un complice dont il ne connaissait évidemment ni le nom ni l'adresse…

La parfaite recette pour la peine capitale.

Par un décret d'exception et pour ne pas infliger trois procès successifs à la même famille, compte tenu du lien de parenté des victimes, il fut validé par la Cour suprême de l'Illinois que Netter pourrait être jugé en une seule fois pour ses trois crimes supposés. Il fut reconnu coupable après un mois de procès et trois jours de délibéré. Le verdict qui le condamnait à la peine de mort tomba le 21 juillet 1989, dix-huit mois après son triple crime. Une fois transféré à Tamms, il vit son exécution fixée pour le 21 juillet 1998, soit neuf ans après le jugement.

Ce fut alors que le destin lui fit un cadeau. Désireux de calmer la polémique sur les conditions de détention, le directeur de l'IDOC mit fin aux exécutions à Tamms quelques semaines seulement avant celle de Netter qui fut reportée *sine die*. Sa peine, ainsi que celle des cent soixante-sept condamnés à mort de l'État de l'Illinois, fut ensuite commuée en prison à vie en 2003 par le gouverneur George Ryan lorsque celui-ci décida la suspension de toutes les exécutions.

Le 17 janvier 2008, un homme du nom de Ronnie Mitchell fut arrêté pour le meurtre d'un chauffeur de bus.

Netter reconnut en lui son soi-disant complice.

À la demande d'un de ses avocats, on compara son ADN avec des traces de sang sur les habits d'une de ses trois victimes qui, par chance, avaient été gardés dans les scellés du palais de justice de Cook County.

L'une d'elles matcha.

Ce qui n'innocentait pas Netter, loin de là, mais était suffisant pour remettre en cause le procès qui l'avait condamné à mort. Il n'était plus le seul coupable. Les conséquences furent catastrophiques pour le système judiciaire car, faute d'avoir eu un procès pour chacune de ses victimes, c'était l'ensemble du verdict contre Harold Netter qui fut annulé par un *habeas corpus* ordonné par un juge du 5e circuit de la cour criminelle du comté de Cook.

Dix ans après l'exécution de Patrick Hollmann, Harold Netter fut libéré de Tamms. Le 23 septembre 2008. Il retourna vivre en Californie où il avait déclaré son domicile. À Santa Clarita.

Chez sa sœur, qui, depuis son mariage, s'appelait Kate Renshaw.

45

Foster se réveilla sur le canapé d'un deux-pièces situé dans un petit complexe au loyer plafonné sur Marine Street qu'une amie sous-louait à Sasha pendant qu'elle suivait ses études en Floride.

La veille au soir, épuisé, il s'était endormi peu après la proposition de Sasha de séjourner chez elle. Elle avait même fait du café avant de le laisser. Elle lui avait expliqué qu'elle sortait tous les matins pour aller dans le Starbucks où ils s'étaient rencontrés, car son thérapeute lui avait recommandé de rester le moins possible isolée. Foster était étonné de constater à quel point la solitude était un poids que chacun prétendait ignorer. Il avait juste eu à lui dire qu'il se sentait seul pour qu'elle lui offre l'hospitalité.

Si jamais elle avait eu l'intention de coucher avec lui, c'était raté, mais ce n'était même pas le cas. Elle se sentait juste désespérément, maladivement, seule. Foster savait de quoi elle parlait, il connaissait ce sentiment depuis son plus jeune âge. Il se dit qu'il avait le chic pour repérer les paumés, les marginaux, les blessés de la vie qui n'entraient pas dans le moule de la société.

Normal, il était comme eux.

Grâce à Sasha, en attendant, il avait un toit et pouvait reprendre le fil de son enquête.

Comment rechercher une personne dans le coma ? Commencer par la première cause de coma, les accidents de voiture.

Il trouva plusieurs cas de jeunes femmes hospitalisées après un accident, mais seule une poignée d'entre elles n'avait pas été identifiée. Il se concentra sur un entrefilet dans un journal local. « *Hit and Run* : une femme de 25 ans heurtée par une voiture à Long Beach laissée pour morte au milieu de la route. » Pas de papiers d'identité mais sa description correspondait à celle de Myriam.

Il appela les hôpitaux de Long Beach.

Après plusieurs tentatives, il apprit du service de réanimation du Long Beach Memorial Hospital qu'une femme non identifiée victime d'un accident avait été admise dans un état végétatif six mois auparavant. Elle portait de multiples fractures, dont une crânienne massive au niveau de l'occiput, et n'avait jamais repris conscience. *Bingo*.

Quelques minutes plus tard, Foster était sur la 405, direction Long Beach.

— C'est elle, c'est Myriam ? Vous la reconnaissez ? fit Foster en montrant la photo à une infirmière. C'est ma fille, dit-il. Elle a quitté la maison il y a cinq ans. Je n'avais aucune nouvelle d'elle.

L'infirmière lui confirma qu'elle avait été admise six mois plutôt après un accident de la circulation qui lui avait causé de multiples fractures, dont une au niveau de l'occiput responsable de l'état de mort clinique dans lequel elle était arrivée.

Elle n'avait pas été identifiée.

Foster, ému, lui dit qu'il aimerait la voir. Elle lui répondit, navrée, qu'elle était décédée. Ils avaient essayé de la faire revivre par tous les moyens possibles, allant jusqu'à lui administrer une dose massive de Zolpidem, cette molécule qui avait été utilisée en Grande-Bretagne. *Re-bingo*.

Lorsqu'il fut clair qu'elle resterait dans cet état, et sans famille pour s'y opposer, l'hôpital avait pris la décision de lui prélever les reins et les yeux. L'infirmière précisa qu'étant toxicomane, son foie n'était pas en assez bon état pour une greffe ; son cœur non plus : elle était porteuse d'une dégénérescence valvulaire causée par l'utilisation d'aiguilles infectées. Pourquoi avait-il été prélevé alors ? Par qui ?

— Que s'est-il passé avec le corps ? demanda Foster.

— Quelqu'un est venu le chercher.

— Qui ?

Elle l'ignorait. Tout ce qu'elle savait, c'était que le corps avait été enlevé. Mais comme ils n'avaient pas pris son cœur, elle était encore techniquement en vie, au moins pour quelques heures.

Le docteur Henry Williams, le chef du service, lui avait dit que le corps avait été envoyé à la morgue pour être rendu à la famille. Foster demanda à voir le docteur Williams, mais l'infirmière affirma qu'il n'était pas de service aujourd'hui.

Il savait qu'elle mentait. Elle en avait déjà beaucoup trop dit et ne voulait pas perdre son job. Il n'insista pas. Seule une autorité judiciaire pourrait faire parler Williams, mais Foster repartit avec autant de réponses que de questions.

Qui était venu chercher le corps de Myriam ? Un médecin ? Un infirmier ? Un flic ?

Coincé dans les embouteillages de la 405 autour de LAX, l'aéroport international, Foster réfléchissait. Son meilleur atout pour le savoir était Ventura. Il devait la contacter. Il ne pouvait pas l'appeler, car ses téléphones étaient certainement sur écoute. Il ne pouvait pas non plus se présenter chez elle.

Mais il connaissait ses habitudes matinales.

46

Ventura avait quitté Los Angeles aux premières lueurs de l'aube.

Elle avait rendu une visite à Jorge Garcia, le manager de Lily of the Desert Mobil Home, la veille. Il avait été surpris d'apprendre que l'homme qui partageait la vie de Kate Renshaw était son frère, Harold Netter, lequel n'avait certainement pas envie qu'on fouille dans son passé.

Jorge blêmit en apprenant que le soi-disant pilote d'essai était un assassin naguère condamné à mort libéré de prison. Il reconnut sa photo et lui assura qu'il ne l'avait plus revu depuis le décès de Kate. Il était juste venu déménager les affaires de sa sœur et lui avait indiqué l'adresse où renvoyer le courrier. 300, Cooke Road, Lompoc, Californie.

C'était l'adresse de la communauté fondée par Amy Hollmann.

Elixir of Life.

Les éléments s'ordonnaient dans l'esprit de Ventura. Elle commençait à y voir clair.

Elle appela Banister. À eux deux, ils détenaient toutes les pièces du puzzle. Il lui révéla le rôle d'ange gardien que Netter avait joué à son initiative auprès de Patrick Hollmann durant sa détention à Tamms. Il aurait dû subir l'injection fatale peu après Hollmann, ce qui était le calcul parfait. Les choses avaient quelque peu dérapé, mais Banister ignorait totalement que Kathlyn Netter était devenue Kate Renshaw et que le frère et la sœur faisaient chanter son client.

Telle fut en tout cas la défense de l'avocat lorsqu'elle l'appela.

Il était désormais clair que c'était Kate qui avait harcelé Foster et Netter qui s'était introduit dans sa maison en octobre, six ans auparavant. Foster s'était débrouillé pour le savoir en faisant analyser les empreintes dans le cadre du meurtre de Chelsea Watson à Pasadena. Le petit mot « Ne m'oublie pas », preuve du chantage, lui était destiné et avait probablement été laissé par Netter dans la maison de Malibu. Foster avait ensuite cédé au chantage en ordonnant à Banister le virement de trois cent mille dollars sur le compte de Kate Renshaw.

Plus rien ne s'était passé pendant six ans. Puis Kate était morte. Et il fallait croire que Netter avait de nouveau besoin d'argent. Il avait dû relancer Foster, mais celui-ci n'avait sans doute pas réagi comme il l'entendait.

Alors, il avait mis en route sa vengeance.

D'abord en prenant contact avec une journaliste, Gina Bartoli. Il l'avait informée qu'il avait été payé par Foster. Peut-être lui avait-il révélé les véritables raisons de ce chantage ? Était-ce cela qu'elle appelait « le pacte » ?

Puis, Foster ne réagissant toujours pas, il était passé à la phase suivante du chantage en tuant Myriam Lehren dans le style de Patrick Hollmann. Et enfin Gina elle-même lorsqu'il comprit qu'elle avait fait alliance avec Foster. Il attendait certainement pour sortir de l'ombre et s'attaquer directement à Foster. Ventura espérait le prendre de vitesse en se rendant à l'adresse qu'il avait laissée.

La petite ville de Lompoc, proche de la côte, avait beau se situer à moins d'une heure de Santa Barbara, elle donnait l'impression d'un univers parallèle. Elle était le siège de multiples communautés religieuses et de deux institutions majeures du pays, l'armée et la prison. La base aérienne Vandenberg Space Force Base et le centre de détention Federal Correction of Institution, FIC Lompoc, étaient les deux piliers de l'emploi et de la vie locaux.

Ventura était partie à cinq heures du matin pour éviter les embouteillages. Elle avait pris la 405, quasiment déserte à cette heure. Elle fit un premier arrêt dans la ville d'Oxnard où elle avait fait le plein d'essence. Elle était au volant depuis quarante-cinq minutes. Il était à peine six heures et la chaleur, déjà, brûlait la peau. Elle prit un café à emporter. Elle roula pendant presque deux heures sur la Route N° 1 en direction de Lompoc dont la traversée fut brève.

Ventura suivit Ocean Avenue qui filait au milieu des champs en direction de la côte. Occupée par les différentes infrastructures de la base militaire, la pointe rocheuse au sud était fermée au public, et chaque route qui y conduisait était barrée d'un panneau d'interdiction. Ventura se souvint que c'était un des centres où étaient développés et lancés les missiles du programme de défense antiaérien. Un tir d'essai, récemment, avait été pris pour une comète par des riverains. Certains avaient même cru à une apparition divine.

Ventura arriva à l'extrémité d'Ocean Boulevard, face aux dunes, puis continua au sud sur Coast Road qui longeait le littoral jusqu'à la base de Vandenberg. Cooke Road, qui finissait en un cul-de-sac, était la troisième route sur la gauche. Une des dernières accessibles avant de passer en territoire militaire. Amy Hollmann et sa communauté s'étaient installées à l'endroit le plus éloigné du territoire librement accessible.

Comme un point extrême et final de cette liberté absolue revendiquée par Patrick Hollmann.

La surveillance des communautés religieuses faisait partie des attributions des services antiterroristes du FBI. Or, depuis le 11-Septembre, ceux-ci avaient mis l'accent sur les dérives islamiques, au point que Ventura se demanda si le Bureau avait fait son boulot de vérification avec Elixir of Life. Elle comprenait une quarantaine de membres mais dont seulement une douzaine d'adultes vivaient ensemble en permanence. Des couples. Des familles. D'autres membres, plus éloignés, appartenaient au mouvement sans partager son quotidien.

C'était peut-être le cas de Netter.

Selon les données du FBI, Elixir of Life tirait ses ressources financières de la fabrication et du commerce du vin. Or, contrairement à la plupart des vineries de Lompoc, la petite communauté n'était pas installée sur les terres viticoles, mais tout près d'une plage connue par les amateurs de surf appelée Surf Beach.

Ventura ralentit au moment où elle approcha les bâtiments. Ils formaient une structure qui rappelait l'architecture de certaines bases militaires dont tous les corps regardaient vers un espace central et protégé. Elle se dit qu'il y avait peut-être un architecte parmi les membres de la communauté. Ou un ancien militaire.

Elle repéra un signe au-dessus d'une des constructions, une espèce de X fusionné avec un L, dessinant une sorte de sigle qui pouvait être un emblème commercial aussi bien que religieux. Tout avait l'air parfaitement normal. Et de prime abord rassurant.

Mais Waco aussi, se dit Ventura en descendant de voiture. Elle avait décidé de venir seule, c'était un risque. Ils pouvaient planquer Netter, elle cachait son Glock sous sa veste. Si c'était le cas, elle comptait sur l'effet de surprise. Débarquer avec la cavalerie, sans mandat, aurait été aussi complexe juridiquement que dangereux. Elle préférait garder la maîtrise de la situation. Même à ses risques et périls.

Sous un porche, elle repéra une femme qui, accompagnée d'une adolescente, rassemblait autour d'elle une dizaine d'enfants de divers âges à qui elle enseignait, semblait-il, l'anglais. Ventura marcha jusqu'au groupe.

— J'aimerais parler à Amy, lui demanda-t-elle.

— Amy ?

Ventura montre la photo la plus récente qu'elle avait de l'ancienne compagne de Patrick Hollmann.

— Ah, Jade, répondit la femme. Vous êtes ?

— J'arrive de Los Angeles. J'ai besoin de lui parler, de la part de Nicholas Foster.

Le nom de Foster était un sésame. L'enseignante la fixa un instant puis se tourna vers sa jeune assistante.

— Reste avec les enfants, dit-elle à l'adolescente. Vous êtes ?

— Une amie de M. Foster, dit Ventura.

L'enseignante se dirigea vers un corps de bâtiment adjacent. Ventura s'approcha du groupe d'enfants et lut une citation écrite sur un tableau : « L'homme est malheureux parce qu'il ne sait pas qu'il est heureux. » *Tout un programme*.

L'institutrice réapparut moins d'une minute plus tard, accompagnant Jade, anciennement Amy Hollmann pour l'état civil, que Ventura reconnut immédiatement. Elle remarqua un homme au teint basané qui les observait depuis le pas de la porte d'où elle venait de sortir. Il ne bougeait pas.

Sa silhouette s'était un peu alourdie avec les années, mais Amy avait gardé cette sensualité un peu brute qui était la marque de l'Amérique profonde. Elle était vêtue simplement d'un pantalon et d'un chemisier blancs. Ses cheveux, blonds à l'origine, viraient vers le blanc et lui fouettaient le visage dans le vent. Sa peau était très pâle. Elle ne devait pas sortir beaucoup.

Ventura se rendit compte que l'institutrice la suivait en tenant une ombrelle qui protégeait Amy du soleil.

— Merci, dit-elle alors qu'elle approchait de Ventura.

La femme eut un geste surprenant : elle tendit l'ombrelle à Ventura. Devant son refus de la saisir, elle sembla paniquer. Mais un petit geste d'Amy suffit à la rassurer et elle retourna près des enfants.

— Je suis Jade, dit l'ex-femme de Patrick Hollmann.

— Agent spécial Ventura, se présenta Ventura en montrant son badge.

— Je sais qui vous êtes, répondit Amy. J'ai appris la disparition de M. Foster. Il n'est pas là. Mon mari vous le confirmera. Si c'est pour cela que vous êtes venue ?

Ventura cacha sa surprise. Pourquoi Foster se serait-il planqué au milieu de ces allumés ?

— Je ne suis pas là pour lui, dit Ventura. Mais pour cet homme.

Elle lui montra la photo d'Harold Netter.

— Vous le connaissez ?

L'expression d'Amy changea brutalement. Elle fit mine de se concentrer sur l'image, mais Ventura savait qu'elle avait reconnu Netter au premier regard.

— Oui, je crois, dit-elle.

— Où est-il ?

— Je ne sais pas.

— Vous l'avez vu récemment ?

— Pourquoi ? Qu'est-ce qu'il a fait ?

— Nous le soupçonnons d'un double meurtre. Dont celui d'une journaliste.

— Mon Dieu…

Amy lui confirma qu'ils avaient reçu la visite de Netter. Il y avait un mois environ.

— Il s'est présenté comme un ancien compagnon de cellule de… de mon premier mari. Patrick.

Elle se tourna en direction du bâtiment surmonté du symbole mêlant le X et le L où le nouvel élu de son cœur, mari numéro deux, de loin, continuait de les observer.

— Il avait besoin d'argent. D'un hébergement.

— Vous l'avez aidé ?

— Au bout de trois jours, mon mari lui a demandé de partir.

— Pourquoi ?

— Il était très en colère contre M. Foster. Il disait à qui voulait l'entendre que M. Foster était un imposteur. Et qu'il n'allait pas tarder à payer. Je cite ses mots…

— Et ça ne vous a pas plu ?

— Mon mari et moi, dit-elle, ne voulons pas avoir d'ennuis. J'ai fait suffisamment d'erreurs dans ma vie.

Elle ajouta que cela faisait plus de seize ans que Patrick Hollmann était mort, elle avait tourné la page.

— Et mon mari aussi, ajouta-t-elle. Nous sommes passés à autre chose.

374

— Pas Netter, visiblement, la contra Ventura. Il a laissé des affaires ici?

— Venez, il y a des choses qui peuvent peut-être vous intéresser.

Amy conduisit Ventura jusqu'à son mari.

— Je vous présente Onyx, dit-elle.

— C'est le nom d'une pierre qui a le pouvoir d'améliorer l'estime de soi, expliqua-t-il.

Ils échangèrent une poignée de main. Onyx sourit. L'idée d'être pris pour un allumé semblait lui convenir.

— Le jade, lui, aide à trouver la paix intérieure, dit Amy. Chacun ici possède un nom de son choix.

— Très bien, dit Ventura.

— L'agent Ventura me disait que Netter était suspecté d'un double meurtre.

Onyx ouvrit de grands yeux. De taille moyenne, il était d'une origine étrangère que Ventura n'arrivait pas à situer. L'Inde ou les Philippines. Son accent, en tout cas, était plus british que local.

— Mon Dieu, dit-il en touchant un bracelet de pierres noires qu'il portait au poignet. Je sentais que cet homme ne portait que le malheur.

— Il se peut qu'il exerce un chantage sur Nicholas Foster. Vous avez une idée de la raison?

— Netter était le protecteur de Patrick en prison. Je sais que Nicholas le payait pour ça, dit Amy.

— Ça ne peut pas en être la seule raison, envisagea Onyx. Déjà que c'est de l'histoire ancienne... Et il n'y a pas de quoi faire chanter quelqu'un.

— Il y en a une autre, à votre avis, madame?

Amy baissa légèrement les yeux. Avant de croiser le regard de Ventura.

— Pas à ma connaissance, dit-elle.

— Vous savez que cacher sciemment une information à un agent du FBI constitue un délit fédéral puni par cinq années de prison.

— Venez, dit-elle après une hésitation.

Onyx et Jade conduisirent Ventura dans la pièce où avait séjourné Netter. Il avait laissé le courrier de sa sœur, quelques effets personnels, et un livre corné : *Crime et Châtiment* de Dostoïevski. Amy expliqua qu'il avait appartenu à son ex-mari, Patrick Hollmann. Netter ne s'en séparait jamais. Il disait qu'il lui portait bonheur.

Ventura fouilla parmi les habits et trouva, dans une poche de pantalon, une statuette similaire à celle placée dans l'utérus de Myriam représentant une divinité indonésienne.

Un Leyak.

47

Bantaeng, Indonésie. 18 novembre 1998

— Il avait fini par se prendre pour Dieu…

Foster regardait le jeune prêtre en soutane blanche ornée d'une croix, surmontée d'une colombe dessinée sur la poitrine, qui, en face de lui, mangeait sa soupe de bœuf épicé à grands coups de cuillère ponctués d'un bruit de succion. Ils étaient assis sous le porche d'un petit restaurant de fortune, à quelques pâtés de maisons de l'église de Bantaeng où Patrick Hollmann avait passé dix ans.

— Jamais je n'aurais imaginé un tel désastre. Il a changé ma vie, dit Sondakh entre deux déglutitions.

Nommé prêtre par intérim à la place de son mentor, l'ancien aide d'Hollmann était devenu, malgré son jeune âge, le père Pratiwi. Ça ne se bousculait pas pour prendre la suite de Patrick Hollmann après la révélation de ses multiples crimes. Le diocèse avait même réfléchi à fermer l'église, mais ç'aurait été reconnaître la faute de l'Église. Alors que c'était celle d'un homme isolé qui, s'il était prêtre missionnaire, ne représentait pas l'institution.

La présence de Sondakh tombait parfaitement et il ne s'était pas trop fait prier pour entrer dans un costume qui, il le savait, était littéralement et symboliquement trop grand pour lui.

— Il a changé la mienne aussi, répondit Foster.

Avant leur rencontre, Foster avait établi le contact avec Sondakh en lui envoyant une longue lettre, ainsi qu'un exemplaire de ses premiers livres. Hollmann lui avait parlé de ce jeune religieux qui l'avait accueilli et avec qui il s'était établi une relation de sympathie dont la profondeur l'avait lui-même surpris.

Cinq années après son départ, Sondakh admit qu'il ne s'en était pas encore remis. Il était content de pouvoir parler de son ancien maître et avait accepté avec joie, écrivit-il en réponse à la lettre de Nicholas, de partager un moment avec un ami commun.

— Vous ne pouvez pas comprendre le vide qu'il a laissé, ajouta Sondakh. Rendez-vous compte, vous l'avez connu pendant six mois, je l'ai accompagné pendant dix ans. Dix ans pendant lesquels j'ai traduit ses sermons, je l'ai suivi, je l'ai servi.

— Et vous n'avez rien remarqué ?

— Remarqué ? s'étonna Sondakh.

— Au sujet de ses crimes, dit Foster.

Sondakh se tut un instant pour se replonger dans son coto mangkasara – le typique plat local à la viande bouillie comme un chewing-gum –, comme si évoquer cette déviance était déplacé. Ou blessant. Ou encore comme si cet aspect de la vie de Patrick Hollmann était anecdotique comparé à l'influence qu'avait eue le prêtre sur la pensée de son jeune serviteur.

— Il a tué ma petite amie, dit Foster. Et moi non plus, je n'ai rien vu venir. Ce n'est pas votre faute. Ce n'est pas ce que j'ai voulu dire.

Foster ne voulait pas le blesser. Il avait besoin de lui. Il remarqua que Sondakh tripotait nerveusement la petite croix de son chapelet de perles noires identique à celui qu'Hollmann avait acheté avec lui à Rome.

— Patrick m'a suggéré de vous rencontrer, ajouta-t-il. Il m'a dit que nous avions beaucoup de choses à partager. Et que vous pouviez m'aider à le comprendre.

Patrick ?... Comment ce jeune Américain osait-il appeler le père Hollmann par son seul prénom? Malgré son insistance, Sondakh n'avait jamais cédé à un tel manque de respect et il avait continué de l'appeler père Patrick.

Foster, immédiatement, perçut une tension chez le religieux et de nouveau il comprit son erreur. Qu'il corrigea aussitôt.

— Ça me fait du bien, dit-il, de prononcer son prénom. Je le sens plus proche. Comme si je pouvais sentir sa présence.

— Il est présent, répondit Sondakh, avec un grand sourire. On ne meurt pas chez nous. Dans nos traditions bugis.

Sondakh vit l'étonnement sur le visage de Foster. Oui, il était prêtre catholique, mais ça ne l'empêchait pas de continuer d'adhérer à leurs croyances traditionnelles.

— Comme une double nationalité, plaisanta-t-il.

Il se pencha alors vers Foster comme s'il allait lui révéler un secret.

— Vous voulez comprendre le père Hollmann, dit-il non sans avoir rapidement regardé à droite et à gauche si on l'écoutait.

À part le bruit des scooters, il n'y avait pas la moindre activité. C'était le milieu de l'après-midi et les habitants, accablés par la chaleur moite, restaient chez eux.

— Ce n'est pas lui qui a tué.

— Comment ça? demanda Foster, sa curiosité soudain exacerbée.

— Son esprit a été corrompu par le Leyak.

OK…

Sondakh expliqua que la pensée de Patrick Hollmann était tellement puissante, qu'il recevait une telle attention dans la population, et surtout parmi les fidèles de sexe féminin, que le Leyak ne pouvait pas laisser faire.

— Il a tué les femmes qu'il essayait de sauver, poursuivit-il. Je vais vous dire un secret. Comment vous croyez que ces statuettes sont apparues dans leur ventre?

Foster attendit.

— De l'intérieur, dit Sondakh.

— Pardon?

— Il n'y avait aucune marque de suture sur leur ventre ou leurs organes. C'est le Leyak qui les a fécondées. C'est la preuve qu'il a poussé le père Hollmann au péché. C'est sa signature.

Tu parles… Sondakh détenait en effet un fabuleux secret. Décidément, si c'était ça qu'Hollmann voulait qu'il apprenne, il s'était un peu foutu de sa gueule. Foster apprit par la suite qu'il n'était pas rare que les Bugis mélangent leur religion officielle avec leurs croyances. Sondakh n'échappait pas à la règle. Son engagement chrétien ne lui avait pas permis de surmonter ses superstitions qui lui faisaient croire que l'esprit sain du père Hollmann avait été parasité par le Leyak.

Foster renonça à en apprendre davantage de sa bouche. Cela ne mènerait nulle part.

Il lui demanda si Hollmann avait laissé des objets, des notes, des carnets.

Sondakh répondit par la négative.

Malgré sa naïveté, Foster accepta la proposition de Sondakh de le conduire sur les lieux du père Hollmann, comme il persistait à l'appeler. Il lui fit visiter l'église, l'endroit où logeait Hollmann, la salle où se tenait l'office.

La première nuit Foster ne put fermer l'œil. L'effet cumulé du décalage horaire et civilisationnel le maintenait dans un état d'excitation particulier. Comme Hollmann lors de son arrivée, il se demanda ce qu'il était venu faire là. Pourquoi le prêtre tenait-il à ce qu'il rencontre Sondakh? Il avait l'impression de rater quelque chose. De ne pas comprendre.

Le lendemain, Sondakh continua la visite. Mais cette fois, il l'emmena sur les lieux où avaient été retrouvés les corps des victimes. Dans des ruelles. Dans la forêt, près d'une rivière. Chaque fois un endroit différent.

La deuxième nuit, Foster fut malade comme un chien. Fièvre, vomissements, douleurs abdominales atroces, cauchemars. Il se demanda ce qu'il avait bouffé, mais réalisa qu'il avait juste reçu une surdose de pourriture morale qu'il n'était pas de taille à digérer. Il se sentait opprimé comme si l'ombre de Patrick Hollmann pesait sur lui.

Il était content qu'il soit mort.

Dans ces spasmes du corps et de l'esprit, où il avait la sensation d'être entouré d'ombres, de monstres, de morts, il lui vint la certitude qu'il allait payer. Ce fut à cet instant qu'il comprit pour la première fois que quelque chose ou quelqu'un allait un jour surgir du passé et le forcer à régurgiter tout ce dont il avait profité.

Il l'appela l'Ombre.

Sondakh croyait au Leyak. Lui croyait à l'Ombre. Finalement, ils n'étaient pas si différents.

Une fois qu'il eut admis cette idée, Foster se mit à aller mieux. Mais il avait compris l'épreuve qui l'attendait. Il était prisonnier de cette attente. Il avait tout, il ne pouvait jouir de rien. Comme un détenu qui a caché un butin dont il ne peut pas profiter.

Condamné à être une ombre parmi les ombres.

Foster repartit quelques jours plus tard. Sondakh l'accompagna à l'aéroport de Makassar. En le saluant, il lui sembla voir dans son œil qu'il avait tout compris.

Sondakh lui adressa une sorte de signe d'adieu, en ramenant ses deux mains jointes contre son front, le touchant avec la pointe des doigts, puis en touchant ses lèvres de la même manière.

Un passager expliqua à Foster que c'était un signe bugis que l'on pratiquait lors des funérailles pour souhaiter aux morts un bon voyage dans l'au-delà.

Cool.

48

Ventura était rentrée de Lompoc et avait aussitôt lancé l'avis de recherche sur Harold Netter. Le filet se resserrait. Les téléphones de Jade et d'Onyx étaient sur écoute. De même que celui de Jorge Garcia à Lily of the Valley Mobil Home.

C'était une question de temps. Soit avant qu'on le repère, soit avant qu'il tue de nouveau.

L'information avait été transmise à tous les postes de police locaux avec une description qui le présentait comme dangereux. Depuis sa miraculeuse libération, il était passé sous les radars. Parce qu'il avait fait très, très gaffe, ou parce que le système avait merdé. Comme s'il y avait mis fin, sa vie officielle s'arrêtait en 2008. Depuis, rien. *Nada*. De sorte que Ventura n'avait trouvé aucune photo récente de lui pour illustrer le mandat de recherche. La seule photo disponible pour l'administration était celle de son arrivée à Tamms, presque vingt ans auparavant. Un logiciel du Bureau permit de faire vieillir artificiellement son visage, mais était-ce vraiment sa gueule aujourd'hui ?

L'attente était pénible mais Ventura n'avait pas d'autres pistes pour remonter jusqu'à Netter. Elle n'avait rien de mieux à faire que d'aller courir, son activité sportive principale depuis qu'elle ne surfait plus.

À son entrée dans le parc, elle repéra le papier punaisé à un arbre, comme une petite annonce. « Docteur Henry Williams. Long Beach Memorial Hospital. » Ventura s'interrompit dans son footing, le détacha et reconnut l'écriture.

Foster.

— C'est exact, dit le docteur Williams à qui Ventura venait de montrer les photos de Myriam Lehren. Cette jeune femme a bien été hospitalisée dans mon service sous le nom de Jane Doe numéro 17.

Elle était, à son arrivée, la dix-septième patiente non identifiée de l'année. Dans un état végétatif dû à un trauma crânien, elle avait été retrouvée inconsciente sur Livingstone Drive à 3 h 35 du matin après avoir été percutée, puis traînée sur plusieurs dizaines de mètres par un camion qui ne s'était pas arrêté. Des témoins avaient donné l'alerte, mais le camion, dont le numéro d'immatriculation n'avait pas été relevé, ne fut jamais retrouvé.

La victime n'avait ni téléphone ni papiers d'identité. Mais une quantité d'opioïdes dans le sang qui expliquait qu'elle ait pu errer au milieu de la rue, inconsciente du danger. Ces saloperies ne tuaient pas que par overdose.

Ventura lui montra les photos de la scène de crime. Williams, sous le choc, reconnut sa patiente, même si elle présentait de nombreuses blessures supplémentaires.

— Comment une victime d'un accident de la route peut se retrouver dans cet état? Et à cet endroit, dans les montagnes de San Bernardino?

Il n'en avait pas la moindre idée. Il donna son dossier médical à Ventura. Après six mois de coma jugé irréversible, il avait été décidé de couper les systèmes d'assistance respiratoire et cardiaque et de prélever les organes qui, malgré la toxicomanie de la victime et grâce à son jeune âge, étaient transplantables. Reins. Yeux. Pancréas.

Les autres avaient ensuite été retirés par le tueur. Mais fallait-il encore appeler «tueur» l'homme qui avait récupéré son corps en état végétatif?

Le docteur Williams avait signé les papiers en bonne et due forme le 13 juin, soit une semaine avant qu'on retrouve le corps. Puis la dépouille avait été envoyée à la morgue du comté de Los Angeles, suivant la procédure habituelle. Là où les équipes techniques et médicales du FBI la renverraient après l'avoir ramenée de San Bernardino.

Retour à la case départ. Mission Road.

Chaque année, l'institut médico-légal de Mission Road recevait près de deux mille corps qui restaient non identifiés. Jane Doe 17 à Long Beach était devenue Jane Doe 453 du comté de Los Angeles. Ou, selon sa fiche, UP (*Unidentified Person*) 14453. Le corps de Myriam Lehren avait été reçu le 28 mai par l'assistant MDI (*Medicolegal Death Investigator*)

Marisol Jimenez. Elle s'en souvenait très bien, car il y avait eu un petit problème.

— Elle était toujours en vie à son arrivée, dit Jimenez.

— Comment ça ?

— Elle était en état de mort cérébrale, mais elle respirait encore d'elle-même.

Son cortex cérébral ne fonctionnait pas mais le cerveau limbique régissant les fonctions automatiques était toujours en état. Marisol Jimenez l'avait signalé à son chef, le docteur Terry Olmedo, chef du département Investigation. Il lui dit de se contenter de l'enregistrer dans la base de données et d'attendre. Le décès n'était qu'une question d'heures.

— Que s'est-il passé ensuite ? demanda Ventura.

— Un infirmier de l'hôpital universitaire UCLA a appelé pour venir chercher le corps, affirma-t-elle. Il avait une autorisation officielle attestant qu'il menait un programme de recherche sur la décomposition des organes post-mortem.

C'était connu, les hôpitaux universitaires recrutaient leurs cobayes dans les morgues. Entre autres. Dans les prisons aussi. Chaque année des corps non réclamés par les familles étaient ainsi récupérés pour être l'objet de diverses études allant de la dissection par des étudiants à des expérimentations post-mortem plus particulières.

Le parcours de Myriam avait dévié à un moment pour finir sous la lame d'un fou.

— Avait-il un identifiant de UCLA ?

— Oui, bien sûr.

— Sous quel nom?

Marisol Jimenez ne se souvenait pas. Elle consulta le dossier mais aucun détail n'avait été noté. L'infirmier avait présenté son formulaire officiel signé et embarqué le corps.

Ventura montra la photo de Harold Netter à Marisol Jimenez. Elle hésita. C'était peut-être lui. L'homme, dit-elle, portait des lunettes teintées qui lui cachaient une partie du visage.

— À quoi ressemblait-il?

— La cinquantaine. Cheveux bruns, légèrement grisonnants.

Environ un mètre quatre-vingts.

— Son visage? demanda Ventura.

— Étrange. Il n'avait aucune expression. Il parlait, mais aucun trait de son visage ne bougeait.

L'homme sans visage.

49

Qui voudrait retirer un corps de la morgue pour tuer quelqu'un une seconde fois?

Jusqu'où Netter, si c'était lui, était-il prêt à aller pour faire pression sur Nicholas Foster? Pour le faire accuser de meurtre? Cherchait-il à nouveau à le faire chanter? Ventura ne savait pas comment Foster avait fait pour la mettre sur la piste du corps, mais c'était la preuve qu'il était innocent du meurtre de Myriam. Car, évidemment, il n'y avait aucune trace de la dépouille du côté de UCLA.

L'homme sans visage avait réussi à s'insérer dans le système, détourner le cadavre de Myriam et disparaître. À quel genre de fou avaient-ils affaire? De quels moyens disposait-il?

C'était presque plus simple de tuer quelqu'un.

— Elle était morte avant d'avoir été tuée.

À son arrivée au Federal Building, Ventura était montée directement au bureau de Casey pour confronter ses chefs.

— Quelqu'un, dit-elle, essaie de faire accuser Foster. Et nous sommes tombés dans le piège. La mise en scène de San Bernardino était un coup monté.

Et selon elle, son auteur et l'auteur du meurtre de Gina Bartoli étaient le même homme. Il avait été un voisin de cellule de Patrick Hollmann et, depuis sa sortie de prison inopinée, exerçait un chantage sur Nicholas Foster.

Il s'appelait Harold Netter.

Casey et McAllister accueillirent ses révélations avec un scepticisme qui s'accordait mal avec leur pertinence.

— Vous avez effectué un travail remarquable, agent Ventura, se contenta de dire Casey.

Froidement. Comme à son habitude.

— Mais la question pour nous, continua McAllister, c'est pour quel motif est-ce qu'il fait chanter Foster ?

— Et moi, j'ai la sale impression que vous le savez, répondit Ventura.

Casey se tourna vers son numéro deux et, d'un mouvement de tête, l'autorisa à parler. McAllister expliqua que, dès qu'ils avaient su que la journaliste Bartoli était sur Foster, ils avaient établi le contact avec elle. Il n'était pas faux qu'ils surveillaient tout ce qui pouvait s'écrire sur le Bureau et ses collaborateurs. Surtout lorsqu'il s'agissait de leur ennemi de l'intérieur.

— Il fallait qu'on agisse vite, car on ne pouvait laisser une journaliste nous ridiculiser en public et démontrer que le Bureau avait, pendant de longues années, abrité un assassin.

— Un assassin ?

— Elle pensait que Foster était l'auteur du meurtre dont il prétendait être la victime collatérale, admit Casey. Elle avait trouvé une vidéo qui accusait Foster. Il avait fait un pacte avec le tueur. C'est ce qu'elle voulait dénoncer.

— Puis, quand elle nous a prévenus que Foster s'était rapproché d'elle, reprit McAllister, nous sommes convenus qu'elle utiliserait tous les moyens pour le faire parler.

— Tous les moyens ? répéta Ventura.

— La séduction, mais aussi d'autres moyens.

— Le Midazolam ? demanda Ventura qui venait de comprendre son erreur.

Ils avouèrent lui avoir fourni cette drogue pour abaisser les résistances psychologiques. C'était elle et non Foster qui avait voulu l'utiliser en la plaçant dans son verre.

De toute évidence, ça n'avait pas marché.

— Le problème, c'est qu'elle a voulu nous doubler et faire son scoop, dit Casey.

— Le scoop a tourné au cauchemar et Foster l'a tuée, ajouta McAllister.

— Non, dit Ventura. Foster n'a pas tué Bartoli. L'auteur de ce meurtre est Harold Netter.

— Vous faites erreur, agent Ventura. Netter n'est qu'un épiphénomène, un opportuniste, un profiteur de guerre. Et je vais vous expliquer pourquoi. Vous vous laissez aveugler par la proximité que vous avez eue avec Foster. Nous avons la preuve qu'il est un tueur, dit McAllister.

Quelle preuve? Où était cette vidéo qui accusait Foster du meurtre de Lisa Dudek?

— La preuve que c'est lui qui a tué Lisa Dudek?

— Il ne s'agit pas du meurtre de Lisa Dudek, dit McAllister. Celui-là, on ne saura peut-être jamais.

— Pourquoi croyez-vous qu'il a payé Harold Netter, agent spécial Ventura? surenchérit Casey. Un ancien détenu, condamné à mort? Un maître chanteur?

Elle se contenta de hausser les épaules. Attendant la suite.

— En même temps que Bartoli enquêtait sur le passé de Foster, on a mis une équipe sur lui, ici, dirigée par moi-même, dit Casey.

— Qu'est-ce qu'il en est ressorti? demanda-t-elle.

— Quatre homicides. Quatre crimes dont nous avons la conviction qu'ils ont tous été commis par Foster.

— Pas seulement la conviction, la preuve, tint à répéter McAllister.

Quatre meurtres qui, expliqua-t-il, étaient passés à travers les mailles du filet grâce à la connaissance que leur auteur avait du système. Ils lui donnèrent le nom des victimes et la chargèrent de reprendre l'enquête. Et de réussir. Ils voulaient d'elle un regard objectif. Neuf. Vierge. Et nettoyé de l'influence de Foster.

Le moment était venu de couper le cordon et de prouver que Foster était un tueur.

Eux en avaient la preuve. Mais ils savaient qu'elle n'était pas prête à l'entendre.

Cette preuve portait un nom.

Jack.

QUATRIÈME PARTIE

JACK

Tous les hommes sont attirés par le crime. Peu parviennent à exercer cette liberté.

Il faut un courage que seuls quelques esprits élevés possèdent.

Il fait de vous un élu. Le porteur d'une mission divine.

Il vous condamne aussi à une solitude qui ne prendra fin qu'à votre mort.

Patrick Hollmann ne craignait pas la mort bien qu'il ne crût pas à la survie de l'âme, pourtant au cœur de la pensée chrétienne.

Mais il ne pouvait pas disparaître sans laisser une marque de son passage, de sa pensée, de sa liberté.

Sans quoi ses crimes n'avaient aucun sens.

Il pensait à tous ces religieux des siècles passés qui, posément, méthodiquement, avaient consacré leur vie à recopier les pages du Livre Saint. Ces moines scribes étaient les héros anonymes du christianisme.

Il rêvait que, comme ceux des apôtres, ses écrits traversent les siècles.

Mais, pour cela, il lui fallait trouver son scribe.

Il lui fallait un disciple.

Quelqu'un qui allait le reconnaître pour maître, le comprendre et, qui sait, peut-être poursuivre son œuvre.

50

Tappanjeng, Indonésie. 1er décembre 1984

Une épiphanie.

L'onde de choc suscitée dans l'esprit de Patrick Hollmann par sa première messe dans sa nouvelle église de Bantaeng avait été dévastatrice. Il l'avait vécue dans une forme d'extase dont la puissance contagieuse et la ferveur exsudaient de son être et se transmettaient à ses fidèles. Plus la cérémonie avançait, plus il se sentait porté, possédé – le terme n'était pas exagéré – par la présence de Dieu en lui. Et plus ses fidèles ressentaient cette présence divine qui émanait de ses mots.

Le rituel catholique, au rythme plat et monotone, était transcendé par la profondeur de l'engouement. Pas besoin de chanter ou de danser comme dans les messes évangéliques pour ressentir vibrer son esprit jusqu'à entrer dans une transe intérieure. S'ils étaient justes et forts, les mots suffisaient.

Il avait su les trouver. Il délivra un sermon que Sondakh entreprit spontanément de traduire afin que toutes les fidèles comprennent la portée des paroles du nouveau maître des lieux. Hollmann improvisa sur la liberté. Il parla avec sincérité de ses doutes. De sa vocation. De la victoire de la foi sur le nihilisme. Comme pour son maître à penser, l'écrivain russe Dostoïevski, dont évidemment personne ici n'avait entendu parler... Mais une foi transformée, personnelle, unique. Une foi qui ne connaissait plus aucune limite.

— Et, dit-il, chacun de nous peut avoir accès à ce rapport intime avec Dieu. Il suffit d'en avoir la volonté. Le courage. Il ne suffit pas de suivre un chemin, il faut le créer.

Sondakh lui-même, dans des sourires mêlés de sueur, semblait transporté. La traduction instantanée l'obligeait lui aussi à chercher les mots justes et, de ce fait, à ressentir ce sermon d'une façon très personnelle, très intérieure, comme si c'était lui qui, inspiré par Dieu, le délivrait. Jamais personne ne lui avait fait un tel effet. Il avait vécu un embrasement de son être. Un moment de fulgurance inouïe. Il avait eu la révélation que sa liberté lui commandait de servir cet homme jusqu'à la fin de ses jours.

La communion fut un pic d'une intensité bouleversante. Hollmann était touché au plus profond par ces visages féminins qui, bien que couverts de défauts et d'imperfections, rayonnaient grâce à lui. Transformés. Magnifiés. Désirables. Patrick Hollmann se sentait porté par Dieu.

Il était Dieu.

Patrick Hollmann était sorti de cet office épuisé, mais heureux. Prêcher en évoquant la pensée de

400

Dostoïevski lui avait fait du bien. Ce qui n'aurait pas été possible dans le Wisconsin. Et puis quoi encore... Il n'aurait jamais pu aller aussi loin dans l'exaltation de la liberté. On l'aurait regardé comme un cinglé, déjà qu'il faisait figure de prêtre avant-gardiste... Lui-même s'était laissé emporter par ses propres mots. Ils l'avaient emmené bien au-delà de ses pensées et, dans l'immédiateté fulgurante de l'instant, lui avaient ouvert de nouveaux horizons.

Si sa mission était de faire avancer le christianisme dans ces terres reculées, elle lui permettait de faire avancer ses propres pensées dans les terres encore vierges de son cerveau. C'était gagnant-gagnant.

Il savait qu'il avait un long chemin à parcourir pour se comprendre lui-même. Il avait tué quatre femmes. Il cherchait toujours à appréhender ce qui, en lui, l'avait amené à cette fatalité. Une fatalité qui, encore à cette époque, le questionnait et le rendait triste. Chaque prière, chaque sermon était un pas vers cette compréhension. Il ignorait cependant pourquoi, mais il percevait que, dans ce mélange d'isolement, de solitude et de ferveur, il finirait par éprouver le sens de cette transgression.

51

Les quatre homicides imputés à Foster étaient sur la liste que Ventura avait trouvée lors de la perquisition dans sa maison de Malibu.

Quatre meurtres, comme Patrick Hollmann.

Quatre homicides de femmes commis sur un intervalle de six années, commencé à l'automne de l'année 2008, dont Ventura ne voyait pas comment ils pouvaient relever du même auteur. Le programme VICAP de Quantico, consistant à analyser et comparer les dossiers jusque dans leurs caractères les plus insignifiants, n'y avait détecté aucun point commun suffisamment révélateur pour lier ces crimes entre eux. Foster non plus n'y avait pas vu cette signature inconsciente dont il avait développé la théorie dans ses livres.

Casey et McAllister avaient été alertés par le programme Crossroads qui, contrairement au VICAP, ne s'appuyait pas sur l'informatique, mais sur l'humain. Il s'agissait pour chaque antenne du Bureau de faire réexaminer ses *cold cases* par des agents d'une autre branche. La procédure était toujours la même : chaque année, des agents des bureaux de Sacramento, de San Francisco ou de San Diego analysaient les crimes non résolus de la région de Los Angeles. Et inversement, les agents de Los Angeles faisaient le même travail pour San Francisco, San Diego, Sacramento…

Ventura avait réexaminé les *cold cases* de la branche de San Diego trois ans auparavant.

Ce regard nouveau menait de temps à autre à la résolution d'un cas, mais il ouvrait avant tout une nouvelle perspective sur les affaires qui permettait parfois à l'enquête de rebondir. Un rapport était alors transmis anonymement afin d'éviter les rivalités internes.

Concernant les quatre meurtres, Casey et McAllister devaient respecter cet anonymat et, s'ils lui donnèrent le nom de l'agent spécial de l'antenne de Sacramento qui avait fait ces rapprochements, Roman Farrell, ils interdirent à Ventura de prendre contact avec lui.

C'était l'hypocrisie du Bureau.

Quatre homicides que rien ne reliait. Ni l'origine ethnique des victimes, ni les lieux des crimes, ni le mode opératoire. Une chose était évidente, dans chaque cas, l'auteur du meurtre n'avait laissé que très peu d'indices matériels. S'il s'agissait d'un auteur unique, il était doté d'une maîtrise de soi tout à fait singulière. C'était le meurtrier le plus précis, le plus structuré qu'elle avait jamais connu, avec, qui plus est, une connaissance du système si pointue qu'elle lui avait permis de passer à travers ses grilles les plus fines. C'était possiblement un «*insider*», quelqu'un de l'intérieur, comme l'avait suggéré Farrell, qui connaissait aussi bien le fonctionnement des outils de détection du Bureau que le cerveau de son consultant star, Nicholas Foster.

Cela semblait vrai puisque Foster lui-même, sur le coup, n'y avait vu que du feu. Sauf si, bien sûr, il en était l'auteur. Mais c'était une autre histoire que Ventura n'était pas prête à croire…

La plus récente des quatre victimes, Mary Jane Kim, une jeune mère de famille d'origine coréenne, avait été retrouvée le 27 novembre 2012 dans la Los Angeles River, à Canoga Park, sous le pont d'Owensmouth Avenue, à quarante kilomètres de Korea Town où elle résidait avec sa famille, et avait été filmée une dernière fois par des caméras de surveillance en train de prendre un bus sur Wilshire Boulevard. Cause du décès : strangulation. Son mari, Richard Kim, avait déclaré sa disparition le soir même. Une enquête avait été ouverte par le bureau du shérif, puis confiée au LAPD. L'absence de mobile identifié ainsi que les soupçons de crime en série avaient motivé l'intervention du Bureau.

Maria Lucia Pereira, une employée d'école de Gardena, célibataire de vingt-neuf ans, avait été tuée le 17 avril 2011. Son corps avait été découvert à vingt-cinq kilomètres de son domicile dans le Veteran Park de Bell Gardens, lardé de dix-sept coups de couteau. L'un d'eux, mortel, avait touché le cœur. Contrairement à Mary Jane Kim, elle n'avait pas été sexuellement abusée. Maria Lucia avait été vue à la sortie de l'école où elle enseignait, montant dans sa

404

voiture, et n'était plus jamais réapparue vivante. Sa voiture avait été retrouvée, accidentée, sur le parking d'un Food 4 Less, en contrebas de l'autoroute 91.

La troisième victime, Victoria Thomas, dite Vicky, une strip-teaseuse afro-américaine de vingt-deux ans, avait été retrouvée morte le 3 août 2010 dans une chambre d'hôtel à Hollywood. L'absorption massive de fentanyl était la cause du décès. D'abord classée en suicide, sa mort avait été reconsidérée comme un homicide après la découverte de marques cutanées et d'hématomes intrabuccaux lors de l'autopsie qui prouvaient que l'ingestion d'opioïdes avait eu lieu sous la contrainte. Malheureusement, cinq jours avaient été perdus et l'enquête avait stagné. Sa mort était déjà un *cold case* quand le Bureau en avait été saisi.

La quatrième victime, enfin, la première chronologiquement, Chelsea Watson, une mère de famille de quarante-quatre ans, avait été tuée à Pasadena le 12 novembre 2008. Propriétaire d'un restaurant, épouse divorcée d'un chef français, elle n'était plus réapparue après avoir quitté l'établissement vers quinze heures, à la suite du service de midi. Son corps avait été découvert trois heures plus tard, dans sa voiture, une balle dans la tempe. Son ex-mari, avec lequel elle travaillait toujours malgré leur séparation, avait été le premier suspect. Rapidement blanchi. L'affaire avait été confiée au Bureau. Trop tard.

Chelsea Watson…

Le nom interpella Ventura immédiatement. L'empreinte digitale… C'était dans le cadre du premier meurtre de cette possible série que Foster avait soi-disant trouvé l'empreinte de Netter. Ventura savait maintenant qu'il avait effectué cette recherche pour identifier l'homme entré par effraction chez lui.

Netter n'avait rien à voir avec Chelsea Watson. Ni avec les autres victimes.

À moins que…

Foster pensait-il à une implication de Netter dans le meurtre de Chelsea Watson, malgré l'absence totale d'indice et de lien ?

C'était la première d'une série de questions que Ventura aurait voulu lui poser. Pourquoi Casey et McAllister, suivant l'avis de Farrell, voyaient-ils dans ces meurtres la marque d'un serial killer ? Pourquoi, à part leurs propres obsessions, attribuaient-ils ces meurtres à Foster ? Pourquoi Foster lui-même avait-il ressorti ces affaires récemment ? C'était bien qu'il y voyait quelque chose de particulier. Peut-être traquait-il ce tueur dont il avait parlé à son ex-femme…

Et pourtant, même lui, se souvenait-elle, n'y avait pas repéré de signature inconsciente. Elle se replongea dans ses notes.

Chacun de ces crimes, avait-il indiqué, était « psychologiquement neutre ». Ils étaient la marque d'un tueur qui selon ses mots « exécutait un programme », sans charge émotionnelle, sans intention autre, même inconsciente, que d'y parvenir. Comme un robot programmé pour tuer. Sans émotion. Sans excitation. Par principe.

Tuer pour tuer.

Ventura éprouva le besoin de retourner dans la maison de Malibu. Elle savait qu'elle n'y trouverait rien. La perquisition avait révélé ses maigres secrets. Mais elle voulait sentir les lieux tels que Foster les vivait.

Elle resta assise à l'endroit où il écrivait. Elle observait le Pacifique, silencieux derrière les fenêtres parfaitement étanches. Les notes qu'il avait prises étaient encore sur le bureau. Les dossiers des onze meurtres, parmi lesquels les quatre que McAllister et Casey lui attribuaient. Les mots écrits à la main. L'homme sans visage. Jack. L'Ombre.

Petit à petit, Ventura se sentit soudain entrer dans la tête de Foster. Elle parvenait à penser comme il pensait.

Oui, il traquait bien un tueur. Qu'on l'appelât l'Ombre, l'homme sans visage ou Jack. Il avait compris qu'œuvrait en secret un tueur plus habile que tout ce qu'il avait connu jusque-là. Foster était sur les traces d'un tueur en série dont chaque meurtre était si indépendant l'un de l'autre qu'ils semblaient, même à l'œil du profileur le plus expérimenté ou du logiciel le plus perfectionné, n'avoir aucun point commun.

Ventura eut à son tour la révélation.

Elle avait envie de crier.

Le point commun entre ces quatre meurtres était précisément de n'avoir radicalement aucun point commun.

C'était humainement impossible. Et ça ne pouvait donc pas être un hasard. C'était calculé. Et c'était le but. Son auteur, en démontrant une telle maîtrise, avait voulu battre le système.

C'était son mobile.

Ventura tenta le coup et appela Meredith Bartlett qui accepta le principe d'une nouvelle rencontre. Elles se retrouvèrent près du bassin du Beverly Hills Park, le long de Santa Monica Boulevard. Meredith portait un tailleur veste et pantalon de grande marque, couleur pêche, des lunettes de soleil et un chapeau large et souple qui visait à cacher son visage autant qu'à le protéger des UV.

Ventura, dans le costume officiel du Bureau, se sentit immédiatement inférieure, comme chaque fois qu'elle croisait Meredith Bartlett. Elle décida, presque par réflexe animal, d'attaquer fort. D'emblée, elle lui fit part des soupçons du Bureau sur Foster. Ce que, souligna-t-elle, sa fuite accréditait. Et pas seulement à cause du meurtre de la journaliste Bartoli...

— Il serait, selon mes chefs, l'auteur d'un quadruple meurtre.

— C'est n'importe quoi ! Ridicule, répondit Meredith, sèchement.

— C'est malheureusement ce qui va sortir dans la presse si on ne l'empêche pas. Surtout si Vice décide de publier l'article de Bartoli.

— C'est ce qu'elle prétendait ? demanda l'ex-épouse de Foster.

— Je n'en ai pas la preuve, je n'ai pas eu accès aux épreuves de l'article, mais je le crains.

— Et vous, vous pensez quoi?

C'était la question que Ventura espérait.

— Si c'est vrai, dit-elle, c'est une catastrophe pour le Bureau et pour moi. Le Bureau s'en remettra, pas moi. Je vais être virée. Et autant dire que dans ce cas ma carrière est finie.

— Évidemment.

— Mais j'en doute, conclut Ventura.

Elle se positionnait comme une alliée. Par intérêt, certes, mais c'était la façon la plus crédible de convaincre Meredith.

— Vous savez très bien que c'est le Bureau qui alimentait Bartoli en informations.

— Je sais qu'ils veulent éliminer Nick, mais ça ne l'innocente pas. Et j'ai besoin de preuves, ajouta Ventura.

— Qu'est-ce que vous voulez savoir?

— Pourquoi ils le croient capable d'être un tueur. À cause de sa relation avec Patrick Hollmann?

— Peut-être, dit vaguement Meredith.

— C'est pour cela qu'Harold Netter le fait chanter?

— Je ne sais pas.

— Vous pensez qu'il soupçonnait Foster d'être un tueur en série?

— Non. Si quelqu'un soupçonnait l'autre, c'est Nick qui était sur Netter. Certainement pas l'inverse. C'est absurde.

— Il vous l'a dit?

— Oui, reconnut-elle. En tout cas, il soupçonnait quelqu'un. C'était le sujet de son prochain livre.

Avant que tout parte en vrille. Mais il n'y avait pas que ça… Depuis un certain temps, il se sentait suivi, épié. Défié.

— Depuis quand ?

— Aucune idée.

Ventura repensa à l'homme sans visage qui était allé à la rencontre de Susan Lehren. L'Ombre. Jack. C'était le moment.

— Est-ce que Nicholas vous a parlé d'un certain Jack ?

— Jack ? Jack comment ?

— Juste Jack.

Meredith la regarda avec un mépris soudain. Son attitude changea du tout au tout.

— Vous vous foutez de moi ?

— Pas du tout. C'est le nom qu'utilisait l'informateur de la journaliste, dit Ventura. Elle l'a avoué à Foster. Il lui a fait croire qu'il faisait partie du Bureau.

Ventura n'avait jamais perçu une telle condescendance dans le regard d'une autre femme.

— Vous pouvez essayer de me manipuler, mais ne vous foutez pas de ma gueule. Vous savez très bien qui est Jack.

Ventura eut du mal à cacher sa surprise.

— Non.

— Alors vous êtes vraiment la reine des connes !

Meredith tourna brutalement les talons. Ventura la vit s'éloigner vers Santa Monica Boulevard qu'elle traversa sans attendre le feu vert. Elle l'avait perdue.

À cause d'un nom, Jack.

52

Ventura repéra la silhouette de Valdes accoudé au bar, qui sirotait un cocktail assis sur un tabouret, et prit place à côté de lui.

Elle observa son profil et se dit qu'elle aurait pu le croiser dans la rue et ne pas le reconnaître. Son visage décharné, buriné, sa peau mate et grêlée, son regard veiné de sang racontaient les huit années passées à l'écart du Bureau. Elle repensa à l'opinion qu'il avait émise au sujet de Foster, « Enlevez-lui la traque, et il s'effondre... », et se dit qu'il devait parler pour lui-même. Tous deux étaient de la même espèce, ils avaient ce besoin de la traque pour tenir debout.

Il l'accueillit sans se retourner.

— Ça fait longtemps, dit Valdes.

— Trop longtemps, répondit Ventura.

— Comment ça va ?

— Ça va.

Valdes se tourna vers Ventura pour la première fois. Elle eut du mal à soutenir son regard. Elle eut la certitude qu'il savait. Il savait le rôle qu'elle avait joué lors de son éviction. Elle se sentit mal.

— Tu sais pour Nick ? demanda-t-elle comme si elle l'ignorait alors qu'elle l'avait vu en interview à la télé.

— Oui.

— Tu es au courant pour la journaliste ?

— Forcément. Ils croient qu'il l'a tuée ?

— Pas seulement, ils veulent lui mettre quatre *cold cases* sur le dos, dit-elle.

— Lesquels ? répondit Valdes froidement.

Ventura lui montra les noms des quatre victimes. Valdes connaissait ces crimes. Même s'ils avaient été commis après son départ, il s'y intéressait comme s'il avait encore fait partie du Bureau. Ils faisaient partie de l'histoire. C'était son monde. L'histoire de Los Angeles, pour Valdes, était l'histoire du crime. Elle racontait la ville comme aucun autre fait historique ne la racontait.

— Ces crimes n'ont aucun rapport entre eux.

— Je sais. Mais Foster lui-même pense qu'il est passé à côté d'un tueur.

— Et toi ?

Elle lui expliqua sa théorie : ces quatre crimes avaient pour unique point commun l'absence totale de point commun.

— Je pense qu'il a voulu battre le système, dit-elle. Et je me dis que Foster était sans le savoir sur la trace du meurtrier. Quelqu'un de son passé. Depuis le crime de San Bernardino, Nick considère que c'est personnel.

— Tu es sur quelqu'un ?

— Harold Netter.

— Pourquoi lui?

— Il coche toutes les cases. Il a fait chanter Foster. Il a connu Hollmann. Et j'ai retrouvé sa trace dans l'entourage de sa femme…

Valdes étudia le profil de Netter que Ventura avait imprimé à son intention. Il s'attarda sur son lien avec Hollmann durant leurs années de prison.

— Ça a du sens, commenta-t-il.

Valdes se tourna de nouveau vers Ventura et fixa sur elle son regard chargé de sang :

— Si c'est lui, il n'a pas seulement voulu battre le système. Il a voulu battre Foster.

C'était personnel… Comme le supposait Foster. Elle pouvait suivre son cheminement de pensée. Les pièces finissaient de s'assembler. Hollmann. Foster. La communauté de Lompoc où Netter s'était planqué. Les meurtres. Le défi. Foster avait raison. Il était l'Alpha et l'Omega du tueur.

— Pourquoi ils pensent que c'est Foster? demanda Valdes avec perplexité.

— À cause de Jack, répondit Ventura.

Elle avait lancé sa phrase comme si elle connaissait Jack par cœur. La réaction de Valdes ne se fit pas attendre.

— Tu te fous de ma gueule?

— Je serais pas là.

— *Bullshit!* lança Valdes.

— C'est lui qui les a mis sur Nick, selon McAllister.

— Il a analysé les bouquins de Foster? demanda Valdes.

— Sans doute, répondit Ventura qui marchait sur des œufs, ne pouvant pas se permettre de passer pour une conne deux fois de suite.

— Et il en a conclu que Nick était un tueur, ajouta Valdes. Ce fils de pute de Mac est prêt à tout pour arriver à ses fins.

— Ouais... Depuis quand tu connais Jack ? demanda-t-elle.

— Depuis une paie... C'est l'obsession de McAllister. Il a commencé à travailler sur lui secrètement depuis des années. Bien avant que tu sois au Bureau.

— Tu l'as rencontré ?

— Rencontré ?

Il la scruta avec le même regard condescendant qu'elle avait vu chez Meredith.

— Quelqu'un utilise ce nom, dit-elle en se rattrapant aux branches. Il a approché la journaliste...

— Pour brouiller les cartes, dit Valdes.

— Il faut croire, répondit Ventura qui commençait à se faire une idée de qui était Jack.

Ou plutôt de ce qu'était Jack. Car Jack n'était pas humain.

— Tu veux savoir comment ça a commencé ?

Il lui raconta comment, dans les années 90, Jack était né dans le cerveau de McAllister après le passage en Californie d'un tueur en série du nom de Jack Unterweger.

53

Jack Unterweger était le seul point commun entre Patrick Hollmann et John McAllister. Il les fascinait également sans que ni l'un ni l'autre l'ait jamais rencontré.

Hollmann suivait son procès depuis Rome, en 1994, en lisant la presse autrichienne, McAllister avait croisé sa route à l'été 1991 alors qu'envoyé en Californie par un journal viennois, l'auteur et journaliste autrichien faisait une enquête sur le crime à Los Angeles.

«*La face sombre de L.A.*», tel était le titre de son article. «La vie à L.A., écrivait-il, est dominée par la lutte pour la survie, par les rêves brisés de milliers de personnes qui y échouent et d'un nombre égal qui en repartent, parfois morts.» Unterweger savait de quoi il parlait. Aux yeux du public, il était l'exemple même d'une rédemption réussie. À ceux de McAllister, il était une de ces raclures qu'il méprisait plus que tout, une merde humaine qu'il aurait voulu écraser avec son talon. Le jeune agent du FBI ne voyait pas de place pour la rédemption. Jamais. Il ne savait pas d'où venait le mal, mais quand il vous tombait dessus, c'était fini. Il n'y avait ni pardon, ni retour en arrière.

C'était cette détermination qui lui avait fait monter les échelons à une vitesse fulgurante.

S'il avait connu Unterweger dans ses années autrichiennes, il l'aurait brisé. C'était le contraire qui s'était produit : ce fils de pute était venu leur chier dessus, sur leur territoire, dans cette ville de Los Angeles qu'ils essayaient, depuis les années 80, désespérément de nettoyer de ses tueurs en série.

Tout n'avait pas très bien commencé pour Jack. Sa mère, prostituée dans l'Autriche de l'après-guerre, était tombée enceinte d'un soldat américain. Elle avait été emprisonnée pour vol, mais libérée temporairement pour donner naissance à son fils qu'elle abandonnerait peu après à son propre père, un ancien membre du parti nazi autrichien, alcoolique et violent. À seize ans, Jack fut arrêté et emprisonné pour agression sexuelle sur une prostituée. Puis, à vingt-cinq ans, condamné à perpétuité pour le meurtre d'une jeune femme de dix-huit ans, battue et étranglée avec son soutien-gorge. Encore une prostituée.

Tout aurait dû s'arrêter là. Il y a des départs qu'il faut arrêter au plus vite. Sans se poser de questions, pensait McAllister.

Mais au contraire Jack Unterweger découvrit l'écriture en prison, publia plusieurs romans et recueils de poèmes, ainsi qu'une autobiographie intitulée *Purgatoire* dans laquelle il faisait un examen de conscience dont «l'honnêteté, la profondeur et la rigueur morale exceptionnelles», comme l'écrivit un critique littéraire, touchèrent jusque dans les milieux intellectuels. Un comité d'écrivains à la bonne conscience de merde, mené par l'auteure dramatique Elfriede Jelinek et l'écrivain Günter Grass, futur prix Nobel, fit du lobbying afin que Jack Unterweger soit gracié.

Les cons.

Ce que, bien inspiré, refusa le président autrichien en 1985.

Libéré sur parole le 23 mai 1990, après quinze années derrière les barreaux, conformément à la loi autrichienne, Unterweger devint une célébrité et *Purgatoire* un best-seller. Ses pièces furent mises en scène, ses livres lus dans les écoles, ses interventions à la radio firent de lui une personnalité en vue prompte à parler de sa rédemption, mais aussi, avec une franchise déconcertante, de ses crimes. Engagé pour son charisme comme journaliste par un journal viennois, Unterweger fut envoyé à Los Angeles durant l'été 1991 pour écrire sur les différences entre le crime aux États-Unis et en Europe. Ce fut à cette occasion que McAllister croisa le chemin de cette ordure...

Unterweger interviewa des prostituées, des toxicomanes, des sans-abri, des flics. Il se lia intimement avec une jeune réceptionniste de l'hôtel où il séjournait, dans un quartier voisin de Skid Row, nom qui résonnait en lui pour sa réputation d'endroit le plus dangereux du monde, où vivaient SDF, putes, dealers de crack et camés en tout genre et dont l'atmosphère était l'air qu'il respirait. Son milieu naturel. Où grouillait la faune qui était la matière première de ses recherches. De ses rencontres.

Et de ses crimes.

Unterweger était à Los Angeles depuis deux mois quand le corps de Peggy Booth fut retrouvé à Malibu, étranglée à l'aide de son soutien-gorge. Elle avait été vue pour la dernière fois sur Sunset Boulevard, à Hollywood, où elle arpentait le trottoir huit jours plus tôt. À l'image de Vivian Ward, le personnage joué par Julia Roberts dans *Pretty Woman*… Un film qui, comme pour tous ceux qui avaient une connaissance du milieu de la prostitution de Hollywood, ravagé par le Sida, le crack, la violence et la mort, faisait gerber McAllister. Un mois avant était sorti *Le Silence des agneaux*, alors que sa formation à Quantico à peine terminée il venait d'être nommé agent spécial à Los Angeles, d'où il était originaire. McAllister s'y retrouvait mieux, c'était un euphémisme.

Peggy Booth était le premier de trois noms que John McAllister n'oublierait jamais. Shannon Exley et Irene Rodriguez les deux autres.

Shannon avait été découverte allongée sur le ventre dans un terrain vague au sud du centre administratif de Los Angeles, dans un territoire abandonné à l'est de l'autoroute 5. Elle était nue, à part un T-shirt remonté au-dessus de sa poitrine.

Irene fut retrouvée dans le quartier voisin de Boyle Heights, le long de la L.A. River, vêtue en tout et pour tout d'un T-shirt et d'un soutien-gorge. Cette fois enroulé autour de son cou. Mère de quatre enfants, héroïnomane, Rodriguez faisait des passes pour payer ses doses.

Responsable de la nouvelle section VICAP rattachée à l'antenne de Westwood, McAllister avait pour mission d'appliquer le programme de corrélation des indices criminels, afin de profiler les tueurs en série qui, durant ces années, étaient particulièrement nombreux en Californie.

Ce programme dont Foster, plus tard, se ferait un des critiques les plus acerbes.

Les trois meurtres furent immédiatement rapprochés par le programme et attribués de façon quasi certaine à un même auteur. Le profil des victimes, la présentation du corps, la mort par strangulation, même le type de nœud effectué sur le soutien-gorge étaient analogues. Trois crimes commis en moins d'un mois. Trois prostituées tuées par leur dernier client. De quoi vous foutre les nerfs à vif… À peine en place au bureau de Westwood, McAllister était en rage. Il en était sûr, il allait faire son premier coup qui boosterait sa carrière. Los Angeles avait besoin d'un type comme lui. Il n'en dormait plus. C'était devenu personnel.

De ses nuits blanches naîtrait son hostilité pour Nicholas Foster…

McAllister savait ce que c'était que d'être une victime. Et, pour lui, ce n'était pas un trophée à exhiber sans pudeur. Cela vous commandait de faire votre job et de fermer votre gueule.

Lorsque, plus tard, dans son troisième livre, Foster évoqua l'impuissance du Bureau devant le triple meurtre de l'été 1991, la haine de McAllister devint irrépressible. S'il le rejoignait dans l'idée que leur rôle consistait à arrêter un tueur en série le plus tôt possible, McAllister, pur produit du système décrié par Foster, avait pris pour lui chacune des critiques du jeune écrivain.

Pour McAllister, Foster avait joué de son soi-disant statut de victime alors qu'il n'avait qu'une relation superficielle avec Lisa Dudek. McAllister, lui, dont la mère avait été tuée par un tueur en série, Kenneth Alessio Bianchi, surnommé l'Étrangleur des collines (*Hillside Strangler*) savait de quoi il parlait. Le meurtre de Donna McAllister avait eu lieu le 13 octobre 1978. John avait treize ans. Plus encore que le crime lui-même qui l'avait dévasté, il avait ressenti comme une terrible humiliation que sa mère, qui exerçait deux emplois, caissière de supermarché la semaine et serveuse le week-end, pour élever seule ses deux enfants, soit classée dans la catégorie «*sex worker*[1]».

Ce qui était non seulement faux, mais passait à côté du fait que le tueur des collines était en train de changer de méthode et d'élargir le cercle de ses proies au-delà du milieu de la prostitution qui était jusqu'alors sa cible unique.

L'arrestation de Jack Unterweger à Miami et sa condamnation, deux ans plus tard en Autriche,

---

1. Travailleur du sexe.

furent perçues comme un échec personnel par McAllister. Puis comme une honte lorsqu'il apprit que, durant la période où il avait commis ces trois meurtres, Unterweger était en relation avec des officiers du LAPD sous prétexte de rédiger un article pour un journal autrichien. Il avait été accueilli au sein du LAPD pour suivre pendant plusieurs semaines des officiers dans leur travail sans qu'on ait vérifié son passé. Des flics l'avaient promené sur les lieux mêmes de ses crimes.

McAllister se pencha sur les livres d'Unterweger dont il fit faire une traduction. *Purgatoire* le fascina. Non comme il fascinait l'intelligentsia autrichienne, par sa soi-disant honnêteté, mais, à l'opposé, par l'évidence qu'il était le produit d'un cerveau dérangé.

Tout était là. Écrit. Noir sur blanc. Annoncé.

Tout l'inconscient criminogène du tueur était présent dans les mots de Jack Unterweger. Là où ces connards d'intellectuels avaient complaisamment vu un chemin de rédemption, John McAllister vit un boulevard vers le mal.

Il se dit qu'on aurait dû détecter le tueur en puissance dans les écrits de Jack Unterweger.

Il y avait sans aucun doute un moyen d'y parvenir.

Jack était né dans la tête de McAllister.

54

La nuit qui avait suivi la fuite de Foster avait été éprouvante. La conscience éveillée comme en plein jour, elle avait ouvert les rideaux, ce qu'elle n'avait pas fait depuis la découverte du corps de Myriam à San Bernardino, révélant les lumières des immeubles qui longeaient Wilshire Boulevard.

Ventura avait été tirée de son sommeil à deux heures du matin par le souvenir de son audition, neuf ans auparavant, auprès du comité d'enquête interne du Bureau.

— Agent spécial Ventura, combien de temps avez-vous collaboré avec l'agent spécial Valdes ?

— Cela a commencé de mars 2002, date de mon entrée au Bureau, à aujourd'hui.

— À quel titre ?

— Il était mon superviseur référent pendant ma période d'agent stagiaire, puis mon supérieur hiérarchique à partir de ma nomination comme agent spécial.

— Comment décririez-vous votre relation ?

— Fructueuse. Prolifique. Rigoureuse. Il a été un mentor exceptionnel auprès duquel j'ai appris l'essentiel de mon métier.

— À aucun moment vous n'avez repéré une faille chez l'agent spécial Valdes?

— À aucun moment... Sauf...

Elle laissa flotter un silence qui indiquait que sa réponse n'était pas terminée.

— ... quand j'ai été témoin de comportements inappropriés de sa part. J'en ai fait part à mon supérieur, l'agent spécial McAllister. Lui-même l'a rapporté au vice-directeur Casey.

— Quel genre de comportements?

— Une familiarité excessive, disons...

— À l'égard de qui?

— Des personnels féminins de l'antenne de Westwood. Secrétaires. Réceptionnistes. Analystes.

— Que s'est-il passé ensuite?

— Ils m'ont demandé de fournir des preuves du comportement inapproprié de l'agent spécial Valdes.

— Vous l'avez fait?

Ventura se tut. Longtemps, elle avait refusé de répondre aux sollicitations de Casey. Le rapport aux femmes de Valdes était connu de tous dans le service, mais sa position était telle qu'aucune d'entre elles n'osait la moindre action contre lui. La plupart s'efforçaient de l'éviter autant que possible ou de se convaincre que ce n'était pas si grave.

— Je considérais que, tant que je n'étais pas victime moi-même de ses écarts de comportement, ce n'étaient pas mes affaires. À tort, ajouta-t-elle.

Même lorsque Casey lui suggéra qu'elle pouvait faire l'objet d'une promotion éclair, elle ne tomba pas dans le panneau. Elle en ignorait la raison, mais elle savait qu'il voulait se débarrasser de Valdes. Elle n'avait pas l'intention d'être l'arme du crime.

Puis Foster prit un rôle de plus en plus important au sein de la branche. Ventura était magnétisée par sa présence. Même après l'expérience glaçante de Lone Pine, elle continuait de vouloir exister à ses yeux. Et, spontanément, son opinion concernant Valdes se modifia.

— J'ai changé d'idée, dit-elle.

Elle accepta de porter un micro pour enregistrer à l'insu de Valdes des conversations dans lesquelles il exprimait des sentiments vis-à-vis des femmes d'une façon qui, c'était le moins que l'on pouvait dire, n'était pas conforme à l'éthique du Bureau.

— Qu'est-ce qui vous a fait changer d'avis ?

— Je crois que j'ai changé avec l'époque. Mais je pensais qu'il écoperait d'un blâme, ou d'un rappel à l'ordre.

Bullshit… À la suite de son intervention puis de son témoignage anonyme devant la commission interne, l'agent spécial Valdes avait été démis de ses fonctions. Ventura savait que c'était la conséquence inévitable de son action.

La place était libre pour qu'elle devienne la partenaire de Foster. Cela avait été l'unique mobile de son changement d'attitude envers Valdes. En toute conscience, elle avait trahi son mentor pour prendre sa place.

Au moment où Foster était en fuite et Valdes son meilleur allié, elle se sentait mal. L'idée de retourner chez son psy lui avait traversé l'esprit, mais elle l'avait repoussée.

La seule personne à qui elle aurait voulu se confier, curieusement, était Foster. Toute cette aventure lui révélait à quel point il comptait pour elle. Les tempêtes qu'il avait traversées, les épreuves qu'il avait surmontées lui conféraient une autorité, une voix pour l'aider à aller de l'avant. S'il avait été d'une discrétion absolue sur sa propre vie, il n'avait jamais manqué d'être à l'écoute quand Ventura lui parlait de la sienne. Il avait eu des mots simples et forts à la mort de son père.

«Tu es en première ligne, maintenant. Sur la vague. Sans personne pour te retenir.»

Et s'il était coupable? Pourrait-elle lui garder la moindre amitié comme lui l'avait fait avec Hollmann? Saurait-elle abstraire l'homme du criminel?

Pour la première fois, ce qu'elle avait vu à l'origine comme une faute morale, sa fidélité à Hollmann, lui sembla une vertu.

Il l'avait suivi jusqu'au bout. Jusqu'à son exécution. Il avait su voir l'être humain au fond de lui, derrière le monstre. En serait-elle capable? Foster y était parvenu avec le pire des hommes, qui avait commis le pire des crimes. Certains, comme McAllister, le méprisaient pour cela. Allant jusqu'à le prendre pour un tueur.

Ventura, soudain, l'admirait.

Ne pourrait-elle jamais le lui dire? De la même manière, elle n'avait jamais dit à son père qu'elle l'aimait. Comme si elle voulait se protéger par avance de sa propre mort qu'elle n'aurait peut-être pas pu surmonter. Elle comprit que ce silence l'enfermait dans une solitude qui durait depuis trop longtemps, prix à payer pour sa crainte d'être rejetée.

Soudain, elle pouvait comprendre Nicholas Foster. Sa froideur dans l'intimité. Sa distance. Son refus de partager, de s'ouvrir, de s'exposer. Elle était comme lui. Peut-être même que ce qu'elle croyait avoir ressenti chez lui n'existait alors que chez elle.

Il n'était pas là, mais elle sentit une connexion. Une proximité. Une identité.

Elle alla à sa bibliothèque et prit le livre *Lisa, 22 ans* qu'elle ouvrit à la première page. Elle parcourut les premières phrases.

« *Elle avait eu la mort qui correspondait à sa vie. Violente. Saisissante. Cruelle. Grâce à elle, elle survivrait dans les mémoires et son histoire lui donnerait un destin. Je m'étais juré que jamais on ne l'oublierait et qu'un jour, quelqu'un quelque part repenserait à Lisa Dudek. Il suffisait d'une personne. Une seule, inconnue, loin, pour l'aimer même sans la connaître et c'était gagné. C'était l'épreuve que son terrible sort m'imposait, à moi qui n'étais rien, et qui, peut-être, scellerait mon destin. C'était, je dois l'avouer, aussi le moyen de surmonter sa perte.* »

Ventura avait oublié comment le livre commençait. Elle l'avait aimé lorsqu'elle l'avait lu pour la première fois, elle avait été touchée, mais cette fois chaque mot résonnait différemment et il lui semblait en comprendre la moindre nuance. Elle se sentait être cette personne dont parlait Nicholas. Il lui sembla qu'il l'avait écrit pour elle.

Elle tourna quelques pages.

« *Son être était le lieu d'un combat entre la vie et la mort. Son corps était un champ de bataille où se comptaient les blessés, les mutilés, les cadavres mais aussi les survivants. Elle était la joie et elle était la peine. Et je sus au premier regard que sa rencontre allait changer ma vie.* »

Ventura ne put s'arrêter et relut tout le livre sans la moindre pause.

Ce livre qui, selon McAllister, était la marque du tueur.

55

— Un jour, Jack les niquera tous, avait-il dit à Valdes.

Ce jour était-il venu ? McAllister avait mis plusieurs années pour développer son programme dans l'attente que son idée soit rattrapée par les progrès de la technologie et la puissance des calculateurs. C'était le cas maintenant. Enfin.

Jack n'en était qu'à la phase de test et son utilisation n'était pas encore généralisée, car illégale. Il y avait eu des rumeurs, mais seuls les membres d'un tout petit cercle étaient au courant. McAllister ne voulait pas se faire doubler par une société privée qui, dotée de moyens financiers démesurés, genre Google, Apple ou Facebook, leur grillerait la politesse. Mais déjà les résultats théoriques étaient exceptionnels.

L'idée était simple : comme dans le crime, l'inconscient s'exprimait dans l'écrit d'une façon qui échappait toujours à son auteur. Mais il n'échapperait pas au programme « Jack ».

Dans un premier temps, sur une période de plusieurs années, Jack avait stocké, répertorié, classifié et analysé des milliers d'écrits qui, à l'image de ceux de Jack Unterweger, avaient été rédigés par des tueurs. Afin d'y trouver quelque chose de commun. Pas seulement dans leur contenu, ce qui aurait été trop simple, mais aussi dans la forme. Le rythme. La structure. La syntaxe. Les mots.

Ces écrits avaient été séquencés comme un ADN afin d'y identifier des «*patterns*», des séquences, invisibles pour le lecteur mais pas pour Jack, qui constituaient des gènes communs.

Des gènes qui, selon la théorie de McAllister, étaient révélateurs d'un inconscient criminel.

Les gènes du crime.

Jack avait la capacité de détecter ces *patterns* criminogènes dans n'importe quel texte, article, commentaire, livre. Pour peu, évidemment, qu'il soit assez élaboré. Le résultat donnait, sous la forme d'un pourcentage prévisionnel, une probabilité du passage à l'acte criminel de son auteur.

S'il réussissait à vendre son idée, tout ce qui était publié aux États-Unis serait bientôt lu par Jack. Tous les livres. Tous les articles. Tout. Et peut-être un jour toutes les publications qui pullulaient sur ces nouveaux médias sans contrôle qu'on appelait les réseaux sociaux. De là viendrait la véritable pertinence du programme car tout le monde ou presque écrivait en ligne. Des e-mails. Des commentaires sur des articles. Des avis. Le contenu de ces écrits serait comparé à la base de données de Jack.

C'était la grande révolution voulue par McAllister. En comparant ses écrits à la base de données, on pourrait dire à l'avance dans quel pourcentage un individu était enclin à commettre un meurtre. Sur le plan pratique, il permettrait de détecter un tueur en amont, de surveiller ses faits et gestes, et de l'arrêter au moment de son passage à l'acte, juste avant qu'il ne commette son crime.

C'était un outil unique dans la résolution mais également dans la prévention du crime.

Jusqu'à présent, le programme, en phase de test, n'avait été utilisé qu'à rebours, pour confirmer des cas. Mais il avait démontré sa fiabilité. Jack avait analysé en aveugle les écrits de centaines de criminels condamnés ces trente dernières années et ne s'était jamais trompé.

Jamais.

Comme pour toute technologie nouvelle qui introduisait une fracture, McAllister attendait qu'une opportunité se présente pour que le Bureau validât l'utilisation projective de Jack. Puis il en demanderait la légalisation et sa mise en pratique systématique.

L'outil, il en était certain, était tellement performant que la justice suivrait. Certes, il y aurait toujours de bonnes âmes pour crier au complot, dénoncer Big Brother, mais il était convaincu que l'immense majorité de la population adhérerait à l'idée. Pour cela, il fallait qu'il fasse un coup. Il lui fallait une réussite incontestable qui le propulserait sur le devant de la scène médiatique et ferait taire par avance les critiques bien-pensantes.

Ce coup, il l'avait trouvé. Pour ne pas dire monté.

Foster.

McAllister avait passé nombre de ses écrits au crible de Jack. Et l'analyse était ressortie positive. Le PCP, pourcentage criminogène prédictif, était de 95 %.

Foster était un tueur en puissance, ses livres le clamaient. Les quatre meurtres qui lui étaient attribués le prouveraient.

56

« *Le livre qui a réveillé un tueur ?* ».

Tel était le titre de l'article, publié dans la section « Opinion » du *Los Angeles Times*. Il y développait la théorie selon laquelle Nicholas Foster était sur les traces d'un tueur en série qui aurait déjà tué quatre femmes. C'était la raison de sa disparition. Il était écrit par l'ancien agent spécial du FBI, Rodrigo Valdes.

Foster l'avait parcouru, convaincu de voir derrière cette intervention de son ancien partenaire l'initiative de Ventura. Elle savait qu'il lirait le journal afin de suivre les évolutions de l'enquête. En demandant à Valdes d'intervenir, elle lui envoyait un message. Elle était de son côté. C'était sa manière de lui tendre la main. Ou, suivant la version qu'elle avait donnée à ses chefs, de lui tendre un piège. Casey et McAllister l'avaient crue, du moins elle l'espérait.

De son côté, elle s'attendait à ce que Foster envoie un message et surveillait les commentaires de l'article sur le site Web du *L. A. Times*.

Parmi la longue liste de commentaires de lecteurs, l'un d'eux – écrit sous le pseudo Gilmore0712 – attira son attention. « *Les attractions les plus fortes se situent entre deux opposés qui ne se rencontrent jamais* », lut-elle. C'était une citation d'Andy Warhol, l'artiste préféré de Ventura. Foster se moquait souvent d'elle tant cela manquait d'originalité. Comble de la bana-lité pour lui, elle avait même un poster d'une soupe Campbell dans son salon.

Le commentaire suivant était écrit par un certain Fairfax1230 : « *Elle ne s'imaginait pas vivre sans mon-tagnes et elle se dit que, quoi qu'il pût lui arriver, elle avait de la chance de vivre parmi toute cette beauté.* »

Ventura reconnut une citation du livre de Jim Harrison, *The Farmer's Daughter*, l'écrivain préféré de sa mère. Elle lui en avait fait la lecture *ad nauseam* durant ses jeunes années.

Ventura prit note. Fairfax. Gilmore. Elle réfléchit. C'étaient les noms de deux rues qui se croisaient au Farmer's Market, un endroit où Foster aimait par-fois aller bouquiner tranquillement tout en sentant le bruissement de la foule. *The Farmer's Daughter*, le titre d'Harrison, était aussi le nom d'une boutique au Farmer's Market. Cela pouvait être un code. 0712 pouvait signifier le 12 juillet. C'était le lendemain. 1230, l'heure ? Midi et demi.

Ça se tentait.

Foster n'était pas tombé par hasard sur l'article de Valdes. Sasha était revenue de sa matinée au Star-bucks comme chaque jour avec le journal qu'elle avait posé sur la table. Ouvert à la page « Opinion ». L'article de Valdes bien en vue.

Elle aussi lui envoyait un message.

Depuis qu'elle avait offert de l'héberger, elle se contentait de le côtoyer sans vraiment échanger, ses écouteurs constamment vissés à ses oreilles. Elle cuisinait, faisait les courses, dansait et sortait pour fumer de l'herbe sur le petit balcon de la cuisine. Malgré sa discrétion quasi maladive, elle semblait contente. Sa compagnie, effacée, était plutôt agréable et on aurait dit deux amis de longue date qui cohabitaient sans avoir besoin de parler.

Foster prit le journal et la retrouva dans la petite cuisine où elle préparait le dîner. Elle ôta ses écouteurs.

— Tu sais qui je suis ?

— Bien sûr.

Elle l'avait su dès le moment où il était entré dans ce Starbucks, malgré ses cheveux et sa barbe teints. Ce soir-là, une fois rentrée chez elle, elle avait vérifié sur les chaînes d'information et s'était installée à la même table le lendemain intentionnellement. Juste au cas où. Elle avait eu envie de le connaître. Normal, dit-elle, elle avait lu la plupart de ses livres. Elle les avait planqués avant de lui proposer de loger chez elle. Elle en ressortit quelques-uns de sous le lit. Foster fut touché par la couverture usée, les pages cornées, lues et relues dans une solitude qui semblait sans fond. À moins qu'en le rencontrant, elle l'ait enfin touché, le fond…

— Le premier m'a beaucoup émue, dit-elle. Je le relis souvent. J'aime beaucoup Lisa.

Foster l'ouvrit et reconnut son écriture sur la page de garde. « Pour Sasha », avait-il écrit, « le cadeau est empoisonné, mais l'attention délicate. » Elle lui dit qu'elle avait assisté à une séance de dédicace dans la librairie Borders sur Westwood Boulevard, aujourd'hui disparue, et il lui avait offert le livre. Il ne s'était donc pas trompé. C'était bien là qu'il l'avait croisée. Il avait vu juste, doublement. En reconnaissant une fan et en pariant qu'elle ne le trahirait pas.

— Tu sais que je suis recherché?

— Oui.

— Soupçonné de meurtre?

— Oui.

— Et tu n'as pas peur?

— Peur de quoi? dit-elle. Qu'est-ce qu'il peut arriver?

Il haussa les épaules, décontenancé devant tant de naïveté.

— Je pourrais être dangereux.

Sasha sourit. Ce fut son tour de hausser les épaules, comme si l'hypothèse était un peu ridicule. Elle expliqua qu'elle était d'une timidité maladive, sauf lorsqu'une connexion émotionnelle s'établissait avec une personne qui la comprenait. Alors, dit-elle, elle lui faisait une totale confiance.

— Je suis contente de vous aider.

— Pourquoi tu fais ça?

— Je ne sais pas, répondit Sasha, ça m'est venu comme ça.

Elle ajouta qu'elle n'attendait rien en retour. Ils n'avaient pas couché ensemble et ne le feraient probablement jamais. Ou alors plus tard, quand tout cela serait fini...

Foster repensa à Lisa. À Myriam. À Gina. Qui avaient peut-être payé de leur vie d'avoir fait confiance à tort. Hollmann avait raison. Il y avait toujours une femme. Que vous fussiez le pire des hommes.

Cela méritait d'être célébré.

57

Tappanjeng, Indonésie. Décembre 1984

Le soir qui avait suivi sa première messe, Patrick Hollmann, qui venait de recevoir ses bagages, avait entrepris de ranger ses affaires pour distraire son esprit quelque peu surchauffé par les émotions, quand on frappa des coups discrets à sa porte.

Il alla ouvrir. C'était Sondakh.

— Bonsoir, père Patrick.

— Entre, Sondakh.

Le jeune aide était encore tout chamboulé par la cérémonie.

— Je voulais vous remercier pour toutes les émotions que vous nous avez fait vivre, ce soir.

— C'est normal, répondit Hollmann, je suis là pour ça. Et ça n'est pas seulement moi, mais Dieu qui t'a fait ressentir ces émotions.

— Je dois vous dire que je n'avais jamais vécu quelque chose de comparable.

— C'est bien, rétorqua sobrement Hollmann.

Hollmann voyait que quelque chose avait changé dans le regard que portait le jeune homme sur lui, mais il ne voulait pas franchir trop rapidement les étapes.

— Dites-moi si je peux faire quelque chose pour vous, et je le ferai.

— Merci, Sondakh. Je n'hésiterai pas.

Sondakh restait immobile sur le seuil. Il attendait qu'Hollmann lui donne des instructions immédiatement.

— Tu peux rentrer chez toi. On se verra demain.

— Je vous montrerai la crypte, un de ces jours, si vous voulez.

— Très bien. D'ici là, bonne nuit.

Le jeune aide allait prendre congé quand Hollmann le rappela :

— Sondakh ?

— Oui, mon père ? s'empressa-t-il.

— Fais savoir à nos fidèles que je sais être à l'écoute et que je suis disponible pour les aider à régler leurs problèmes.

— Je le ferai, mon père.

— Individuellement. Et confidentiellement bien sûr, précisa-t-il.

— Bien sûr.

Cette fois, Sondakh sortit.

Hollmann savait qu'il aurait besoin de lui. Il comprit qu'il pourrait compter sur lui sans imaginer jusqu'où irait ce soutien admiratif et sans faille.

La réputation du prêtre s'était répandue à une vitesse foudroyante bien au-delà de Tappanjeng. Le nombre de fidèles augmentait de semaine en

semaine, encore et toujours des femmes qui se mas-
saient au centre de la salle. Elles venaient de plus en
plus loin, créant même une rivalité avec les paroisses
voisines que la popularité du père Hollmann assé-
chait.

La chaleur moite et poisseuse, les odeurs, le
manque d'hygiène, le bruit constant des scooters sur
la route voisine, les cris, tout ce qu'il honnissait était
devenu un ensemble de détails parfaitement insignifiants pour Patrick Hollmann.

Il avait trouvé sa vocation à l'intérieur de sa vocation.

Il travaillait maintenant ses sermons à l'avance,
façonnait autant que possible l'idée qu'il voulait
développer, tout en laissant une place importante
à l'improvisation. Il croyait au pouvoir des mots.
Il n'y avait pas, pour lui, d'un côté la pensée et de
l'autre le langage comme moyen de l'exprimer, mais
un va-et-vient constant entre les deux dans lequel
les sons, les rythmes et le sens des mots appelaient
de nouvelles idées. C'était un torrent qui l'emportait
vers des horizons de pensée de plus en plus lointains
mais toujours dans la direction de ses obsessions.

Il le savait, à un moment les mots ne suffiraient
plus. Ils appelleraient des gestes. Et ce moment, il le
sentait, approchait…

Ses journées se déroulaient selon un rituel qui,
malgré sa répétitivité, était le contraire de l'ennui. Le
matin, un premier office, une sorte de mise en route
où il se rodait, décidait des thèmes qu'il allait développer. Ses après-midi étaient consacrés à la prière.

Le soir, il travaillait son sermon en vue de l'office principal, point d'orgue de la semaine, qui avait lieu le samedi soir.

Saturday Night Fever.

Patrick Hollmann était devenu une rock star.

Mais, contrairement à ce qu'il attendait, pas une seule femme n'était venue chercher ses conseils. Aucune ne voyait en lui un potentiel confident.

Il ne comprenait pas.

À ses côtés, Sondakh prenait son rôle de traducteur très à cœur. L'idée de traduire le premier sermon lui était venue spontanément et elle avait tenu une part importante dans la popularité du nouveau prêtre de Bantaeng. Une confiance naissait entre eux. Il arrivait même au père Patrick de tester ses concepts sur Sondakh.

Après deux mois, Patrick Hollmann avait fini par se laisser convaincre de suivre Sondakh à la crypte et il regretta aussitôt de ne pas y être allé plus tôt. Il avait trouvé ses habitudes et n'était pas très intéressé par la description que son jeune aide lui en avait faite. La perspective de traverser la forêt en scooter ne l'excitait pas particulièrement.

S'il avait su…

Hollmann suivait le deux-roues de Sondakh sur les chemins cahoteux qui s'enfonçaient à l'intérieur des terres en devenant de plus en plus étroits au sein d'une végétation, elle, de plus en plus touffue. Avec l'altitude, les palmiers aux larges feuilles laissaient

440

place à des conifères, des arbustes, des herbes hautes et envahissantes. Comme la végétation, les symboles religieux changeaient et bientôt il ne vit plus que des mosquées. L'influence chrétienne, déjà minoritaire dans l'île, s'étiolait au fur et à mesure que l'on pénétrait à l'intérieur des terres. À croire qu'aucun prêtre missionnaire n'avait osé s'aventurer jusque-là...

Ils roulèrent une soixantaine de kilomètres jusqu'à un petit village nommé Kayu Loe, puis s'engagèrent sur un sentier minuscule, à la sortie d'un virage, noyé au milieu des chênes et des châtaigniers, cernés d'arbustes de moindre taille, aux formes exotiques, dont Hollmann ne connaissait ni l'origine ni le nom.

Après quelques kilomètres, Sondakh ralentit puis coupa le moteur de son scooter. Hollmann en fit autant. Il ressentait quelque chose d'inquiétant, mais en même temps enivrant à se sentir aussi isolé. Géographiquement et culturellement.

— Veuillez me suivre, père Patrick, dit Sondakh en se faufilant dans une forêt d'arbustes serrés.

La jungle.

— Faites attention aux serpents, mon père. Ils sont nombreux par ici.

Dieu merci, Hollmann ne supportait pas les sandales et portait toujours des chaussures fermées. Ils marchèrent une cinquantaine de mètres et soudain apparut, sous la forme d'une statue en marbre d'environ deux mètres de hauteur érigée devant une béance dans la roche, la Vierge Marie.

C'était une vision sublime.

D'une blancheur éclatante, elle semblait l'œuvre de Dieu lui-même.

— Venez, dit Sondakh.

Hollmann suivit Sondakh dans l'anfractuosité qui conduisait à une grotte massive. À l'intérieur, une source y devenait un petit cours d'eau, puis, plus en amont, retenu par la roche, presque un petit lac souterrain sur lequel la lumière du soleil tombait en faisceaux verticaux depuis les failles de la voûte.

C'était un miracle de la nature.

Hollmann se rendit compte que les parois de la grotte étaient entièrement sculptées, mais les visages excavés représentaient des figures traditionnelles issues de croyances locales.

— Ce sont des Leyaks, dit Sondakh.

Il expliqua à Hollmann que les Leyaks étaient des divinités maléfiques, concept paradoxal qui, dans la mythologie indonésienne, tantôt s'attaquaient aux femmes enceintes et buvaient le sang de leur fœtus, tantôt fécondaient les femmes soupçonnées d'adultère pour donner naissance à un bébé Leyak.

— Dieu, dit-il, avait placé la Vierge pour empêcher les démons de sortir de la grotte et protéger les femmes de la région.

Sondakh ajouta que c'était la raison pour laquelle aucune des femmes n'avait répondu à son offre de dialogue, car elles ne voulaient pas se retrouver seules en tête à tête avec un homme, par peur d'être soupçonnées d'infidélité et victimes du Leyak.

La foi chrétienne n'empêchait donc pas de croire à ce genre de superstition à la con.

442

Hollmann regardait ces figures avec fascination. Des masques horribles. Effrayants. Lui-même pouvait ressentir si ce n'était l'horreur, la répulsion qu'ils provoquaient.

— Dis-leur que je peux les protéger contre le Leyak, dit Hollmann.

Sondakh posa sur le prêtre un regard enflammé. Nul doute qu'il lui accordait ce pouvoir.

58

Ventura s'était assise à une table du Phil Deli & Grill au Farmer's Market. Elle en profita pour déjeuner tout en gardant un œil sur les tables de la boutique Farmer's Daughter de l'autre côté de l'allée où les stands commençaient à se remplir.

Elle avait écrit un commentaire qui se noyait dans les nombreuses observations et que seul Foster, espérait-elle, pourrait comprendre : « *Je ne suis pas fier de moi, j'essaie juste de faire amende honorable.* » C'était une citation de Lee Malvo, un des deux snipers de Washington, lors d'un de ses procès en 2006 dans l'État du Maryland. Ce même Malvo qui, avec son complice, avait laissé sur le lieu d'un de leurs crimes les mots « *Call me God* » inscrits sur une carte de tarot.

Foster et Ventura avaient discuté de la sincérité des regrets du sniper. « Il a renoncé à être son propre dieu », avait-il dit. C'était une des phrases cryptiques de Foster que Ventura refusait de chercher à comprendre. Mais, là, elle lui était bien utile. Elle l'avait rajoutée dans le commentaire suivant. Il ne pouvait pas ne pas la remarquer. Même si, jusque-là, elle n'observait aucune trace de sa présence au Farmer's Market.

Ventura se doutait bien qu'il n'était pas du genre à se montrer. Son comportement avait toujours frôlé la paranoïa, ce n'était pas maintenant qu'il allait prendre des risques inutiles. Mais elle attendait un signe.

Peut-être croyait-il à un piège, aussi Ventura avait-elle décidé de venir seule. Sans personne pour la couvrir. Sans avoir prévenu ses chefs. Sans filet.

Même s'il avait confiance en elle, il pouvait également penser qu'elle serait suivie à son insu par le Bureau. C'était une hypothèse qu'elle ne devait pas négliger. McAllister et Casey étaient tout à fait capables de la faire surveiller. Ils n'étaient pas à ça près. Ventura eut un doute lorsqu'elle remarqua une silhouette dans une allée. Un homme, vêtu d'un jogging gris dont la capuche lui couvrait partiellement le visage, prenait un peu trop de temps à scruter les étals. Son visage lui était en partie masqué, mais elle suivait ses gestes, attentive au moindre mouvement qui montrerait qu'il portait un micro dans sa manche. Elle tenta de repérer s'il y avait d'autres agents planqués autour d'elle avec lequel le type aurait pu communiquer.

Elle avait monté ce genre d'opération plus d'une fois. Ils n'allaient tout de même pas lui faire le coup. Ils étaient plus malins que ça. D'ailleurs, une fois son sandwich acheté, le type au jogging gris s'éloigna du stand.

Fausse alerte.

L'attention de Ventura se détourna alors vers une jeune femme qui, pendant ce temps, venait de s'installer à une table du Farmer's Daughter. Elle lisait un livre.

Victime Numéro Un.

Ventura quitta sa table et vint s'asseoir sur le tabouret voisin. Leurs regards se rencontrèrent. Ventura lui demanda ce qu'elle pensait du livre.

— Intéressant, répondit-elle. Je préfère le premier.

— Vous l'avez lu ?

— Je l'adore. Je l'ai toujours sur moi. Je suis une fan.

Elle fouilla dans son sac et sortit le premier livre de Foster, tout en posant l'autre sur la table devant elle.

— Et vous, vous l'avez lu ? demanda-t-elle en lui tendant *Lisa, 22 ans*.

Ventura l'ouvrit et vit la dédicace de Foster. *Pour Sasha.*

— Oui. Moi aussi, j'ai eu la chance de rencontrer son auteur, dit Ventura.

— Il y a certains passages que j'aime beaucoup, dit Sasha en feuilletant l'ouvrage. Regardez...

Ventura remarqua que des lettres dans le texte, sur la première page, étaient entourées. Ces lettres formaient une phrase.

« J'étais chez Gina. Je l'ai vu. »

Puis, au fil d'autres pages, d'autres lettres constituaient d'autres phrases :

« As-tu trouvé le toubib ? Alors ? »

— Et vous, demanda Sasha, vous pouvez m'indiquer vos passages préférés ?

446

Ventura prit le crayon que lui tendait la jeune femme et répondit de la même manière. En encerclant des lettres.

« Oui. Il faut qu'on parle. »

Elle écrivit les quatre noms des quatre victimes que McAllister attribuait à Foster. Suivis du nom de son suspect. Harold Netter. Elle rendit le livre à Sasha. Et la salua.

— Sympa de bavarder avec vous. Michelle, dit Ventura en se présentant.

— Pareil, dit Sasha. Excusez-moi, je dois y aller.

Sasha ne se présenta pas, rangea ses livres, s'éloigna.

Ventura se leva à son tour. Elle n'avait même pas eu le temps de se demander qui était cette fille, d'où Foster la connaissait, comment elle avait accepté de l'aider. Elle s'assura une dernière fois que personne d'autre autour d'elle ne bougeait et quitta la table.

Ventura suivit Sasha vers le Grove, le centre commercial à ciel ouvert construit à côté du Farmer's Market et dont l'architecture imitait les rues d'une ville.

Elle restait à distance sans perdre de vue la jeune femme qui arpentait les faux pavés assaillis d'adolescents se rendant dans les cinémas et les restaurants. Elle la vit monter dans le tramway de pacotille qui acheminait les chalands vers les boutiques en sillonnant l'allée centrale du Grove.

Ventura s'engouffra dans le wagon suivant, afin de n'être pas repérée.

Lorsqu'elle descendit du tram, au pied de la fontaine située au centre de la petite place, Ventura constata que Sasha n'avait plus le livre en main. Elle s'éloignait en direction de la ruelle menant au building qui faisait office de parking. Ventura n'avait rien vu de l'échange, mais elle savait que Foster avait maintenant le livre. Il devait être descendu à l'arrêt précédent. Peut-être était-il encore là ?

Il fallait faire un choix. Vite. Maintenant.

Laissant Sasha s'éloigner, Ventura revint sur ses pas. Elle marcha jusqu'à l'arrêt précédent à côté de la statue en bronze Spirit of Los Angeles qui représentait deux anges, l'un masculin, l'autre féminin, enlacés. Quatre mots étaient inscrits sur le pilier qui soutenait la statue, censés représenter l'esprit de la ville : Foi, communauté, famille, honnêteté. *Ça devrait être : Crime, pognon, mensonge, corruption.* Ventura fouilla les alentours du regard afin d'essayer de déduire où Foster avait pu disparaître. Elle repéra une silhouette qui se dirigeait discrètement vers la librairie Barnes & Noble.

Malgré sa casquette, ses lunettes et sa barbe teinte, elle identifia Nicholas Foster.

Elle remarqua alors l'individu au jogging qui arrivait en face d'elle.

Il l'avait suivie.

Malgré la capuche qui lui tombait sur le front, elle croisa son regard, froid. Son expression, vide. Son visage, impassible.

Elle reconnut Harold Netter. Celui qu'elle avait cru un instant être un agent infiltré était le tueur qu'elle traquait.

Ou plutôt qui la traquait.

59

Il n'y a pas d'endroit plus propice qu'une librairie pour parcourir un livre discrètement. Assis dans un canapé à l'étage de Barnes & Noble, Foster feuilletait l'exemplaire que Sasha lui avait remis dans le tramway. Ventura avait compris son message et répondu en usant du même code. Les lettres encerclées écrivaient quatre noms qu'il reconnut immédiatement.

Mary Jane Kim. Maria Lucia Pereira. Victoria Thomas. Chelsea Watson.

Il tourna les pages. Ventura avait encerclé d'autres lettres pour créer la phrase suivante : «Tu enquêtais sur ces cas?» Une autre phrase disait : «Il s'est senti menacé et a répliqué? Il a battu le système?»

C'était ce fantasme que le Bureau attribuait à Foster. Ils connaissaient son mépris pour la technologie. Pour l'institution. Pour eux. Il avait passé sa carrière à critiquer leurs méthodes. Ils devaient se dire qu'il était allé encore plus loin.

Qu'est-ce qui leur dictait une telle idée? Ces mecs étaient des connards, ils pouvaient être des connards durs, ils pouvaient même être des connards vicieux, mais une chose était sûre, ils n'étaient pas stupides. S'ils pensaient que Foster était impliqué au point d'essayer de le piéger, c'était qu'ils avaient de bonnes raisons de croire que ces quatre femmes avaient été tuées par le même homme.

Foster n'avait pas le choix, il fallait qu'il le trouve.

Quel tueur pourrait avoir une telle connaissance du crime au point d'être à même de les battre et de passer à travers les grilles du système ? Qui d'autre pourrait être un tueur aussi habile pour avoir échappé à tous les radars, y compris le cerveau de Foster ?

Ces meurtres avaient été commis sur une période de six ans, pourquoi le tueur se sentirait-il soudain menacé ? Comment pouvait-il savoir que Foster avait commencé à écrire à leur sujet ? Qui était au courant ?

Personne, sauf peut-être Meredith – avec qui il avait évoqué son projet. Mais durant toutes ces années, elle n'avait jamais parlé à qui que ce soit de ses travaux. Il lui avait toujours fait confiance et elle ne lui avait jamais fait défaut.

Foster finit de feuilleter le livre. Ventura avait entouré une bonne dizaine de lettres sur la dernière page. Elles formaient un nom : « Harold Netter ».

L'estomac de Foster se noua.

Comment était-elle arrivée jusqu'à lui ? Il eut, en même temps qu'une montée d'adrénaline, une bouffée d'admiration pour Ventura. Problème, Netter était au courant de beaucoup de choses. Beaucoup trop. S'il était l'Ombre, c'était le type le plus dangereux, le plus incontrôlable qu'il avait jamais croisé.

Banister l'avait choisi pour ça. Et il s'était retourné contre lui.

Ventura avait raison, il était le candidat idéal, mais pouvait-il avoir eu l'intelligence de commettre ces quatre meurtres ?

Foster glissa le livre que lui avait donné Sasha au milieu d'autres de ses ouvrages dans un rayon de la librairie, vérifia que sa casquette était bien enfoncée sur sa tête, remit ses lunettes de soleil achetées dix dollars chez Ross, puis emprunta l'escalier mécanique pour descendre vers la sortie.

Il entendit des détonations qui ressemblaient à des coups de feu.

Puis des cris de panique.

60

Ventura avait poursuivi son chemin, s'efforçant de garder le regard droit devant elle, comme si elle ne l'avait pas remarqué.

Netter, lui, forcément, l'avait repérée. Ça ne pouvait pas être Foster qu'il suivait, d'où l'aurait-il accroché? C'était elle. Que voulait-il? S'attendait-il à ce qu'elle le conduise jusqu'à Foster? Où, tout simplement, avait-il deviné qu'elle était sur ses traces et, comme il l'avait fait pour Gina Bartoli, était-il là pour la liquider?

Elle sentait le poids rassurant de son Glock sous son aisselle.

La foule devenait de plus en plus dense devant les boutiques. Des files d'attente se formaient devant les restaurants. Des badauds. Des familles. Des lycéens.

Le moindre échange de coups de feu ferait un carnage.

Elle avança dans sa direction sans ciller, jusqu'au moment où leurs épaules se frôlèrent. Ni l'un ni l'autre ne changea d'attitude. Elle eut juste le temps de scruter ses traits pour s'assurer que c'était bien l'homme qu'elle recherchait. Sa tête était baissée, son expression, dans l'ombre de la capuche de son hoo-die, était tendue. Elle reconnut l'ancien condamné à mort. Était-il son homme sans visage ? Ce n'était pas le moment de douter. Une hésitation d'un quart de seconde pouvait lui coûter la vie…

Elle espéra que McAllister l'avait fait suivre, avant de comprendre, quasiment certaine du contraire, qu'elle allait devoir agir seule.

Ne voulant pas prendre le risque de se retourner, elle fit un tour complet de la statue, comme si elle cherchait quelque chose, ou quelqu'un. Il savait qu'elle était sur les traces de Foster, il fallait qu'elle continue d'en donner l'illusion. Elle passa en revue la foule ; Netter n'était plus là. Où était-il allé ?

Elle était partagée entre deux sentiments, celui de sauver sa peau et rater une occasion unique de ser-rer son homme sans visage. Il fallait qu'elle agisse. C'était maintenant.

Elle se mit à crier.

— Arrêtez-le ! Il m'a volé mon sac !

Ce qu'elle espérait se produisit : Netter, se croyant repéré, se mit à courir. Ventura le prit en chasse. Elle priait pour qu'il ne sorte pas une arme et fasse feu. Elle criait :

— À terre ! Poussez-vous !

Il s'enfuyait en balançant ses bras de droite et de gauche pour s'ouvrir le chemin. Il coupa devant la fontaine et fonça en direction de l'immeuble des par-kings.

Ventura eut le temps de le voir se jeter dans l'es-calier métallique menant aux étages. Elle bouscula un groupe qui sortait d'un ascenseur et fonça à son tour dans l'escalier. D'où elle était, elle pouvait apercevoir le fugitif. Il était déjà au deuxième, mais elle était plus jeune, plus entraînée, et l'écart entre eux se réduisait. Elle tenta de défaire la sécurité de son holster sous sa veste tout en courant. Mais, au moment de saisir la crosse de son Glock, son pied buta sur une marche, elle trébucha et l'arme lui échappa.

Malgré le bruit retentissant de l'acier contre l'acier, Netter ne se retourna pas.

Ventura se baissa pour ramasser son Glock mais, quand elle releva la tête, Netter avait disparu.

Elle se pencha vers le centre de la cage d'escalier pour avoir une meilleure vue. En vain. Netter était entré dans le parking. Elle avait le choix entre le cinquième et le sixième étage.

Elle releva le cran de sûreté de son pistolet et, main fermée sur la crosse, reprit sa marche vers le haut. Plus lentement. Prudemment. Elle poussa la porte métallique du cinquième étage. Observa l'intérieur du parking. Il était à moitié rempli de véhicules. Elle resta sans bouger. S'il était planqué là, Netter ne fit aucun mouvement. Elle referma doucement et monta d'un étage. Elle poussa la porte du sixième, eut juste le temps de voir un pick-up démarrer et, dans un crissement de pneus, se lancer dans le chemin en spirale qui descendait vers la sortie.

Elle hésita, puis se dit qu'il lui restait encore une chance. Elle était garée au troisième. Tout près de la sortie.

Elle avait encore le temps de l'intercepter.

Elle rangea son Glock dans son holster, referma le clapet et dévala l'escalier à toute allure. Tout en descendant, elle essayait de se remémorer la géographie du parking. Une fois à son étage elle courut vers l'allée où elle pensait avoir garé sa voiture. Elle la trouva sans hésitation. Elle chercha ses clés pour ouvrir sa portière, prête à monter et à démarrer pour prendre le fugitif en filature.

Elle s'immobilisa.

Un pick-up était arrêté dans l'allée. Devant elle.

Il lui barrait la route, lui faisant face tel un monstre menaçant. Les phares étaient allumés. Le moteur tournait, mais elle ne distinguait personne derrière le volant.

Elle sentit alors un violent choc dans son dos, au niveau de l'omoplate droite, et fut immédiatement projetée vers l'avant avec une force stupéfiante. Au moment où elle entendait la détonation. 9 mm. Elle avait reconnu le son.

Elle tomba lourdement contre le capot de sa voiture, puis s'étala le long de l'aile avant. Sa main glissa sous son aisselle, fit sauter la sécurité et saisit le Glock avant de le relâcher. Son bras droit, paralysé par le choc, ne pouvait tenir fermement l'arme. Elle fut obligée de la saisir de la main gauche.

Elle aperçut les boots de Netter par-dessous sa voiture, rampa à l'opposé puis, arrivant au niveau du coffre, s'agrippa à la poignée pour se soulever.

Le temps qu'elle se remette sur pied, il était en face d'elle. Le bras tendu. Arme au poing. C'était bien un 9 mm. Un Sig Sauer P320 M17. Elle reconnut sa forme, sa couleur beige. Elle vit la haine sur le visage du tueur. Comme quoi, il n'était pas totalement sans expression.

— Sale pute ! cria-t-il. Je te hais, salope !

Elle vit le feu sortir du canon.

Elle reçut une première balle au niveau du plexus, une seconde sous la clavicule droite.

S'il avait visé la gauche, elle était morte. Elle aurait été incapable d'utiliser son arme.

Elle souleva sa main gauche et fit feu trois fois.

Poitrine. Cou. Tête.

Comme à l'entraînement.

61

Tappanjeng, Indonésie. Février 1985

Trois mois après son arrivée sur l'île, une première paroissienne sollicita enfin une rencontre avec Patrick Hollmann.

Pas trop tôt.

Elle s'appelait Bethari, nom qui, selon la traduction que lui avait donnée Sondakh, signifie « déesse », et, contrairement à la plupart des femmes au physique plein de tares qu'il voyait à l'office, elle était, aux yeux d'Hollmann, d'une beauté stupéfiante.

Avec sa peau mate légèrement cuivrée, ses yeux d'un bleu translucide, ses dents éclatantes et parfaitement alignées, son visage aux proportions impeccables, elle portait bien son nom. Une beauté divine, pensait Hollmann qui ne concevait pas comment, dans un territoire aussi reculé, aussi misérable, pouvait émerger une telle perfection autrement que par un miracle de la nature. Il imaginait cette pureté sous le pinceau d'un Botticelli qui, comme Titien, Tintoret et tant de maîtres de la Renaissance, avait dû user son génie sur des portraits de bonnes femmes aux traits épais, insipides et ingrats.

Si seulement ils avaient eu la chance qui lui était offerte de croiser une telle perfection, pensait Hollmann, leur génie aurait su la sublimer encore et la transporter à travers les siècles.

Bethari s'était laissé convaincre par Sondakh de venir se confier au père Patrick. Le jeune prélat avait remarqué son absence à certains offices et était allé à la pêche aux indiscrétions auprès d'une de ses proches qui lui avait lâché que Bethari rencontrait des difficultés pour concevoir, ce qui mettait son mari en rage. Il l'avait déjà tabassée plusieurs fois. La fréquence de ces crises de violence devenait de plus en plus régulière. Et correspondait à ses absences à l'église.

Entendant le récit de Sondakh, Hollmann se dit que ce pauvre type ne la méritait pas. Tout ce qu'il méritait, c'était d'être puni. Il y veillerait.

Évidemment, Bethari se sentait coupable. Victime d'un sort ou d'une malédiction.

Sondakh lui fit savoir, toujours par cette amie nommée Bulan, que le père Patrick avait aidé de nombreuses femmes à se défaire d'un tel fléau, là-bas en Amérique. Il savait solliciter et obtenir l'aide de Dieu. La réponse de Bethari finit par arriver par le même canal. Elle était d'accord pour parler en tête à tête au père Patrick, à condition que personne d'autre ne soit au courant de cette rencontre.

Sondakh la rassura, cela resterait entre le prêtre, elle et Dieu.

Après l'office, Bethari avait l'habitude de passer une heure avec les autres paroissiennes avant de rentrer chez elle. Bulan leur dirait qu'elle se sentait souffrante et ne pourrait leur tenir compagnie.

Tout était réglé.

Sondakh pouvait fièrement annoncer à Hollmann qu'elle le retrouverait dans la sacristie après la messe du dimanche.

La semaine sembla à Patrick Hollmann la plus longue de son existence. La plus excitante aussi. Une torture. Mais une torture délicieuse.

Ce dimanche-là, l'office fut le plus enflammé de son séjour. Il avait préparé un sermon incendiaire qui s'adressait directement à Bethari et dont le sujet était : Comment se libérer des démons.

«Les démons, disait-il en substance, ne sont pas en vous. Ils sont à côté de vous. Ils vous étouffent. Vous tuent. Vous empêchent de procréer.»

Pour une fois, il n'avait rien laissé à l'improvisation, mais transmis son texte la veille à Sondakh afin qu'il puisse le traduire le plus justement possible. Chaque mot était important. Il ne voulait rien laisser au hasard. Ce moment pouvait changer la suite de son séjour en Indonésie.

Peut-être même de sa vie.

Leur première rencontre fut brève mais d'une intensité inexprimable.

La beauté avait toujours été intimidante pour Patrick Hollmann. De ce qu'il connaissait des

459

femmes, c'est-à-dire pas grand-chose, elle allait de pair avec une certaine arrogance. C'était ainsi qu'il l'avait ressentie depuis son éveil à la sexualité, ce qui avait nourri chez lui ses complexes et sa solitude maladive. Voir chez Bethari cette beauté associée à l'humilité, la timidité, la pudeur, le bouleversa. Comme si, reconnaissante de porter l'œuvre de Dieu, elle se devait d'être humble pour ne pas rappeler à tous les autres, les médiocres, les ratés, les monstres immondes et prétentieux, qu'ils n'étaient pour la plupart que des animaux rampants et vomissants qui se vautraient avec délectation dans le stupre, cette fange puante et avilissante dont se repaissait fièrement leur esprit décadent.

Elle était tout l'inverse. Elle était la pureté incarnée. Elle était l'image de Dieu faite femme. Elle était le bien. Elle était la Vierge Marie.

Vêtue d'une robe de type sari aux couleurs vives, mêlant le vert et l'indigo, aux coutures dorées, Bethari lui avait fait l'effet d'un puits de lumière pendant toute la durée de l'office. La voir à côté de lui, seule, attendant de ses paroles qu'elles la libèrent de sa douleur, d'un geste qu'il ôte ce poids de son existence, de sa bénédiction un soulagement moral, lui fit perdre ses moyens.

Hollmann n'avait jamais ressenti un tel choc. Il en avait le souffle coupé. Il lui murmura quelques mots de bienvenue. Loua son courage d'être venue lui parler sincèrement d'une question aussi intime.

Sondakh traduisit. Bethari se laissa tomber à genoux devant lui.

Cet être de pureté ne pouvait décidément pas concevoir avec un géniteur aussi taré que ce mari con et violent, que d'ailleurs il n'avait jamais vu à la messe. Ce débile devait se sentir au-dessus de ça. Non. Il fallait à cette femme quelqu'un dont la puissance de l'esprit serait le pendant intellectuel à sa beauté.

Hollmann se pencha vers elle et lui murmura qu'il venait d'avoir une vision : son enfant serait l'enfant de Dieu. Elle le remercia et, en larmes, se serra contre les jambes du prêtre. Il la repoussa doucement avant qu'une érection ne trahisse ses véritables intentions. Il lui dit qu'elle devait se préparer à recevoir Dieu et, pour cela, lui donna rendez-vous à la crypte où ils iraient prier ensemble.

Cette bénédiction devrait se passer dans le silence et le recueillement de la nuit.

Sondakh dit qu'il s'occuperait de la conduire. Il fit plus que cela : il donna à Bethari le somnifère qu'elle devrait utiliser pour endormir son mari.

Le soir du 2 juillet à 22 h 15, Patrick Hollmann prit son scooter et quitta discrètement l'église Santa Maria de Fatima de Tappanjeng. Il s'était déjà rendu seul à la crypte à de nombreuses reprises depuis que Sondakh la lui avait montrée, mais avait dû repérer le parcours de nuit les soirs précédents. Ce n'était pas le moment de se paumer. Surtout au retour.

Hollmann avait allumé les nombreux cierges qu'il était venu disposer durant la semaine précédant leur rencontre.

Tout était prêt lorsque Sondakh arriva avec Bethari.

Les lumières mouvantes et vacillantes adoucissaient les formes agressives des statues primitives et rendaient la grotte étrangement chaleureuse. Hollmann y allait prier presque toutes les semaines, mais c'était la première fois qu'il pouvait jouir du décor nocturne somptueux qu'il venait de créer.

Bethari se présenta, toute de blanc vêtue, telle une apparition. Elle avançait vers lui lentement, entourée d'un halo de lumière provenant des réflexions des cierges contre les murs humides de la crypte. Sous les yeux exorbités des Leyaks, sa timidité avait laissé place à la peur, mais Hollmann voyait briller dans son regard un sentiment supérieur d'exaltation.

Accompagnant ses mots par des gestes, il lui demanda de se mettre à genoux. Il ignorait si elle comprenait l'anglais, mais elle s'exécuta. Il murmura des psaumes qu'elle répétait phonétiquement. Les prières qu'ils récitaient ensemble synchronisaient leurs cerveaux. Il l'emmena aussi loin qu'il pouvait aller mentalement, à un point où, il n'aurait su dire s'il s'agissait d'une forme de transe ou d'hypnose, elle répondait à ses demandes sans la moindre hésitation, comme un animal obéissant à son maître.

Il avait pris le contrôle de sa volonté.

Il lui annonça qu'il allait la bénir. Bénir son corps. Sa chair nue.

Obtempérant à ses ordres, elle se déshabilla et s'avança dans le lit tiède de la source, à l'endroit où, au plus large, son étendue absorbait le mouvement dans une illusion parfaite d'immobilité.

Hollmann la suivit dans l'eau jusqu'à mi-cuisse, la saisit avec douceur par les épaules et la fit basculer en arrière, l'aidant à s'allonger.

L'eau était pure et translucide, c'était comme si Bethari flottait au-dessus de la surface.

Patrick Hollmann tremblait en découvrant son ventre nu, sa poitrine qui, même dans sa position allongée, conservait une forme parfaitement arrondie. Il la lâcha doucement. Elle continuait de se maintenir à la surface, sans doute grâce à la transe qui rigidifiait son corps. Il passa à côté d'elle et posa une main délicate sur son ventre. Elle ne réagit pas, ses paupières demeurèrent closes. La main du prêtre glissa vers son entrejambe qu'il sentit, sous la pulpe de ses doigts, légèrement rêche sur les côtés mais d'une douceur exquise au centre. Rien à voir avec les vulves pisseuses de ces putes malingres qu'il devait payer pour qu'elles le laissent lâcher son foutre au fond de leur vagin distendu. Il se sentait sali chaque fois, même s'il ne pouvait s'empêcher d'y retourner.

Là, devant le corps somptueux et offert de la jeune Indonésienne, il avait l'impression d'être immaculé. Il craignait de perdre ses moyens mais, fort heureusement, les prières qu'il continuait de murmurer le maintenaient dans un état qui endiguait ses émotions, les empêchant de prendre totalement le pouvoir sur lui et son jus de sortir de ses couilles.

Pas pour longtemps, toutefois… Fébrile, il lui écarta légèrement les cuisses. Il se sentit abandonner tout contrôle et, au bord de la panique, dut se hâter de saisir son sexe. Il éjacula en même temps qu'il l'enfonçait dans celui de Bethari.

Sa déesse.

La même scène se reproduisit cinq fois durant les deux mois qui suivirent. Par miracle, Bethari n'en gardait aucun souvenir. Ou alors, elle le lui cachait. Il ne sut jamais vraiment. Au milieu du troisième mois, elle fit savoir à Sondakh qu'elle ne pourrait pas retourner à la crypte pour les séances de guérison avec le père Patrick.

Pendant trois jours, Hollmann fut inquiet. Il dormit mal. Il passa des nuits entières à relire des passages de *Crime et Châtiment* qu'il connaissait par cœur. Il attendait le sien. Il s'attendait à voir les flics débarquer à l'église à n'importe quel moment.

Le vendredi soir vers vingt et une heures, on frappa à sa porte.

— C'est moi, Sondakh, père Patrick.

— Entre.

Sondakh n'entrait pas. Hollmann posa son livre et se leva pour aller ouvrir. Il se trouva face à Bethari. Seule. Elle avait les deux mains jointes devant sa poitrine et le regardait avec la dévotion qu'il lui connaissait lors de la communion.

— Merci, mon père. Je suis guérie.

Elle annonça à Patrick Hollmann qu'elle était enceinte. C'était un miracle, dit-elle, car, comptant sur Dieu, elle n'avait plus couché avec son mari depuis des mois.

Patrick Hollmann éventra Bethari Suryani dix jours plus tard.

L'idée d'un être vivant issu de sa chair à l'intérieur de ce corps était inconcevable.

Malgré la prière, il avait été incapable de surmonter cette pensée. Il l'étrangla, puis lui ouvrit le ventre et le vida de ce qui lui appartenait.

Son corps fut découvert dans la commune de Bonto Rita, un village du district de Bantaeng à quelques kilomètres au nord de Tappanjeng qui, sur le plan de la pauvreté, s'apparentait à un bidonville sans toutefois en avoir la densité. Et lorsqu'à la place de son fœtus on trouva dans son utérus la petite statue en bois représentant un Leyak, Hollmann se sentit proche de sombrer dans la folie.

Pour Sondakh, Bethari Suryani avait été punie de son infertilité par le Leyak.

Ce benêt ne pouvait pas être aussi idiot.

Hollmann fut complètement rassuré quand son mari fut accusé du crime et lynché par la foule. Mais pour toute la population de Bantaeng, notamment les femmes, Bethari avait subi une punition divine dont il fallait se protéger.

La peur gagna parmi les paroissiennes à une vitesse affolante. Elles n'hésitaient plus à venir chercher la bénédiction du père Patrick qui, selon la rumeur que répandit habilement Sondakh, était le seul à pouvoir les protéger contre le Leyak.

Grâce à cette croyance primitive, Patrick Hollmann put violer et tuer une vingtaine de femmes en dix ans sans être le moins du monde soupçonné.

62

— Pas de sexe pendant trois jours.

C'était la recommandation du médecin qui l'avait examinée. Ça ne risquait pas, de toute façon. Et pas qu'à cause de la douleur.

— C'est plutôt calme en ce moment, docteur, dit-elle.

— Tant mieux. Vive le calme, répondit-il avec un sourire goguenard.

L'hématome sur la poitrine de Michelle Ventura qui avait viré au violet en deux heures ne cachait aucune atteinte profonde. Son épaule droite était complète-ment ankylosée, mais elle espérait ne pas avoir le bras immobilisé dans une gouttière. Elle préférait avoir mal. L'IRM avait révélé qu'elle avait deux côtes fêlées cau-sées par le premier impact sous son omoplate droite.

Son gilet pare-balles, lui, avec les trois projectiles qui y étaient incrustés, était partant pour le rayon des souvenirs. Bon, il avait tenu son rôle, il lui avait sauvé la vie. Les balles avaient déchiré la surface du gilet, mais s'étaient écrasées dans les fibres profondes et serrées du nylon balistique qui était à 99,9 % résis-tant au calibre de 9 mm.

Son oreille ne l'avait pas trompée.

C'était plus grave côté Netter.

La première balle du Glock de Ventura lui avait perforé la crosse de l'aorte, la deuxième sectionné la carotide externe, la troisième détruit le lobe pariétal gauche du cerveau.

La mort avait été instantanée. Le légiste l'avait félicitée, elle gardait un bon souvenir de ses cours d'anatomie de Quantico.

La légitime défense était évidente. Mais prouver l'implication de Netter dans les quatre meurtres, plus la mort de Myriam Lehren et celle de Gina Bartoli, demanderait plus de temps. Ventura regretta de ne pas pouvoir le passer sur le gril mais, en attaquant le premier, il ne lui avait pas vraiment laissé le choix.

Le rapport commençait mal.

Susan Lehren ne reconnut pas en Netter l'homme qui était venu l'interroger sur Foster. Marisol Jimenez n'identifia pas le soi-disant infirmier de UCLA qui était venu récupérer le corps de Myriam à la morgue.

Se pouvait-il qu'il ne soit pas l'homme sans visage ? Il avait quand même tenté de la buter. Ça, Ventura ne l'avait pas inventé…

Grâce à la plaque de son pick-up, Ventura avait pu remonter jusqu'à la planque d'Harold Netter. Depuis la mort de sa sœur, il s'était installé dans un motel près du Rose Bowl Stadium, en contrebas de l'autoroute 215 qui allait de Redlands à San Bernardino, autrement dit, non loin de l'endroit où il vivait avec sa sœur jusqu'à celui où on avait retrouvé le corps de Myriam.

Le motel était situé à proximité de deux bretelles d'entrée sur la 215. La présence de Netter à Westwood avait aussi été repérée. Il avait commencé à y filer Ventura trois jours auparavant. Il s'était même garé à plusieurs reprises sur le parking du Federal Building. C'était de là qu'il l'avait prise en filature jusqu'au Farmer's Market. Netter se savait traqué et avait décidé de prendre les devants. Il n'avait sans doute aucune idée qu'elle avait un rendez-vous avec Foster. Il attendait juste le moment propice pour la liquider. Une question restait en suspens : comment avait-il identifié Ventura ? Son nom n'était apparu à aucun moment dans la presse.

La chambre d'Harold Netter était à l'arrière du motel, entre le parking et l'allée, ce qui lui offrait plusieurs possibilités pour se sauver en douce. Pour le manager, c'était un pensionnaire discret et sans histoire dont rien, même pas le fait qu'il refusait le service de ménage, n'attirait les soupçons. Comme toujours.

Ventura était impatiente de découvrir ce qu'il cachait. L'ouverture de la chambre la laissa sur sa faim. Pas d'armes. Pas de trophées. Pas d'articles de journaux découpés. Rien. Ou presque. À côté de la sacro-sainte bible dans le tiroir de la table de nuit se trouvait un petit livre dont le titre était *Call me God*. Avec une phrase, citation de Dostoïevski, en exergue. « *L'homme est malheureux parce qu'il ne sait pas qu'il est heureux.* »

Elle feuilleta le livre, lut l'introduction. Il s'agissait d'un recueil de textes du père Patrick Hollmann (1954-1998) qui étaient une compilation de sermons qu'il avait donnés en Indonésie. Le premier était un texte intitulé « *Se survivre à soi-même* » dans lequel il donnait sa vision de l'immortalité. Le deuxième s'intitulait : « *Du crime comme expression de l'existence de Dieu* ».

Le livre était préfacé par un certain Sondakh Pratiwi.

Ventura se souvint que c'était le nom du jeune prélat qui avait été l'assistant de Patrick Hollmann. Foster l'avait rencontré lors de son séjour en Indonésie sur les traces d'Hollmann et lui en avait fait un portrait fleuri que confirmait le texte qu'il avait écrit. Il était devenu prêtre à la suite d'Hollmann et se faisait un devoir de lire ses sermons à ses fidèles. Pour preuve, dans son introduction, Sondakh n'évoquait à aucun moment les crimes d'Hollmann, pourtant notoires, mais seulement sa pensée, en soulignant combien elle avait changé sa vie et l'avait obligé à adopter une nouvelle hygiène morale. Il concluait sa préface de la même manière qu'il l'avait intitulée, par « *Fidélité au maître* ». L'ouvrage était édité par une maison uniquement représentée par un sigle : un X et un L superposés. Le symbole d'Elixir of Life. Elle comprit instantanément d'où Harold Netter avait été prévenu qu'elle était sur ses traces. Ceux qu'elle avait pris pour de simples allumés vouaient un culte au tueur en série Patrick Hollmann. En traquant Netter jusque chez eux, elle s'était jetée dans la gueule du loup.

63

Les détonations l'avaient surpris, comme tous les clients qui, par réflexe, se précipitèrent vers la sortie. Foster était en train de quitter la librairie quand il vit que la panique provenait, comme une vague, du parking. Il s'éloigna vers le Farmer's Market, à l'opposé, en direction de Fairfax. Où l'attendait Sasha au volant de la Malibu.

Avant même d'arriver à l'appartement, Foster s'était mis à réfléchir sur ces quatre crimes, emporté par les spasmes de son cerveau devenus presque incontrôlables. Il reprit ses notes dans son ordinateur. Foster ne négligeait pas que ces meurtres aient pu faire partie d'une série, voire être des Victime Numéro Un, mais ils portaient la marque d'une impulsivité, d'une improvisation qui en faisait généralement les crimes les plus faciles à résoudre, car les auteurs de ces actes irréfléchis laissaient invariablement des traces.

Et pourtant, cela n'avait pas été le cas.

Foster se dit qu'il devait renverser son mode de raisonnement et partir du principe que ces crimes avaient pu être commis par le même homme. Ces tueurs semblaient être quatre et pourtant ils ne faisaient qu'un.

Un tueur hors norme capable de brouiller les pistes comme nul autre.

Peut-être même, se dit-il, que, pour égarer les enquêteurs, il avait voulu donner l'illusion que ces meurtres étaient impulsifs, alors qu'ils avaient dû être soigneusement planifiés, repérés, préparés. C'était la seule manière d'expliquer l'absence d'indices matériels. Des crimes opportunistes auraient invariablement laissé des traces.

Le meurtre de Chelsea Watson lui avait dès le départ semblé planifié. Foster pensait que la victime avait été repérée au restaurant qu'elle possédait avec son mari, où elle accueillait les clients, mais qu'il était probable qu'elle ne connaissait pas son meurtrier. Du moins, pas personnellement. Quant au meurtre de Mary Jane Kim, Foster avait dans l'idée qu'elle était familière avec son meurtrier. Elle avait été enlevée sans violence et il lui parut clair qu'elle avait suivi son assassin volontairement. Il allait de soi que tous les proches avaient été interrogés, scrutés, puis blanchis. Ce qui expliquait que ces affaires étaient remontées jusqu'au Bureau. Mais, même après un examen approfondi, aucun mobile n'était apparu pour aucun des meurtres. Aucun point commun non plus. Ni matériel, ni psychologique, ni dans leur signature inconsciente. S'il y en avait un, se dit Foster, ce n'était pas un élément fantasmagorique qui participait de la pulsion du tueur, mais peut-être un élément rationnel par lequel le tueur avait réussi à tromper le système. Il reprit les rapports d'autopsie, cherchant des analogies dans le mode opératoire. Mais rien n'apparut. La toxicologie était normale, pas de traces d'alcool, de drogue, de médicaments sinon dans des doses ordinaires et donc insignifiantes. Un détail alerta Foster, qui n'était pas lié au meurtre, mais à l'état de santé des victimes. Une petite ligne anodine : «signes précoces de fibrose hépatique chronique». Pris isolément, c'était, là aussi, insignifiant. Présent sur les quatre victimes, c'était un *pattern*. Une répétition. Une séquence qui, parce que insignifiante d'un point de vue criminalistique, avait échappé au programme du VICAP.

Foster sentit les pulsations de son cœur s'accélérer.

Toutes avaient une légère fibrose hépatique. Un foie d'alcoolique? Aucune d'entre elles, pourtant, n'avait de trace d'alcool dans le sang, ce qui pouvait indiquer que ces quatre femmes avaient été sujettes à l'alcoolisme dans le passé, mais avaient été sevrées. Il n'y avait pas que les hommes qui se torchaient, se dit Foster qui, d'ordinaire, ne buvait pas une goutte d'alcool. C'était arrivé avec Bartoli. Il s'en voulait. S'il avait été dans son état normal, il aurait peut-être eu le courage d'intervenir et d'arrêter le meurtrier.

Son esprit revint aux quatre victimes. Aucun syndrome de dépendance alcoolique n'était mentionné dans leur dossier médical. Aucun proche n'avait évoqué une dépendance à l'alcool, même ancienne.

C'était leur secret. Leur inavouable secret.

Et Foster comprit que c'était la raison pour laquelle leur meurtrier s'en était sorti. Il avait su choisir ses victimes d'une manière qui ne le trahirait pas : il les avait repérées lors de réunions des Alcooliques anonymes. Il avait dû les rencontrer à plusieurs reprises, s'était probablement entretenu avec elles, bénéficiant du même anonymat qu'elles. Et il avait su que personne, dans leur entourage, n'était au courant qu'elles allaient à ces réunions. De sorte qu'il fut sûr qu'il n'y avait aucun moyen de remonter jusqu'à lui. C'était brillant.

Les réunions des Alcooliques anonymes étaient le terrain de chasse du tueur.

64

Amy avait vu le car de touristes tourner sur Cooke Road, la petite route en cul-de-sac qui menait au camp de base de leur communauté, Elixir of Life.

Elle se méfiait.

Elle avait appris la mort de Netter et s'attendait à recevoir de nouveau la visite de cette fouineuse du FBI qui leur avait posé des questions à son sujet. Cet abruti de Netter avait raté son coup et cela risquait de leur péter à la tronche en retour. Ou pas. Elle espérait qu'il n'avait laissé aucun indice derrière lui.

Au moins, il était mort. Il n'ouvrirait pas sa gueule.

Ils avaient déjà dû déménager une première fois à cause d'un agent fédéral un peu zélé, alors qu'ils étaient installés près du Yosemite Park, elle n'avait aucune envie de recommencer. Encore moins d'être de nouveau sous le radar de ces enculés du FBI. Elle se rassura en voyant les planches sur le toit du car. C'était juste une bande de surfeurs du dimanche. Onyx n'était pas là. Il s'absentait régulièrement pour vendre «leur vin». Amy demanda à Quartz de se rhabiller et de l'accompagner. Le dénommé Quartz s'appelait en réalité Bob et était un des plus anciens membres de leur communauté. Ancien leader d'un groupe de rock chrétien qu'elle avait rencontré dans la période d'errance qui avait suivi la mort de son premier mari, il l'avait rejointe lorsqu'ils s'étaient établis à Lompoc et remplaçait le second dans son lit lorsqu'il s'absentait. Plutôt avantageusement d'ailleurs, car Onyx voyageait plus qu'il ne bandait ces derniers temps et Bob, malgré sa brioche protubérante, avait la bite dure comme le quartz. D'où le surnom dont elle l'avait affublé...

Personnellement, elle trouvait ces histoires de surnoms un peu ridicules, ils avaient commencé comme une plaisanterie, mais Onyx avait suggéré d'en faire un principe et il fallait bien reconnaître que cela avait un pouvoir d'attraction sur leurs membres. Ça faisait toujours plaisir de porter le nom d'une pierre précieuse. Elle s'était rendu compte de l'effet sur elle-même : le nom Jade la faisait se sentir supérieure, comparée à cette pauvre Amy qui aurait toujours eu les pieds entravés dans le Wisconsin inculte et encroûté de sa jeunesse. Elle avait eu des hauts et des bas, c'était sûr, mais au moins Jade avait vécu des moments intenses.

Le véhicule s'arrêta devant les portes de la communauté où les attendaient Amy et Bob. Le chauffeur lui expliqua qu'il emmenait un groupe de surfeurs néo-zélandais à Surf Beach et qu'ils cherchaient à se restaurer en attendant les bonnes vagues de la fin de journée. Est-ce qu'il savait où ils pourraient manger et se reposer un peu ? Ils arrivaient de San Francisco, ce que la plaque du car confirmait.

Bob jeta un œil à l'intérieur du véhicule où une dizaine de blaireaux bronzés et tatoués, aux cheveux peroxydés, patientaient. Il y avait même une pauvre gonzesse avec des lunettes noires à monture en plastique et une casquette des 76ers, les basketteurs de Philadelphie.

Amy se dit qu'ils pouvaient leur soutirer un peu de fric pour pas grand-chose.

— Vous êtes au bon endroit, dit-elle.

— Vraiment?

— On peut vous organiser un bon déjeuner et même mettre à votre disposition quelques chambres pour vous reposer, si ça vous va?

— Formidable. Pour quel prix? demanda le chauffeur.

— Cinquante dollars par personne, lança Bob, devançant Amy qui pensait à quarante.

Le type sembla hésiter, mais quelques-uns des surfeurs lui dirent que ça allait.

— Sinon vous avez la base militaire, leur dit Amy en riant.

— C'est OK.

Parfait. C'était cinq cents dollars facilement gagnés. Et qui sait si à quelques-uns de ces crétins, ils n'arriveraient pas à vendre des livres.

Bob ouvrit les portes. Le car entra et s'immobilisa au centre de la propriété. Les membres de la communauté commençaient à se rassembler pour accueillir les pigeons qu'ils allaient nourrir et héberger quelques heures.

476

Ventura, derrière ses lunettes noires et sous sa casquette des 76ers, repéra les lieux. Les autres membres d'Elixir of Life venaient à leur rencontre, certains en joignant les mains devant la poitrine, témoignant ainsi leur hospitalité. Les enfants, en âge d'aller à l'école, avaient déjà tous été récupérés par les services sociaux. Les gars commencèrent à descendre du car. Ils étaient vêtus de parkas. Ils sortirent une caisse de l'arrière dans laquelle, dit le chauffeur, se trouvaient leurs effets personnels. Les membres de la communauté les saluèrent individuellement.

Lorsque chacun d'eux fut à portée, les agents du FBI sortirent leurs armes de sous leurs parkas et les braquèrent dans des cris hystériques.

— FBI ! À terre !

En moins de deux secondes, tous se retrouvèrent couchés par terre, la gueule dans le sable, un canon sur la tempe. À commencer par celui qui accompagnait Amy. Un autre agent s'était occupé d'elle.

Ventura ouvrit la caisse qui contenait les menottes et les distribua. Quelques minutes plus tard, les membres de la communauté étaient assis dans le car. Menottés. Direction : le Metropolitan Detention Center, Downtown Los Angeles. Le centre de détention le plus violent de la Californie. S'ils se mettaient à table, promit Ventura, ils n'y resteraient pas longtemps. Amy jura qu'ils n'avaient rien à cacher. Ventura les emmena finalement à Westwood.

Seul Onyx, le mari d'Amy, manquait à l'appel. Ventura lança un avis de recherche. Son véritable nom était Wakhar Dinipos. Et, s'il était absent, c'était, selon Amy, parce qu'il était en permanence en quête de nouveaux membres. Il prospectait. C'était son rôle dans la communauté.

Amy Hollmann était débriefée par Ventura dans une salle d'interrogatoire située dans les sous-sols du Federal Building tandis que Bob et les autres étaient interrogés séparément et concomitamment, afin de vérifier leurs dires. Ils n'avaient pas grand intérêt pour Ventura qui se concentrait sur celle qui, avec son mari, avait fondé Elixir of Life dont le but, elle le reconnut sans mal, était de transmettre la parole de Patrick Hollmann.

Ce qui, pour elle, ne constituait pas un crime. Hollmann était un intellectuel, un penseur, au même titre que tant d'autres dont on ne devait pas juger les écrits à l'aune de leurs actes. Évidemment, de nombreux textes qu'ils avaient publiés faisaient l'apologie du meurtre, qui tombait sous le coup du Patriot Act de 2001 dont le « Titre VIII » redéfinissait les termes de la loi antiterroriste domestique et, partant, constituait un crime fédéral.

Ventura avait de quoi leur mettre la pression.

Amy nia farouchement avoir commandité la tentative de meurtre sur Ventura. Après son passage, son mari, dit-elle, avait prévenu Netter que le FBI était sur ses traces. Mais c'était tout. Elle admit qu'ils lui avaient donné le nom de l'agent, sa description, sa localisation.

Netter n'avait eu qu'à l'attendre sur le parking du Federal Building, puis à la prendre en chasse jusqu'au moment opportun. Pas de bol pour lui, ça s'était mal terminé. Mais selon Amy, c'était son initiative. Ni elle ni son mari n'avaient rien à y voir. Ventura dit à Amy que c'était elle qui avait abattu Netter pour sauver sa peau et lui annonça qu'elle ne leur ferait pas de cadeau. Elle et son mari, quand ils le choperaient – et cela ne saurait tarder –, allaient morfler. Elle y veillerait personnellement. Jusqu'à preuve du contraire, Netter était leur bras armé et elle voyait en eux les commanditaires de la tentative de meurtre qui, commise sur un agent fédéral, était l'assurance de finir leur vie en prison.

Amy s'insurgea. Jamais ils ne lui avaient donné un tel ordre. Ils n'allaient pas prendre le risque de tuer la poule aux œufs d'or. À sa sortie de prison, Harold Netter s'était présenté à eux, alors qu'ils étaient encore à Yosemite Park, et, fort de son amitié avec Patrick Hollmann, leur avait dit qu'il avait les moyens de soutirer de l'argent à Foster. Pas mal d'argent.

Ils n'avaient aucune idée du chantage exercé par Netter sur Nicholas Foster mais il devait être puissant car, depuis son intervention, Foster avait fait des dons importants et réguliers à leur communauté via un compte en banque ouvert au nom du fils d'Amy, Ivan, qui ignorait jusqu'à l'existence de Foster. Connaissaient-ils la nature exacte des rapports que ce dernier avait avec Hollmann ? Était-ce le levier qu'avait Netter sur lui ? Peut-être.

Ventura étala devant elle les photos des victimes de Netter. Myriam. Gina. Mais aussi celles des quatre victimes qu'on le soupçonnait d'avoir tuées.

Mary Jane. Maria Lucia. Victoria. Chelsea. Elle lui expliqua qu'ils s'étaient liés à un tueur en série parmi les plus dangereux de ces dernières années qui, après avoir miraculeusement échappé à la mort à la suite de son triple meurtre, avait récidivé à de multiples reprises, passant à travers les mailles du filet.

Mais Amy avait la certitude qu'Harold Netter avait renoncé au crime. La découverte des écrits de Patrick, conjuguée à la chance d'avoir échappé à la peine capitale, l'avait pacifié et réconcilié avec lui-même. La lecture avait remplacé les actes. Il s'était repenti des terribles crimes qu'il avait commis et, selon lui, Patrick Hollmann l'avait absous. Netter résidait dans leur communauté quand il n'était pas chez sa sœur. S'il avait tué, ils l'auraient su. Ils y croyaient dur comme fer.

Ils étaient vraiment barrés. Pour eux, Foster était un tueur. Netter un miraculé. Et Patrick Hollmann un saint.

— Patrick, dit Amy, avait toujours su que Foster était comme lui. Il me l'a révélé lors d'une visite à la prison de Tamms.

L'angoisse, de nouveau, serra l'estomac de Ventura.

— Et cet aveu, continua Amy, Onyx et moi l'avons confirmé à l'agent du FBI qui est venu nous interroger sur Foster.

— Quel agent ? demanda Ventura. Un autre agent que moi ?

— Celui qui, à l'époque, nous avait harcelés et forcés à quitter Yosemite Park. Il était revenu nous

480

poser des questions sur Foster récemment. On n'avait pas envie qu'il nous oblige à déménager de nouveau.

Elle lui jura que c'était tout ce qu'ils savaient sur Foster. Elle lui garantit qu'Onyx confirmerait son témoignage.

Ventura ne découvrit aucune trace de l'existence de Wakhar avant 2012, soit deux ans auparavant. Elle traça son numéro de sécurité sociale et comprit que son identité avait été créée de toutes pièces.

Il s'était tiré au bon moment. Un hasard heureux. Était-il un agent qui avait infiltré le mouvement?

Ventura se plongea dans le dossier de surveillance de la communauté, à l'époque où Elixir of Life était encore installée dans le Yosemite Park, dans le centre de la Californie. Ils étaient sous la surveillance d'un agent du bureau de Sacramento.

Il s'appelait Roman Farrell.

Fuck me!

Farrell était l'agent spécial qui avait revu les *cold cases* du bureau de Los Angeles et lié entre eux les quatre meurtres attribués par Casey et McAllister à Foster.

La boucle était bouclée.

Susan Lehren, à qui Ventura envoya la photo de Farrell, reconnut le soi-disant journaliste venu l'interroger sur Foster. Si elle avait été encore en vie, Gina Bartoli aurait sans aucun doute identifié sa source, qui se faisait appeler Jack et qui lui fournissait des informations sur Foster. Et peut-être son assassin?

Car c'était lui qui avait désigné Foster comme l'auteur du quadruple meurtre. C'était aussi lui le soi-disant infirmier de UCLA qui était venu chercher le corps de Myriam à la morgue.

À quoi jouait-il?

Les quatre crimes étaient l'œuvre d'un homme qui connaissait le Bureau de l'intérieur. Et si c'était lui qui avait voulu battre le système? En désignant Foster, il avait allumé un contre-feu puissant.

Âgé de quarante-six ans, marié et père de deux adolescents, Farrell vivait à Stockton, à environ quatre-vingts kilomètres au sud de Sacramento. Il y avait de cela trois ans, il avait été victime d'un traumatisme crânien lors d'un banal exercice. Il avait ainsi écopé d'un arrêt de travail de trois mois. Et d'une paralysie faciale irréversible.

Ventura avait trouvé son homme sans visage.

65

Foster s'était donné quelques jours avant de pousser ses recherches sur le terrain. La fusillade du Grove avait mis tous les services de la police sur les dents et il avait besoin d'attendre que la pression retombe. Ventura avait fait un carton. Il était content qu'elle s'en soit sortie et, en même temps, qu'elle lui ait enlevé une épine du pied. Ce détraqué de Netter ne le ferait plus cracher.

Il passa trois jours, comme un individu ordinaire, en compagnie de Sasha. Deux solitudes qui se côtoyaient. C'était presque un sentiment agréable.

Quand la situation lui parut propice, il sortit enfin. L'air marin venu du Pacifique réveilla ses sens. En peu de temps, il avait déjà oublié cette sensation. Il imagina ce que ça devait être de sortir de prison après des années derrière les barreaux.

Il commença par le plus récent des quatre meurtres, pensant qu'il constituait sa meilleure chance de retrouver des témoins, celui de Mary Jane Kim.

Le jour de sa disparition, Mary Jane avait dit à son mari qu'elle se rendait dans un club de sport, comme tous les lundis et jeudis après son travail, entre dix-sept et dix-neuf heures. Les enquêteurs avaient vérifié tous les gymnases alentour et n'avaient trouvé aucune trace de Kim. Ni témoignage ni preuves de paiement à un club de sport sur ses relevés bancaires. Elle avait menti mais ils n'avaient jamais compris la véritable motivation derrière ce mensonge. Ils estimaient probable qu'elle ait eu une liaison et supposaient que cet amant secret pouvait être son assassin. Mais jamais ils n'avaient été en mesure de le prouver. Mary Jane Kim n'avait jamais été vue ou filmée par des caméras de surveillance en présence d'un homme. Si elle avait une liaison, elle était bien cachée.

Et pour cause, sa liaison était avec le Jack Daniel's.

Et pour se remettre de la rupture, elle allait régulièrement aux réunions des AA, tout en faisant croire à son entourage qu'elle fréquentait une salle de sport.

Ce qu'avait fini par comprendre Foster.

Il lui restait à trouver lequel de ces centres.

Les réunions des Alcooliques anonymes duraient environ une heure et Mary Jane Kim s'absentait deux fois par semaine pendant deux heures, ce qui situait le lieu où elles se tenaient à pas plus de vingt ou trente minutes de chez elle. Foster en dénombra six dans ce périmètre et décida de s'y rendre en personne.

Les deux premiers qu'il visita n'avaient jamais été fréquentés par Mary Jane Kim. Son visage ne disait rien au personnel d'accompagnement, comme on appelait les volontaires qui géraient ces centres, pour la plupart d'anciens alcooliques soucieux de rendre ce qu'ils avaient reçu.

Ils n'avaient pas de membre d'origine asiatique dans leurs groupes.

Le troisième lieu de réunion était situé au 4311 Wilshire Boulevard, au septième étage d'un immeuble en verre construit dans les années 70, à une quinzaine de blocs à l'ouest de Korea Town, à la fois assez proche et suffisamment éloigné du domicile de Mary Jane Kim pour qu'elle puisse y aller aisément sans risque, toutefois, d'y faire une rencontre inopinée.

La salle qui donnait sur l'arrière de l'immeuble sentait l'encens.

Foster fut accueilli par un des animateurs du groupe dont le T-shirt qui portait la phrase « Jésus vous aide à rester sobre » cachait tant bien que mal, malgré sa maigreur générale, un abdomen distendu.

Il s'appelait Short.

L'homme se souvenait en effet d'une femme d'origine coréenne qui assistait à leurs réunions deux fois par semaine. C'était suffisamment rare que des Asiatiques viennent ici, fit-il remarquer.

— Puis, dit-il, elle a arrêté de venir. Jamais su pourquoi…

— Vous ne lisez pas les journaux ? demanda Foster.

— C'est comme ça que je reste sobre, répondit Short avec un ricanement.

Foster ponctua la remarque d'un rictus que Short apprécia. Il avait dû la faire un certain nombre de fois.

— Elle a été tuée.

— Ça n'aurait rien changé que je sois au courant. Je n'aurais de toute façon pas été appelé comme témoin. Pas asiatique, mec, dit-il.

— Vous êtes flic ? demanda Foster.

Peu de gens, à part les membres des forces de l'ordre, savaient que les identifications de personnes pouvaient être invalidées si elles n'étaient pas le fait d'individus de même origine ethnique.

— Bien vu, répondit Short.

Short était un ancien du LAPD. Il avait démissionné à la fin des années 90, à la suite d'un syndrome dépressif, et s'était mis à picoler au lieu de chercher un job. Pour finalement faire d'une pierre deux coups et se faire embaucher aux Alcooliques anonymes.

— Tu te souviens si elle parlait avec quelqu'un ? demanda Foster.

— Ouais, un type était souvent assis à côté d'elle. Je crois qu'ils avaient fini par se parler. Genre latino ou autre, dit Short.

— Tu es un flic dans tes tripes, Short, tu as forcément remarqué un détail ?

— Ouais. Il tripotait tout le temps un petit chapelet de perles noires lié à une croix, dit-il.

Et, la dernière fois qu'il l'avait vu, le type l'avait salué en faisant une sorte de signe avec ses mains jointes.

— Comme une prière, mais en touchant son front avec le bout de ses doigts, puis ses lèvres.

Foster eut la sensation que son sang se figeait.

66

Le soleil commençait à baisser lorsque Ventura atteignit la périphérie de Stockton où vivait Roman Farrell.

Elle avait passé la matinée à étudier son dossier. Sans prévenir Casey ou McAllister qui l'auraient tout de suite arrêtée. Farrell avait le profil du parfait agent, à l'ambition mesurée, qui ne faisait pas de bruit. Mais qui, en son for intérieur, pouvait cultiver ses pulsions.

Plus tôt, elle avait appelé Valdes. Il se souvenait évidemment de Farrell. Les deux hommes se connaissaient pour avoir collaboré sur certaines opérations, notamment la traque d'un tueur en série, à la fin des années 90, Chester Turner, qui allait aboutir à son arrestation en 2003. Il le trouvait efficace. Motivé. Rigoureux. Quand Farrell tenait un suspect, il ne le lâchait plus. Un vrai pitbull. McAllister l'appréciait particulièrement et avait tenté de le recruter à plusieurs reprises, mais l'antenne de Sacramento s'y était opposée.

Le plus récent contact entre eux datait de 2010. Farrell avait appelé son ancien collègue pour planquer un témoin. Valdes lui avait refilé l'adresse d'un hôtel du centre administratif, l'hôtel Figueroa. Il était proche du patron qu'il avait naguère tiré des griffes d'un racket et y avait souvent planqué des témoins dans l'attente du procès où ils devaient comparaître. Ils étaient logés dans une chambre isolée, sans numéro, sur le toit de l'immeuble. Valdes y avait même habité quelque temps à la suite de son éviction du FBI.

L'allusion rappela sa trahison à Ventura. Ça n'était pas le moment, mais elle eut envie de tout avouer à son ancien mentor.

— Pourquoi Farrell s'est mis sur Foster à ton avis ? s'entendit-elle demander à la place.

Pour Valdes, soit il avait véritablement fait un sacré boulot en trouvant le lien secret entre ces quatre meurtres et Foster…

— Soit il en est l'auteur, conclut-il.

Elle opta pour la deuxième option et décida de le prendre par surprise. Comment aurait-il pu déterminer qu'il y avait un seul tueur s'il ne l'était lui-même ?

Stockton était à une heure de route au sud de Sacramento et cinq au nord depuis Los Angeles. La ville était née avec la ruée vers l'or, au milieu du XIXᵉ siècle, pour finir en faillite, en 2012, avec la crise des subprimes.

Ventura arrêta sa voiture devant une petite bâtisse typique en bardeaux blancs en périphérie sud. Le genre de baraque, pensait-elle, qui aurait immédiatement angoissé Foster. Elle sonna. N'obtenant aucune réponse, elle fit le tour de la propriété et pénétra dans le jardin par l'allée qui longeait l'arrière des maisons. La porte de service qui donnait sur la cuisine était ouverte.

Ventura entra.

À l'intérieur, tout était silencieux. Trop silencieux pour un ménage avec deux adolescents à neuf heures du soir.

Elle sortit son Glock.

Elle découvrit d'abord le corps de la femme. Allongée sur le dos dans la cuisine, la gorge ouverte. Aucune trace de lutte. Aucun mouvement défensif. Elle n'avait rien vu venir.

Puis elle aperçut l'un des adolescents dans le salon, baignant dans une mare de sang, portant de multiples coups de couteau à l'abdomen et dans la région du cœur. Le sang était toujours visqueux, les meurtres avaient été commis peu de temps auparavant.

Le second enfant avait dû être rattrapé alors qu'il essayait de fuir par l'escalier. Celui qui l'avait tué lui avait cogné la tête contre les marches, puis étranglé avec la ceinture de son pyjama qui était toujours serrée autour de son cou.

Ventura se pencha pour toucher sa carotide et ne perçut aucune pulsation.

Où était Farrell? S'était-il senti menacé? Avait-il assassiné sa famille avant de s'enfuir?

Ventura releva le cran de sûreté de son Glock, animée par la sensation qu'il était toujours dans la maison. Elle enjamba le corps de l'enfant pour gravir l'escalier. Elle pouvait entendre une respiration alors qu'elle se dirigeait à l'étage.

Elle poussa la porte de la salle de bains et découvrit un homme agonisant dans la baignoire, le visage couvert de sang. Il était vêtu d'un peignoir lui aussi maculé de sang.

Elle eut peine à reconnaître l'agent Roman Farrell.

Il avait reçu deux balles dans le ventre et une troisième l'avait touché à la tête. La moitié de sa boîte crânienne avait été arrachée par l'impact, et malgré une partie de son cerveau à nu, il était toujours en vie.

Il la fixait avec un regard impuissant. Incrédule. En un coup d'œil, elle vit qu'il n'avait pas d'arme en sa possession, posa la sienne et s'accroupit à côté de lui. On ne pouvait rien faire pour lui mais il pouvait encore parler.

— Qui a fait ça ? Foster ?

Du sang sortit de sa bouche. Un râle qu'elle essayait de comprendre. Elle insista. Il secoua négativement la tête.

— Qui ?

Mais le sang qui s'écoulait dans sa gorge l'empêchait d'articuler. D'une main tremblante, il désigna son assassin en dessinant une figure dans son sang.

Un X et un L entremêlés.

67

Après avoir alerté le département Homicide de Stockton du meurtre de Farrell et sa famille, Ventura avait attendu leur arrivée puis avait roulé jusqu'à l'aéroport d'Oakland où elle avait pris un avion du Bureau qui avait atterri à l'aéroport de Burbank, environ cinquante minutes plus tard.

Un van du FBI l'attendait. Le temps pressait. Il fallait lancer les avis de recherche, mais avant, elle devait clarifier l'identité de sa cible.

Depuis l'aéroport d'Oakland, elle avait contacté en urgence un spécialiste des codes du Bureau pour connaître la signification de ces lettres X et L entremêlées qui étaient le symbole d'Elixir of Life.

À son arrivée à Westwood, l'expert lui donna le résultat de ses investigations.

Le symbole n'était pas un code, c'était un signe linguistique, un phonème d'un dialecte lointain. Une langue ancienne parlée par un groupe ethnique du nord de l'île de Sulawesi, en Indonésie, le peuple Minahasa.

La langue était le bugis.

Le mot signifiait « Fidélité au maître ».

Le titre de la préface du recueil des sermons de Patrick Hollmann.

Elle comprit alors pourquoi le dénommé Onyx avait échappé à la descente chez ses coreligionnaires de Lompoc. Il y avait une raison fondamentale pour qu'il fût l'inspirateur d'Elixir of Life. Elle remontait à des années. À sa rencontre avec Patrick Hollmann dans la petite église de Bantaeng.

Ventura l'avait noté dans sa liste de recherches, au milieu de tout le reste, dès le meurtre de San Bernardino : l'Indonésie.

Elle consulta la liste des demandes de visa en provenance du district de Bantaeng, Indonésie que l'USCIS, US Citizenship and Immigration Services, avait fini par lui envoyer. Deux émanaient de Sondakh Pratiwi. Un visa de touriste en 1997. Puis un visa d'immigrant en 2003. Il avait une offre d'emploi officielle de la part d'une société viticole de Californie. Son garant se nommait Amy Hollmann, née Ribak.

Elle découvrit qu'il avait fait une première déposition auprès du bureau du procureur du Wisconsin en 1997, restée sans suite.

Ventura comprit pourquoi l'existence de Wakhar Dinipos ne remontait pas avant 2012. Farrell lui avait créé une identité pour le protéger mais il n'était pas un agent infiltré. C'était même le contraire.

Wakhar Dinipos était l'anagramme de Sondakh Pratiwi. Son véritable nom.

Sondakh était devenu un témoin que Farrell avait fait disparaître sous ce faux patronyme dans le Witness Protection Program, le Programme de protection des témoins du FBI, en échange de son témoignage contre Nicholas Foster.

L'ancien aide d'Hollmann avait enfin réussi son coup.

C'était lui qui avait pointé la responsabilité de Foster dans le quadruple meurtre. Foster, leur dit-il, avait fait un pacte avec le tueur. Il leur décrivit avec une précision unique comment Patrick Hollmann avait fait de Foster son héritier. L'intelligence du prêtre l'avait converti à ses théories : tuer rendait libre.

Sondakh savait de quoi il parlait.

Il n'avait pas battu le système, il l'avait berné.

Elle vit son portable vibrer sur son bureau. Un nom. Foster. Il l'appelait alors même qu'il savait qu'elle était certainement sur écoute. Elle décrocha.

— Je sais qui est le tueur, dit Foster.

Elle aussi. Et elle avait même une idée précise d'où il se planquait.

68

La lumière orangée du coucher du soleil se réfléchissait sur les façades en verre des gratte-ciel du
centre-ville de Los Angeles et aveuglait Foster qui en
approchait au volant de la Malibu.

Il quitta l'autoroute 10, passa sous le pont de la
110, traversa Figueroa Street, qui était à sens unique,
et s'engagea dans la rue suivante à droite, Flower
Street, jusqu'à franchir Olympic Boulevard, pour
reprendre ensuite Figueroa sur sa droite, dans le bon
sens, et après quelques blocs se garer devant l'hôtel.

La partie sud du centre administratif, proche du
Staples Center, était calme à cette heure, les Lakers
et les Clippers devaient être «sur la route», comme
on disait… L'hôtel Figueroa était un des derniers
vestiges d'une période révolue. Lors de sa construction, à l'angle de Figueroa Street et Olympic Boulevard, en 1926, le quartier était encore gangrené
par le crime et la prostitution. L'un après l'autre,
les bâtiments historiques avaient disparu, laissant
place à l'immense Convention Center qui avait lancé
la mue du quartier, dans les années 80. Elle s'était
poursuivie par la construction d'hôtels standardisés,

et achevée par celle du Staples Center à la fin du siècle dernier.

Restauré, avec sa façade de type hispanique, l'hôtel Figueroa était, dans ce quartier de résidences de luxe et de salles de spectacle, un des seuls survivants des années 20. Après avoir traversé le vaste hall de style espagnol aux hauts plafonds, plutôt vide – à l'exception d'un pianiste, dont il se disait qu'il était un ancien membre des Platters, qui jouait quelques standards de jazz –, Foster approcha de la réception. L'hôtel était toujours géré à l'ancienne avec de véritables clés accrochées à un tableau en ébène sculpté. Le réceptionniste, un jeune Latino prénommé Miguel, au téléphone avec un client mécontent du bruit des travaux provenant du chantier voisin, tentait d'expliquer que tout le quartier était en train de se transformer et qu'il n'y pouvait rien, tout en levant les yeux au ciel et faisant signe à Foster qu'il serait à lui bientôt.

Foster acquiesça tout en repérant un jeu de clés sans numéro de chambre associé. Il trouva ce qu'il cherchait, une petite clé liée par un anneau à une autre plus grosse, d'un type différent.

Valdes ne s'était pas trompé sur l'hôtel. Rien n'avait changé du temps où il y planquait ses témoins et Farrell, espérait-il, avait suivi ses conseils avec Sondakh.

Son coup de fil à Ventura, alors qu'elle rentrait de Stockton, avait appris à Foster le massacre de Farrell et de sa famille. Chacun avait dévoilé une face du tueur, lui en le démasquant comme l'auteur des quatre crimes qu'on lui imputait, elle en comprenant comment il était passé sous les radars.

Son intuition initiale avait été la bonne : c'était personnel.

Et cela devait se terminer de façon personnelle. Il n'avait pas le choix. Ventura avait tout fait pour l'en empêcher, mais il le fallait. Ils devaient se retrouver en tête à tête. Tous deux étaient les fils de Patrick Hollmann qui, chacun à sa manière, se disputaient son héritage dont Foster avait capté la plus belle part.

Il était l'Ombre venue lui faire payer son dû.

Hollmann l'avait prédit. Mieux, il l'avait créé.

Le réceptionniste finit par raccrocher et, arborant un sourire commercial, demanda à Foster ce qu'il pouvait faire pour lui. Foster lui dit qu'il travaillait pour une société de gestion d'actifs de Denver et qu'il devait loger trente employés pour une convention le mois prochain. Il faisait des repérages d'hôtels. Le gars dit qu'il allait devoir consulter son superviseur, puis se dirigea vers le bureau à l'arrière du desk et referma derrière lui.

Le temps pour Foster de contourner le comptoir, récupérer la clé qu'il avait ciblée et filer vers les ascenseurs.

L'un d'eux était à l'arrêt, porte ouverte. Foster appuya sur la touche 12.

Il sortit de l'ascenseur sur le large palier du douzième et dernier étage et repéra une porte barrée d'un panneau d'interdiction au public. Foster utilisa la plus grosse des deux clés qui s'inséra dans la serrure. La porte ouvrait sur un escalier en métal qui conduisait sous le U du sigle HÔTEL FIGUEROA dont les lettres, comme le panneau HOLLYWOOD sur les collines, étaient plantées sur le toit.

Les bruits de la circulation provenant des nombreuses autoroutes alentour se mêlaient à ceux des climatiseurs implantés en grappe au centre du toit, dans un indistinct magma sonore d'où émergeaient, plus aigus, des sirènes et des coups de klaxon.

Foster repéra la structure surélevée dans l'angle nord-est du toit.

C'était là qu'il résidait.

La petite clé déverrouilla la porte. La chambre, spacieuse et ordonnée, ressemblait plus à un loft qu'à une simple chambre. Des fenêtres donnaient au nord. La vue offrait une perspective unique qui, grâce à une percée sur Francisco Street longeant la 110, ouvrait sur les immeubles iconiques de Los Angeles, la Tour 777, la façade incurvée de l'Hôtel Intercontinental, dont les lumières gagnaient sur celle du jour qui baissait.

Foster commença à fouiller les lieux. Il n'y trouva pas d'arme, mais une batte de base-ball des Dodgers.

Sa fouille lui permit de découvrir, dans une valise, des dizaines d'exemplaires d'un livre intitulé *Call me God*.

Foster sut qu'il était dans l'antre de l'Ombre.

69

Tappanjeng, église Santa Maria. Automne 1995

Livré à lui-même, après le départ brutal de Patrick Hollmann d'Indonésie, Sondakh Pratiwi s'enferrait dans une solitude mortifère.

Le manque était violent. Intenable. Invivable.

Pendant dix ans, il s'était mis corps et âme au service du père Hollmann et, soudain, plus rien. Il se sentait vide. Sans but. Pire, sans foi. Il ne lui restait que les sermons du prêtre qu'il avait traduits à lire et relire, mais, même s'ils lui donnaient encore et toujours à penser, ces moments étaient loin de ces pics d'exaltation que lui offraient les prêches de son maître.

Il savait que rien ne les remplacerait. Il était devenu prêtre de l'église Santa Maria de Fatima de Tappanjeng, mais il ne serait jamais que l'élève.

Il fut informé de l'arrestation de Patrick Hollmann en Allemagne par un appel de l'archevêque de Makassar qui lui dit que son témoignage allait être sollicité par les policiers. L'ancien prêtre était au centre d'une enquête internationale embarrassante pour l'Église. Mais Sondakh s'était préparé pour rien.

La seule visite qu'il reçut des États-Unis, plus tard, fut celle de Nicholas Foster.

Sondakh Pratiwi quitta Bantaeng une première fois pour effectuer un voyage dans le Midwest, en 1997, où il tenta de rendre visite à Hollmann à la prison de Tamms, mais le parloir lui fut évidemment refusé. Il apprit toutefois qu'Hollmann s'était marié et parvint à contacter son épouse, Amy. Ils se rencontrèrent et échangèrent les souvenirs qu'ils avaient de Patrick et, également émus par leur rencontre, promirent de se revoir prochainement.

Sondakh, ainsi qu'il l'apprit à Amy, avait le projet de rester aux États-Unis. Il avait même un plan tout prêt à être activé.

Il fit savoir aux autorités fédérales être en possession d'informations qu'il souhaitait délivrer à la justice en échange d'un statut de réfugié, mais le procès de Patrick Hollmann ayant déjà eu lieu, on lui retourna qu'il arrivait après la bataille. Il fut toutefois reçu par un représentant du ministère de la Justice auprès duquel il fit une déposition. Sans suite.

Sa demande de statut de réfugié restant lettre morte, Sondakh, dépité, dut rentrer en Indonésie sans avoir pu revoir Hollmann, mais avec pour consolation le lien créé avec Amy. Elle et lui ne cessèrent de correspondre. Elle lui donnait des nouvelles de Patrick, lui faisait passer ses lettres, transmettait les siennes. Ce fut elle qui lui annonça son exécution.

Pour l'occasion, elle l'appela pour l'informer de vive voix.

« L'homme que nous aimons est mort. »

Sondakh sombra dans un chagrin dont il crut ne jamais pouvoir se remettre. Il avait cessé de dire la messe et se desséchait intérieurement quand il reçut, toujours de la part d'Amy, une lettre posthume de Patrick Hollmann dans laquelle le prêtre expliquait que cette mort était son choix. Il développait l'idée, citant Rainer Maria Rilke, un poète autrichien dont Sondakh n'avait jamais entendu parler, qu'il devait avoir la mort qui correspondait à sa vie. Il remerciait Sondakh de s'être mis au service de sa pensée et le priait de continuer son œuvre.

Que voulait-il dire ? S'agissait-il de populariser son message ?

Sondakh commença à aller mieux. Le manque était toujours là, vif, aigu, tenaillant, comme la douleur, mais il commençait à se transmuer en joie d'avoir connu le père Hollmann.

Sondakh était prêt à suivre sa recommandation et entreprit de compiler ses sermons afin de les faire publier. Il se sentit revivre dans cette tâche.

Lorsque Foster fit le voyage en Indonésie, Sondakh se garda bien de lui révéler la profondeur du lien qui l'unissait à Hollmann. Dès qu'il l'avait vu débarquer dans son costume en lin taillé sur mesure à l'aéroport de Makassar où il était venu l'attendre, Sondakh avait méprisé Foster.

S'il avait accepté de le rencontrer, c'était parce qu'il voulait se mesurer à celui dans lequel il voyait un rival. Foster avait eu l'outrecuidance de lui envoyer ses livres, tout en lui expliquant qu'il travaillait sur un quatrième ouvrage entièrement consacré à Hollmann, pour lequel, sur les conseils du prêtre, il aurait aimé s'entretenir avec lui.

Sur les conseils du prêtre... Cet enfoiré d'Américain avait réussi à le voir. Et pas lui. Ce qui énerva Sondakh.

— Ravi de vous rencontrer, avait dit Sondakh en lui tendant la main avec son sourire le plus niais.

— De même. Merci d'être venu, avait répondu l'écrivain. Je crois que nous avons pas mal de choses à nous dire.

Au contraire de ce que l'Américain attendait, Sondakh lui fit part de sa grande surprise et de son grand désarroi d'avoir appris la condamnation à mort de Patrick Hollmann et les aveux de ses crimes en Indonésie. Bien sûr, il y avait eu ces disparitions, ces meurtres, ces rumeurs, mais, dit-il, il n'aurait jamais pensé que la figure charismatique du prêtre pouvait cacher un assassin pervers. Pour être franc, dit-il, il n'y croyait toujours pas. Pour lui, le Leyak avait puni ces femmes. Certes, peut-être le père Hollmann avait-il profité d'elles, peut-être avait-il des besoins sexuels excessifs, nuança-t-il, mais il n'était pas un assassin.

— Le Leyak s'est vengé, avait-il dit à Foster en le regardant droit dans les yeux.

Ce bâtard l'avait cru.

Ce salopard l'avait pris pour un con. Un débile. Un neuneu. Ce prétentieux de merde n'avait aucune idée de la connaissance intime que Sondakh avait des activités spirituelles du père Hollmann. Il croyait quoi ?! Qu'il allait lui lâcher les secrets de son maître ? Qu'il pouvait lui soutirer des informations pour les revendre à des milliers de lecteurs sans cervelle qui, comme lui, ne comprendraient jamais rien à la grandeur du père Hollmann ?

Qu'il aille se faire foutre. Déjà qu'Hollmann lui avait rendu service en le débarrassant de cette petite pute polonaise ! S'il savait…

Pour se venger, Sondakh pimenta la bouffe de Foster d'un peu d'extrait de latex, appelé *upas*, tiré de la sève de l'arbre du même nom. Il allait avoir une chiasse carabinée.

Après trois jours passés en sa compagnie, dont deux à être malade comme un chien, Foster était reparti, loin, très loin d'imaginer le rôle que Sondakh avait joué auprès de Patrick Hollmann. Et encore moins la haine que l'ancien aide nourrissait à son égard.

Il ne s'était pas trop mal débrouillé pour cacher son jeu.

Sondakh émigra aux États-Unis en avril 2003, fort d'une proposition de travail et d'une source potentielle de revenus fournis par une entreprise viticole enregistrée au nom d'Amy Hollmann. Il avait quitté l'Église depuis deux ans, pour servir le culte de l'homme qui avait été son maître. Il se lia avec Amy après son séjour en prison alors que, séparée de son enfant, elle était dans un gouffre de dépression. Ensemble, ils retrouvèrent le goût de vivre. Pour le meilleur et pour le pire.

Enfin, Sondakh avait réalisé son rêve.

Il suivait les pas de son maître et partageait ce qu'il n'aurait jamais cru pouvoir partager avec lui, une femme.

S'il devait être franc avec lui-même, ce n'était pas la première fois.

Même si c'était en réalité la première fois qu'il participait physiquement. Les fois précédentes, il n'avait fait que jouir en observateur.

Cela avait commencé avec Bethari quelques mois après l'arrivée du prêtre.

Après avoir amené la jeune femme au père Patrick, Sondakh était resté dans la crypte. La curiosité l'avait saisi alors qu'il s'apprêtait à ressortir de l'excavation et il était revenu sur ses pas. Le mystère l'attirait irrésistiblement. Caché derrière un amas rocheux, il avait un point de vue de premier choix sur la scène.

Rien ne lui échappa du rituel auquel le prêtre avait soumis cette fidèle.

Le souffle court, il avait vu Hollmann amener Bethari, pas à pas, à entrer dans le petit lac translucide. Ses habits collaient à ses formes. Il la vit se dénuder devant lui, puis s'allonger à la surface. Son corps nu, flottant sur cette eau limpide, en apesanteur, était prêt pour le baptême.

Mais un baptême du mal.

Sondakh observait dans un état d'agitation mentale extrême. Il ne bougeait plus, ne respirait plus.

Il regardait, fasciné, son maître dominer sa créature, la contrôler, la posséder.

C'était un sentiment d'une puissance et d'une profondeur inouïes. Un spectacle enivrant, celui de la beauté soumise, et qui se répéta chaque fois qu'une telle rencontre avec une nouvelle fidèle eut lieu.

Puis, lorsque arrivait l'inévitable moment d'en finir et, pour Hollmann, de sacrifier son innocente victime, ce ravissement se transmuait en un cérémonial d'une force incomparable qui s'emparait de tout son être dans un mouvement de jouissance totale où, fusion parfaite de l'esprit et du corps, le bien et le mal ne faisaient plus qu'un.

Ces sommets absolus d'émotion constituèrent l'apogée de sa vie.

Il ne fallait pas que ça s'arrête. Jamais. Grâce à Dieu, Sondakh n'avait pas son pareil pour disperser les indices et faire qu'ils continuent de se reproduire et qu'on ne soupçonnât jamais Patrick Hollmann.

Fidélité au maître.

Si, depuis, Sondakh avait tenu toutes ces années sans céder au désespoir, c'était grâce à la mémoire de ces instants uniques. Mais bientôt le souvenir de ces embrasements ne lui avait plus suffi.

Et il avait dû passer à l'action.

Tuer pour tuer.

70

La nuit était tombée. Les lumières des immeubles entourant l'hôtel Figueroa étaient suffisamment distantes pour maintenir l'ensemble du toit dans l'ombre, créant même des zones où l'obscurité était assez épaisse.

C'était dans l'une d'elles, proche de l'escalier, que Foster s'était planqué.

L'attente dura moins d'une heure mais elle permit à son agitation de retomber, après qu'elle lui avait embrasé le cerveau lorsqu'il avait compris que l'homme décrit par Short était Sondakh Pratiwi.

Le calme pouvait laisser place à la compréhension.

Sondakh était le serviteur qu'à cause de lui, Foster, Hollmann avait laissé tomber comme une merde. Comment n'aurait-il pas eu envie de se venger? De prouver qu'il était plus fort que Foster? De le battre sur son terrain, le crime?

C'était la revanche du petit. Du fils maudit. De Caïn sur Abel. Une revanche sombre, secrète, solitaire. Mais, enfin, clairement compréhensible pour Foster.

La revanche de l'Ombre.

Foster vit la porte de l'escalier s'ouvrir, une silhouette apparaître, immobile dans le contre-jour. Il reconnut sa démarche. C'était bien l'homme qui l'avait accompagné dans l'église de Patrick Hollmann. Il avait juste quinze ans de plus. Quinze années qui avaient légèrement courbé son buste, raidi son corps, alourdi sa taille.

— Sondakh?

Sondakh voulut se tourner vers l'endroit d'où s'élevait la voix. Mais l'écho rendait sa provenance incertaine. Comme si elle surgissait des ténèbres.

— Tu n'étais rien pour lui…

— Qu'est-ce que tu en sais? répondit Sondakh un peu à l'aveugle, cherchant où se situait son ennemi.

Il avait remarqué l'absence de son double de clés et, forcément, savait qu'il était là. Foster avait tenté le coup presque instinctivement, sans arme, sans attendre. Il ne pouvait pas se permettre que Sondakh soit arrêté. Il avait tué Gina sous ses yeux.

L'un d'eux devait mourir.

— Tu lui as tout volé, lança Sondakh. Il fallait que tu paies.

Foster en profita pour se déplacer tout en restant dans la partie opaque du toit.

— Et c'est toi qui dois me faire payer?

— C'est moi qu'il a choisi pour ça! Tu vas payer.

Soudain, Foster vit Sondakh se tourner vers lui et sortir son arme. Il ne pouvait distinguer sa présence mais il l'avait senti. Dès qu'il aperçut l'éclat du métal, Foster sortit de l'ombre et abattit la batte de base-ball sur le bras armé.

Sondakh fit feu en criant :

— Va crever en enfer !

La balle ricocha sur le sol. Sondakh gémit sans lâcher son pistolet. Il tira une seconde fois mais Foster avait déjà fondu dans les ténèbres.

Sondakh cherchait autour de lui. Il avait beau être armé, il était en même temps la proie et le chasseur. Il en avait l'instinct.

Il s'approcha de l'angle du toit derrière les climatiseurs.

Foster dut sortir de l'ombre.

Sondakh l'avait flairé. Il pivota, levant son arme, quand il fut ébloui par un faisceau de lumière depuis le ciel. Le bruit de l'hélicoptère était couvert par celui des climatiseurs.

Sondakh, aveuglé, s'était laissé surprendre.

Foster se jeta sur lui, parvint à lui agripper le bras. Il le déséquilibra et, dans un corps à corps qui ressemblait à un tango désespéré, le força à lâcher l'arme.

Depuis l'hélicoptère, Ventura ne pouvait pas tirer sans risquer de tuer Foster. Ils ne pouvaient pas se poser sur le toit de l'hôtel Figueroa. La structure en trois blocs séparés par des courettes ne permettait pas d'atterrissage en raison des ventilateurs massifs installés au centre.

Elle avait survolé le Convention Center, puis le Staples Center et, à l'approche des premiers immeubles, commencé sa descente vers l'hôtel Figueroa. Ventura avait aperçu une silhouette qui marchait sur le toit et demandé au pilote de braquer le faisceau lumineux sur elle.

Les deux hommes luttaient maintenant comme s'ils ne faisaient qu'un, penchés par-dessus la rambarde.

Ventura redoutait qu'ils s'entraînent mutuellement dans leur chute. Ils ne pouvaient se défaire l'un de l'autre. Jusqu'à ce que l'un d'eux perde pied et, du haut des treize étages, s'écrase à l'arrière de l'hôtel, à côté de la piscine.

Le pilote contourna le bâtiment et réussit à poser l'hélicoptère sur le parking à l'arrière.

Ventura en descendit avant même qu'il ait touché le sol. Elle courut vers l'hôtel, mais un mur de trois mètres isolant la piscine des parkings alentour l'empêchait d'y accéder.

Elle se dirigea alors vers l'entrée principale, contourna le bâtiment et débaula sur Figueroa Street. Elle ne vit pas la Malibu qui démarrait.

Elle entra, traversa le hall d'un pas soutenu, mais sans courir pour ne pas affoler les rares personnes présentes. Le pianiste jouait *As Time Goes By* dans l'indifférence générale.

Près de la piscine, des serveurs avaient commencé à se rassembler près du corps.

— FBI, dit Ventura en sortant son badge.

Elle avait gardé par réflexe l'autre main sur la crosse de son Glock.

Les employés s'écartèrent pour la laisser s'accroupir à côté du corps écartelé, affalé, la tête dans une mare de sang, et dont l'œil fixe surplombait ce qui, sur ses lèvres, ressemblait étrangement à un sourire de satisfaction.

Sondakh avait fait un dernier geste de la main vers la petite croix en ébène qui, dans la chute, était sortie de sa poche.

CINQUIÈME PARTIE

CATHARSIS

La catharsis ne résidait pas dans le meurtre.

Il n'en était qu'une face.

Sa véritable, profonde et entière catharsis était dans la certitude de l'immortalité de ses idées. Il voulait bien être condamné à mort, pas à l'oubli. *Damnatio Memoriae*.

Notre statut de mortel ne nous laisse pas d'alternative, pensait Hollmann, la seule chance de donner un sens à sa vie est de survivre à sa propre mort.

À travers ses idées. Ses écrits.

Hollmann avait trouvé celui qui pouvait le faire pour lui.

À Rome. Dans la ville du Saint-Siège. La Cité éternelle.

Il avait vu en lui le sujet à même de le raconter, de le défendre, précisément parce qu'il était celui qui aurait le plus de raisons de le condamner.

Il n'avait plus qu'à le convertir à sa cause.

Le mentor ne découvre pas son disciple. Il le fabrique. Il le sculpte alors qu'il n'est encore qu'une pâte malléable et perméable.

S'il y parvenait, alors l'éternité s'ouvrirait devant ses pas.

71

Rome, Italie. Juillet 1993

Patrick Hollmann avait atterri à l'aéroport de Rome, Fiumicino, de retour de Jakarta le 17 juillet 1993 à 10 h 30 du matin.

Comme à l'aller, son appareil avait fait une escale de quelques heures à l'aéroport de Singapour avant de reprendre son vol vers Rome. Ce moment de suspension dans ce no man's land sans identité avait été l'occasion pour lui de se souvenir que neuf ans, trois mois et six jours auparavant il était assis à la même porte d'embarquement, alors en partance pour l'Indonésie.

Il s'était lancé dans l'inconnu, tourmenté, perdu, ne sachant pas où il allait, prêt à renoncer à sa mission; il revenait fort d'une expérience spirituelle et intellectuelle extraordinaire, riche du souvenir de célébrations passionnées, jouissives, et de la découverte d'une liberté absolue conclue par vingt-deux meurtres.

Une liberté qui, selon lui, était offerte par Dieu.

Les premiers mois qui suivirent son retour à Rome furent plus pénibles qu'il s'y attendait. Plus encore que son arrivée en Indonésie. C'était pourtant son deuxième séjour au Vatican et il aimait cette ville. Mais, face à ces siècles d'histoire inscrits dans la pierre, on pouvait s'y sentir atrocement seul. Écrasé. Misérable.

Sondakh l'avait accompagné jusqu'à l'aéroport Hasanuddin de Makassar où il avait pris un petit avion de la compagnie Garuda Indonesia pour Jakarta. Leurs adieux avaient été émouvants. Sondakh, qui avait été pris de court par ce rappel au Vatican, lui réaffirma combien il avait compté pour lui. Il espérait qu'ils pourraient se revoir bientôt.

Hollmann ne le souhaitait pas. Il ne voyait en Sondakh qu'un factotum sympathique avec qui, certes, il aimait bavarder. Il fallait bien qu'il parle à quelqu'un…

Mais ce n'était pas un véritable dialogue, plutôt un monologue dans lequel Hollmann testait ses idées. Sondakh n'avait pas le potentiel à devenir un alter ego, le vrai disciple que Patrick Hollmann recherchait. Il avait eu besoin de lui. Il l'avait embarqué dans son trip. Sondakh s'était proposé pour compiler et publier ses sermons. Il avait tout noté. Même ce que Patrick Hollmann avait improvisé.

Mais il n'avait pas le charisme nécessaire pour la mission.

Après presque trois mois, voyant que le Vatican n'était pas disposé à le renvoyer de sitôt en mission, Hollmann choisit de prendre les choses du bon côté et de sortir passer du temps en ville. Il décida d'aller au Campo dei Fiori admirer la statue de Giordano Bruno, ce libre-penseur condamné à mort par l'Inquisition auquel Hollmann s'identifiait fortement.

Il savait que, comme pour lui, son heure arriverait. Il se demandait même si les atermoiements du Vatican ne cachaient pas des soupçons, voire une enquête.

Le temps pressait.

Sur le chemin, il était passé devant la boutique Ghezzi où, lors de son séjour précédent, il avait acheté la croix qu'il avait emportée en Indonésie et laissée à Sondakh.

Était-ce Dieu qui guidait ses pas, mais ce fut en revenant du Campo dei Fiori qu'il remarqua la plaque, près d'une entrée d'immeuble situé sur la piazza della Cancelleria, présentant un cours d'italien pour visiteurs étrangers, ItaliaIdea.

Il poussa la massive porte en chêne, monta à pied les deux premiers étages d'une vaste cage d'escalier à l'architecture carrée, et fut accueilli par une jeune prof aux cheveux bruns avec des reflets roux du nom de Tiziana, qui tenait la permanence à l'accueil. Elle lui dit qu'elle commençait un nouveau cycle de cours la semaine prochaine. Son sourire lui plut, malgré de petites cicatrices d'eczéma sur les joues. Elle avait aussi un très beau cul.

Il décida de s'inscrire.

Dès la première session, Hollmann remarqua son jeune compatriote. Il le sentait réservé, mais de ceux dont la timidité n'est en fait qu'une marque de prudence, le temps de l'observation, de comprendre qui ils ont en face d'eux.

— *Mi chiamo Nicholas*, répondit Nicholas à Tiziana qui demandait à chacun de se présenter.

Hollmann lui reconnut un accent californien, même en trois mots d'italien. Ce que confirma sa phrase suivante :

— *Sono di Los Angeles.* Je suis de Los Angeles.

— *E che cosa vuoi fare a Roma*? Et que fais-tu à Rome ?

La réponse de Foster, parce qu'elle se concentrait dans le peu de mots qu'il connaissait de la langue italienne, surprit Hollmann par sa franchise.

— *Sono venuto a Roma per trovare me…*

— *Stesso*, ajouta Tiziana. *Per trovare me stesso*, c'est comme ça qu'on dit. Pour me trouver personnellement…

— *Si*, dit Nicholas. *Capito.*

— *Benissimo*, dit la prof avec un sourire qu'elle voulait admiratif. Beau programme.

Hollmann vit la fragilité qui affleurait sous cette naïveté. Il vit la faille et se sentit immédiatement porté vers lui.

À la sortie du cours, Nicholas était content de trouver un compatriote. Hollmann profita d'une petite marche pour en apprendre plus sur lui. Le jeune Californien avait fini un cycle d'études d'architecture à UC Berkeley, sa mère venait de mourir, il se posait des questions sur son avenir et, en souriant, lui confia qu'il attendait que quelque chose se passe dans sa vie.

Hollmann comprit qu'il l'avait trouvé. Son disciple. Son fils spirituel. Il allait être cette «chose» que, selon ses propres mots, Nicholas Foster attendait.

Il remercia Dieu d'avoir mis ce jeune homme sur son chemin.

Il était sa catharsis.

72

La Jeep de location avait quitté la route 210 avant qu'elle eût bifurqué à 90 degrés vers le sud, pour s'engager sur la longue rampe d'accès qui débouchait sur la route 330 où un panneau indiquait : Big Bear.

S'ensuivait une interminable courbe qui s'extirpait progressivement du panorama suburbain de San Bernardino pour s'attaquer à la montée vers les sommets dont les pointes aiguës se découpaient sur le ciel. Longtemps rectiligne, la route ne donnait pas l'impression de s'élever. Les enseignes des malls se faisaient seulement de plus en plus rares, laissant place aux hangars, aux dépôts industriels, puis à la nature sèche et rocailleuse. Le ciel d'un bleu uniformément pâle, presque blanc sous l'effet de la chaleur, n'aidait pas à discerner le changement de relief. Ce n'était que par la modification progressive de la végétation, qui passait insensiblement de désertique à boisée, qu'une sensation d'altitude devenait enfin perceptible.

Sasha conduisait. Foster s'enfonçait dans le siège passager et dans la rêverie, laissant son esprit errer sur les événements des dernières semaines.

Curieusement, la longue et monotone traversée de l'étendue suburbaine pour arriver au pied des montagnes de Big Bear n'avait pas affecté son humeur. Ces paysages tous identiques ne lui semblaient plus aussi hostiles, répulsifs ou angoissants. Pas plus que ces amas de maisons anonymes, toutes clonées sur le même modèle, cernés de murs qui les isolaient de l'autoroute.

Était-ce un signe que ses peurs ancestrales, expurgées par la lutte pour sa survie, s'estompaient ? Qu'il se raccordait avec lui-même ? Peut-être. Depuis qu'il s'était réfugié chez Sasha, il percevait les prémices d'une sérénité inhabituelle l'envahir.

La cabine de montagne se trouvait au bout d'un chemin qui partait de Green Valley Lake Boulevard, peu après le pont qui enjambait le lit asséché de la rivière Deep Creek. Il fallait continuer pendant environ une dizaine de kilomètres pour y accéder. Elle était située au cœur de la forêt de San Bernardino, éloignée de la ville mais encore loin des zones touristiques recherchées pour leur proximité avec le lac de Big Bear ou les pistes de ski.

Paumée, comme il le fallait.

Ils suivaient la voiture de police du SBPD qui les guidait dans cette partie accidentée de la route depuis l'intersection de Running Spring où ils avaient retrouvé le sergent Munoz au Neo's Pizza House dont il était un habitué. Foster l'avait appelé la veille en lui demandant un service qu'il s'était empressé d'accepter : lui trouver une cabine dans les montagnes de Big Bear où il pourrait séjourner discrètement et paisiblement pour y finir son prochain livre.

Sur le chemin, Munoz avait tenu à lui montrer l'endroit où Christopher Dorner, l'année précédente, s'était réfugié et avait fini par se faire griller.

Foster avait accepté, bien sûr. Même si cela nécessitait un sacré détour.

Ils s'étaient arrêtés sur le bord de la route, Munoz et lui étaient descendus de voiture. Sasha était restée à l'intérieur et en avait profité pour remettre ses écouteurs. Même s'ils ne parlaient pas beaucoup, elle préférait les enlever en conduisant, par égard pour Foster. Mais la musique lui manquait et elle ne ratait pas une occasion de s'isoler dans ces rythmes familiers et utiles à son cerveau.

La cabine où Dorner avait péri n'avait pas été reconstruite et, à sa place, se trouvait un terrain vague où la végétation portait encore les stigmates noircis de l'incendie qui l'avait rayée de la carte. Et Dorner des vivants.

— On ne lui a pas fait de cadeau, dit Munoz. C'est le moins qu'on puisse dire.

La fin de Christopher Dorner avait fait polémique pendant quelques jours, certaines associations accusant les forces de l'ordre de s'être vengées en mettant intentionnellement le feu à la cabine dans laquelle le fugitif était réfugié avec des engins pyrotechniques appelés « *Burners* ». Des brûleurs.

— Pas surprenant qu'il ait fini brûlé vif, dit Munoz en laissant échapper un rire nerveux.

— Et pas facile d'expliquer à la presse que c'était la seule façon d'intervenir, dit Foster.

La polémique ne dura pas, Dorner les ayant bien aidés en écrivant quelques jours avant ses crimes ce qu'il appelait son « *Manifesto* », un texte censé justifier son action qu'il avait envoyé à un célèbre journaliste de CNN, Anderson Cooper. C'était une diatribe de onze pages dans laquelle il ne se contentait pas d'exprimer sa colère contre l'injustice, son ressentiment contre le LAPD, qu'il jugeait gangrené par le racisme, mais distribuait les bons et les mauvais points. Ce qui se voulait une justification de ses crimes devenait *in fine* un plaidoyer *pro domo* grandiloquent et ridicule dans lequel il contestait dans leurs moindres détails les procédures disciplinaires qui avaient amené à son exclusion du LAPD et, par conséquent, au massacre qu'il allait commettre. Car, selon ses écrits, ses quatre meurtres n'étaient que le début d'une future longue série.

Pour quelqu'un désireux de laver son honneur, on avait connu mieux, niveau efficacité, que tuer de sang-froid quatre personnes. L'expression qu'il utilisait était « *clear my name* » – littéralement laver mon nom. Le sien resterait d'autant plus marqué du sceau de l'infamie qu'il tentait de s'en défendre par une justification délirante.

Puis le texte plongeait irréversiblement dans le ridicule, distribuant des satisfecit ici, des condamnations là. Il fallait déporter Fareed Zakaria, donner une carte de séjour à Piers Morgan, rétablir le général Petraeus connu pour «*penser avec sa bite*» mais malgré cela un général avisé. Il remerciait Colin Powell, qui s'en serait passé, d'avoir été une source d'inspiration pour lui, félicitait Ellen DeGeneres pour «*m'avoir ouvert les yeux durant son adolescence*», saluait Christoph Waltz pour sa performance dans *Inglourious Basterds*. Et affirmait qu'il était *« triste de savoir que je ne serai plus là pour aller voir Very Bad Trip 3. Quelle magnifique trilogie!* »

Tout le texte de Christopher Dorner était une matière de premier choix pour le programme Jack de McAllister. Mais surtout, déclamatoire et loufoque, il annihilait les intentions de son auteur.

Vingt ans avant Christopher Dorner, Hollmann avait longtemps réfléchi à développer ses théories par écrit. Il en parlait souvent, au cours de leurs promenades romaines, avec Nicholas qui, bien sûr, n'en connaissait alors que ce que le prêtre voulait bien lui en révéler.

Mais il s'était bien gardé de le faire.

Pas question pour lui de commettre la même erreur. Toute tentative pour justifier le crime était vouée à l'opprobre. Dans la fiction, ça marchait peut-être.

Pas dans la réalité où régnaient la peur et l'hypocrisie.

73

Ventura ne laissa pas à ses chefs le temps d'assurer leurs arrières. Peu après la chute mortelle de Sondakh Pratiwi, elle les confronta. Elle en savait assez. Elle n'eut pas à les forcer pour qu'ils se mettent à table. La catastrophe qu'ils redoutaient avait eu lieu, mais pas de la manière dont ils l'avaient anticipée. Ils connaissaient la règle : ils avaient joué, ils avaient perdu.

McAllister reconnut être à l'origine d'une réaction en chaîne qui avait échappé à leur contrôle.

Tout avait commencé lorsque l'agent de Sacramento, Roman Farrell, avait placé sous surveillance la communauté spirituelle Elixir of Life. Parmi eux, un de ses leaders, Sondakh Pratiwi, qui avait côtoyé le tueur en série Patrick Hollmann lors de son séjour en Indonésie, lui fit savoir qu'il pouvait leur faire des révélations sur quelqu'un de connu qui travaillait pour eux. Et qui, selon lui, jouait un double jeu.

Nicholas Foster. Leur consultant star.

Il détenait des informations qu'il était prêt à négocier en échange d'une immunité totale pour lui, sa femme et les membres de leur communauté.

Farrell, qui, en réexaminant les crimes du comté de Los Angeles, avait eu l'intuition que, malgré ses systèmes de détection, le Bureau était passé à côté d'un tueur en série, fut particulièrement sensible à ces arguments. La seule explication pour qu'un tueur soit passé au travers des mailles serrées du filet était, selon lui, qu'il avait une connaissance très pointue des outils de détection du crime en série. La personnalité de Foster cadrait parfaitement. Son passé. Sa relation avec un tueur en série.

Les aveux de Sondakh tombaient à point nommé.

Farrell fit part de cette découverte à son ami McAllister qui, lui-même obsédé par l'affaire Unterweger, avait entré les écrits de Foster dans le programme Jack et découvert avec stupeur qu'ils étaient positifs. En tout cas, certains l'étaient. D'autres avaient une conclusion plus mitigée, mais il avait gardé sous silence la partie qui ne correspondait pas à ses attentes. Jack classait Foster dans le camp des psychopathes de type paranoïaque. La probabilité qu'il passe ou soit passé à l'acte était de l'ordre de 80 %, ce qui le plaçait à un niveau de dangerosité très élevé.

Croyant dur comme fer que Sondakh leur disait la vérité, ils acceptèrent son marché.

Foster, leur dit Sondakh, était un tueur en puissance. Hollmann l'avait converti. L'occasion était trop belle pour mettre sur le dos de son rival des crimes qu'il avait lui-même commis. Il les guida vers les crimes qui, pensait-il, lui correspondaient : quatre meurtres sans lien à travers lesquels Foster avait voulu battre le système.

Farrell commença à enquêter. Il mit au jour les sommes d'argent importantes versées par Foster sur un compte fantoche au nom d'Ivan Hollmann, le fils du tueur en série, ouvert par sa mère dans une banque de San Francisco. La couverture idéale.

Farrell et McAllister se persuadèrent que Foster était ce tueur qui voulait être plus fort qu'eux. Lui et son ego surdimensionné ! En échange, Farrell offrit à Sondakh, comme promis, une nouvelle identité, ainsi que, comme il le souhaitait, un lieu où se planquer. L'hôtel Figueroa. Ses informations étaient de première main et elles allaient leur être très utiles. Personne ne connaissait mieux que lui le rituel de Patrick Hollmann, grâce auquel il avait pu continuer de tuer. Y compris les éléments qui n'avaient jamais fuité dans la presse.

Mais malgré ces informations, les preuves pour inquiéter Foster manquaient. Il fallait qu'ils se donnent les moyens de l'abattre. McAllister, qui était un expert en coups tordus, et Farrell, comme l'avait décrit Valdes, un pitbull qui ne lâchait jamais sa proie, décidèrent d'une stratégie risquée mais qui pouvait s'avérer diablement efficace : elle consistait à utiliser un appât, dont le meurtre évoquerait immanquablement le passé de Foster. Ceci afin de le déstabiliser pour ensuite révéler, selon eux, ses véritables crimes.

Ils établirent une liste de jeunes femmes plongées dans un coma irréversible. Parmi ces victimes d'overdose, pour la plupart, ils identifièrent Myriam Lehren, originaire de Gardnerville, une petite ville proche de Tahoe où Foster séjournait régulièrement qui en faisait une victime de choix. Le docteur Williams de Long Beach leur confirma que ses chances de reprendre connaissance étaient de l'ordre de zéro. Les médecins avaient tout tenté, y compris les surdoses de Zolpidem qui avaient parfois eu des résultats spectaculaires. En vain. Myriam Lehren était cliniquement morte. Il suffisait de la débrancher.

Mais avant, Farrell et McAllister décidèrent de faire subir le rituel de Lisa Dudek à sa dépouille qu'ils déposèrent dans les collines de San Bernardino, guidés par Sondakh qui en connaissait le moindre détail.

Et pour cause, ce rituel, il l'avait créé.

C'était lui qui avait placé la petite statuette maléfique dans le ventre de chacune des victimes du père Hollmann. *Fidélité au maître.*

En même temps, Farrell prit contact anonymement avec une journaliste qui préparait un papier sur Foster, Gina Bartoli, pour lui fournir des éléments sur son passé trouble puis, bientôt, sur le meurtre de San Bernardino. Ils nourrissaient la bête d'informations sulfureuses. Ensuite, au moment opportun, ils laissèrent filtrer la rumeur, par petites touches. Banister ne s'était pas trompé, c'était une rumeur savamment orchestrée. Du boulot de pros.

Entre l'enquête et l'article censé générer un climat de paranoïa, ils visaient à créer un effet de ciseau qui devait pousser Foster à disjoncter.

Mais Bartoli qui, de son côté, n'était pas du genre à se contenter des informations de Farrell, commença à s'intéresser à tous les contacts de Foster, parmi lesquels l'ex-femme de Patrick Hollmann, Amy. Elle apprit qu'un voisin de cellule d'Hollmann, revenu s'installer dans sa Californie natale et qui fréquentait la communauté, détenait des informations sur Foster. L'homme s'appelait Harold Netter.

Bartoli retrouva Netter, qui lui révéla l'existence d'un pacte entre Hollmann et Foster. Quel pacte? L'ancien condamné n'était pas aussi con pour tout lui balancer, car il était bien décidé à continuer à en profiter.

Bartoli allait trop loin. Pour le Bureau. Mais surtout pour Sondakh que Netter tenait au courant de tout.

Quand Gina se rapprocha de Foster, Sondakh, sentant le danger, décida d'éliminer la journaliste.

— Et, admit McAllister, c'est comme ça que tout est parti en couille…

Le soi-disant témoin qui devait leur permettre de démasquer et mettre Foster à genoux les avait abusés jusqu'au bout.

Ventura se dit que la commission d'enquête interne que cette affaire déclencherait inévitablement allait se régaler. Il allait y avoir de la promotion au sein de l'antenne du FBI de Los Angeles.

À commencer par la sienne, si tout allait bien.

74

L'esprit de Foster semblait s'élever avec le relief.

Il était fasciné par la chronologie implacable des événements depuis la découverte du corps de Myriam Lehren, si près de l'endroit vers lequel ils se dirigeaient en ce moment, jusqu'à la chute de Sondakh du haut du toit de l'hôtel Figueroa.

Sa mort lui enlevait un poids terrible. Il avait senti presque physiquement l'ombre se dissoudre au-dessus de lui en même temps que son âme quittait le corps du damné qui gisait sur le bitume.

Comme une remise à zéro des compteurs…

Pour la seconde fois de sa vie et plus de vingt ans après, le destin lui tendait la main. Il suffisait de suivre les signes qu'il semait sur son chemin.

Sasha, qui l'admirait secrètement depuis des années, avait accepté d'abandonner son existence pour le suivre avec une facilité déconcertante. Pourquoi il s'était lié à elle, elle ne se posait pas la question. Peut-être était-ce pour elle aussi un mouvement du destin qui avait organisé leur rencontre. Peut-être était-elle également en attente d'un moment qui donnerait du sens à sa vie?

Finalement, ne l'étions-nous pas tous, consciemment ou non ?

Foster repensait à ces femmes qui avaient fait confiance au prêtre sans se douter qu'il cachait un dangereux prédateur. Elles s'étaient confiées à lui, lui avaient ouvert leur cœur, leur âme, leur vie.

Lisa était l'une d'elles. Elle lui avait raconté ses secrets de jeunesse. Ses peurs. Ses questionnements. Elle lui avait fait part de sa grossesse et, dans la confiance aveugle qu'il lui inspirait, lui avait révélé qu'elle était décidée à garder le bébé de Nicholas. Pour se prouver que la fatalité n'existait pas.

Elle lui avoua aussi avoir menti : elle ne prenait aucun moyen de contraception dans l'attente, l'espoir que le destin répare la perte qu'elle avait subie plus jeune.

Que le bien, faute de pouvoir le réparer, recouvre le mal. Qu'il l'ensevelisse.

Elle avait divulgué son secret à Hollmann sans jamais se douter qu'elle se livrait à un monstre. Ou du moins, à ce que la société définissait comme un monstre. Un monstre d'autant plus inquiétant pour la communauté qu'il était censé en porter les valeurs les plus nobles.

Mais lui avait choisi depuis longtemps une autre voie.

La sienne. Celle de sa vérité. Il l'avait cherchée pendant de longues années, pour finir par la théoriser et l'épouser jusqu'à en faire sa manière de vivre et sa raison d'être. Il lui avait fallu se retrouver seul dans la forêt indonésienne, dans cette crypte aux parois sculptées de figures démoniaques, pour comprendre le sens profond de ce qu'il ressentait. Ces pulsions dont la violence l'avait interrogé si longtemps n'étaient pas des pulsions sexuelles. Ou criminelles.

C'étaient des pulsions de liberté dont il avait fini par découvrir le sens divin.

Tout le reste était relatif. La seule valeur absolue, dans l'esprit du prêtre, était d'accomplir la petite fraction de la volonté de Dieu qui s'écrivait à travers sa propre existence. C'était la part infime mais personnelle que chacun prenait au grand projet divin. Les autres étaient à côté de leur propre vie.

Et c'était la définition même de l'enfer.

Lorsque Patrick Hollmann lui exposa cette théorie, lors de sa première visite à Tamms, il ne faisait plus de doute pour Foster que le crime qu'il avait commis dans l'Illinois n'était pas le fruit d'une erreur, mais celui d'un choix parfaitement déterminé. Et ces instants qui précédaient le moment fatal où même les criminels plus endurcis se dissolvaient dans la terreur qu'ils avaient imposée à leurs victimes, les minutes qui le séparaient de sa fin signaient, au contraire, pour Patrick Hollmann, sa victoire.

Le triomphe de son individualité.

Je suis moi. Je n'ai été que moi. Personne d'autre que moi. Ce qui devait être son châtiment était en fait une libération. Hollmann avait défini sa propre mort. Celle qui, choisie, le mettait au-dessus des hommes. Il prouvait qu'il était son propre Dieu.

Call me God.

Ils étaient arrivés à la cabine en fin d'après-midi. Elle était construite sur pilotis à flanc de colline, en léger contrebas de la route d'où elle était pratiquement invisible. Une plate-forme avait été bâtie en surplomb pour permettre de ranger deux voitures côte à côte dans un garage fermé. Il fallait ensuite sortir du garage et descendre un petit escalier en bois escarpé pour atteindre la partie habitation. En cas de feu de forêt, c'était le piège parfait. En cas d'affrontement avec la police aussi.

La cabine appartenait à un agent immobilier qui l'avait mise en vente et à qui Munoz avait fait une fleur : celle de ne pas le poursuivre alors qu'il avait simulé un cambriolage pour arnaquer son assurance. L'agent avait retiré sa plainte et Munoz l'avait laissé tranquille. Cela faisait partie des petits arrangements qui ne coûtaient pas trop cher mais permettaient de vous faciliter la vie. En attendant, elle facilitait celle de Foster.

L'intérieur était plutôt confortable. Le salon, à l'étage supérieur, occupait toute la surface et la vue sur le canyon était agréable. La partie inférieure était divisée en deux chambres exactement symétriques. Foster établit son lieu de travail dans l'une des deux. Ils dormiraient dans l'autre. Il avait prévu d'y séjourner le temps que Ventura eût bouclé l'affaire judiciairement, qu'il estimait à trois ou quatre semaines, et d'obtenir l'immunité. C'était suffisant pour qu'il accomplisse ce qu'il avait décidé de faire : finir l'écriture de son livre *Testament*.

L'ironie du destin voulait qu'il l'écrive là où Dorner avait écrit *Manifesto*. Ce serait le seul point commun.

En échange de son silence, Foster promit à Munoz de lui offrir un exemplaire signé, qui lui donnerait la primeur des révélations qu'il allait y faire.

Le mot «révélations» avait fait frémir le flic de San Bernardino, cela suffirait à s'assurer de son silence. Il ne posa pas de questions, mais se prit à rêver. Il allait revenir sous les projecteurs.

Foster comptait sur le dernier chapitre de son ouvrage, intitulé «Catharsis», pour révéler la vérité.

Sa vérité. Celle qu'aurait voulu révéler Gina Bartoli. *Paix à son âme.*

Il estimait le temps de l'écriture à environ trois semaines, pendant lesquelles il allait devoir rester planqué avec Sasha dans cette cabine. C'était le temps qu'il lui avait fallu pour rédiger son premier livre, *Lisa, 22 ans.*

Alors seulement, lui aussi serait totalement libéré de l'Ombre. Quand il aurait tout dit. Tout écrit. Tout avoué.

75

Michelle Ventura avait été auditionnée pendant cinq heures presque sans discontinuer avant d'avoir droit à une pause déjeuner d'une heure durant laquelle elle était sortie du bâtiment qui abritait la cour supérieure de justice, avait remonté à pied la Première Avenue jusqu'à Grand Avenue, qu'elle avait traversée, passant ensuite devant le Disney Hall, puis le chantier du futur musée The Broad qui allait ouvrir ses portes l'année suivante, pour aller déjeuner dans la petite épicerie italienne située à l'arrière du restaurant Vespaio.

L'établissement, qui venait d'ouvrir en début d'année, était devenu l'adresse prisée par Foster lorsqu'il avait témoigné en février au procès d'une femme, Laura Purviance, accusée d'avoir tué sa mère d'une balle en pleine tête à bout portant. Ventura l'y avait accompagné, mais ne s'était pas sentie particulièrement à l'aise à déguster des tagliatelles *alle vongole* entre deux auditions du légiste qui décrivait avec une précision graphique extrême les dégâts commis par la balle de 9 mm dans la boîte crânienne de la victime. Elle préférait se contenter d'un sandwich dans l'arrière-boutique, un endroit calme de Bunker Hill quartier, naguère résidentiel du fait de sa situation surélevée, et qui, depuis la construction par Frank Gehry de la salle de concert Disney Hall, était devenu un lieu de promenade prisé par les touristes.

Assise dans l'allée verdoyante, en face du chantier du futur musée d'art moderne, elle se sentait libérée d'un poids.

Comme le quartier, elle faisait sa mue.

La commission *ad hoc* improvisée était composée de cinq membres, deux juges de la Cour suprême de l'État, deux représentants au Congrès et la présidente du Conseil judiciaire de Californie. Elle avait pour objectif de comprendre comment le FBI avait pu cacher un criminel récidiviste au sein de son Programme de protection des témoins. Le coup pour le Bureau était calamiteux et McAllister et Casey étaient dans la tourmente. En particulier à cause de Jack, victime collatérale de l'affaire.

Quoique le Patriot Act de 2001 les autorisât à utiliser ce type de surveillance dans la lutte antiterroriste, il ne s'appliquait pas aux affaires de droit commun. Ils auraient du mal à faire croire que Foster, qui avait fait l'objet de cette surveillance, était potentiellement un terroriste. Leurs témoignages étaient attendus pour les prochains jours. Celui de Ventura, le matin, avait été accablant pour McAllister. Non qu'elle souhaitât épargner Casey, mais elle n'avait pas la preuve de son implication dans le programme Jack sur lequel portaient les auditions.

La conclusion de son témoignage était que l'obsession de McAllister à vouloir accuser Foster l'avait conduit à négliger les véritables suspects et, en somme, à faillir dans sa mission. Il avait aussi caché des informations cruciales à l'agent en charge, c'est-à-dire Michelle Ventura, ce qui était contraire à la déontologie du Bureau de même qu'au droit pénal. Quant à l'utilisation du corps de Myriam Lehren, au dévoilement d'informations confidentielles à la presse, elle savait que McAllister mettrait tout sur le dos de Roman Farrell qui, c'était l'idée, n'était plus là pour se défendre.

Au pire, McAllister pouvait être déféré devant un tribunal pour obstruction à la justice, ce qui était passible de dix années de prison.

Ventura était convaincue que les poursuites à son encontre n'iraient pas jusque-là. Elle ne le souhaitait pas forcément, d'ailleurs, mais elle voulait être débarrassée de lui une bonne fois pour toutes. Et si, au passage, elle pouvait récupérer son poste, pourquoi se priver. Après tout, après onze ans de bons et loyaux services, elle ne le méritait pas moins qu'un bureaucrate parachuté depuis Washington.

Ce serait un argument pour que Foster reprenne sa place : maintenant, c'était elle qui pilotait.

La commission rendit son verdict après huit jours d'audition et trois de délibération. Abel Casey était maintenu à son grade mais, rappelé à Washington, serait remplacé à la tête de l'antenne du bureau de Los Angeles. McAllister était démis de ses fonctions auprès du FBI avec impossibilité d'intégrer une agence fédérale. La commission ne recommandait pas de poursuites judiciaires. Nul doute qu'il trouverait du boulot dans une compagnie de sécurité privée. Son téléphone devait déjà sonner.

Michelle Ventura était promue à la place de McAllister. Agent spécial en charge, responsable de la Division criminelle, ce qui recouvrait tous les crimes de droit commun commis dans la région du grand Los Angeles.

Casey était venu lui annoncer la nouvelle en personne. Elle fut surprise de le voir descendre à son bureau. C'était une première.

— Félicitations, lui dit-il. Tu le mérites.

Elle n'aurait su dire s'il était ironique ou non. Probablement l'animal politique ne voulait-il pas couper les ponts avec elle. Ou était-il reconnaissant qu'elle l'ait épargné dans sa déposition. Elle fit comme s'il était sincère. Après tout, sa nouvelle position nécessitait qu'elle soit un peu plus stratège.

— Merci. J'ai beaucoup appris à vos côtés, monsieur le directeur.

— Je suis sûr que tu réussiras brillamment. Je n'ai jamais douté que tu étais à l'aube d'une grande carrière au Bureau.

— Nous verrons bien, mais j'apprécie vos encouragements.

— Ton père serait fier de toi, lui dit Casey.

— Sans doute, se borna-t-elle à répondre, désireuse de clore la discussion au plus vite.

Ils ne parlèrent pas de la nouvelle affectation de Casey, ni de son futur remplaçant, et se contentèrent d'échanger une brève accolade ponctuée d'un « bonne chance » réciproque.

Casey se dirigea vers la porte, puis s'arrêta.

— À propos de ton père…

Il revint sur ses pas et, les mains jointes, regarda longuement Ventura avant de reprendre :

— … beaucoup de gens croient que je l'ai lâché, mais c'est faux.

— Je ne l'ai jamais pensé, monsieur le directeur.

— Au contraire, dit-il.

Elle se demanda ce qu'il voulait dire. Au contraire, quoi ?

Casey et son père avaient été infiltrés dans la division Rampart alors que le LAPD suspectait l'existence d'un vaste réseau de corruption. Pendant trois ans, de 1995 à 1998, ils avaient accumulé les preuves contre un certain nombre d'officiers de police corrompus et contribué à faire tomber le réseau qui gangrenait cette division.

Casey faisait le lien avec le ministère de la Justice qui pilotait l'opération. Rob Ventura, lui, avait été infiltré plus tôt, au moment des premiers soupçons, deux ans avant que Casey intervienne, avec pour tâche d'identifier les flics corrompus, puis de commencer à les appâter.

Même si toute l'opération avait été officiellement saluée par le LAPD, le chef de la police, Parks, avait fait les frais du peu de volonté démontrée par l'institution pour soutenir l'enquête interne, voire pour avoir tenté d'étouffer l'affaire même si aucune preuve matérielle ne créditait cette théorie.

Tous ceux qui étaient liés de près ou de loin à ce scandale étaient devenus des moutons noirs. Y compris, et c'était bien dégueulasse, ceux qui avaient contribué à le révéler. Personne, au sein du LAPD, ne voulait avoir affaire à eux et Rob Ventura avait été sacrifié alors qu'il était un élément clé qui avait permis le démantèlement du réseau. Son rôle avait fait de lui un paria.

Il avait trahi les siens.

Il avait été affecté à un travail de paperasserie et ne s'était jamais véritablement remis de la disgrâce dont il avait été victime à l'intérieur même de la police. Casey s'en était beaucoup mieux sorti et, une fois sa mutation au FBI acquise, avait fait peu d'efforts pour aider Rob Ventura à surmonter l'épreuve. Cette réputation de traître lui collait à la peau et le rongeait de l'intérieur. Jusqu'à ce que le cancer finisse par l'avoir… sa peau.

— J'ai fait ce que j'ai pu pour l'aider, ajouta Casey.

— Je n'en ai jamais douté, monsieur le directeur.

Elle en doutait fortement, comme tout le monde, mais elle devait montrer qu'elle maîtrisait la langue de bois.

— Mais tu ne sais pas ce qui s'est réellement passé, lui dit-il.

— Non, mais mon père m'a toujours conseillé de vous faire confiance.

— Oui. Je ne pouvais pas faire grand-chose de plus pour lui, tu sais. C'était une période difficile pour nous tous. Et pour ton père en particulier.

540

Elle ne comprenait pas pourquoi Casey insistait. Elle avait envie qu'il parte. Qu'il se casse de son bureau. Pourquoi avait-il besoin de se dédouaner vis-à-vis d'elle au moment même où il perdait la face ? Pour s'assurer de son soutien plus tard, au cas où elle ferait une carrière fulgurante dans le Bureau ? Pour consolider son réseau à un moment de fragilité ?

Peut-être. Il devait y avoir une raison. Il y avait toujours une raison avec Casey. Et elle allait la recevoir en pleine face.

Ou plutôt, en plein cœur.

Casey esquissa un léger rictus dont les nuances parfaitement contrôlées, comme celles d'un acteur se sachant filmé en gros plan, exprimaient avec une précision et une finesse extrêmes un mélange de fatalisme et de tristesse, teinté d'une mince couche d'hypocrisie qu'il tenait à rendre perceptible.

— Il était l'un d'eux, dit Casey.

Ventura ne saisit pas immédiatement le sens des mots que Casey venait de prononcer.

— Pardon ?

Il n'avait plus qu'à enfoncer les clous dans le cercueil de Rob Ventura.

— Ton père était un pourri. Il faisait partie du réseau Rampart.

Michelle Ventura ressentit le même choc que lorsque Netter avait tiré trois balles dans son gilet pare-balles. Mais celles de Casey perforaient ses protections. La déflagration lui fit le même effet qu'une secousse sismique. Ses jambes se dérobèrent. Son estomac se contracta. Pourtant rien autour d'elle ne bougeait, c'était un tremblement de terre intérieur.

— Quand j'ai découvert son implication, je lui ai proposé de retourner sa veste et de se mettre au service de l'enquête. Au nom de notre amitié. Sinon, il allait plonger avec les autres. C'est comme ça qu'il s'en est sorti.

Casey la regardait avec cruauté.

— Je ne pouvais pas aller plus loin par la suite, tu comprends. Par déontologie. Et puis, ajouta-t-il, cela risquait d'attirer l'attention.

Ventura ne répondit pas. Elle était paralysée par une douleur qui partait de son ventre, remontait à l'intérieur de sa poitrine, jusqu'à sa gorge qui, parce que nouée, empêchait qu'un cri en sorte.

— Il faut savoir trahir pour sauver sa peau, dit Casey avant de quitter le bureau de Ventura sans la saluer, les épaules basses, la démarche lente, égale, celle d'un homme qui avait toujours su où il allait.

Il était venu lui donner son cadeau d'adieu.

Une petite bombe à fragmentation.

76

Les jours d'après, Ventura s'immergea dans le travail de rédaction de son rapport pour ne pas avoir à penser.

Elle suivit sa routine avec une régularité encore plus affirmée, presque obsessionnelle. Jogging. Bureau. Café. Encore du café. Plus de café. Moins de sommeil. Jogging. Bureau. Café. Et ainsi de suite.

Comme dans toute histoire, elle devait retrouver un fil logique, simple, direct, qui résumerait l'affaire en quelques lignes et qui, comme le disait Foster, lui permettrait de la vendre au procureur afin qu'il puisse bâtir son accusation.

Bon, il n'y avait plus personne à accuser, Sondakh Pratiwi étant mort et la commission ayant fait le job sur les failles du système, mais un dossier à clôturer.

Et surtout un homme à innocenter.

Nicholas Foster.

Elle savait qu'il ne sortirait du silence que lorsqu'elle lui obtiendrait une immunité totale. Elle y était presque. Il ne demeurait qu'un problème mineur à résoudre : elle ne parvenait pas à établir l'emploi du temps précis de Sondakh le soir du meurtre de la journaliste afin de prouver sa culpabilité.

Mais c'était une formalité tellement les charges qui pesaient sur lui étaient incontestables sur les quatre autres meurtres.

Ventura réussit à remettre toutes les conclusions de l'affaire à la justice après trois semaines d'un travail acharné et minutieux.

Foster devait être au courant des sanctions prises à l'encontre de McAllister et Casey. Elle avait hâte de lui annoncer sa promotion et son souhait qu'il reprenne son rôle de consultant.

Une nouvelle ère pouvait commencer.

Évidemment, il eût été illusoire de penser qu'elle pouvait totalement s'abstraire des révélations au sujet de son père. Casey avait planté la graine du mal et elle avait bourgeonné dans son cerveau d'où elle était désormais indéracinable. Ventura savait qu'elle porterait ce souvenir jusqu'à la fin de ses jours. Elle devrait faire avec. Comme elle avait dû faire avec son propre sentiment de trahison au sujet de Valdes. Le malaise lui revenait avec d'autant plus de force qu'elle l'avait ignoré si longtemps. Et elle ne pouvait plus rien y faire. Elle avait appelé sa mère, l'avait interrogée à ce sujet. Son refus de répondre valait confirmation. Cela faisait dix ans qu'elle avait changé de vie et laissé sciemment cette période de son existence derrière elle. Jetant, selon l'expression consacrée, le bébé avec l'eau du bain... Ventura pourrait-elle faire de même ?

Pour la première fois depuis neuf ans, Ventura s'aventura dans le dédale de couloirs interminables à la recherche d'une porte qu'elle ne pouvait plus situer. Au moins, elle avait retrouvé le code d'accès qui lui avait permis d'entrer dans le hangar situé à quelques blocs de chez elle, à l'angle de Ohio et de Cotner, au pied de l'autoroute 405, où elle louait un entrepôt. Elle le trouva enfin. Unité 4914. L'ouvrit.

Sa planche était là. Debout. Derrière une tonne d'affaires inutiles stockées là au fil des années.

Une heure plus tard, elle se jetait à l'eau, collée à elle. Faisant corps avec elle. En un saut, elle se mit debout, retrouvant immédiatement ses sensations. Son équilibre. Cette force qui la poussait inexorablement et qu'il fallait maîtriser pour éviter qu'elle vous brise.

Si elle chutait, personne ne la rattraperait. Elle était sur la crête.

Elle était la vague.

77

Nicholas Foster avait dû lire le verdict de la commission d'enquête dans la presse. Il appela Ventura.

L'affaire était close.

De son côté, il avait lui aussi terminé sa tâche.

Ils décidèrent de se retrouver sur Pershing Square, au milieu de la foule. À quelques rues du palais de justice, c'était un lieu où il leur arrivait souvent de déjeuner, lorsqu'ils étaient appelés à témoigner lors de procès, en particulier au début de leur collaboration. Ils descendaient Hill Street, prenaient au passage des tacos à un food truck stationné au pied du funiculaire Angel's Flight et s'installaient sur un banc.

Lorsque Foster souhaitait assister à l'intégralité du procès, il prenait une chambre au Biltmore. C'était au bar de cet hôtel qu'avait été vue pour la dernière fois Elizabeth Short, plus connue sous le surnom du Dahlia noir, avant d'être retrouvée dans un terrain vague, le corps sectionné en deux au niveau de la taille. C'était une manière pour lui de se fondre dans la mythologie criminelle de Los Angeles dont il faisait désormais partie.

Ses livres, mais aussi son action auprès du Bureau, l'inscrivaient dans cette histoire.

Ventura, assise sur le banc, attendait.

Elle avait apporté le livre trouvé chez Amy que Netter avait volé à Foster afin de le lui rendre en souvenir de ces moments où, côte à côte, ils mangeaient leurs tacos, échangeant quelques banalités, ou quelques vérités. Quelques brefs instants volés, hors du temps, durant lesquels elle se sentait tout simplement bien.

Ventura perçut un mouvement sur son côté et se tourna.

Nicholas Foster était là.

Assis à côté d'elle. Il ressemblait de nouveau à l'homme qu'elle connaissait, rasé, coiffé, bien que vêtu différemment de son style habituel. Plus décontracté peut-être, il lui sembla être libéré d'un poids. Mais ce poids n'était-il pas dans son regard à elle ? Elle avait érigé une forteresse qui abritait le cœur de ses sentiments. Et cette protection l'empêchait de se donner.

Mais c'était fini. Tout cela était derrière elle.

Elle se tourna vers Foster et ce fut une révélation : elle l'aimait.

Depuis qu'elle avait lu son premier livre, elle était bouleversée par son histoire. La nuit qu'ils avaient passée ensemble, ou plutôt les deux heures, avait activé ses défenses, mais c'était une preuve supplémentaire de son amour. Un amour profond, que, libérée de ses peurs, elle était prête aujourd'hui à lui avouer. Grâce à la révélation de Casey sur son père qui, voulant la détruire, lui permettait au contraire de se reconstruire.

Cernée par les immeubles historiques, Pershing Square ressemblait à une clairière dans une forêt urbaine où, bien qu'au milieu de la foule mouvante, Ventura et Foster étaient seuls. Comme le héros du livre *Crime et Châtiment* qu'elle tenait dans ses mains, elle venait de vivre une révélation.

— Ça faisait longtemps qu'on n'avait pas déjeuné ici, dit-il.

Il apportait des tacos achetés à leur food truck favori, Emilio, sur la Quatrième Rue.

— Trop longtemps, dit-elle.

— Comment ça va ?

— Ça va. Je suis contente de te voir.

— Moi aussi, répondit Foster.

C'était vrai. Si au début il l'avait traitée comme un objet de conquête, au fil des années, il avait appris à la connaître et éprouvait pour elle une affection sincère. Elle avait toujours été loyale avec lui et elle le lui avait encore prouvé ces derniers jours. Sans doute avait-elle douté, il l'avait senti, mais qui n'aurait pas douté quand tous les indices pointaient dans sa direction ?

Elle lui annonça que l'affaire avait été portée devant le procureur malgré le manque de preuves matérielles pour le meurtre de la journaliste, et que la culpabilité de Sondakh serait officiellement établie dans les prochains jours.

Il avait connu le jeune prêtre en Indonésie, et elle voulait savoir comment il avait pu se laisser berner, ne pas voir en lui le monstre naissant, le fils spirituel du tueur. C'était une question absurde et insultante. Personne ne l'avait vu. Elle se ravisa et se tut.

Foster la remercia d'avoir cru en lui. Malgré ses chefs. Malgré les soupçons de Farrell. Malgré Jack. Elle en profita pour lui donner le résultat de l'expertise. C'était intéressant. Presque amusant, comme un horoscope qui vous annonce un avenir radieux.

Il existait une dichotomie entre deux de ses livres et les suivants. Seuls le premier, *Lisa, 22 ans*, et le quatrième, *Portrait du tueur en artiste*, donnaient un résultat positif dans le programme Jack. Le reste de son œuvre ne trahissait en aucun cas une pulsion criminelle évidente. Mais McAllister, en ne voulant voir que ce qu'il cherchait, s'était pris à son propre piège. Il s'était laissé aveugler par la haine, le ressentiment.

Foster acquiesça. Il ne voulait visiblement pas s'attarder sur le sujet et la félicita pour sa promotion selon lui amplement méritée. Elle lui dit que Casey avait été rappelé à Washington, ce qu'il ignorait.

— Voilà une bonne chose, commenta-t-il.

Elle ne trouva pas utile de lui raconter les révélations que Casey lui avait faites au sujet de son père. Ce n'était pas de cela dont elle avait eu besoin de lui parler. C'était une autre déclaration qui occupait son esprit et lui pesait sur le cœur.

Sa révélation.

— J'ai quelque chose à te dire, commença-t-elle.

— Moi aussi, dit Foster avec un sourire.

— OK, toi d'abord, répondit-elle avec un espoir qu'elle sentait palpiter sous son sternum encore douloureux à cause de la balle de 9 mm de Netter.

Nicholas Foster lui annonça qu'il ne retournerait pas à son ancienne vie.

C'était fini.

Plus de FBI, plus de tueurs en série, plus de livres, plus de maison à Malibu, plus rien de tout cela… Toute sa vie, lui expliqua-t-il, était un trompe-l'œil. Ces jours étaient derrière lui. Il allait reprendre une nouvelle existence de zéro comme lorsqu'il s'était envolé pour Rome, il y avait plus de vingt ans, sans savoir ce qu'il cherchait. Il attendait qu'un nouvel événement vienne interférer avec sa vie. Il ignorait lequel et c'était la beauté de la situation. Il ne savait pas non plus pour combien de temps.

Un an, trois ans, cinq ans, peut-être même pour toujours.

Il était venu lui dire adieu.

Ventura hocha la tête. Il lui souriait. Il n'avait aucune idée du terrible effet qu'avaient ses paroles sur elle. Elle avait senti son estomac se nouer à mesure qu'il détaillait ses projets. Ses aveux l'avaient glacée.

— Et toi ? Qu'est-ce que tu voulais me dire ? demanda Foster.

Elle hésita. Devait-elle tenter le coup ? Se lancer ? Essayer de renverser la tendance ?

— Rien d'important, dit-elle.

Une fois de plus, elle devait garder ses sentiments pour elle.

— Enfin, si. Je voulais te rendre ce livre.

Foster reconnut l'exemplaire de *Crime et Châtiment* qui avait appartenu à Hollmann.

— C'est Netter qui l'avait volé chez toi. Il était chez Amy Hollmann.

Foster semblait hésiter à le reprendre. Lui rappelait-il cette vie d'avant qu'il était en train de quitter ?

— Lis-le, finit-il par dire. Tu sauras ce que j'ai vécu. Tu comprendras qui je suis. Tout est là.

Ils se levèrent, se saluèrent d'une accolade. Et il s'éloigna.

Elle le suivit un instant du regard.

Elle avait envie de chialer.

Debout parmi la foule, Foster aperçut la Jeep dans le flot de la circulation, qui arrivait entre deux autobus sur Olive Street. Elle ralentit pour se ranger le long du trottoir devant le Biltmore où il attendait. Il monta et s'assit à côté de Sasha. Elle lui dit qu'elle avait déposé l'enveloppe et le colis comme il le lui avait demandé.

La voiture se fondit dans le trafic.

Ventura avait marché sur Pershing Square en direction de la Cinquième Rue.

Elle avait vu Foster s'installer dans la Jeep dont, par pur réflexe professionnel, elle avait photographié mentalement le numéro d'immatriculation. Elle eut le temps d'apercevoir derrière le volant une silhouette et reconnut la fille du Farmer's Market. Elle l'avait oubliée, celle-là.

Ventura n'était même pas jalouse. Elle avait compris que Foster avait besoin d'une page blanche pour écrire la suite de son histoire.

La leur était criblée de trop de ratures qui ne s'effaçaient pas.

78

La photo de l'écrivain russe sur la couverture était délavée, les angles du livre usés et racornis. La première page portait une citation manuscrite de l'Évangile : «Nous sommes, frère, une ombre parmi les ombres, cherchant la lumière de l'Éternel.» Psaume 67 : 13.

L'exemplaire de *Crime et Châtiment* était celui avec lequel Hollmann avait voyagé en Indonésie. Celui qu'il avait lu, relu, jusqu'à le connaître par cœur, et dans lequel il avait trouvé, en germes, la justification morale de ses meurtres. Ventura l'avait gardé et, comme le lui avait suggéré Foster, elle s'apprêtait à le lire.

C'était une manière de rester connectée avec lui. Si elle y parvenait…

Elle se souvenait avoir essayé quand Foster lui avait parlé de son admiration pour cet auteur qu'il considérait, avait-il dit, comme le plus grand auteur de thriller. Elle décida de faire une nouvelle tentative. Qui sait, peut-être qu'enfin elle aurait accès au secret qui lui ouvrirait les portes du génie.

Peut-être qu'elle aurait l'illumination ?

Elle en avait besoin. Elle se sentait vide. Inutile. Anéantie.

Elle descendit dans le parc en bas de chez elle et s'installa sur un des rares bancs qui n'étaient pas occupés par un SDF. Elle ouvrit le livre et commença à en lire les premières pages.

Les premières scènes, finalement, n'étaient pas désagréables. Elle convint qu'elles étaient même plutôt prenantes.

Sans doute avait-elle mûri et était-elle capable d'en apprécier le rythme, le ton, le sens. Autour de la dixième page, un détail attira son attention : dans la lumière orangée de la fin d'après-midi, elle remarqua que quelques lettres avaient été entourées d'un cercle.

Comme l'avait fait Foster pour communiquer avec elle lorsqu'il était en fuite.

Les petits cercles avaient été gommés mais, observés en lumière rasante, ils redevenaient visibles.

Elle se rendit compte qu'ils formaient une phrase.

Était-ce leur moyen de communiquer lorsque Hollmann était dans le couloir de la mort ? L'administration lisait les lettres, mais quel fonctionnaire pénitentiaire irait lire un livre pour y trouver des phrases cachées ?

Elle allait peut-être connaître leur secret. Ce pacte qu'avait découvert Gina Bartoli.

Ventura recomposa la première phrase.

« *Elle avait eu la mort qui correspondait à sa vie. Violente. Saisissante. Cruelle.* »

Un frisson lui parcourut la nuque. Elle continua de déchiffrer les phrases cachées.

« *Grâce à elle, elle survivrait dans les mémoires et son histoire lui donnerait un destin. Je m'étais juré que jamais on ne l'oublierait et qu'un jour, quelqu'un quelque part repenserait à Lisa Dudek.* »

Elle reconnut instantanément les phrases. Elle venait de les lire quelques jours plus tôt.

C'était le début du premier livre de Nicholas Foster.

Elle fit tourner les pages avec un empressement proche de l'hystérie. Son cerveau en fusion arrivait à décoder les mots avec une vitesse inouïe. C'était le texte intégral de *Lisa, 22 ans*.

Il y avait un livre caché dans le livre.

Elle comprit pourquoi Jack y avait détecté la pulsion meurtrière. Le premier livre de Foster, celui qui avait fait de lui ce personnage de victime et bientôt de héros, lui avait été dicté par Patrick Hollmann.

Littéralement.

C'était le pacte.

Toute la vie de Foster était basée sur ce secret. Ce mensonge. Cette imposture.

On croyait qu'en l'écrivant Foster était entré dans la tête d'Hollmann, c'était le contraire : le tueur était entré dans la sienne.

Jusqu'où était-il allé ?

79

L'image était floue, le signal vidéo usé, mais les visages suffisamment distincts pour reconnaître Patrick Hollmann.

L'homme de trois quarts dos qui lui faisait face était Nicholas Foster.

Banister était dans la salle de gym quand il avait été appelé quelques minutes plus tôt par les concierges de son immeuble. Une personne voulait laisser un paquet pour lui sans décliner son identité.

— Passez-la-moi, s'il vous plaît, avait-il demandé.

Il avait attendu que le téléphone change de main et avait été surpris par une voix féminine assez douce.

— Je m'appelle Sasha, je suis ici de la part de Nicholas Foster.

— J'arrive. Ne bougez pas.

Il avait dû aller rapidement se changer pour se rendre à la réception. La jeune femme patientait, assise dans un fauteuil du hall prétentieux et surdimensionné de l'immeuble. Elle paraissait frêle. Jolie aussi, se dit Banister. Comment faisait-il, putain ? pensa-t-il au sujet de Foster.

Sasha s'était levée en le voyant et lui avait tendu le paquet. Il lui avait tendu la main.

— Comment va-t-il? demanda Banister.

— Très bien. Il vous salue.

— Il va revenir bientôt?

— Il vous le dira lui-même.

— Dites-lui que s'il a besoin de moi, je suis à sa disposition.

— Il m'a demandé de vous dire qu'il n'avait plus besoin de personne.

Banister savait qu'il avait commis une erreur fatale, même si ses conséquences ne l'avaient été que pour Harold Netter. Foster ne lui pardonnerait jamais d'avoir révélé sa relation financière avec l'ancien codétenu d'Hollmann, même s'il pensait alors à lui sauver la vie. Ce n'était pas son rôle de dévoiler cette transaction et si Foster avait souhaité le faire, il le lui aurait ordonné.

— Dites-lui que je l'ai fait pour son bien.

— Il le sait, répondit Sasha. C'est pour cela qu'il vous donne ceci. Il m'a dit de vous dire qu'il l'avait trouvé chez Bartoli.

Banister saisit le paquet et regarda Sasha quitter le hall de l'immeuble et s'éloigner.

Elle avait l'âge d'être sa fille.

Banister était remonté à son bureau et avait ouvert le paquet. Il contenait une cassette vidéo VHS. Comment allait-il la lire? Cela faisait des années qu'il n'avait pas vu un magnétoscope. Il remarqua alors une petite clé USB.

Banister inséra la clé USB dans son ordinateur. Une image floue, instable apparut à l'écran, de mauvaise qualité mais, bien que filmés par une caméra de surveillance située dans un angle supérieur de la petite salle, les deux hommes étaient parfaitement reconnaissables.

Patrick Hollmann et, de l'autre côté de la table, un jeune homme d'une vingtaine d'années qui regardait le détenu avec un air brisé, Nicholas Foster.

C'était sa dernière rencontre avec le tueur dans la maison d'arrêt de Francfort où le prisonnier avait été transféré après son arrestation à Heidelberg pour le meurtre de Lisa.

L'extrait était très court. Hollmann venait de lui annoncer son extradition. La fin du voyage, dit-il.

— Je veux que tu saches que tu m'as sauvé, disait Nicholas Foster au tueur.

— Je sais, répondit Hollmann.

— J'ai une dette envers toi. À vie, dit Nicholas.

— Tiens. Voilà comment la rembourser.

Hollmann lui donnait un livre. Sur la couverture, on voyait le portrait de l'écrivain russe.

— Ce sera notre pacte, conclut Hollmann. Ne m'oublie pas.

En rentrant de déjeuner, Meredith Bartlett trouva une enveloppe sur son bureau. Elle avait été déposée à l'accueil par une jeune femme, lui dit-on.

À l'intérieur, une lettre écrite de la main de Foster lui disait que, sans elle, tout cela se serait produit depuis bien longtemps.

« *Pendant des années, la chasse aux tueurs m'a gardé du côté du bien. Les racines du mal étaient là pourtant depuis vingt ans avec le meurtre de Lisa sur la route entre Rome et Tivoli.* »

Avec la lettre se trouvait une carte mémoire. Il expliquait qu'elle contenait un long texte intitulé *Testament*.

C'était le livre que Foster venait d'écrire.

« *Tu sauras quoi en faire, mieux que quiconque. Tu l'as toujours su. Merci. Adieu.* »

Meredith commença par faire défiler les titres de chapitre et l'ouvrage lui sembla différent de ce qu'il avait prévu.

Certains passages attirèrent son attention : « *Will Mitchell, en revenant mourir sous la maison de sa mère, avait suivi son chemin. Sa mort donnait un sens à sa vie. Peu importaient les souffrances, les errances, la solitude, il avait vécu sa propre vie. Il était lui. Il avait reconnu et accepté l'existence que sa naissance avait définie pour lui et que sa mort finissait par sceller. Unterweger, en se suicidant le dernier soir de son procès qui l'envoyait en prison à perpétuité, avait signé sa vie, comme ses livres. Dorner, en se faisant griller par les flics, aussi. Lisa, en se faisant tuer et éviscérer par Hollmann, également.* »

Elle éprouva le besoin fébrile de dérouler le texte jusqu'à la dernière partie qui était intitulée « Catharsis ».

« *J'avais tout préparé, pensé chaque détail. Ma décision était prise et rien ne pouvait me faire reculer. Tout était prévu. Le lieu. La méthode. Le moment.* »

C'était ainsi que commençait le dernier chapitre du livre qui détaillait avec une précision méticuleuse l'état psychologique de Nicholas Foster au moment où, dans la touffeur d'une nuit romaine, il avait décidé de tuer Lisa Dudek.

80

Nicholas Foster n'avait jamais oublié que sa vie était fondée sur une transgression, un interdit, une imposture.

Il avait cru que sa solitude suffisait à en payer le prix.

Mais sa fuite l'avait extirpé de l'identité dans laquelle il s'était établi depuis si longtemps, comme une coque factice et protectrice, et, alors que le destin reprenait ses droits, il lui semblait sortir d'une torpeur de plus de deux décennies durant lesquelles il avait vécu une existence fabriquée de toutes pièces.

L'obligation qu'il s'était imposé de s'extraire de la banalité à laquelle sa naissance, puis son enfance, aurait dû immuablement le condamner, avait fait peser sur lui une pression écrasante.

Il n'avait fait que vivre dans l'angoisse.

Une angoisse qui lui avait fait mener une existence qui n'était pas la sienne, comme un acteur incapable de se sortir d'un rôle dont la psychologie aurait fini par prendre le dessus sur son être véritable.

Grâce à l'écriture, il aurait pu tenir ainsi encore quelques années, peut-être.

Grâce à la traque du mal aussi qui pendant si longtemps, Valdes n'avait pas tort sur ce point, l'avait maintenu dans un état de résistance. Puis les doses n'avaient plus suffi et la dépression, fille du mensonge, avait fini par le rattraper.

Il s'était senti glisser vers l'abîme. Il avait cherché sa rédemption dans la confession, l'examen de conscience littéraire.

Jusqu'à ce que les mecs du FBI en décident autrement et, croyant le pousser à la faute, le poussèrent vers lui-même. En pensant qu'il était un tueur, ils l'avaient libéré de l'Ombre et avaient été le catalyseur de sa renaissance. Mais une version de lui-même nouvelle. Régénérée. Allégée désormais de cette présence ténébreuse, sa part maudite, qu'il ressentait depuis toujours et que Sondakh avait emportée dans la mort.

Sondakh… Son autre. Son jumeau. Son double.

Dans la cabine en bois isolée dans les collines de Big Bear, Foster regardait Sasha, endormie, dont le corps dévêtu dépassait de sous les draps.

Sasha… Sonia… Même son nom semblait prédestiné à leur rencontre.

Était-elle sa rédemption, comme pour Raskolnikov ?

Foster repensait à Lisa. À sa première rencontre avec Hollmann. À ces nuits sans sommeil passées seul dans cette chambre d'hôtel de Rome, après l'aveu de Lisa, à se demander ce qu'il devait faire.

Pour en arriver à l'inéluctable conclusion qu'il devait la tuer.

Oui, c'était la seule et unique issue.

Elle venait de lui annoncer, en larmes, qu'elle était enceinte. Elle avait décidé de garder cet enfant, coûte que coûte et quoi qu'il en pense. Sa décision était prise et, dit-elle, elle était irréversible. Si c'était trop pour lui, elle le comprenait et ne l'obligerait jamais à exercer la moindre responsabilité.

Il demanda à Lisa de réfléchir encore. Elle lui dit qu'elle allait interroger Dieu.

En guise de Dieu, elle alla se confier à Patrick Hollmann. En secret.

Elle revint avec la conviction que le destin lui avait donné cette chance. Elle devait garder cet enfant. Pour elle, c'était un cadeau de Dieu. Pour Nicholas, c'était un cadeau du diable.

Il comprit qu'il ne pourrait plus la faire changer d'avis. Elle ne lui demandait rien. Mais c'était déjà beaucoup trop. C'était inconcevable. Et toutes ses invocations n'étaient que le cache-misère d'un besoin irrémissible, celui d'être aimé inconditionnellement. Et, pour Nicholas, c'était condamner par avance un enfant à une peine qu'il n'avait rien fait pour mériter.

Comme lui avec sa mère.

C'était plus fort que lui. Il ne voyait pas d'autre échappatoire. Rentrer aux États-Unis aurait été une fuite en avant. Il ne pouvait pas laisser derrière lui un être dont la simple pensée lui rappelait sa propre enfance, les cris, les coups, les heures, parfois les jours qu'il avait passés, emmuré dans cette cave insalubre au milieu des rats, à attendre que sa mère qui l'y avait enfermé vienne enfin lui ouvrir.

La mort de Lisa était la seule issue à cet enfer.

Au cœur de la nuit, Nicholas Foster élabora son plan.

Mais, alors qu'il attendait son retour, le soir où il avait décidé de passer à l'acte, Lisa n'était pas rentrée. Nicholas avait fini par s'endormir. Il avait été réveillé par des coups frappés à la porte.

« Carabiniers. Ouvrez ! »

Nicholas Foster avait été pris de court.

Comme dans un rêve, il s'était senti dans un état second tout au long de l'interrogatoire. C'était incompréhensible, absurde, vertigineux : comment pouvait-on l'accuser de ce qu'il n'avait pas encore commis ?

Les questions s'enchaînaient. Sur lui. Son identité. Son voyage. Son séjour à Rome. Il y répondait mécaniquement. Son esprit, en même temps, cherchait une explication. Il était pris dans un labyrinthe sans issue. La distance qu'il affichait renforçait les soupçons du capitaine Ottaviani et les inscrivait irréversiblement dans son cerveau.

Quand, après plus d'une heure d'interrogatoire, les flics italiens lui montrèrent les photos du cadavre de sa petite amie, il comprit qu'il s'était produit une sorte de miracle.

Lisa avait été tuée le jour précédant celui où il avait décidé de le faire. Le meurtre qu'il avait décidé de commettre venait d'être commis par un autre.

C'était bien un miracle. Mais un miracle du diable.

Il se croyait sauvé, il était en fait condamné.

S'il avait tué Lisa, sans doute en serait-il aujourd'hui, après toutes ces années, comme Raskolnikov au bagne, à l'heure du pardon, de la rédemption et de l'amour.

Mais le meurtre initial n'avait pas eu lieu. Il lui avait été épargné et c'était le contraire qui s'était produit. Nicholas Foster avait porté la culpabilité d'un crime dont il n'était pas l'auteur.

L'inversion devait se rétablir.

Il aurait finalement réconcilié les deux faces de son être. Grâce à cette réunion, il pourrait désormais vivre dans cet anonymat qui naguère le terrifiait. Mais un anonymat secret et glorieux qui, comme cette jouissance qui habitait Sondakh lorsqu'il avait été témoin des exactions d'Hollmann, était aujourd'hui devenu nécessaire à cette force vitale, la pulsion qui vivait en lui autant qu'elle le faisait vivre.

Mais, contrairement à Sondakh, il n'était pas devenu ceux qu'il traquait car il l'était déjà. Il avait juste feint de l'ignorer. Patrick Hollmann l'avait vu. Foster le voyait à son tour. La réconciliation avec lui-même l'obligeait à reprendre sa vie là où il l'avait laissée, vingt ans plus tôt, à Rome.

Au crime originel qui n'avait pas eu lieu…

Il se croyait persécuté par l'Ombre.

L'Ombre était en lui.

Il s'assit sur le bord du lit et caressa l'épaule de Sasha. Elle ouvrit les yeux, se réveilla, sourit. Il glissa sa main dans ses cheveux, derrière sa nuque chaude, puis la referma lentement. Son autre main, comme indépendante, courait sur sa poitrine et remontait jusqu'à sa gorge lisse dont il sentait les battements des artères carotides sur les côtés.

Ce qu'il entrevit dans les yeux de Sasha lui confirma qu'il avait raison. Un abandon total. Un consentement inconscient, songea-t-il.

Ainsi, on se souviendrait d'elle. En lui ôtant la vie, il lui donnait un destin.

Et il se réconciliait avec le sien.

Je suis moi, pensa-t-il.

Enfin.

81

Ventura avait joint le docteur Wang en urgence à l'institut médico-légal de Mission Road. Elle était tombée sur son répondeur. Sa main tremblait légèrement alors qu'elle tenait son portable tout en conduisant, ce qu'elle ne faisait jamais d'ordinaire, mais elle avait dû partir au plus vite et ne voulait pour rien au monde rater son rappel.

Elle s'était souvenue de la raison pour laquelle on avait cessé d'utiliser le Midazolam après le 11-Septembre, c'était que ses effets secondaires pouvaient créer une dissociation de la personnalité. Elle avait besoin d'en avoir le cœur net.

— On peut se voir soi-même comme si on était un autre, lui dit le légiste.

— Et y croire dur comme fer, comme si c'était la vérité?

— Exactement, confirma-t-il.

Elle le remercia. Coupa. Avant de prendre la route, elle avait tracé le numéro d'immatriculation de la Jeep. Un excès de vitesse la plaçait sur l'échangeur entre les autoroutes 210 et 330 où la limitation passait brusquement de quatre-vingts à cinquante kilomètres/heure.

Sasha n'était pas la première à tomber dans le panneau.

Big Bear, pensa-t-elle.

Elle avait appelé le sergent Munoz qui, à sa demande, s'était immédiatement rendu à la cabine. Elle voulait qu'il lui parle, qu'il le retienne.

Jusqu'à ce qu'elle arrive…

Sur la route de Big Bear, après avoir raccroché avec Wang, Ventura repensait à Gina Bartoli. À sa soirée avec Foster où, selon McAllister, elle était censée le faire parler. Et si elle avait réussi? Si Foster avait ingéré ce neuroleptique supposé diminuer ses résistances psychologiques? Lui avait-il, sous l'effet du Midazolam, révélé ce pacte dont Ventura venait de comprendre l'origine?

Elle se souvenait avoir appelé Foster à plusieurs reprises dès la découverte du corps, le matin, avant qu'il répondît. Sa voix était caverneuse. Lointaine. Comme après une gueule de bois carabinée. Ils n'avaient pas bu autant que ça. Il avait ingéré la drogue. De quelles résistances le Midazolam avait-il vraiment eu raison?

Foster avait vu le tueur. Il avait vu Sondakh entrer dans l'appartement de Gina. Mais qu'avait-il vu réellement?

Il avait vu l'Ombre. Cet être fantasmatique issu de son mensonge et de sa culpabilité.

Mais, comme venait de lui dire le docteur Wang, celui qu'il avait vu, c'était lui-même.

Tout devenait clair.

Le sédatif aux effets hypnotiques avait libéré la pulsion que sa conscience retenait depuis toujours. Valdes avait raison. Jack avait raison. Et, si elle ne trouvait pas les preuves de la culpabilité de Sondakh, c'était tout simplement parce qu'il n'était jamais entré dans cet appartement.

Foster y était seul. Seul avec Gina.

Et Ventura comprit que, sous l'effet dissociatif de la drogue, il avait assisté comme un étranger au meurtre qu'il était lui-même, du moins sa part d'ombre, en train de commettre.

Munoz avait frappé. Il était un peu nerveux. Il sentait bien que si Ventura lui avait demandé d'intervenir, c'est qu'il y avait un problème. N'obtenant pas de réponse, il était entré et n'avait trouvé personne. Il était descendu dans les chambres. Il avait vu le manuscrit sur la table de nuit portant, sur la première page, le titre et, en dessous, une dédicace énigmatique.

« Je suis l'Ombre. »

Ces écrivains. Mais l'important était que Foster ne s'était pas dédit de sa parole. Munoz était content. Il s'apprêtait à appeler Ventura pour lui dire que tout allait bien.

Il vit alors le corps par la fenêtre. Une vision à la fois horrible et sublime.

La dépouille était attachée aux poteaux qui soutenaient le balcon de la cabine.

Les bras en croix. Dans une position christique.

À cette différence près que ses jambes écartées faisaient de cette évocation religieuse une transgression insoutenable. Le corps entier était recouvert de sang qui avait coulé de son cou et séché sous le soleil.

Seul le visage était épargné.

Un bruit derrière lui surprit Munoz. Effaré, il sursauta et se retourna.

Ventura venait d'entrer. Le regard happé par cette vision d'effroi. Stupéfiée, elle ne le voyait même pas.

Elle reconnut Sasha. Elle crut qu'elle allait s'effondrer, se disloquer, mais elle tenait debout. Au contraire, elle ne s'était jamais sentie aussi forte. Blessée, mais vivante.

Indestructible.

Elle comprit qu'elle ne trouverait la paix que lorsqu'elle aurait mis fin à la campagne criminelle de Nicholas Foster qui, libérée de ses résistances, elle en avait la certitude, ne faisait que commencer.

À son tour, la traque donnerait un sens à sa vie.

Elle comblerait le vide, ce cratère béant laissé dans son cœur par cet amour insensé, délaissé, sans limites ni retour, qu'elle éprouvait pour lui.

On poursuivait tous une ombre, non ?

Du même auteur :

Le Maître du zodiaque (avec Malina Detcheva), TF1 Éditions, 2006
Mystère (avec Malina Detcheva), TF1 Éditions, 2007
La Vengeance aux yeux clairs, Michel Lafon, 2016

Composition réalisée par Lumina Datamatics, Inc.

Achevé d'imprimer en France par
CPI BRODARD & TAUPIN (72200 La Flèche)
en décembre 2023
N° d'impression : 3055280
Dépôt légal 1re publication : janvier 2024
LIBRAIRIE GÉNÉRALE FRANÇAISE
21, rue du Montparnasse – 75298 Paris Cedex 06

89/7096/7